Transfer

Das Buch

Möbel blühen auf, Wände wandern, Betten erraten jeden Wunsch und Gedanken, Gebäude schweben und gleiten und leuchten in vielen Farben, die Menschen tragen phantastische Gewänder, die aussehen wie Federn oder auch wie eine zweite Haut. Das ist die Welt, in die Hal Bregg nach zehnjähriger Weltraumexpedition zurückkehrt. Auf der Erde sind inzwischen mehr als 100 Jahre vergangen. Der Menschheit ist es gelungen, sich über die Gesetze der Schwerkraft hinwegzusetzen. Alle anstrengenden und lästigen Arbeiten werden von Robotern erledigt. Und noch etwas hat sich geändert: Die menschliche Gesellschaft ist gewaltfrei. Mit Hilfe einer Droge werden alle aggressiven Instinkte unterdrückt. Niemand wird mehr geschlagen, niemand wird mehr angegriffen. In dieser Umgebung ist Hal Bregg ein Anachronismus. Er ist aggressiv, ehrgeizig, leistungswillig. Er wehrt sich gegen die neue Gesellschaft, bis er sich in eines dieser sanften Wesen verliebt. – »Kein anderer Schriftsteller der Gegenwart bereitet uns auf die kommenden ungeheuren Umwälzungen in Technik, Wissenschaft und Gesellschaft besser vor als Stanisław Lem.« (Münchner Merkur)

Der Autor

Stanisław Lem wurde am 12. September 1921 in Lwów (Lemberg) geboren. 1939–1941 und 1944–1948 Studium der Medizin, Philosophie, Methodologie der Wissenschaft und Kybernetik; 1941–1944 während der deutschen Besetzung Autoschlosser. Gegen Ende seines Studiums begann er zu schreiben, zunächst Gedichte, dann Novellen, seit 1950 Romane, daneben auch zahlreiche Hör- und Fernsehspiele, literaturkritische, philosophische, kybernetische und populärwissenschaftliche Abhandlungen. Er lebt heute in Krakau. Einige der auf deutsch erschienenen Werke: ›Solaris‹, ›Eden‹, Romane; ›Nacht und Schimmel‹, ›Die vollkommene Leere. 15 fiktive Rezensionen‹, ›Robotermärchen‹, ›Die Jagd. Neue Geschichten des Piloten Pirx‹, ›Die Sterntagebücher des Weltraumfahrers Ijon Tichy‹, Erzählungen.

Stanisław Lem:
Transfer
Roman

Deutsch von Maria Kurecka

Deutscher
Taschenbuch
Verlag

dtv

Von Stanisław Lem
sind im Deutschen Taschenbuch Verlag erschienen:
Eden (10106)
Solaris (10177)

Ungekürzte Ausgabe
1. Auflage April 1983
Deutscher Taschenbuch Verlag GmbH & Co. KG,
München
Lizenzausgabe mit freundlicher Genehmigung des
claassen Verlags GmbH, Düsseldorf

Titel der polnischen Originalausgabe:
›Powrot z Gwiazd‹ (Wydawnictwo Literackie, Krakau)

Umschlaggestaltung: Celestino Piatti
Gesamtherstellung: Ebner Ulm
Printed in Germany · ISBN 3-423-10105-9
5 6 7 8 9 10 · 94 93 92 91 90 89

I

Ich hatte nichts mit, nicht mal einen Mantel. Sie sagten, das wäre nicht nötig. Meinen schwarzen Pulli erlaubten sie mir zu behalten: das geht noch. Und mein Oberhemd habe ich erkämpft. Ich meinte, daß ich es mir nur langsam abgewöhnen würde. Direkt im Durchgang, unter dem Schiffsbauch, wo wir, herumgeschubst, standen, reichte mir Abs seine Hand mit einem verschwörerischen Lächeln: »Bloß vorsichtig...«

Daran hatte ich schon gedacht. Ich zerquetschte ihm nicht die Finger. Ich war vollkommen ruhig. Er wollte noch etwas sagen. Ich ersparte es ihm, indem ich mich umwandte, als hätte ich nichts gemerkt, und die Stufen hinauf ins Innere gelangte. Die Stewardeß führte mich zwischen den Sesselreihen ganz nach vorne. Ich wollte kein Sonderabteil. Ich überlegte, ob man sie davon bereits unterrichtet hätte. Der Sessel öffnete sich geräuschlos. Sie richtete die Lehne, lächelte mich an und ging. Ich setzte mich. Abgrundtiefweiche Kissen, wie überall. Die Lehnen so hoch, daß ich kaum die anderen Passagiere sah. Die Buntheit der Frauenkleider akzeptierte ich bereits widerstandslos. Unsinnigerweise aber verdächtigte ich immer noch die Männer einer Karnevalsverkleidung und hatte im stillen gehofft, einige würden jetzt doch in normalen Anzügen erscheinen – alberner Reflex. Alle setzten sich schnell. Gepäck hatte keiner. Nicht mal eine Aktentasche oder ein Bündel. Die Frauen ebensowenig. Von ihnen schienen auf einmal mehr da zu sein. Vor mir zwei Mulattinnen in papageifarbenen Pelzmäntelchen, federartig aufgeplustert, wahrscheinlich herrschte gerade eine Vogelmode. Weiter ein Ehepaar mit Kind. Nach den blendenden Selenophoren des Bahnsteigs und der Tunnel, nach den unerträglich kraß selbstleuchtenden Straßenpflanzen schien das Licht der konvexen Decke wie ein sanftes Glühen. Ich legte die Hände auf die Knie, da sie irgendwie störten. Alle saßen bereits. Acht Reihen grauer Sessel, ein Hauch Tannenduft, die Stille absterbender Gespräche. Ich erwartete die Startansage, irgendwelche Signale, die Aufforderung zum Anlegen der Schutzgürtel. Nichts geschah. Über die matte Decke begannen undeutliche Schatten zu huschen, etwa wie Papiersilhouetten von Vögeln. ›Was, zum Kuckuck, sollen diese Vögel‹, dachte ich ratlos. ›Ob das was bedeutet?‹ Ich war wie versteinert in meiner angespannten Aufmerksamkeit, ja nichts Unpassendes zu tun. Das ging bereits seit vier Tagen so. Vom ersten Augenblick an. Stets blieb ich hinter allem, was geschah, zurück, und der ständige Versuch, irgendein Gespräch oder eine Situation zu verstehen, verwandelte meine Spannung allmählich in ein Gefühl, das der Verzweiflung verdammt nahe kam. Ich war fest überzeugt, daß die anderen dasselbe fühlten. Aber wir sprachen nicht darüber, auch nicht, wenn wir allein waren. Es wurde nur über unseren Kraftüberschuß gewitzelt, übrigens mußte man sich wirklich in acht nehmen: am Anfang, als ich aufstehen wollte, sprang ich bis zur Decke, und jedes Ding, das ich in die Hand nahm, kam mir leicht wie Papier vor. Ich lernte dann ziemlich schnell den eigenen Körper zu kontrollieren. Bei der Begrüßung zerquetschte ich keinem mehr die Hand. Das war einfach. Leider aber am unwichtigsten.

Mein Nachbar von links, korpulent, braungebrannt, mit etwas allzu leuchtenden Augen – vielleicht hatte er Kontaktlinsen –, verschwand urplötzlich, weil sich sein Sessel an den Seiten erweiterte: die Lehnen gingen hoch und vereinigten sich dann, indem sie eine Art eierförmiger Kokon bildeten. Noch ein paar Leute verschwanden in derartigen Kabinen. Sie erinnerten an aufgequollene Sarkophage. Was machten sie nun da drin? Auf derartige Erscheinungen stieß ich immerzu und versuchte – wenn sie nicht unmittelbar mit mir zu tun hatten –, sie nicht anzustarren. Interessant: Menschen, die uns – als sie erfahren hatten, was wir eigentlich sind – anglotzten, behandelte ich eher gleichmütig. Ihr Staunen ging mich wenig an, obwohl mir sofort klar wurde, daß kein Funke Bewunderung dahintersteckte. Unangenehm wirkten viel eher die, die uns umsorgten – Mitarbeiter des ADAPT. Den stärksten Widerwillen erweckte Doktor Abs, da er mich behandelte wie der Arzt einen anomalen Patienten, indem er – übrigens recht glaubhaft – vorgab, es mit einem völlig Normalen zu tun zu haben. Wenn dies nicht mehr möglich war, machte er Witze. Ich hatte von seinem jovialen Gehabe genug. Jeder Passant – bildete ich mir ein –, der darüber befragt werden würde, hätte mich oder Olaf als seinesgleichen angesehen – nicht wir selbst waren ihm unheimlich, sondern unser vergangenes Schicksal: das war das Ungewöhnliche. Doktor Abs aber, wie jeder ADAPT-Mitarbeiter, wußte es besser – er wußte, daß wir tatsächlich anders sind. Dieses Anderssein war keine Auszeichnung, sondern ein Hindernis bei der Verständigung, beim einfachsten Wortwechsel, ach was – beim Öffnen einer Tür, da doch die Türklinken vor – ich weiß nicht mehr genau – fünfzig oder sechzig Jahren zu existieren aufgehört haben.

Der Start erfolgte unerwartet. Die Schwere änderte sich um keinen Deut, in das hermetisch abgeschlossene Innere drangen keinerlei Töne, über die Decke liefen rhythmisch die Schatten – vielleicht infolge der mehrjährigen Routine meines alten Instinkts wußte ich in einem gewissen Augenblick, daß wir im Raum schwebten; denn das war eine Gewißheit, keine Vermutung.

Noch etwas interessierte mich aber. Ich ruhte, halbliegend, die Beine ausgestreckt, reglos. Allzu leicht ließen sie mir das durchgehen. Sogar Oswamm hatte sich nicht besonders dagegen gesträubt. Die Gegenargumente, die ich von ihm und von Abs zu hören bekam, konnten nicht überzeugen – ich selbst würde da schon bessere finden. Sie beharrten nur darauf, daß jeder von uns einzeln fliegen müßte. Und nicht einmal die Tatsache, daß ich Olaf rebellisch stimmte – denn sonst wäre er wohl einverstanden gewesen, noch länger dort zu bleiben –, nahmen sie mir übel. Das gab mir zu denken. Ich erwartete Komplikationen, irgend etwas, was im letzten Moment meinen Plan zunichte machen würde. Aber nichts dergleichen geschah, und nun flog ich. Diese letzte Reise sollte in einer Viertelstunde zu Ende gehen.

Augenscheinlich hatte das, was ich mir ausgedacht hatte, wie auch die Haltung, die ich einnahm, um eine frühere Abfahrt zu erzwingen, sie kaum überrumpelt. Sie hatten wohl diesen Typ der Reaktion katalogisiert, es war eine Verhaltensstereotype, die solchen Draufgängern wie mir eigen war und die sie auf ihren psychotechnischen Tafeln mit einer entsprechenden Ordnungszahl versahen. Sie erlaubten mir zu fliegen – warum? Weil die Erfahrung ihnen sagte, daß ich damit nicht fertig werden würde? Wie konnte es aber dazu kommen, wenn diese ganz »selbständige« Eskapade nur aus dem Flug von einem Bahnhof zum anderen bestand, wo bereits jemand vom irdischen ADAPT warten sollte, und alles, was ich zu tun hatte, darauf hinauslief, jenen Menschen an der verabredeten Stelle zu finden?

Da geschah etwas. Ich hörte erhobene Stimmen. Ich lehnte mich hinaus aus meinem Sessel. Ein paar Reihen vor mir schubste eine Frau die Stewardeß weg, die mit einer verlangsamten, automatischen Bewegung, wie unter Einfluß dieser – gar nicht so starken – Abwehrbewegung zwischen den Sesseln rückwärts ging. Die

Frau wiederholte: »Nein, das laß ich nicht zu! *Dies* soll mich nicht berühren!« Das Gesicht der Schreienden konnte ich nicht sehen. Ihr Reisegefährte faßte sie an der Schulter, redete beruhigend auf sie ein. Was bedeutete diese Szene? Die anderen Passagiere beachteten sie nicht. Wieder einmal überkam mich das Gefühl unwahrscheinlicher Fremdheit. Von unten sah ich die Stewardeß an, die bei mir stehengeblieben war und mich – wie schon vorher – anlächelte. Es war kein rein äußerliches Lächeln der pflichtschuldigen Höflichkeit, das die Aufregung über den Vorfall maskierte. Sie gab nicht vor, ruhig zu sein, sie war es wirklich.

»Möchten Sie etwas trinken? Prum, Extran, Morr, Cidre?«

Eine melodische Stimme. Ich schüttelte verneinend den Kopf. Ich wollte ihr gerne etwas Nettes sagen, brachte es aber nur zu der abgedroschenen Frage: »Wann landen wir?«

»In sechs Minuten. Möchten Sie etwas essen? Sie brauchen sich nicht zu beeilen. Man kann hier auch nach der Landung bleiben.«

»Danke, nein.«

Sie ging. In der Luft, dicht vor meinem Gesicht, auf dem Hintergrund der nächsten Sessellehne, leuchtete – wie mit dem Ende einer glühenden Zigarette geschrieben – die Aufschrift STRATO auf. Ich beugte mich vor, um zu sehen, wie diese Inschrift entstanden war, und zuckte zusammen. Die Sessellehne hinter meinem Rücken paßte sich an und umfaßte mich elastisch. Ich wußte bereits, daß die Möbel jeder veränderten Haltung entgegenkommen, nur vergaß ich es immer wieder. Es war nicht angenehm – ungefähr so, als ob jemand jede meiner Bewegungen verfolgen würde. Ich wollte zu meiner vorherigen Haltung zurückkehren, tat es aber wohl zu energisch. Der Sessel verstand es falsch und klappte fast auseinander, wie ein Bett. Ich fuhr hoch. So eine Dummheit! Mehr Beherrschung! Die rosa STRATO-Buchstaben zuckten und flossen schon in andere hinüber: TERMINAL. Keine Erschütterung, Warnung, kein Pfiff. Nichts. Nun erklang ein ferner Ton wie von einem Posthorn, vier ovale Türen am Ende der Gänge zwischen den Sitzplätzen öffneten sich, und in das Innere drang ein dumpfes, allumfassendes Rauschen: Meeresrauschen. Die Stimmen der sich von ihren Sitzen erhebenden Passagiere versanken in diesem Rauschen spurlos. Ich blieb sitzen, sie aber gingen hinaus, die Silhouettenreihen leuchteten auf dem Hintergrund der äußeren Lichter grün, lila, purpurn auf – ein Maskenball. Nun waren alle draußen. Ich stand auf. Mechanisch zog ich meinen Pullover herunter. Ein irgendwie dummes Gefühl, so mit leeren Händen dazustehen. Durch die offene Tür zog ein kühler Hauch. Ich drehte mich um. Die Stewardeß stand an der Trennwand, ohne sie mit dem Rücken zu berühren. Auf ihrem Gesicht blieb dasselbe heitere Lächeln, nun zu den leeren Sesselreihen zugewandt, die sich jetzt langsam zusammenzurollen und -zulegen begannen, wie fleischige Blumen, die einen schneller, die anderen etwas langsamer – es war die einzige Bewegung in dem alles erfüllenden, durch die ovalen Öffnungen drängenden langgezogenen Rauschen, das an offenes Meer denken ließ. »Ich will nicht, daß *dies* mich berührt!« Plötzlich fand ich etwas Ungutes in ihrem Lächeln. Am Ausgang sagte ich: »Auf Wiedersehen...«

»Stets zu Diensten.«

Die Bedeutung dieser Worte, die im Munde einer hübschen, jungen Frau recht eigenartig klangen, wurde mir nicht sofort klar, während ich, ihr schon den Rücken kehrend, mich aus der Tür hinauslehnte. Ich wollte meinen Fuß auf die Treppenstufe setzen, aber es gab keine Stufe. Zwischen dem Metallkörper und dem Bahnsteigrand gähnte eine meterbreite Tiefe. Ich verlor das Gleichgewicht – auf eine derartige Falle unvorbereitet –, machte einen tolpatschigen Sprung und, bereits in der Luft, spürte ich den Zug einer unsichtbaren Kraft, die mich von unten auffing, so daß ich über die Leere hinwegschwebte und dann ganz weich auf eine weiße Oberfläche gestellt wurde, die mir elastisch nachgab. Bei diesem Flug mußte ich wohl kaum ein intelligentes Gesicht gemacht haben; ich fühlte belustigte Blicke – so schien es mir jedenfalls –, drehte mich dann schnell um und ging den Bahnsteig entlang. Das Geschoß, mit dem ich gekommen war, ruhte in einem tiefen Bett, von dem Rand der Bahnsteige durch eine absolut ungesicherte Leere getrennt. Wie von ungefähr näherte ich mich dieser Leere und fühlte zum zweiten Male den unsichtbaren Druck, der mich die weiße Fläche nicht überschreiten ließ. Ich wollte nun die Quelle jener sonderbaren Kraft suchen, doch urplötzlich war mir, als ob ich erwachte: ich befand mich auf der Erde.

Die Welle der Vorbeigehenden zog mich mit sich: geschubst, begab ich mich im Gedränge vorwärts. Es verging eine Weile, ehe ich die riesigen Ausmaße dieser Halle richtig erkannte. War es übrigens eine Halle? Keinerlei Wände; eine weiße, glitzernde, in der Höhe aufgehaltene Explosion von unwahrscheinlichen Flügeln, zwischen ihnen – Säulen, die nicht aus irgendeinem Material, sondern aus schwindelerregender Bewegung aufschossen. Hochstürmende, riesige Wasserfälle einer Flüssigkeit, die dichter als Wasser war, von innen her mit bunten Scheinwerfern erleuchtet? Nein; gläserne senkrechte Tunnel, durch die verwischte Unmengen von Fahrzeugen nach oben flitzten? Nun wußte ich nichts mehr. Immerfort geschubst und geschoben in der emsig eilenden Menge, versuchte ich auf einen leeren Platz zu gelangen, aber leere Plätze gab es hier keine. Um einen Kopf größer als die, welche mich umringten, sah ich, wie das nun leere Geschoß sich entfernte – nein, wir waren es, die mitsamt dem ganzen Bahnsteig vorwärts schwammen. Von der Höhe schossen Lichter herab, in denen die Menge funkelte und irisierte. Nun eine Fläche, auf der wir zusammengedrängt standen, die aber nach oben zu führen begann. Unten, weit schon, sah ich doppelte weiße Streifen, voller Menschen, mit schwarzen, gähnenden Hohlräumen, die reglosen Schiffskörper entlang – solche Schiffe wie das unsere gab es Dutzende –, der bewegliche Bahnsteig kurvte, beschleunigte sein Tempo, ging zu höheren Ebenen über. Schnelle längliche Schatten flatterten darüber – ihr Luftzug sträubte den Stehenden das Haar –, zitterten über unglaubliche, jeder Stütze entbehrende Viadukte mit länglichen Streifen von Signallichtern; dann teilte sich die uns tragende Ebene, sie trennte sich entlang unsichtbarer Striche, mein Teil glitt durch Innenräume voller stehender und sitzender Menschen, die von vielen kleinen Glitzerlichtern umgeben waren, als ob sie lauter buntes Feuerwerk wären.

Ich wußte nicht, wo ich hinsehen sollte. Vor mir stand ein Mann in etwas Flaumigem, das unter Lichteinwirkung wie Metall opalisierte. Er hatte sich bei einer scharlachrot gekleideten Frau untergehakt. Ihr Kleid hatte ein Muster aus großen Augen, fast wie Pfauenaugen, und diese Augen zwinkerten. Nein, es war keine Illusion: die Augen ihres Kleides öffneten und schlossen sich wirklich. Der Gehsteig, auf dem ich hinter den beiden anderen unter Dutzenden von Menschen stand, beschleunigte seine Fahrt noch mehr. Zwischen weiß-rauchigen Glasflächen öffneten sich bunt beleuchtete Passagen mit durchsichtigen Decken, die ohne Unterlaß durch Hunderte von Füßen auf dem höheren, nächsten Stock getreten wurden; das allumfassende Rauschen ergoß oder verdichtete sich wieder, wenn Tausende mir unverständliche, menschliche Stimmen und Töne – die aber für die anderen von Bedeutung waren – wieder von einem Tunnel auf dieser Reise mit unbekanntem Ziel verschluckt wurden. Tiefer, auf weiteren Ebenen, wurde die Umgebung ständig von vorbeifliegenden, mir unbekannten Fahrzeugen durchkreuzt – vielleicht Flugkörpern – da sie manchmal schräg nach oben oder nach unten gingen, sich in den Raum hineinbohrten, derart, daß ich instinktiv einen fürchterlichen Zusammenprall erwartete, denn ich sah keine Führungsschiene, überhaupt keine Schienen –, falls es Luftbahnen sein sollten. Hörten diese verschwommenen Orkane der Eile auch nur für einen Augenblick auf, so tauchten hinter ihnen majestätisch langsame Riesenebenen voller Menschen auf, wie fliegende Landungsplätze, die in verschiedene Richtungen führten, sich kreuzten, schwebten, durch perspektivische Täuschung ineinander überzugehen schienen. Das Auge fand kaum einen Ruhepunkt, weil die gesamte Architektur der Umgebung einzig aus Bewegung zu bestehen schien, aus Veränderungen. Sogar das, was ich ursprünglich für eine fliegende Decke hielt, bestand aus übereinander hängenden Stockwerken. Plötzlich drang in alle Biegungen der Ebene, ins Innere der Tunnel, durch die wir flogen, in die Gesichtszüge der Menschen, durch die Glasdecken und rätselhaften Säulen filtriert, von den silbernen Flächen reflektiert, ein schwerer, purpurner Glanz, als ob irgendwo in der Ferne, in der Mitte dieses Riesenbaues, ein Atomfeuer ausgebrochen wäre. Das Grün der immerfort hüpfenden Neonlichter wurde schmutzig, die Milch der parabelförmigen Stützpfeiler färbte sich rosig. Ich betrachtete diese plötzliche Sättigung der Luft mit einem roten Schein als Anzeichen einer Katastrophe. Aber niemand beachtete die Veränderung im geringsten, und ich selbst könnte nicht einmal sagen, wann sie aufgehört hat.

An den Rändern unseres Gehsteigs erschienen schnell rotierende grüne Kreise, wie in der Luft hängende Neonringe. Dann ging ein Teil der Menschen auf die heranrückende Abzweigung eines anderen Steigs oder einer schiefen Ebene; ich sah, daß man die grünen Linien gefahrlos überqueren konnte, als ob sie nicht materiell wären.

Ich ließ mich eine Zeitlang willenlos von dem weißen Gehsteig tragen, bis mir die Idee kam, daß ich vielleicht schon außerhalb des Bahnhofs wäre und diese unglaubwürdige Landschaft aus verschiedenartig gebogenem Glas, das ständig fast wie zu einem

Flug anhob, eben die Stadt war – die andere aber, die ich verließ, womöglich nur in meinem Gedächtnis existierte.

»Entschuldigung«, tippte ich die Schulter des pelzgeschmückten Mannes, »wo sind wir?«

Beide sahen sie mich an. Ihre Gesichter, die sie mir entgegenhoben, trugen den Ausdruck von Überraschung. Ich hegte die schwache Hoffnung, daß dies nur durch meine Größe verursacht würde.

»Auf dem Polydukt«, sagte der Mann. »Welchen Kontakt haben Sie?«

Ich verstand überhaupt nichts.

»Sind wir... sind wir noch auf dem Bahnhof?«

»Klar...«, erwiderte er, doch etwas zögernd.

»Und... wo befindet sich der Innere Kreis?«

»Den haben Sie bereits verpaßt. Sie müssen wiederholen.«

»Einen besseren Raster bekommen Sie vom Merid«, mischte sich da die Frau ein. Alle Augen ihres Kleides schienen mich mit mißtrauischem Staunen zu betrachten.

»Raster?« wiederholte ich ratlos.

»Ja, dort«, sie zeigte auf eine durch den heranschwimmenden grünen Kreis sichtbare leere Anhöhe mit schwarz-silbrigen, gestreiften Seiten, wie der Rumpf eines etwas komisch angemalten, auf der Seite liegenden Schiffs. Ich dankte und ging vom Gehsteig weg, wohl an der falschen Stelle, da mir die Geschwindigkeit fast die Beine lähmte. Ich fing mich wieder, erlangte das Gleichgewicht, drehte mich dabei aber derart, daß ich nicht wußte, nach welcher Seite ich jetzt gehen sollte. Ich überlegte, was da zu tun wäre. Inzwischen hatte sich der Ort meines Umsteigens ziemlich weit von der schwarz-silbrigen Anhöhe entfernt, die mir die Frau gezeigt hatte, ich konnte sie nicht mehr finden. Da die Mehrheit der neben mir Stehenden auf eine schiefe Ebene hinüberging, die nach oben führte, tat ich dasselbe. Bereits hier sah ich eine riesige, reglos in der Luft brennende Inschrift DUKT CENTR – die weiteren Buchstaben entgingen dem Auge, sie waren zu riesenhaft. Lautlos wurde ich auf einen kilometerlangen Bahnhof hinaufgetragen, von dem soeben ein spindelförmiges Schiff abfuhr, das beim Steigen seinen lichtdurchlöcherten Boden zeigte. Vielleicht war diese walartige Gestalt auch ein Bahnsteig, und ich befand mich auf dem »Raster«. Ringsum war Leere, so daß ich nicht einmal jemanden fragen konnte. Ich befand mich auf dem verkehrten Weg. Ein Teil meines »Bahnsteigs« bestand aus flachgedrückten Räumen ohne Vorderwände. Näher kommend sah ich eine Art von schwach beleuchteten, niedrigen Boxen, in denen reihenweise schwarze Maschinen parkten. Ich hielt sie für Autos. Aber als die zwei, die mir am nächsten waren, sich herausschoben und – ehe ich Zeit hatte zurückzutreten – vorbeifuhren, indem sie sofort eine große Schnelligkeit entwickelten, sah ich – ehe sie in der Perspektive parabolischer Queren verschwanden –, daß sie keinerlei Räder, Fenster oder Türen hatten, aerodynamisch wie riesige, schwarze Tropfen. ›Autos oder nicht‹, dachte ich, ›jedenfalls ist es wohl ein Parkplatz?‹ Vielleicht der »Raster«? Ich meinte, das Beste wäre zu warten, bis jemand käme, dann könnte ich mit ihm fahren, oder zumindest würde er mir etwas sagen. Mein Bahnsteig, leicht angehoben wie der Flügel eines unmöglichen Flugzeugs, blieb aber leer. Nur die schwarzen Maschinen entglitten einzeln oder zu mehreren ihren Metallunterschlüpfen und entfernten sich immer in derselben Richtung. Ich ging bis an den Bahnsteigrand, bis sich wieder die unsichtbare elastische Kraft meldete, die Sicherheit verhieß. Der Bahnsteig hing wirklich in der Luft, durch nichts gestützt. Als ich den Kopf hob, sah ich andere, die ihm ähnlich waren, reglos im Raum schweben, mit gelöschten Lichtern; an anderen wieder, wo die Schiffe ankamen, brannten die Lichter. Es waren keine Raketen, nicht einmal Geschosse wie das erste, das mich von der Luna brachte.

Ich stand solange, bis ich auf dem Hintergrund irgendwelcher Hallen – übrigens wußte ich nicht, ob sie eine Widerspiegelung dieser hier oder Realität waren – feurige rhythmisch durch die Luft segelnde Buchstaben sah: SOAMO SOAMO SOAMO – Pause, ein blaues Leuchten und dann NEONAX NEONAX NEONAX. Vielleicht Namen von Stationen, vielleicht Reklame von Produkten. Sie sagten mir gar nichts.

Höchste Zeit, diesen Mann aufzufinden, dachte ich, drehte mich um, fand einen in der umgekehrten Richtung fließenden Gehsteig und fuhr auf ihm herunter. Es erwies sich, daß es nicht dieselbe Ebene und nicht einmal die Halle war, von der ich nach oben gelangte: ich erkannte es am Fehlen der großen Säulen. Vielleicht aber waren die Säulen irgendwohin verzogen; möglich schien mir alles.

Ich befand mich in einem ganzen Wald von Springbrunnen; weiter fand ich einen weißen und rosa Saal, voller Frauen. Im

Vorbeigehen schob ich wie von ungefähr meine Hand in den Strom des beleuchteten Springbrunnens, vielleicht weil es angenehm war, irgend etwas auch bloß ein bißchen Bekanntes anzutreffen. Ich spürte aber nichts dabei; denn dieser Springbrunnen hatte kein Wasser. Nach einer Weile schien mir, daß ich Blumenduft spürte. Ich legte meine Hand an die Nase. Die Hand roch wie tausend Toilettenseifen. Unwillkürlich trocknete ich sie an meiner Hose. Ich stand bereits vor dem Saal, der voller Frauen, nichts als Frauen war. Es sah nicht nach einem Vorraum von Damentoiletten aus, aber das war am Ende nicht sicher. Ich wollte nicht fragen, kehrte also um. Ein junger Mann, kostümiert, als wäre etwas wie zerfließendes Quecksilber an seinen Schultern zu Puffärmeln verarbeitet und um die Hüften hauteng zusammengezogen, unterhielt sich mit einem blonden Mädchen, das den Rücken gegen den Springbrunnen lehnte. Das Mädchen trug ein ganz gewöhnliches helles Kleid, das mir etwas Mut gab. Es hielt einen Strauß blaßrosa Blumen, steckte das Gesicht hinein und lachte mit den Augen den Jungen an. Im letzten Moment, als ich bei ihnen stand und bereits den Mund aufmachte, erkannte ich, daß die junge Dame diese Blumen aß. Für einen Augenblick verschlug es mir die Sprache. Sie kaute ruhig an den zarten Blättern. Sie hob die Augen und sah mich an. Ihr Blick wurde reglos. Daran war ich schon gewöhnt. Ich fragte, wo sich der Innere Kreis befände.

Der Junge schien unangenehm überrascht, sogar böse, daß jemand sich erkühnte, ihr Zusammensein zu stören. Da hatte ich offenbar etwas Ungehöriges getan. Seine Blicke wanderten an mir hinauf und herab: ob vielleicht als Ursache meiner Größe irgendwelche Stelzen zu finden wären. Er sagte kein einziges Wort.

»Da, dort!« rief das Mädchen. »Rast auf Wuka, Ihr Raster, Sie schaffen es noch, schnell!«

Ich rannte in der gezeigten Richtung, ohne zu wissen wohin; immer noch hatte ich keine Ahnung, wie dieser verfluchte »Raster« aussah. Nach zehn Schritten bemerkte ich einen silbrigen Trichter, der von der Höhe herabsank, es konnte der Sockel einer dieser Riesensäulen sein, die mich vorher so sehr erstaunt hatten – waren es etwa fliegende Säulen?

Menschen eilten aus allen Richtungen dorthin. Und plötzlich stieß ich mit einem zusammen. Ich schwankte nicht mal, stand bloß wie angewurzelt: der andere, ein behäbiger Mann in leuchtendem Orange, fiel hin. Da geschah mit ihm etwas Unglaubliches: sein Pelz oder Anzug schien welk zu werden, er fiel in sich zusammen wie ein durchlöcherter Luftballon. Ich stand verdutzt über ihm, so perplex, daß ich nicht imstande war, eine Entschuldigung zu murmeln. Er stand auf, sah mich schief an, sagte aber nichts. Er drehte sich um und ging mit großen Schritten weiter. Dabei fummelte er ein bißchen vorn an der Brust herum – und sein Anzug füllte sich wieder und strahlte orange auf...

Der Platz, den mir das Mädchen gezeigt hatte, war leer. Es gab weder Trichter noch »Raster«. Nach diesem Abenteuer verzichtete ich auf die Suche nach dem Inneren Kreis und nach irgendeinem weiteren Kontakt. Ich beschloß, aus diesem merkwürdigen Bahnhof hinauszugelangen. Also fuhr ich auf gut Glück in Richtung eines schrägen blauen Pfeils nach oben. Ohne große Aufregung durchdrang ich mit meinem Körper zwei aufeinander folgende leuchtende Inschriften: LOKALE BEZIRKE. Ich geriet auf eine ziemlich bevölkerte Rolltreppe. Das nächste Stockwerk war im Ton dunkler Bronze gehalten, getigert mit goldenen Ausrufungszeichen. Fließende Deckenübergänge und versenkbare Wände. Gänge ohne Bedachung, die oben in etwas wie leuchtende Daunen getaucht waren. Es machte den Eindruck, als näherte man sich nun irgendwelchen bewohnten Räumen: das Milieu hatte eine entfernte Ähnlichkeit mit einem System gigantischer Hotelhallen. Kleine Fenster, Nickelrohre entlang der Wände, Nischen mit Leuten, die darin amtierten – vielleicht waren es Wechselstuben, vielleicht die Post. Ich ging weiter.

Beinahe war ich schon überzeugt, daß ich auf diese Art nie zu einem Ausgang gelangen würde. Wenn ich die ungefähre Fahrtdauer nach oben berechnete, mußte ich mich noch in dem freischwebenden Bahnhofsteil befinden: ich behielt auf alle Fälle weiter dieselbe Richtung.

Plötzlich war Leere um mich. Himbeerfarbene Platten mit funkelnden Sternchen, Reihen von Türen. Die nächste war nur angelehnt. Ich sah hinein: irgendein großer breitschultriger Mann tat im selben Moment dasselbe, bloß von der entgegengesetzten Seite aus, ich war es selbst – im Spiegel. Ich öffnete die Tür etwas weiter: Porzellan, silbrige Rohre, Nickel – Toiletten.

Fast hätte ich gelacht, aber im Grunde war ich eher benommen. Ich drehte mich schnell um: ein anderer Gang, milchweiße vertikal fließende Streifen. Die Lehne der Rolltreppe war weich und warm, ich zählte die abwärts gleitenden Stockwerke nicht. Immer mehr Menschen fuhren mit mir aufwärts. Sie hielten bei emaillierten Kästen an, die bei jedem Schritt aus der Wand wuchsen: ein Druck mit dem Finger, irgend etwas fiel in die Hand, sie steckten es in die Taschen und gingen weiter. Ich weiß selbst nicht, warum ich genau dasselbe tat wie der Mann im weiten lila Anzug vor mir: eine Taste mit einer kleinen Vertiefung für die Fingerkuppe, ein Druck, und direkt in die vorgehaltene Hand fiel mir ein farbiges, halb durchsichtiges Röhrchen, das angewärmt schien. Ich schüttelte es, brachte es mir vor die Augen – irgendwelche Pillen? Nein. Ein Korken? Es hatte keinen Korken, überhaupt keinen Verschluß. Wozu diente es? Was machten die anderen damit? Sie steckten es in ihre Taschen. Die Aufschrift auf dem Automaten: LARGAN. Ich stand, wurde geschubst. Urplötzlich kam ich mir vor wie ein Affe, dem man eine Füllfeder oder ein Feuerzeug gibt; für eine Zehntelsekunde überkam mich blinde Wut, ich biß die Zähne zusammen. Blinzelnd und leicht gebeugt schloß ich mich dem Strom der Gehenden an. Der Gang erweiterte sich, war jetzt schon ein Saal. Feurige Lettern: REAL AMMO REAL AMMO.

Zwischen den Weitereilenden, über ihren Köpfen, erblickte ich ganz fern ein Fenster. Das erste Fenster. Panoramisch, riesig.

Wie ein flachgelegtes Nachtfirmament. Bis zum Horizont von einem glühenden Nebel erfüllt – farbige Galaxien, dichtgedrängte spiralige Lichter, Feuerscheine zitternd über Wolkenkratzern, Straßen: eine wurmartige Bewegung der Leuchtperlen und darüber, senkrecht, das Wimmeln der Neone, Federbüsche und Blitze, Räder, Flugzeuge und Flaschen aus Feuer, rote Pusteblumen der Signallichter auf Türmen, Augenblicks-Sonnen und Blutstürze von Reklamen, mechanisch, gewaltig.

Ich stand und schaute, hörte hinter mir die rhythmische Bewegung Hunderter von Füßen. Plötzlich verschwand die Stadt, und ein riesiges, drei Meter großes Gesicht erschien.

»Wir brachten die Zusammenfassung der Chroniken aus den siebziger Jahren in dem Zyklus ›Visionen alter Hauptstädte‹. Der Transtel überträgt jetzt seinen Bereich auf die Studien der Kosmolythen...«

Ich wollte hier weg. Das war ja gar kein Fenster. Irgendein Fernsehschirm. Ich beschleunigte den Schritt. Ich fing zu schwitzen an. Runter! Schneller! Goldene Lichtvierecke. Drinnen

Menschenmenge, Schaum auf den Gläsern, eine fast schwarze Flüssigkeit, kein Bier, es hatte einen giftigen, grünlichen Schimmer. Und die Jugend, Jungen und Mädchen, umarmt, zu sechst, zu acht, über die ganze Breite der Passagen, kam mir entgegen. Sie mußten ihre Hände lösen, um mich durchzulassen. Ich zuckte zusammen. Ohne es zu merken, betrat ich den beweglichen Steig. Ganz nah sah ich erstaunte Augen – ein herrliches, dunkles Mädchen, angetan mit etwas, das wie phosphoreszierendes Metall an ihr leuchtete. Der Stoff lag hauteng an: sie war wie nackt. Gesichter – weiße, gelbe; einige große Schwarze, doch ich war immer noch der Größte. Man gab mir den Weg frei.

Oben, hinter gewölbten Scheiben, flogen flatternde Schatten, spielten unsichtbare Orchester. Und hier dauerte die eigenartige Promenade an, in dunklen Passagen – Frauengestalten ohne Kopf: Daunen, die ihre Schultern bedeckten, leuchteten so, daß nur der herausragende Hals sich darin – wie ein weißer Stiel – heller ausnahm, und ein Schein über ihrem Haar flimmerte – selbstleuchtender Puder? Der enge Durchgang führte mich zu einer Reihe grotesker, weil beweglicher, ja sogar recht bewegter Standbilder; etwas in der Art einer breiten, an den Seiten erhöhter Straße dröhnte vor Lachen. Man amüsierte sich; was amüsierte sie wohl so sehr – diese Skulpturen?

Riesige Figuren im konischen Scheinwerferlicht; ein rubinrotes, honigfarbenes Licht, zäh wie Sirup, floß aus ihnen. Ich ging willenlos, hielt die Augen fest geschlossen, verlor mich. Eine steile grüne Passage, groteske Pavillons, Pagoden, die man über kleine Brücken betrat, lauter kleine Lokale, der Duft von Gebratenem, scharf, aufdringlich, hinter Glasscheiben ganze Reihen von Gasflämmchen; ein Geklirr von Glas, metallische, sich wiederholende, unverständliche Laute. Die Menge, die mich hier hineinschwemmte, stieß mit einer anderen zusammen; dann lockerte sie sich, alle stiegen in einen von beiden Seiten offenen Waggon ein. Nein, er war nur durchsichtig, wie aus Glas gegossen, sogar die Sitze – obwohl weich – schienen wie aus Glas. Ich wußte gar nicht, wie ich da hineinkam – wir fuhren schon. Der Wagen raste, die Menschen schrien lauter als der Lautsprecher, der immer wiederholte: »Ebene Meridional, Ebene Meridional, Kontakte zu Spiro, Atale, Blekk, Frosom!«

Der ganze Wagen schien, von Lichtgarben durchstochen, zu schmelzen, die Wände flogen mit Flammen- und Farbstreifen vorbei, parabolische Bogen, weiße Bahnsteige. »Forteran, Forteran, Kontakte zu Galee, Kontakte der Außenraster, Makra«, verkündete der Lautsprecher. Der Wagen hielt, sauste dann weiter – ich entdeckte etwas Staunenswertes: man spürte weder das Bremsen, noch die Beschleunigung, als ob die Trägheit abgeschafft worden wäre. Wie war das möglich? Ich überprüfte es, indem ich an drei aufeinanderfolgenden Haltestellen leicht die Knie beugte. In den Kurven ebenfalls nichts. Menschen stiegen ein und aus, auf der vorderen Plattform stand eine Frau mit einem Hund, noch nie hatte ich so einen Hund gesehen: riesig, mit einem Kugelkopf, sehr häßlich, in seinen nußbraunen, ruhigen Augen spiegelten sich die nach hinten laufenden, verkleinerten Lichtgirlanden wider.

RAMBRENT, RAMBRENT. Es schwirrten weiße und bläuliche Neonröhren. Treppen aus Kristallicht, schwarze Fronten, das Licht versteinerte allmählich, der Wagen stand. Ich stieg aus und war verblüfft.

Über dem amphitheatral vertieften Schild der Haltestelle reckte sich, in verschiedene Ebenen geteilt, die wohlbekannte Konstruktion, ich befand mich immer noch auf dem Bahnhof, nur an einer anderen Stelle derselben gigantischen Halle. Ich ging bis zum Rand der geometrisch genauen Vertiefung – der Waggon war bereits abgefahren – und war wieder erstaunt: nicht unten befand ich mich, wie mir schien, sondern vielmehr oben, etwa vierzig Stockwerke hoch über den Bändern jener aus der Tiefe gesehenen Gehsteige, über den silbernen Decken der stets gleichmäßig vorbeieilenden Bahnsteige: lange, schweigende Körper fuhren dazwischen ein. Die Menschen kamen durch zahlreiche Klappen heraus, als ob diese Ungeheuer, diese chromglitzernden Fische in regelmäßigen Zeitabschnitten schwarze und bunte Roggenhaufen absonderten. Über all diesen Dingen sah ich weit hinten, durch einen Nebel der Entfernung, bewegt wie auf einem unsichtbaren Seil, goldene Buchstaben:

GLENIANA ROON DIE HEUTE DURCH DIE AUFNAHME EINES MIMORPHISCHEN REALS WIEDERKOMMT EHRT IN EINEM ORATORIUM DAS ANDENKEN VON RAPPER KERX POLITER. TERMINAL TAGESZEITUNG GIBT BEKANNT: PETIFARGUE BRACHTE HEUTE IN AMMONLEE DAS ERSTE ENSOM ZUR SYSTOLYSIERUNG. DIE STIMME DES GROSSEN

GARVISTIKERS BRINGEN WIR UM SIEBENUNDZWANZIG UHR. SIEG ARRAKERS. ARRAKER WIEDERHOLTE SEINEN ERFOLG ALS ERSTER OBLITAERITER DER SAISON IM TRANSVALL STADION.

Ich ging weiter. Also hat sich sogar die Zeitrechnung verändert. Metallische Stoffe der Frauenkleider, vom Licht der Riesenlettern getroffen, die wie ganze Reihen brennender Seiltänzer über dem Meer von Menschenköpfen liefen, erzitterten plötzlich mit kleinen Flammen. Ich ging, ohne es zu wissen, und irgend etwas wiederholte in mir immer wieder: »Also hat sich sogar die Zeit geändert.« Das gab mir fast den Rest. Mit offenen Augen sah ich nichts. Ich wollte nur eins: heraus hier, aus diesem verflixten Bahnhof, unter den freien Himmel, in einen freien Raum, wo man die Sterne sehen und den Wind fühlen kann.

Eine Allee langgezogener Lichter zog mich an; im durchsichtigen Stein der Decke schrieb wieder etwas – die Buchstaben zog eine scharfe, in Alabaster eingeschlossene Flamme –: TELETRANS TELEPORT TELETHON. Durch eine Bogentür – nur war es ein schier unmöglicher, aus den Fugen geratener Bogen, wie das Negativ eines Raketenschnabels – gelangte ich in einen Saal, der mit vereistem, goldenem Feuer bedeckt war. In den Wandnischen – Hunderte von Kabinen. Menschen liefen da hinein, eilten wieder hinaus, warfen zerrissene Streifen auf den Boden, nein, keine Telegrammstreifen, es war etwas anderes, mit ausgestanzten Knöpfchen, andere traten auf diese Fetzen. Ich wollte hinaus, trat irrtümlich in einen dunklen Raum, etwas surrte dort, dann leuchtete es wie eine Fotolampe auf, und aus einer mit Metall eingefaßten Ritze glitt ein zusammengelegter Bogen glitzernden Papiers. Ich nahm ihn, öffnete, und ein menschlicher Kopf mit nicht ganz geschlossenen, leicht verzerrten, dünnen Lippen sah mich mit blinzelnden Augen an: ich selbst war es! Ich legte das Papier wieder zusammen, und der Plastikspuk verschwand. Langsam öffnete ich die Bogenränder – nichts – etwas weiter – da kam er wieder, wie aus dem Nichts, ein Kopf, wie vom Rumpf abgeschnitten, mit einem nicht gerade intelligenten Ausdruck, über dem Papier schwebend. Einen Augenblick lang sah ich mein eigenes Gesicht an – was war es wohl, ein dreidimensionales Foto? Ich steckte den Bogen in die Tasche und ging. Die goldene Hölle schien auf die Köpfe der Menschen herabzufallen, eine Decke aus Feuermagma, unwirklich, aber wie ein wirkliches

Feuer wütend. Niemand sah hin. Die Leute liefen emsig von einer Kabine zur anderen, grüne Buchstaben hüpften im Hintergrund, Zahlenkolonnen flossen auf schmalen Scheiben hinunter, noch andere Kabinen, Rollos statt Türen, die blitzartig beim Herannahen hochschnellten – endlich fand ich den Ausgang.

Ein Korridor mit abschüssigem Boden wie manchmal im Theater. Aus den Wänden schossen stilisierte Muscheln, oben liefen endlos die Worte: INFOR INFOR INFOR.

Einen Infor sah ich zum ersten Male auf der Luna und meinte, daß es eine künstliche Blume wäre.

Ich brachte mein Gesicht dicht an den hellgrünen Kelch, der sofort, noch ehe ich die Lippen öffnete, in Erwartung erstarrte.

»Wo kann ich hier raus?« fragte ich nicht sehr geistreich.

»Wohin?« erwiderte sofort eine warme Altstimme.

»In die Stadt.«

»In welches Viertel?«

»Egal.«

»Auf welche Ebene?«

»Egal. Ich will aus dem Bahnhof heraus!«

»Meridional, Raster: einhundertsechs, einhundertsiebzehn, null acht, null zwei. Tridukt, Ebene AF, AG, AC, Mythenebene-Rundweg, zwölf und sechzehn, Nadir-Ebene führt in jede südliche Richtung. Zentral-Ebene, Glider, lokal – rot, fern – weiß, A, B und W. Ulder-Ebene, unmittelbar, sämtliche Eskale vom dritten an nach oben…«, rezitierte singend eine Frauenstimme.

Ich hatte Lust, das Mikrofon aus der Wand zu reißen, das sich da so besorgt meinem Gesicht zuwandte. Ich ging. »Idiot! Du Idiot!« wiederholte ich mir bei jedem Schritt. EX, EX, EX, wiederholte eine oben vorbeigleitende, mit zitronengelbem Nebel eingefaßte Inschrift. Ist es vielleicht Exit? Der Ausgang?

Eine Riesenaufschrift: EXOTAL. Ich gelangte plötzlich in einen starken Luftstrom voller Wärme, so daß meine Hosenbeine flatterten. Ich befand mich unter freiem Himmel. Aber die Nachtdunkelheit, durch die Menge der Lichter entrückt, hing weit entfernt im Raum. Ein Riesenrestaurant – Tischchen, deren Oberflächen in verschiedensten Farben leuchteten, daher etwas unheimlich von unten beleuchtete Gesichter darüber, voll tiefer Schatten. Niedrige Sessel, Gläser mit einer schwarzen, grünschäumenden Flüssigkeit, Lampions, die kleine Funken sprühten, nein, eher Glühwürmchen, Mengen von brennenden Nachtfaltern. Ein Lichterchaos löschte die Sterne. Als ich den Kopf hob, sah ich nur eine schwarze Leere. Trotzdem erstaunlich genug: ihre blinde Existenz gab mir irgendwie Mut. Ich stand und schaute.

Jemand berührte mich im Vorüberstreifen, ich spürte Parfümduft, scharf und leicht zugleich, ein Paar ging vorbei, das Mädchen wandte sich dem Mann zu, ihre Schultern und Brüste verschwanden in einer flaumigen Wolke, er nahm sie in seine Arme, sie tanzten. ›Tanzen tun sie noch‹, dachte ich. ›Auch gut.‹ Das Paar tat ein paar Schritte, ein blasses Quecksilberparkett hob es mit anderen Paaren hoch, ihre dunkelroten Schatten bewegten sich unter seiner riesigen und sich langsam drehenden Platte; das Parkett war nicht gestützt, hatte nicht einmal eine Achse. Es drehte sich, in der Luft hängend, zu den Klängen der Musik.

Ich ging zwischen den Tischchen durch. Die weiche Plastikmasse, auf der ich ging, hörte nun auf, sie grenzte an einen rauhen Felsen. Durch einen Lichtvorhang ging ich weiter und fand mich in einer Felshöhle. Es sah aus wie zehn oder fünfzig gotische Kirchenschiffe aus Stalaktiten zusammen. Adernförmige Infiltrationen perlenartiger Minerale umschlossen die Höhlenausgänge, Menschen saßen da, ihre Beine hingen in die Leere, zwischen ihren Knien brannten flackernde Flämmchen, unten aber weitete sich ungetrübt der schwarze Spiegel eines unterirdischen Sees aus, in dem sich die Felsen widerspiegelten. Dort, auf nachlässig zusammengebastelten kleinen Flößen, ruhten ebenfalls Menschen, die alle nach einer Seite schauten.

Ich ging bis an den Rand des Wassers und sah auf der anderen Seite, auf dem Sand, eine Tänzerin. Sie schien mir nackt zu sein, aber das Weiß ihres Körpers war unnatürlich. Mit kleinen, schwankenden Schritten lief sie auf das Wasser zu, und als sie sich darin widerspiegelte, öffnete sie plötzlich die Arme und neigte den Kopf – es war der Schluß, doch niemand applaudierte. Die Tänzerin verharrte einige Sekunden regungslos, ging dann langsam am Ufer entlang, an dessen ungeraden Linien herum. Sie war wohl dreißig Schritte von mir entfernt, als etwas mit ihr geschah. Eben noch sah ich ihr lächelndes, erschöpftes Gesicht, und plötzlich wurde es irgendwie verdunkelt, ihre Silhouette erzitterte und verschwand.

»Eine Plave für den Herrn?« hörte ich hinter mir eine höfliche Stimme. Ich drehte mich um, niemand, nur ein ovales Tischchen, das sich auf komisch gebogenen Beinchen bewegte: es ging, die Gläser mit einer schäumenden Flüssigkeit, die reihenweise seitlich auf Tabletts standen, erzitterten dabei – ein Arm reichte mir höflich das Getränk, der andere griff schon nach dem Teller mit einer Öffnung für den Finger – der Teller sah einer kleinen, konkaven Palette ähnlich. Es war ein Automat, ich sah hinter dem Hauptglas die aufleuchtende Glut seines Transistorherzens.

Ich ging vorbei an den untertänig herausgestreckten Käferarmen, mit Leckerbissen belastet, die ich verschmähte. Ich verließ die künstliche Grotte, die Zähne zusammenbeißend, als ob mir eine unverständliche Demütigung angetan worden wäre. Ich ging über die ganze Terrassenbreite, zwischen den S-förmigen Tischchen durch, unter den Lampion-Alleen, überschüttet vom leichten Staub der zerfallenden, schon sterbenden, schwarzen, goldenen Glühwürmchen.

Dicht am Ufer, das mit altem, vom gelblichen Pflanzenbelag wie umnebeltem Stein eingefaßt war, fühlte ich endlich den wirklichen, reinen und kühlen Windhauch. Daneben stand ein freies Tischchen. Ich setzte mich, unbequem, den Rücken den anderen Menschen zugekehrt. Ich sah in die Nacht. Unten erweiterte sich das Dunkel, gestaltlos und unerwartet. Erst in der Ferne, weit in der Ferne, glühten an seinen Rändern dünne, schwankende, unsichere Lichter auf, als ob es gar kein elektrisches Licht wäre. Und noch weiter schossen in den Himmel kalte, dünne Lichtdegen, ich wußte nicht, waren es Häuser oder irgendwelche Masten. Ich hätte sie für Scheinwerfergarben gehalten, wären sie nicht mit einem feinen Netz bedeckt gewesen – so könnte wohl ein mit seinem Oberteil in den Boden gerammter Glaszylinder aussehen, voller abwechselnd konkaver und konvexer Linsen. Unwahrscheinlich hoch mußten sie sein, um sie herum rieselten pulsierende Lichter, von einem Kranz orangenfarbenen, dann wieder fast weißen Schimmers eingefaßt. Das war alles, so sah die Stadt aus; ich versuchte Straßen zu finden, sie zu erraten, aber die dunkle tote Fläche da unten zog sich nach allen Seiten hin, von keinem Funken erhellt.

»Kol?…« hörte ich, wohl nicht zum ersten Mal ausgesprochen, obwohl ich es am Anfang nicht auf mich bezog. Ehe ich mich noch richtig umgedreht hatte, tat es der Sessel für mich. Vor mir stand ein vielleicht zwanzigjähriges Mädchen in dicht anliegendem Hellblau. Schultern und Busen waren in dunkelblauen Daunen verloren, die nach unten zu immer durchsichtiger wurden. Ihr schöner, schlanker Bauch war wie eine Skulptur in atmendem Metall. In den Ohren hatte sie etwas Leuchtendes, das so groß war, daß man die Ohrmuscheln nicht sehen konnte. Ihre kleinen, unsicher lächelnden Lippen waren geschminkt, die Nasenlöcher innen auch rot – ich hatte bemerkt, daß die Mehrheit der Frauen sich so zurechtmachte.

Sie faßte mit beiden Händen die Lehne des mir gegenüberstehenden Sessels und fragte: »Was gibt's bei dir, Kol?«

Sie setzte sich.

Ich hatte den Eindruck, daß sie etwas betrunken war.

»Langweilig hier«, meinte sie wieder nach einer Weile. »Nicht? Nehmen wir uns mal, Kol?«

»Ich bin nicht Kol...«, antwortete ich.

Sie stützte die Ellbogen auf das Tischchen und bewegte die Hand mit einem halbgefüllten Glas. Das Ende eines Goldkettchens, das sie um die Finger trug, tauchte dabei in die Flüssigkeit. Sie bog sich immer mehr vor. Ich spürte ihren Atem. Wenn sie betrunken war, so nicht vom Alkohol.

»Wieso?« sagte sie. »Du bist es. Mußt es ein. Jeder ist ein Kol. Willst du wohl? Nehmen wir uns?«

Wenn ich bloß wüßte, was das bedeuten sollte.

»Gut«, sagte ich.

Sie stand auf. Auch ich stand von dem schrecklich niedrigen Sessel auf.

»Wie machst du das?« fragte sie.

»Was?«

Sie sah auf meine Füße.

»Ich dachte, du würdest auf den Zehenspitzen stehen...«

Ich lächelte schweigend. Sie kam auf mich zu, nahm meinen Arm und staunte wieder.

»Was hast du denn da?«

»Wo, hier? Nichts.«

»Du singst ja«, sagte sie und zog mich leicht mit sich. Wir gingen zwischen den Tischchen durch, und ich überlegte dabei, was wohl dieses »du singst« bedeuten konnte – vielleicht meinte sie »du mogelst«?

Sie brachte mich an eine dunkelgoldene Wand, wo ein violinschlüsselähnliches Zeichen leuchtete. Als wir dicht davor waren, öffnete sich die Wand. Ich spürte einen Hauch heißer Luft.

Der schmale, silberne Eskalator schwamm hinunter. Wir hielten. Sie reichte mir nicht bis an die Schulter. Sie hatte einen Katzenschädel, schwarzes, blau leuchtendes Haar, ein vielleicht allzu scharfes Profil, doch sie war hübsch. Nur diese scharlachroten Nasenflügel... Sie hielt mich fest mit schlanker Hand, ihre grünen Fingernägel gruben sich in den dicken Stoff meiner Wolljacke ein. Unwillkürlich lächelte ich nur mit den Winkeln meiner Lippen, als ich daran dachte, wo diese Jacke bisher schon überall gewesen war und wie wenig sie mit Frauenfingern zu tun hatte.

Unter einem Gewölbe, das Lichter atmete – von Rosa bis Karminrot und von Karminrot bis Rosa –, gelangten wir auf die Straße. Das heißt, ich dachte, es wäre die Straße, doch jeden Augenblick erhellte sich die Dunkelheit über uns wie bei plötzlichem Morgengrauen. In der Ferne flossen lange, niedrige Silhouetten vorbei, wie Autos. Indessen wußte ich bereits, daß es keine Autos mehr gab. Es mußte etwas anderes sein. Wäre ich allein, hätte ich durch diese Straße zu einer weiteren Abzweigung gehen können: weiter leuchteten nämlich die Buchstaben: ZUM ZENTRUM. Wahrscheinlich aber bedeutete das gar kein Stadtzentrum. Im übrigen ließ ich mich führen. Wie dieses Abenteuer auch enden sollte, ich hatte endlich eine Führerin gefunden und dachte – diesmal schon an den unglückseligen Kerl, der jetzt, drei Stunden nach meiner Ankunft, mich wohl mit sämtlichen Infors dieser Bahnhofsstadt suchte.

Wir gingen an einigen schon fast leeren Lokalen vorbei, an Schaufenstern, wo Mannequingruppen immerfort dieselbe Szene spielten. Ich wäre gern stehengeblieben, um zu sehen, was sie da taten, aber das Mädchen ging rasch, mit ihren Schuhabsätzen klappernd, bis sie beim Anblick eines Neongesichts mit pulsierenden roten Wangen, das sich immerzu mit einer drollig ausgestreckten Zunge die Lippen leckte, ausrief:

»Oh, Bonsen! Willst du einen Bons?«

»Und du?« fragte ich.

»Ich glaube schon.«

Wir kamen in einen kleinen, leuchtenden Saal. Statt einer Decke hatte er lange Reihen brennender Flämmchen, die wie Gasflammen aussahen; von oben schlug uns plötzlich Hitze entgegen, da brannte wahrscheinlich wirklich Gas. An den Wänden gab es kleine Vertiefungen mit Pulten; als wir auf eine von ihnen zukamen, schoben sich beiderseits aus der Wand auch Sitze heraus. Sie schienen aus jener Wand herauszurücken: anfangs noch unentwickelt, wie Knospen, wurden dann flach in der Luft, nahmen Gestalt an und blieben dann regungslos. Wir setzten uns gegenüber, das Mädchen klopfte mit zwei Fingern auf die Metallplatte des Tischchens, aus der Wand sprang ein Nickelpfötchen, warf vor jeden von uns ein kleines Tellerchen und tat mit zwei blitzschnellen Bewegungen auf jeden davon eine Portion weißlicher Masse, die aufschäumend braun wurde und erstarrte, wobei das Tellerchen selbst auch nachdunkelte. Das Mädchen rollte den Teller, der gar keiner war, wie einen Pfannkuchen zusammen und fing an zu essen.

»Ach«, sagte sie mit vollem Mund, »ich hatte ja keine Ahnung, daß ich so hungrig bin.«

Ich tat genau dasselbe wie sie. Der Bons erinnerte im Geschmack an nichts, was ich jemals aß. Knusprig beim Anbeißen wie eine frischgebackene Semmel, zerfiel und zerfloß er sofort auf der Zunge; die braune Masse, die sich drinnen befand, war scharf gewürzt. Ich dachte, daß ich mich an Bonse gewöhnen könnte.

»Noch mehr?« fragte ich, als sie den ihrigen verzehrt hatte. Sie lächelte und schüttelte den Kopf. Beim Hinausgehen legte sie für einen Augenblick beide Hände in eine kleine gekachelte Nische – in der es rauschte. Ich machte es ihr nach. Ein kitzelnder Wind umfing meine Finger; als ich die Hände wieder wegnahm, waren sie schon trocken und sauber.

Dann fuhren wir mit einem breiten Eskalator nach oben. Ich wußte nicht, ob es immer noch der Bahnhof war, aber ich genierte mich zu fragen. Sie führte mich in eine kleine Kabine in der Wand – es war dort nicht sehr hell, und ich hatte den Eindruck, daß oben wohl Züge führen, da der Boden zitterte. Für eine Zehntelsekunde wurde es dunkel, irgend etwas atmete tief unter uns auf, als ob ein metallenes Ungeheuer die Luft aus der Lunge ausgestoßen hätte, dann wurde es wieder hell, das Mädchen drückte die Tür auf.

Es war wohl wirklich eine Straße. Wir waren hier ganz allein. Kleine, gestutzte Sträucher wuchsen auf beiden Gehsteigseiten; etwas weiter standen gedrängt schwarze, flache Maschinen. Irgendein Mensch kam aus dem Schatten, versteckte sich hinter einer von ihnen – ich sah ihn keine Tür öffnen, er verschwand einfach, doch die Maschine raste los mit einem derartigen Schwung, daß er wohl ganz flach auf dem Sitz liegen mußte. Ich sah keine

Häuser, nur eine tischglatte Fahrbahn, die mit matten Metallstreifen bedeckt war; an den Kreuzungen bewegten sich ritzartige, orangene und rote Lichter, sie hingen über dem Pflaster und erinnerten ein wenig an die Modelle von Scheinwerfern aus der Kriegszeit.

»Wo wollen wir uns nehmen?« fragte das Mädchen. Immer noch hielt sie meinen Arm. Sie verlangsamte ihre Schritte. Ein roter Lichtstreifen glitt über ihr Gesicht.

»Wo du willst.«

»Dann wollen wir zu mir gehen. Einen Glider zu nehmen, lohnt sich nicht. Es ist hier ganz in der Nähe.«

Wir gingen weiter. Man sah auch weiterhin keine Häuser, und der Wind, der aus dem Dunkel hinter den Büschen kam, wehte so, als ob hier rundum ein freier Raum wäre. Um den Bahnhof herum, direkt im Zentrum? Dies schien mir eigenartig. Der Wind brachte einen schwachen Blumenduft mit sich, den ich gierig einsog. Flieder? Nein, Flieder war es nicht.

Dann fanden wir einen gleitenden Gehsteig, wir standen darauf, ein komisches Paar, die Lichter flogen vorbei, manchmal ein Gefährt, wie aus einem Stück schwarzen Metalls gegossen: sie hatten keine Fenster, keine Räder, nicht einmal Lichter, doch sausten sie mit einer außergewöhnlichen Geschwindigkeit vorbei, wie blind. Die beweglichen Lichter schossen aus engen, vertikalen Spalten dicht über dem Boden. Ich konnte nicht feststellen, ob sie irgendwie mit dem Verkehr und seiner Regelung zusammenhingen.

Durch den unsichtbaren Himmel zog von Zeit zu Zeit, hoch über uns, ein klagender Pfiff. Das Mädchen stieg plötzlich vom gleitenden Steg ab, nur um auf einen anderen umzusteigen, der steil nach oben lief. Plötzlich sah ich mich recht hoch stehen, die Luftfahrt dauerte vielleicht eine halbe Minute und endete auf einem Überhang voller schwach duftender Blumen, als wären wir nun auf der Terrasse oder dem Balkon eines dunklen Hauses angelangt. Das Mädchen ging in diese Loggia hinein. Ich, an die Dunkelheit bereits gewöhnt, riß mit den Augen eines Nachttiers die großen Silhouetten der nebenstehenden Häuser aus der Schwärze: sie waren fensterlos, tot. Nicht allein keine Lichter gab es; auch nicht der schwächste Ton gelangte von dort zu mir, außer dem scharfen Gezisch, das vom Vorbeifahren der schwarzen Maschinen durch diese Straße zeugte. Ich war über diese doch wohl absichtliche Verdunkelung erstaunt, auch über den Mangel an Reklameschildern nach der Neonorgie am Bahnhof.

Doch blieb mir keine Zeit für Überlegungen. »Komm, wo bist du!?« hörte ich ein Flüstern. Ich sah nur den weißen Flecken ihres Gesichts. Sie legte ihre Hand an die Tür, die sich öffnete. Aber diese Tür führte nicht in die Wohnung, der Fußboden ging weich mit uns mit. – ›Hier kann man ja keinen Schritt tun‹, dachte ich, ›komisch, daß sie eigentlich noch Beine haben.‹ Eine mißlungene Ironie, sie entstammte meiner nie endenden Verblüffung, dem Gefühl der Irrealität von allem, was mit mir seit vielen Stunden geschah.

Wir befanden uns wie in einem großen Flur oder Korridor, der breit und fast dunkel war – nur die Wandecken, mit Streifen von Leuchtfarbe bestrichen, leuchteten. An der dunkelsten Stelle legte das Mädchen wieder ihre flach ausgestreckte Hand auf die kleine Metallplatte in der Tür und ging als erste hinein. Ich blinzelte: die recht stark beleuchtete Diele war fast leer. Sie ging zur nächsten Tür; als ich mich der Wand näherte, öffnete sich diese plötzlich und zeigte eine Vertiefung, die voll war von metallenen Fläschchen. Das kam so unerwartet, daß ich unwillkürlich zusammenzuckte.

»Verängstige mir ja nicht meinen Schrank«, sagte sie, schon vom anderen Zimmer aus.

Ich folgte ihr.

Die Möbel schienen aus Kunststoff gegossen: kleine Sessel, ein niedriges Sofa, kleine Tischchen – in dem halbdurchsichtigen Material bewegten sich langsam ganze Schwärme von Glühwürmchen; manchmal verliefen sie sich, flossen dann wieder zu kleinen Bächlein zusammen, und im Innern der Möbel schien dann leuchtendes, blaßgrünes, mit rosigen Reflexen vermischtes Blut zu kreisen.

»Warum setzt du dich nicht?«

Sie selbst stand tiefer. Der Sessel öffnete sich, um mich aufzunehmen. Ich konnte das nicht leiden. Diese Glasur war keine Glasur – ich hatte den Eindruck, auf luftgefüllten Kissen zu sitzen. Und als ich hinuntersah, konnte ich durch die dicke gebogene Platte meines Sitzes undeutlich den Fußboden sehen.

Als ich hereinkam, schien mir die Wand gegenüber der Tür aus Glas zu sein; ich meinte dort ein zweites Zimmer mit irgendwelchen Menschen zu erblicken, als ob da ein Empfang stattfände, nur waren die Menschen unnatürlich groß. Plötzlich begriff ich, daß ich vor mir einen vollwandigen Fernsehschirm hatte. Der Ton war abgeschaltet; jetzt, im Sitzen, sah ich ein riesiges Frauengesicht, genauso, als ob diese dunkelhäutige Riesin durchs Fenster ins Zimmer schaute; ihre Lippen bewegten sich, sie sprach, und die Juwelen – groß wie die Schilde von früheren Kriegern –, die ihre Ohrläppchen bedeckten, funkelten von Brillanten.

Ich rückte mich etwas in meinem Sessel zurecht. Das Mädchen, eine Hand an der Hüfte – ihr Bauch sah tatsächlich wie eine Skulptur aus lazurfarbigem Metall aus –, sah mich aufmerksam an. Sie machte nicht mehr den Eindruck einer Betrunkenen. Vielleicht kam es mir vorhin auch nur so vor.

»Wie heißt du?« wollte sie wissen.

»Bregg. Hal Bregg. Und du?«

»Nais. Wie alt bist du?«

›Eigenartige Sitten‹, dachte ich. ›Doch was hilft's – anscheinend ist es so üblich.‹

»Vierzig. Wieso?«

»Nichts. Ich dachte, du wärest hundert.«

Ich lächelte.

»Kann ich gerne sein, wenn dir daran liegt.« – ›Das Ulkigste dabei wäre‹, dachte ich, ›daß es wahr ist.‹

»Was möchtest du haben?«

»Zum Trinken? Danke, nichts.«

»Wie du willst.«

Sie trat an die Wand, wo sich etwas wie eine kleine Bar öffnete. Sie verdeckte diese Öffnung. Als sie sich dann umdrehte, trug sie ein kleines Tablett mit Bechern und zwei Flaschen. Sie drückte leicht auf die eine Flasche und schenkte mir einen vollen Becher ein – die Flüssigkeit sah ganz nach Milch aus.

»Danke«, sagte ich, »für mich nicht...«

»Ich gebe dir doch nichts!« staunte sie.

Ich verstand, daß ich einen Fehler machte, ohne zu wissen, was für einen, brummte also nur etwas und nahm den Becher. Sie selbst schenkte sich aus der anderen Flasche ein. Die Flüssigkeit war ölig, farblos, prickelte leicht unter der Oberfläche und wurde zugleich dunkler, wie infolge eines Kontakts mit der Luft.

Sie setzte sich, berührte ihr Glas mit den Lippen und fragte wie von ungefähr: »Wer bist du?«

»Kol«, antwortete ich. Ich hob meinen Becher hoch, als wollte ich ihn betrachten, diese Milch hatte aber keinen Geruch. Ich rührte das Getränk nicht an.

»Nein, im Ernst«, sagte sie. »Du dachtest wohl, ich wollte schummeln, wie? Ach, wo. Es war ja nur ein Kals. Ich war mit der Sechs, weißt du, aber es wurde so unheimlich öde. Das Pflugen taugte nichts und überhaupt... ich wollte gerade gehen, als du dich an den Tisch gesetzt hast.«

Irgend etwas davon begriff ich bereits: ich hatte mich wahrscheinlich ungewollt an ihren Tisch gesetzt, als sie nicht da war, vielleicht tanzte sie da gerade? Ich schwieg diplomatisch.

»Von weitem sahst du so...«, sie konnte dafür keine entsprechende Bezeichnung finden.

»Solide?« half ich. Ihre Lider zuckten. Hatte sie wohl auch darauf eine metallische Haut? Nein, es war wohl Schminke.

Nun hob sie den Kopf: »Was heißt das?«

»Nun – e... hmm – vertrauenswürdig...«

»Du sprichst so komisch. Von wo bist du?«

»Von weit her.«

»Mars?«

»Weiter.«

»Fliegst du?«

»Ich bin geflogen.«

»Und jetzt?«

»Nichts. Kam zurück.«

»Wirst du wieder fliegen?«

»Ich weiß nicht. Wohl kaum.«

Das Gespräch versandete irgendwie. Mir schien, daß das Mädchen ihre etwas leichtsinnige Einladung bereits bereute, und ich wollte ihr die Sache leichter machen.

»Soll ich vielleicht schon gehen?« fragte ich. Das nicht angerührte Getränk hielt ich immer noch in der Hand.

»Warum denn?« staunte sie.

»Ich dachte, das würde dir... zusagen.«

»Nein«, sagte sie, »du meinst – nein, wieso?... Warum trinkst du denn nicht?«

»Ich trinke schon.«

Es war doch Milch. Um diese Zeit, unter diesen Umständen! Ich war so verblüfft, daß sie es merken mußte.

»Wie – ist er etwa schlecht?«

»Die... diese Milch...«, sagte ich. Ich mußte dabei das Gesicht

eines Vollidioten gehabt haben.
»Wie? Was für Milch? Es ist doch Brit...«
Ich seufzte nur. »Hör zu, Nais... ich gehe wohl wirklich. Ja. So wird es besser sein.«
»Aber warum hast du denn getrunken?« fragte sie.
Ich sah sie schweigend an. Die Sprache selbst hatte sich nicht einmal so sehr verändert - nur verstand ich rein nichts davon. Nichts. *Sie* haben sich geändert.
»Wie du willst«, meinte sie schließlich. »Keiner hält dich. Ja, aber jetzt...« Sie wurde verwirrt. Trank ihre Limonade – wie ich in Gedanken ihr prickelndes Getränk nannte –, und ich wußte wieder einmal nicht, was ich sagen sollte. Wie schwierig das alles doch war!
»Erzähle mir von dir«, schlug ich vor, »willst du?«
»Gerne. Und wirst du mir später auch von dir erzählen?«
»Ja.«
»Ich bin an der Kawut, das zweite Jahr schon. Aber in der letzten Zeit ließ ich mich etwas gehen, plastete nicht regelmäßig und... na, eben so. Meine Sechs ist uninteressant. Und so im Ernst... habe ich keinen. Komisch...«
»Was denn?«
»Daß ich keinen habe...«
Wieder dieses Dunkel. Von wem sprach sie da? Wen hatte sie nicht? Eltern? Liebhaber? Freunde? Abs hatte doch recht, daß ich ohne acht Monate im ADAPT nicht auskommen würde. Aber jetzt wollte ich noch viel weniger als vorher zerknirscht zurück in die Schule.
»Und weiter?« fragte ich, und da ich den Becher immer noch in der Hand hielt, nahm ich wieder einen Schluck von dieser Milch. Nais Lippen umspielte eine Art spöttisches Lächeln. Sie trank ihren Becher bis zur Neige aus, faßte mit der Hand die flaumige Bedeckung ihrer Schulter an und zerriß sie – knöpfte sie nicht auf, zog sie nicht aus, sondern riß sie einfach herunter und ließ die Fetzen, wie Unrat, aus ihren Fingern fallen.
»Schließlich kennen wir uns ja ein wenig«, sagte sie. Sie schien freier zu werden. Lächelte. Manchmal wurde sie wunderschön, besonders wenn sie blinzelte und ihre heruntergezogene Unterlippe glitzernde Zähne sehen ließ. Ihr Gesicht hatte etwas Ägyptisches. Eine ägyptische Katze. Das Haar mehr als nur schwarz – und als sie den Pelzflaum von ihren Schultern und der Brust

herunterriß, sah ich, daß sie durchaus nicht so mager war, wie es zuerst schien. Warum aber zerriß sie das Kleid?... Sollte das etwas bedeuten? »Du wolltest erzählen!« meinte sie und sah mich über ihren Becher an.

»Ja«, sagte ich und spürte ein solches Lampenfieber, als ob von meinen Worten weiß Gott was abhängen würde. »Ich... ich war ein Pilot. Das letzte Mal war ich hier... erschrick bloß nicht!«

»Nein. Sprich!«

Ihre Augen waren aufmerksam und glänzend.

»Vor einhundertsiebenundzwanzig Jahren. Ich war damals dreißig Jahre alt. Die Expedition... ich war Pilot der Expedition nach Fomalhaut. Eine Entfernung von dreiundzwanzig Lichtjahren. Hin und zurück flogen wir einhundertsiebenundzwanzig Jahre Erdzeit und zehn Jahre Bordzeit. Vor vier Tagen kehrten wir zurück... Der ›Prometheus‹ – mein Schiff – blieb auf der Luna. Heute bin ich von dort gekommen. Das ist alles.«

Sie sah mich an. Sagte nichts. Ihre Lippen bewegten, öffneten, schlossen sich wieder. Was lag wohl in ihren Augen? Staunen? Bewunderung? Angst?

»Warum sagst du denn nichts?« fragte ich. Ich mußte mich räuspern.

»Ja... also wie alt bist du wirklich?«

Ich mußte lächeln; doch war es kein nettes Lächeln.

»Was heißt da – wirklich? Biologisch bin ich vierzig, aber nach irdischer Zeitrechnung einhundertsiebenundfünfzig...«

Langes Schweigen und plötzlich: »Gab es dort Frauen?«

»Warte mal«, sagte ich. »Hast du etwas zum Trinken?«

»Wieso?«

»Etwas Giftiges, weißt du. Etwas Starkes. Alkohol... oder wird der nicht mehr getrunken?«

»Äußerst selten...«, antwortete sie ganz leise, so als wären ihre Gedanken ganz woanders. Ihre Hände fielen langsam nach unten, berührten das metallische Blau ihres Kleides.

»Ich werde dir... ›Anghen‹ geben, willst du? Ach, ja, du weißt ja nicht, was das ist?«

»Nein. Ich weiß es nicht«, antwortete ich mit einer unerwarteten Halsstarrigkeit. Sie ging zur Bar und kam mit einer kleinen, bauchigen Flasche wieder. Sie goß mir ein. Es war etwas Alkohol darin – nicht viel – und noch etwas – der Geschmack war eigenartig, herb.

»Sei bitte nicht böse«, sagte ich, indem ich meinen Becher austrank, und goß mir zum zweiten Male ein.

»Ich bin nicht böse. Du hast nicht geantwortet, vielleicht magst du nicht?«

»Warum denn? Ich kann es wohl. Insgesamt waren wir dreiundzwanzig, auf zwei Schiffen. Das zweite Schiff hieß ›Ulysses‹. Je fünf Piloten und der Rest – Wissenschaftler. Frauen gab es da keine.«

»Warum?«

»Wegen der Kinder«, erklärte ich. »Auf solchen Schiffen kann man keine Kinder großziehen. Und sogar, wenn es möglich wäre, will es niemand. Ehe man dreißig ist, darf man nicht fliegen. Zwei abgeschlossene Studienfächer plus vier Trainingsjahre – insgesamt zwölf Jahre – muß man hinter sich haben. Kurz – Frauen pflegen mit dreißig schon Kinder zu haben. Und es gab da noch... andere Rücksichten.«

»Und du?« fragte sie.

»Ich war allein. Man wählte Alleinstehende aus. Das heißt – Freiwillige.«

»Und du wolltest?«

»Ja. Selbstverständlich.«

»Und ohne...«

Sie stockte. Ich wußte, was sie sagen wollte. Ich schwieg.

»Es muß doch unheimlich sein so... zurückzukehren...«, sagte sie fast flüsternd. Sie zuckte zusammen. Sah mich dann plötzlich an, ihre Wangen wurden dunkler, sie errötete.

»Hör mal, das, was ich vorher gesagt habe, war nur ein Scherz, wirklich...«

»Über die hundert Jahre?«

»Ja. Ich sagte es nur, um irgend etwas zu sagen, es hatte keinen...«

»Hör auf«, murmelte ich. »Noch mehr von solchen Entschuldigungen, und ich würde wirklich die Last dieser Zeit spüren.«

Sie schwieg. Ich zwang mich, sie nicht mehr anzusehen. Im Innern des zweiten, nicht vorhandenen Zimmers hinter Glas sang lautlos ein riesiger Männerkopf, ich sah seine vor Anstrengung bebende dunkelrote Kehle, glitzernde Wangen, sein ganzes Gesicht hüpfte in einem unhörbaren Rhythmus.

»Was willst du tun?« fragte sie leise.

»Ich weiß nicht. Noch weiß ich es nicht.«

»Hast du denn keine Pläne?«

»Nein. Ich habe etwas... so eine... Art Prämie, weißt du. Für diese ganze Zeit. Als wir starteten, wurde sie in der Bank auf meinen Namen deponiert – ich weiß nicht mal, wieviel es ist. Ich weiß überhaupt gar nichts. Hör mal – was bedeutet ›Kawut‹?«

»Kawuta?« verbesserte sie. »Das ist... so ein Studium, Plasten, an sich nichts Besonderes, doch manchmal kann man dann zum Real kommen...«

»Ja, warte... also was machst du denn eigentlich?«

»Plast – na, weißt du denn nicht, was das ist?«

»Nein.«

»Wie soll ich dir... na, ganz einfach, da macht man Kleider, Bekleidung, überhaupt – alles...«

»Schneidern?«

»Was heißt das?«

»Nähst du da etwas?«

»Ich verstehe nicht.«

»Grundgütiger, schwarzer und blauer Himmel! Entwirfst du Kleidermodelle?«

»Na... ja, in einem gewissen Sinn schon. Ich entwerfe sie aber nicht, ich mache sie...«

Ich ließ ab von diesem Thema.

»Und was ist ein Real?«

Das traf sie nun wirklich. Zum ersten Mal sah sie mich wie ein Geschöpf aus einer anderen Welt an.

»Real ist... Real«, wiederholte sie ratlos. »Das sind solche... Geschichten, die sieht man sich an...«

»Das?« Ich wies auf die Glaswand hin.

»Ach nein, das ist ja Vision...«

»Also was ist es? Ein Kino? Ein Theater?«

»Nein. Theater, ich weiß, was das war – das hat es mal früher gegeben. Ich weiß: am Theater gab es wirkliche Menschen. Real ist künstlich, aber so, daß man es nicht unterscheiden kann. Es sei denn, man würde zu ihnen hineingehen...«

»Hineingehen?«

Der Kopf des Riesen kullerte nun mit seinen Augen, wankte, sah mich an, so als ob er sich bei der Beobachtung dieser Szene köstlich amüsieren würde.

»Hör mal, Nais«, sagte ich plötzlich, »entweder muß ich gehen, da es sehr spät geworden ist, oder...«

»Das zweite wäre mir lieber.«
»Du weißt doch nicht, was ich sagen will.«
»Dann sage es.«
»Gut. Ich wollte dich noch wegen verschiedener Dinge fragen. Über die großen, wichtigsten weiß ich bereits ein wenig: ich verbrachte vier Tage im ADAPT auf der Luna. Dabei ging es um ganz außergewöhnliche Sachen. Aber was tut ihr – wenn ihr nicht arbeitet?«
»Man kann eine Menge tun«, sagte sie. »Reisen kann man, wirklich oder mit dem Mut. Man kann sich amüsieren, in den Real gehen, Tanzen, Tereo spielen, Sport treiben, Schwimmen, Fliegen – alles was du willst.«
»Was ist ›Mut‹?«
»Etwas Ähnliches wie Real, nur kann man da alles anfassen. Man kann da Berge klettern, überall hingehen – du wirst es selber sehen, erzählen läßt sich das nicht. Mir scheint aber, daß du eine andere Frage stellen wolltest?«
»Stimmt. Wie ist es – zwischen den Frauen und den Männern?«
Ihre Augenlider zuckten.
»Wohl so, wie es schon immer gewesen ist. Was kann sich da wohl geändert haben?«
»Alles. Als ich wegflog – nimm es mir, bitte, nicht übel –, also damals hätte mich ein Mädchen wie du zu dieser Zeit nicht in ihre Wohnung mitgenommen.«
»Wirklich? Warum?«
»Weil das einen bestimmten Sinn gehabt hätte.«
Eine Weile schwieg sie. »Und woher weißt du, daß es heute diesen Sinn nicht mehr hat?«
Meine Miene amüsierte sie. Ich sah sie an; sie hörte auf zu lächeln. »Nais... wie ist das...«, stammelte ich, »du nimmst einen wildfremden Kerl und...«
Sie schwieg.
»Warum antwortest du nicht?«
»Weil du nichts verstehst. Ich weiß nicht, wie ich's dir sagen soll. Es hat nichts zu bedeuten, weißt du...«
»So. Hat nichts zu bedeuten«, wiederholte ich. Ich stand auf. Konnte nicht länger sitzen bleiben. Sprang dabei fast – aus Vergeßlichkeit; sie zuckte zusammen.
»Verzeihung«, murmelte ich und fing an herumzugehen. Hinter der Glasscheibe sah man einen Park in der Morgensonne; durch

eine Allee, zwischen Bäumen mit blaßrosa Blättern, gingen drei Jungen in Oberhemdchen, die wie Rüstungen glitzerten.

»Gibt es Ehen?«

»Natürlich.«

»Da verstehe ich rein nichts mehr! Erkläre mir das. Erzähle. Du siehst einen Mann, der dir zusagt, und, ohne ihn zu kennen, sofort...«

»Was gibt es da schon viel zu erzählen?« sagte sie unwillig. »War es wirklich zu deiner Zeit so – damals –, daß ein Mädchen einen Mann nicht ins Zimmer lassen konnte?«

»Doch, selbstverständlich konnte es, auch mit dem Gedanken, daß... aber nicht fünf Minuten, nachdem es ihn sah...«

»Also nach wie vielen Minuten?«

Ich sah sie an. Sie fragte ganz im Ernst. Nun ja, woher konnte sie es wissen; ich zuckte nur die Achseln.

»Es ging dabei nicht um Zeit, sondern – sondern sie mußte erst... etwas in ihm sehen, ihn kennenlernen, liebgewinnen, sie gingen vorerst...«

»Warte«, sagte sie. »Du scheinst... nichts zu verstehen. Ich gab dir doch Brit.«

»Was für Brit? Ach, diese Milch? Na – und?«

Sie fing zu lachen an, bog sich schier vor Lachen. Dann stutzte sie plötzlich, sah mich an und wurde puterrot.

»Du dachtest also, daß ich... dachtest, daß... nein!!«

Ich setzte mich hin. Meine Finger waren unsicher, ich mußte etwas in ihnen halten. Ich zog aus meiner Tasche eine Zigarette und zündete sie an.

Sie öffnete die Augen weit: »Was ist das?«

»Eine Zigarette. Wie – raucht ihr denn nicht?«

»Ich sehe das zum ersten Mal... so sieht also eine Zigarette aus? Wie kannst du nur den Rauch so inhalieren? Nein, warte – das andere ist weit wichtiger. Brit ist keine Milch. Ich weiß nicht, was drin ist, aber – einem Fremden – gibt man immer Brit.«

»Einem Mann?«

»Ja.«

»Na – und?«

»Und dann ist – muß er – brav sein. Weißt du – ein Biologe könnte dir das vielleicht erklären.«

»Zum Teufel mit dem Biologen. Heißt das, daß der Mann, dem du Brit gegeben hast, nicht mehr kann?«

»Selbstverständlich.«
»Und wenn er nicht trinken will?«
»Wie kann er nicht wollen?«
Hier endete jegliche Verständigungsmöglichkeit.
»Du kannst ihn doch nicht zwingen«, erklärte ich geduldig.
»Ein Verrückter würde wohl nicht trinken«, sagte sie langsam, »aber von einem solchen Fall hab' ich nie gehört...«
»Ist das so Sitte?«
»Ich weiß nicht, was ich dir da sagen soll. Gehst du nicht nackt herum – der Sitten wegen?«
»Aha. Nun – gewissermaßen schon. Aber am Strand kann man sich doch ausziehen.«
»Nackt sein?« fragte sie mit plötzlichem Interesse.
»Nein. Einen Badeanzug... immerhin gab es zu meiner Zeit solche Menschengruppen, Nudisten hießen sie.«
»Ich weiß. Nein, es ist etwas anderes, ich dachte, ihr alle seid...«
»Nein. Also ist dieses Trinken... so etwas, wie das Tragen von Kleidung? So notwendig?«
»Ja. Wenn – zwei zusammen sind.«
»Na – und weiter?«
»Was – weiter?«
»Beim zweiten Mal?«
Rein idiotisch war dieses Gespräch, und ich fühlte mich unwohl dabei, mußte aber endlich etwas erfahren!
»Später? Das ist verschieden. Manchen... gibt man immer Brit.«
»Eine Art Korb?«
»Was heißt das?«
»Nichts. Und wenn ein Mädchen jemanden besucht – was dann?«
»Dann trinkt er bei sich zu Hause.«
Sie sah mich fast mitleidig an. Ich aber blieb zäh:
»Und wenn er keinen hat?«
»Brit? Wie kann er keinen haben?«
»Nun, weil er ihm eben ausging. Oder... er kann ja auch lügen.«
Wieder fing sie zu lachen an.
»Das ist ja... glaubst du denn, daß ich all diese Flaschen hier in der Wohnung halte?«
»Nicht? Wo denn sonst?«
»Ich hab' nicht mal eine Ahnung, wo sie herkommen. Gab es

zu deiner Zeit eine Wasserleitung?«

»Ja«, sagte ich mißmutig. Klar, es konnte auch keine gegeben haben; ich konnte ja direkt aus dem Wald in die Rakete gestiegen sein. Eine Zeitlang war ich stinkwütend, doch beherrschte ich mich bald: schließlich war es ja nicht ihre Schuld.

»Na, siehst du – und wußtest du denn, welchen Weg dieses Wasser nahm, ehe...«

»Ich verstehe schon, du brauchst den Satz nicht zu beenden. Also ist das so eine Vorsichtsmaßnahme? Sehr komisch!«

»Das meine ich durchaus nicht«, sagte sie. »Und was hast du da so Weißes, unter deiner Wolljacke?«

»Ein Hemd.«

»Was ist das?«

»Hast du denn nie ein Hemd gesehen?! Eben – Wäsche. Aus Nylon.«

Ich rollte meinen Ärmel auf und zeigte ihn ihr.

»Interessant«, meinte sie.

»So eine Sitte«, erwiderte ich ratlos. Wirklich, man hatte mir im ADAPT gesagt, daß ich aufhören sollte, mich wie vor hundert Jahren zu kleiden; ich aber wollte nicht. Ihr Recht mußte ich jedoch anerkennen: Brit war für mich dasselbe – wie für sie ein Hemd. Schließlich zwang doch niemand die Menschen, Hemden zu tragen, trotzdem trugen sie sie alle. Mit dem Brit verhielt es sich wohl genauso.

»Wie lange wirkt denn Brit?« wollte ich wissen.

Sie errötete ein wenig. »So eilig hast du es. Noch steht ja nichts fest.«

»Ich sagte doch nichts Böses«, verteidigte ich mich, »wollte nur wissen... warum guckst du denn so? Was hast du? Nais!«

Sie erhob sich langsam. Stand hinter dem Sessel.

»Wie lange – sagtest du? Hundertzwanzig Jahre?«

»Hundertsiebenundzwanzig. Na – und?«

»Und wurdest... wurdest du... betrisiert?«

»Was ist denn das?«

»Wurdest du es nicht?!«

»Aber ich habe nicht mal eine Ahnung, was das ist. Nais... Mädchen, was hast du nur?«

»Nein, du wurdest es nicht«, flüsterte sie. »Sonst müßtest du es ja wissen...«

Ich wollte auf sie zukommen.

Sie hob beide Arme: »Komme nicht näher! Nein! Nein! Bitte!« Sie trat zur Wand zurück.

»Du sagtest doch selbst, daß Brit... ich setze mich schon. Da, nun sitze ich, siehst du wohl, beruhige dich also. Und was ist das für eine Geschichte mit diesem Be... Wie heißt es?«

»Genau weiß ich es nicht. Aber ... betrisiert wird jeder. Gleich nach der Geburt.«

»Was ist das?«

»Da wird wohl irgend etwas ins Blut gebracht.«

»Allen?«

»Ja. Denn – eben... Brit... hat ohne das keine Wirkung. Rühre dich ja nicht!«

»Kind, sei doch nicht lächerlich.« Ich drückte meine Zigarette aus. »Ich bin doch kein wildes Tier... Sei nicht böse, aber... mir scheint, ihr alle seid hier ein bißchen verrückt. Dieser Brit... na, das ist, als ob man allen Menschen Handschellen anlegen würde, nur weil vielleicht einer unter ihnen ein Dieb sein könnte. Schließlich... kann man doch ein wenig Vertrauen haben.«

»Du bist ja toll«, sie schien sich etwas gefaßt zu haben, setzte sich aber immer noch nicht. »Warum warst du denn vorhin so entrüstet, daß ich Fremde in meine Wohnung hole?«

»Das ist etwas anderes.«

»Ich sehe da keinen Unterschied. Du warst also bestimmt nicht betrisiert?«

»Nein. Ich war es nicht.«

»Und vielleicht jetzt? Nach deiner Rückkehr?«

»Keine Ahnung. Man gab mir verschiedene Spritzen. Was hat das schon für eine Bedeutung?«

»Doch. Also Spritzen? Das ist gut.« Sie setzte sich.

»Ich habe eine Bitte an dich«, sagte ich, so ruhig ich konnte. »Du mußt mir bitte erklären...«

»Was denn?«

»Deine Angst. Hast du gefürchtet, daß ich mich auf dich stürzen werde – oder was sonst? Das hat doch keinen Sinn!«

»Nein. Rein vernunftmäßig nicht, aber – das war schon stark, weißt du. So ein Schock. Ich hab' noch nie einen Menschen gesehen, der nicht...«

»Das läßt sich nicht erkennen?«

»Oh, doch. Und wie!«

»Ja – wie?«

Sie schwieg.
»Nais...«
»Aber...«
»Was denn?«
»Ich habe Angst...«
»Es zu sagen?«
»Ja.«
»Aber warum denn?«
»Du würdest es schon verstehen, wenn ich es dir sagte. Denn, siehst du, betrisiert wird nicht durch Brit. Mit dem Brit hat es nur so eine – Nebenwirkung... Da geht es um etwas anderes...« Sie wurde blaß. Ihre Lippen zitterten.
›Was für eine Welt‹, dachte ich, ›was für eine Welt ist das!‹
»Ich kann nicht. Ich habe eine schreckliche Angst.«
»Vor mir?«
»Ja.«
»Ich schwöre dir...«
»Nein, nein... Ich glaube dir, nur... Nein. Das kannst du nicht verstehen!«
»Willst du es mir nicht sagen?«
In meiner Stimme muß etwas gewesen sein, was ihr half, ihre Angst zu überwinden. Ihr Gesicht wurde streng. An ihren Augen sah ich, wie groß die Anstrengung war.
»Es ist... dazu da... damit man nicht... töten kann.«
»Unglaublich! – Menschen?«
»Niemanden.«
»Auch keine Tiere?«
»Ja. Niemanden...«
Sie flocht und löste ihre Finger, ohne die Augen von mir zu lassen – als ob sie mit diesen Worten mich von einer unsichtbaren Kette losgelassen, mir in die Hand ein Messer gedrückt hätte, mit dem ich sie niederstechen könnte.
»Nais«, sagte ich ganz leise. »Nais, habe keine Angst. Wirklich... du brauchst nichts zu befürchten.«
Sie versuchte zu lächeln. »Hör zu...«
»Ja?«
»Als ich das sagte...«
»Ja?«
»Hast du da nichts gespürt?«
»Und was sollte ich spüren?«

»Stell dir vor, du tust, was ich dir eben sagte.«
»Daß ich töte? Das soll ich mir vorstellen?«
Sie zuckte zusammen. »Ja...«
»Na – und?«
»Spürst du denn nichts?«
»Nein. Aber es ist ja nur ein Gedanke, und ich habe keinerlei Absicht...«
»Aber du kannst es? Nicht? Du kannst es wirklich? Nein«, hauchte sie nur mit den Lippen, als spräche sie zu sich selbst, »du bist nicht betrisiert...«
Jetzt endlich begriff ich die Bedeutung des Ganzen und verstand, daß es für sie ein Schock sein mußte.
»Eine große Sache«, meinte ich und fügte nach einer Weile hinzu: »Aber besser wäre es vielleicht, wenn sich die Menschen das ohne... solche Kunstmittel abgewöhnen würden...«
»Ich weiß nicht. Vielleicht«, erwiderte sie. Sie atmete tief. »Jetzt weißt du also, warum ich Angst bekam?«
»Offengestanden nicht so ganz. Vielleicht ein wenig. Na, du dachtest wohl kaum, daß ich dich...«
»Wie eigenartig du bist! Fast als ob du kein...«, sie stutzte.
»Kein Mensch wärest?«
Ihre Augenlider flatterten. »Ich wollte dich nicht kränken, nur, weißt du, wenn man weiß, daß keiner – weißt du – nicht einmal daran denken kann, niemals – und dann kommt plötzlich so einer wie du, dann ist ja allein schon die Möglichkeit... daß es so einen gibt...«
»Es kann aber nicht stimmen, daß alle – wie heißt das – ach – betrisiert sind!«
»Warum? Alle sind es, ich sag' es dir doch!«
»Nein, das kann nicht stimmen«, beharrte ich. »Und Menschen mit gefährlichen Berufen? Sie müssen doch...«
»Es gibt keine gefährlichen Berufe.«
»Was erzählst du da, Nais! Und die Piloten? Die verschiedenen Rettungsmannschaften? Und die, die gegen Feuer oder Wasser kämpfen?«
»Die gibt es nicht«, sagte sie. Ich glaubte, schlecht gehört zu haben.
»Waas?«
»Es gibt sie nicht«, wiederholte sie. »Solche Dinge werden von den Robotern gemacht.«

Nun folgte ein Schweigen. Ich dachte nur, daß es mir nicht leichtfallen würde, diese neue Welt zu verdauen. Und zugleich kam ein Gedanke auf, erstaunlich schon dadurch, daß ich ihn nie erwartet hatte, wenn mir irgend jemand eine solche Situation auch nur als theoretische Möglichkeit geschildert hätte: dieser Eingriff, der im Menschen den Mörder vernichtete, schien mir eine... Verkrüppelung zu sein.

»Nais«, sagte ich, »es ist schon sehr spät. Ich werde gehen.«

»Wohin?«

»Das weiß ich nicht. Ach, ja! Auf dem Bahnhof sollte dieser Mensch vom ADAPT auf mich warten. Ich habe es ganz vergessen! Konnte ihn dort nicht finden, weißt du. Na, also... ich werde ein Hotel suchen. Die gibt es doch?«

»Ja. Von wo kommst du?«

»Von hier. Ich wurde hier geboren.«

Nach diesen Worten kehrte ein Gefühl der Unwahrscheinlichkeit wieder, und ich war mir weder der damaligen Stadt – die nur in mir allein existierte – sicher, noch dieser gespenstischen, mit Zimmern, wo Köpfe von Riesen hineinschauten. Eine Sekunde lang überlegte ich, ob ich mich nicht auf Deck befände und das Ganze nur ein besonders deutlicher Alptraum von der Rückkehr wäre.

»Bregg«, hörte ich ihre Stimme wie aus der Ferne. Ich zuckte zusammen. Ich hatte sie ganz vergessen.

»Ja – bitte?«

»Bleibe hier.«

»Was?«

Sie schwieg.

»Du willst, daß ich bleibe?«

Sie schwieg. Ich trat an sie heran, packte – mich über den Sessel beugend – ihre kühlen Schultern, hob sie hoch. Willenlos stand sie auf. Ihr Kopf fiel hintenüber, die Zähne blitzten auf, ich wollte sie nicht haben, wollte nur sagen: »Du hast ja doch Angst« – und sie sollte dann antworten, sie hätte keine. Weiter nichts. Sie hielt die Augen geschlossen, plötzlich sah ich das Weiße unter den Wimpern, bückte mich über ihr Gesicht, schaute die verglasten Augen nahe an, als wollte ich ihre Angst kennenlernen und teilen. Keuchend versuchte sie sich aus meinen Armen zu reißen; ich spürte es nicht, bis sie »Nein, nein!« zu stöhnen begann, dann löste ich den Griff. Fast wäre sie hingefallen. Sie stand an der Wand, verdeckte einen Teil eines großen, pausbäckigen Gesichts, das bis zur Decke reichte, und dort, hinter Glas, unaufhörlich etwas sagte, wobei sich sein Riesenmund und die fleischige Zunge auf eine übertriebene Art bewegten.

»Nais...«, sagte ich leise. Ich ließ die Hände sinken.

»Komm nicht näher!«

»Du sagtest doch selbst...«

Ihr Blick war gehetzt.

Ich ging quer durch das Zimmer. Sie verfolgte mich mit den Augen, so als ob ich... als ob sie in einen Käfig eingesperrt wäre...

»Ich gehe ja schon«, sagte ich. Keine Antwort. Ich wollte noch etwas hinzufügen – ein paar Worte der Entschuldigung, des Dankes, um nicht bloß so wegzugehen, aber ich brachte es nicht fertig. Hätte sie vor mir nur Angst gehabt wie eine Frau vor einem Mann, einem Fremden, na, dann meinetwegen. Aber dies war etwas anderes. Ich sah sie an und fühlte, wie mich eine Wut packte. Diese weißen nackten Schultern fassen und schütteln...

Ich drehte mich um und ging hinaus: die Außentür gab nach, als ich sie drückte, der große Korridor war fast dunkel. Ich konnte den Ausgang zur Terrasse nicht finden, traf aber Zylinder an, von einem verdünnten bläulichen Licht beleuchtet: Glasscheiben der Aufzüge. Der, dem ich mich näherte, bewegte sich bereits nach oben; vielleicht genügte da schon der Fußdruck auf die Schwelle. Hinunter fuhr der Aufzug lange. Ich sah abwechselnd dunkle Stollen und Deckenquerschnitte – weiß mit rötlicher Mitte, wie Fettschichten auf Muskeln flohen sie in die Höhe. Ich hörte bald auf zu zählen, der Aufzug fuhr hinab, immer tiefer, es war eine Reise bis auf den Grund. Als wäre ich ins Innere einer sterilen Leitung hineingeraten, und der in Schlaf und Sicherheit getauchte Riesenbau müßte sich meiner nun wieder entledigen. Ein Teil des durchsichtigen Zylinders öffnete sich, ich stieg aus.

Die Hände in den Taschen, Dunkelheit, lange, harte Schritte. Gierig sog ich die kühle Luft ein, fühlte meine Nasenflügel flattern, mein Herz langsam arbeiten, Blut pumpend. In den flachen Spuren der Fahrbahn zogen Lichter vorbei, wurden von lautlosen Maschinen verdeckt, es gab keinen einzigen Passanten. Zwischen den schwarzen Silhouetten stand ein Feuerschein, ich dachte: vielleicht das Hotel. Es war aber nur ein beleuchteter Gehsteig. Ich fuhr darauf weiter. Über mir zogen weißliche Tragebalken irgendwelcher Konstruktionen vorbei, irgendwo in der Ferne, über den schwarzen Umrissen der Gebäude, flackerten rhythmisch die Leuchtbuchstaben einer Zeitung. Plötzlich schwamm der Gehsteig mit mir in einen beleuchteten Raum hinein und endete dort.

Breite Stufen zogen nach unten, silbern wie ein stummer Wasserfall. Die Leere machte mich stutzig: seit ich Nais verließ, war ich keinem einzigen Passanten begegnet. Das Laufband war sehr lang. Unten leuchtete eine breite Straße, an beiden Seiten öffneten sich in den Häusern Passagen, unter einem Baum mit blauen Laub – vielleicht war es gar kein richtiger Baum – sah ich ein Paar stehen, kam ihm näher, glitt vorüber. Sie küßten sich. Ich ging gedämpften Musikklängen entgegen: irgendein Nachtrestaurant oder eine Bar, von der Straße überhaupt nicht abgegrenzt. Dort saßen ein paar Leute. Ich wollte hineingehen und wegen des Hotels fragen. Urplötzlich stieß ich mit meinem ganzen Körper auf ein unsichtbares Hindernis. Es war eine vollkommen durchsichtige Glasscheibe. Der Eingang war daneben. Drinnen lachte jemand auf, zeigte mich den anderen. Ich kam hinein. Ein Mann im schwarzen Trikot – es ähnelte meiner Strickjacke, war aber mit aufgeblasenem Kragen versehen – saß seitlich an einem Tischchen. Er hielt ein Glas in der Hand und guckte mich an. Ich baute mich vor ihm auf. Das Lachen erstarb auf seinen noch halboffenen Lippen. Ich stand da. Es wurde still. Nur die Musik spielte, wie hinter einer Wand. Irgendeine Frau ließ einen seltsamen, schwachen Laut hören, ich sah mir die regungslosen Gesichter an und ging fort. Erst auf der Straße besann ich mich, daß ich wegen eines Hotels fragen wollte.

Ich ging durch die Passage. Sie war voller Schaufenster. Reisebüros, Sportläden, Mannequins in verschiedenen Stellungen. Eigentlich waren es keine Schaufenster, alles lag oder stand auf der Straße, beiderseits des erhöhten Gehsteigs, der durch die Mitte licf. Ein paarmal hielt ich die sich in der Tiefe bewegenden Schatten für Menschen. Einer von ihnen – eine Puppe, fast so groß wie ich, mit karikaturartig aufgedunsenen Backen – spielte die Flöte. Ich sah sie mir eine Zeitlang an. Sie machte es so lebensecht, daß ich Lust hatte, sie anzusprechen. Weiter gab es irgendwelche Spielsäle, große, regenbogenfarbige Kreise drehten sich dort, lose an der Decke hängende silberne Röhrchen stießen aufeinander mit dem Klang von Schlittenglöckchen, prismenartige Spiegel funkelten. Aber alles war leer. Nur ganz am Ende der Passage leuchtete die Inschrift HIER HAHAHA auf. Und verschwand.

Ich ging dorthin. Die Worte HIER HAHAHA glimmten wieder auf und verschwanden wie weggeblasen. Beim nächsten Aufleuchten sah ich den Eingang. Durch einen Vorhang aus warmem Hauch kam ich hinein.

Drinnen standen zwei von den radlosen Autos, brannten einige Lampen, und unter ihnen gestikulierten recht lebhaft drei Menschen, als ob sie sich stritten. Ich kam auf sie zu.

»Hallo, meine Herren!«

Sie guckten sich nicht einmal um. Sie sprachen weiter, schnell, ich verstand wenig davon. »Na, denn schnaufe, na, denn schnaufe« – wiederholte piepsend der Kleinste, der ein Bäuchlein hatte. Auf dem Kopf trug er eine hohe Mütze.

»Meine Herren, ich suche ein Hotel. Wo ist hier…«

Sie beachteten mich überhaupt nicht, als wäre ich nicht vorhanden. Mich packte die Wut. Ohne ein weiteres Wort trat ich zwischen sie. Der Nächste – ich sah ein dämliches Aufblitzen im Weiß seiner Augen und hüpfende Lippen – lispelte: »Waas? Ich soll schnaufen? Schnaufe du selbst!«

Genau, als spräche er zu mir.

»Warum gebt ihr vor, taub zu sein?« fragte ich. Plötzlich kam von da, wo ich stand – als käme er aus mir, aus meiner Brust –, ein piepsender Schrei: »Ich werde dir! Ich werde dir gleich!«

Ich sprang zurück, und der Besitzer jener Stimme, der Dicke mit der Mütze, kam zum Vorschein. Ich wollte ihn an der Schulter packen, aber meine Finger gingen durch ihn hindurch und schlossen sich in der Luft zusammen. Ich stand da wie betäubt, und sie redeten weiter. Plötzlich schien mir, daß von oben, aus der Dunkelheit über den Autos, mich irgend jemand anschaute, ich kam nahe an die Lichtgrenze und sah blasse Flecken, Gesichter – da oben schien etwas wie ein Balkon zu sein. Geblendet, sah ich recht ungenau, es reichte aber, um zu begreifen, wie schrecklich ich mich eben zum Narren gemacht hatte.

Ich lief davon, als ob man hinter mir her wäre. Die nächste Straße schwang hoch und endete am Laufband. Ich hoffte, oben vielleicht einen Infor zu finden, und fuhr die blaßgoldene Treppe hinauf. Kam auf einen kreisrunden, nicht sehr großen Platz. In seiner Mitte stand eine hohe, durchsichtige Säule, wie aus Glas, irgendwas tanzte drinnen: purpurne, braune und lila Formen, an nichts erinnernd, wie belebte abstrakte, jedoch sehr außergewöhnliche Skulpturen. Wechselweise schwoll die eine, dann wieder die andere Farbe an, konzentrierte sich, wurde zu einer urkomischen Gestalt; dieses Herumbalgen der Formen, obwohl sie keine Gesichter, Köpfe, Arme oder Beine hatten, besaß einen durchaus menschlichen Ausdruck. Nach einiger Zeit verstand ich, daß das Lila einem Großmaul ähnlich war: eingebildet, stolz und feige zugleich – als es in eine Million tanzender Bläschen zerfiel, wechselte die Farbe zu Blau über. Blau war engelgleich, bescheiden, gesammelt, aber auf scheinheilige Art, als zelebrierte es sich selbst. Ich weiß nicht, wie lange ich mir das angesehen habe. Nie zuvor sah ich etwas Ähnliches. Außer mir gab es keine Zuschauer, nur wurde der Verkehr der schwarzen Autos dichter. Ich wußte nicht einmal, ob sie besetzt oder leer waren, weil sie keine Fenster hatten. Von dem runden Platz führten sechs Straßen, einige nach oben, andere hinunter, ihre Perspektiven zogen sich mit einem feinen Mosaik farbiger Lichter meilenweit hin. Nirgends ein Infor. Ich war schon ziemlich müde, nicht nur körperlich – es kam mir vor, als könnte ich kaum noch mehr Eindrücke verkraften. Manchmal verlor ich mich für eine Weile beim Gehen, obwohl ich nicht döste; doch weiß ich weder wann noch wie ich in die breite Allee kam. An der Kreuzung verlangsamte ich den Schritt, hob den Kopf und sah den Widerschein der Stadt auf den Wolken. Ich stutzte, denn es kam mir vor, als wäre ich unter der Erde. Ich ging dann weiter in einem Meer beweglicher Lichter, Schaufenster, die nicht verglast waren, zwischen gestikulierenden, sich wie Kreisel drehenden, schwungvoll mit Turnübungen beschäftigten Mannequins, die sich blitzende Gegenstände reichten, irgend etwas aufbliesen – ich schaute nicht einmal hin. In der Ferne gingen ein paar Menschen, ich war aber nicht sicher, ob es nicht schon wieder Puppen waren, und wollte ihnen nicht nachlaufen. Die Häuser traten auseinander, und ich sah eine große Inschrift PARK TERMINAL und einen leuchtenden grünen Pfeil.

Der laufende Gehsteig begann im Durchgang zwischen den Häusern und ging dann plötzlich in einen Silbertunnel über. Eine Art goldener Puls schlug in den Tunnelwänden, als ob unter ihrer Quecksilbermaske wirklich ein Edelmetall flösse, ich fühlte einen Hauch von Hitze, alles erlosch – ich stand in einem verglasten Pavillon. Er hatte die Gestalt einer Muschel, die faltige Decke strömte ein kaum wahrnehmbares Grün aus, es war das Licht ganz feiner Äderchen, wie die Luminiszenz eines einzigen, vergrößerten und zitternden Blattes. Türen gingen nach allen Seiten. Hinter ihnen – Dunkelheit und winzige, am Boden gleitende Buchstaben: PARK TERMINAL ... PARK TERMINAL.

Ich ging hinaus. Es war wirklich ein Park. Die Bäume rauschten mit einem langgezogenen Laut, unsichtbar in der Dunkelheit. Wind spürte ich nicht, er mußte wohl hoch oben wehen, und die gleichmäßige, würdevolle Stimme der Bäume umfing mich wie eine unsichtbare Kuppel. Zum ersten Mal fühlte ich mich allein, aber nicht so wie in der Menge, wo es mir wohl tat. Im Park mußten dennoch viele Menschen sein, ich hörte Flüstern, manchmal leuchtete ein Gesicht wie ein Fleck auf, einmal streifte ich jemanden sogar. Die Baumkronen waren miteinander verbunden, so daß man die Sterne nur in ihren Lücken sah. Ich besann mich, daß ich zu diesem Park nach oben gefahren war, ich hatte doch schon auf dem Platz mit den tanzenden Farben über mir einen – übrigens bewölkten – Himmel. Wie kam es also, daß ich nun, eine Etage höher, diesmal einen Sternenhimmel sah? Ich konnte es mir nicht erklären.

Die Bäume lichteten sich, und ehe ich es noch sah, spürte ich den Geruch von Wasser, den Geruch von Sumpf, von Moor, von nassen Blättern – ich erstarrte.

Das Dickicht umschloß den See mit einem dunklen Kranz. Ich hörte das Rascheln von Seegras und Schilf – und weit darüber, auf der anderen Seeseite, stand hochaufgerichtet – wie ein Riese – ein Massiv lichtglasiger Felsen, ein halb durchsichtiger Berg über den Ebenen der Nacht. Ein gespenstisches Licht kam von den senkrechten Klippen, sehr blaß, bläulich, Bastionen auf Bastionen, zinnenartig erstarrter Kristall, Abgründe – und dieser leuchtende, unwahrscheinliche Koloß spiegelte sich mit langgezogenem, schwächerem Abglanz in den schwarzen Seegewässern.

Ich stand reglos und entzückt, der Wind brachte ganz leise, zerfließende Musiktöne. Aber als ich schärfer hinsah, erblickte ich einzelne Stockwerke und Terrassen des Riesen und verstand in diesem Augenblick, daß ich zum zweitenmal den Bahnhof, den gigantischen Terminal vor mir hatte. Dort war ich gestern umher geirrt, vielleicht blickte ich jetzt vom Grund jener dunklen Gefilde, die mich so erstaunt hatten, auf dieselbe Stelle, an der ich Nais getroffen hatte.

War es noch Architektur oder bereits eine Konstruktion der Berge? Sie mußten wohl verstanden haben, daß man – bei der

Überschreitung gewisser Grenzen – auf die Symmetrie, die ebenmäßige Gestalt verzichten muß und nur von dem Allergrößten lernen kann – die gelehrigen Planetenschüler!

Ich ging um den See herum. Der Koloß schien mich fast zu führen mit seinen reglos funkelnden Flug. Ja, kühn war es schon, eine solche Gestalt zu planen, ihr die Grausamkeit eines Abgrundes, die Rücksichtslosigkeit und Rauheit der Hängeklüfte und spitzen Gipfel beizugeben, ohne in ein mechanisches Kopieren zu verfallen, ohne irgend etwas zu verlieren, zu verfälschen. Ich kam zurück an den Wall der Bäume. Das blasse, ins Schwarz übergehende Blau des Terminals schien noch durch die Zweige, bis es erlosch, im Dickicht versank. Ich schob mit beiden Händen die biegsamen Ranken auseinander, Stacheln zerrten an meiner Wolljacke, kratzten an meinen Hosenbeinen, ein von oben geschüttelter Tau fiel mir wie Regen ins Gesicht.

Ich nahm ein paar Blätter in den Mund, zerkaute sie, sie waren jung, bitter, zum erstenmal seit meiner Rückkehr war mir so: ich wollte, suchte, brauchte nun nichts mehr, es genügte, blind in dieser Dunkelheit durch raschelndes Dickicht zu gehen. Habe ich mir das zehn Jahre lang so vorgestellt?

Die Sträucher teilten sich. Eine kleine, krumme Allee. Winzige Kieselsteine knirschten unter meinen Füßen und leuchteten schwach, die Dunkelheit war mir lieber. Ich ging weiter, gerade aus, dahin, wo unter einem steinernen Rundbau sich eine menschliche Silhouette abzeichnete. Ich wußte nicht, woher das Licht stammte, das sie umgab. Leer war es dort, rundum Bänke, kleine Sessel, ein umgekipptes Tischchen, tiefer und schütterer Sand, ich fühlte meine Beine darin versinken. Wie warm er trotz der nächtlichen Kühle war.

Unter dem Gewölbe, das auf zersprungenen, bröckeligen Säulen ruhte, stand eine Frau, als hätte sie auf mich gewartet. Ich sah bereits ihr Gesicht, zitternde Funken in den kleinen, diamantenen Platten, die ihre Ohren verdeckten, ihr weißes, im Schatten silbern schimmerndes Kleid. Es war nicht möglich. Ein Traum? Ich befand mich kaum ein paar Schritte von ihr entfernt, als sie zu singen anfing. Unter den blinden Bäumen klang ihre Stimme schwach, fast kindisch, ich verstand die Worte nicht, vielleicht gab es auch keine – ihr Mund war halb offen, als wollte sie trinken, im Gesicht keine Anzeichen von Anstrengung, nichts außer Verzückung, als sähe sie etwas, was man nicht sehen kann, und sänge eben davon. Ich hatte Angst, sie könnte mich sehen, und ging immer langsamer. Nun befand ich mich bereits im Bereich des Lichts, das den steinernen Rundbau umgab.

Ihre Stimme wurde stärker, sie rief die Dunkelheit an, reglos, ihre Arme hingen herunter, als hätte sie sich vergessen, als hätte sie nichts mehr außer ihrer Stimme, mit der sie ging und in der sie sich verlor; es schien, als würde sie alles veräußern, alles abgeben und verabschieden in dem Bewußtsein, daß mit dem letzten, sterbenden Ton nicht allein der Gesang beendet sein würde. Ich wußte nicht, daß so etwas möglich war.

Sie verstummte, und ich hörte immer noch ihre Stimme. Plötzlich ertönten hinter mir leichte Schritte, irgendein Mädchen lief auf die Stehende zu, von einem anderen gefolgt, es lief mit einem kurzen, gutturalen Lachen die Stufen hinauf und durch die andere hindurch – schon rannte es weiter. Der Mann, der hinter ihr war, warf eine dunkle Silhouette dicht neben mir, sie entschwanden. Ich hörte zum zweiten Mal das lockende Lachen des Mädchens und stand da wie ein Klotz im Sand eingerammt, ohne zu wissen, ob ich lachen oder weinen sollte; die nicht existierende Sängerin summte leise. Ich wollte es nicht mehr hören. Ich ging zurück in die Dunkelheit mit versteinertem Gesicht, wie ein Kind, dem die Lüge eines Märchens bewiesen worden war. Ich ging, und ihre Stimme verfolgte mich.

Ich wendete, die Allee führte weiter, ich sah ein schwaches Leuchten von Hecken, nasse Laubgirlanden hingen über einer Metallpforte. Ich tat sie auf. Dort schien es irgendwie heller zu sein. Die Hecken endeten bei einer großen Wiese, aus dem Gras hoben sich Felsblöcke ab, einer von ihnen bewegte sich, wuchs empor, ich sah zwei blasse Augenflämmchen. Ich erstarb. Es war ein Löwe.

Er stand auf, erhob sich schwerfällig, erst auf die Vorderpfoten, nun sah ich ihn ganz, nur fünf Schritte entfernt, er hatte eine magere, verfilzte Mähne, reckte sich einmal, zweimal mit einer langsamen, welligen Schulterbewegung und kam völlig lautlos auf mich zu.

Ich hatte mich wieder gefaßt. »Na, na, jage mir nur keine Angst ein«, sagte ich. Er konnte doch nicht echt sein – ein Phantom, wie meine Sängerin, wie die anderen, da unten, bei den schwarzen Autos –, er gähnte, nur einen Schritt vor mir, im dunklen Schlund blitzten die Zähne auf, er schloß seinen Rachen mit dem Gerassel eines verriegelten Drahtverhaues, ich fühlte seinen stinkenden Atem, was...

Er prustete. Ich fühlte Speicheltröpfchen, und ehe ich noch Zeit hatte zu erschrecken, schubste er mich mit seinem Riesenkopf in die Hüfte, schnurrte, rieb sich an mir, ich fühlte ein idiotisches Kitzeln in der Brust...

Er schob mir seine Wamme mit loser, schwerer Haut zu. Nur halb bewußt fing ich an, ihn zu kraulen, zu zausen, er schnurrte immer lauter, hinter ihm blitzte ein zweites Augenpaar auf, ein zweiter Löwe, nein, eine Löwin, die ihn mit der Schulter anstieß. Aus seiner Kehle kam ein Grollen, es war ein Gebrumm, kein Gebrüll. Die Löwin ließ nicht locker. Er schlug sie mit der Pfote. Sie fauchte wütend.

›Das wird schlecht enden‹, dachte ich. Ich war wehrlos und die Löwen so echt und so wahr, wie man sie sich nur vorstellen konnte. Ich stand in dem schweren Geruch ihrer Körper. Die Löwin fauchte immer noch, er aber riß plötzlich seine rauhen Zotteln aus meinen Händen, drehte seinen Riesenkopf zu ihr hin und brüllte; die Löwin duckte sich tief auf den Boden.

»Es wird Zeit für mich«, sagte ich zu ihnen, stimmlos, nur mit den Lippen. Ich fing an, langsam rückwärts auf die Pforte auszuweichen, es war kein angenehmer Augenblick. Der Löwe aber schien mich nun überhaupt nicht mehr zu beachten. Er legte sich schwerfällig hin, wieder einem länglichen Felsbrocken ähnlich, die Löwin stand bei ihm und stieß ihn mit ihrer Nase an.

Als ich die Pforte hinter mir schloß, mußte ich mich mit aller Kraft gegen eine Panik wehren. Meine Knie waren weich, meine Gurgel trocken. Plötzlich schlug mein Räuspern in ein irrsinniges Lachen um, als mir die Erinnerung kam, wie ich zu ihm »Na, na, jage mir nur keine Angst ein...« sagte, fest überzeugt, daß er nur eine Illusion wäre.

Die Baumkronen zeichneten sich immer deutlicher am Himmel ab, es tagte. Ich war froh darüber, daß ich nicht wußte, wie ich aus dem Park herauskommen sollte. Er war inzwischen völlig leer geworden. Ich ging am steinernen Rundbau vorbei, wo vorher die Sängerin erschienen war; in der nächsten Allee fand ich einen Roboter, der den Rasen mähte. Von einem Hotel wußte er nichts, erklärte mir aber den Weg zum nächsten Aufzug. Ich fuhr ein paar Stockwerke abwärts und staunte, als ich auf die Straße der unteren Ebene kam, wo der Himmel wieder über mir war.

Meine Fähigkeit zum Staunen war allerdings erschöpft. Ich hatte genug. Ich ging noch einige Zeit, weiß, daß ich dann bei einem Springbrunnen saß, vielleicht war es auch gar kein Springbrunnen. Ich stand wieder auf, ging in dem aufsteigenden Licht des neuen Tages weiter, bis ich aus meiner Starrheit gegenüber großen, aufglühenden Glasscheiben erwachte, die mit feuerfarbenen Lettern verkündeten: ALCARON HOTEL.

In der weißen Rezeption, die an die umgekippte Badewanne eines Riesen erinnerte, saß ein schön stilisierter, halbdurchsichtiger Roboter mit langen, feinen Armen. Ohne mich etwas zu fragen, reichte er mir ein Buch, ich trug mich da ein und fuhr – versehen mit einer kleinen, dreieckigen Marke – nach oben. Irgend jemand – wer, weiß ich wirklich nicht – half mir, die Tür zu öffnen, oder tat es vielmehr für mich. Wände aus Eis – in ihnen eine Zirkulation von kleinen Flämmchen. Am Fenster, als ich dort hinkam, trat aus dem Nichts ein Sesselchen schob sich mir unter. Von oben fiel bereits eine flache Platte herab, bildete eine Art Schreibtisch. Ich aber wollte ein Bett. Ich konnte es nicht finden und versuchte nicht einmal, es zu suchen. Ich legte mich auf den Schaumteppich und schlief sofort ein im künstlichen Licht dieses fensterlosen Zimmers. Denn das, was ich zuerst für ein Fenster hielt, war selbstverständlich ein Fernsehschirm, so daß ich mein Bewußtsein mit dem Eindruck verlor, daß von dort aus, hinter der Glasplatte, ein Riesengesicht mir Grimassen schnitt, über mich meditierte, lachte, redete, faselte ... Der Schlaf erlöste mich wie der Tod: sogar die Zeit hielt in ihm inne.

II

Mit noch geschlossenen Augen befühlte ich meine Brust: die Strickjacke hatte ich an; wenn ich also geschlafen hatte, ohne mich auszuziehen, so hatte ich Wache. »Olaf!« – wollte ich rufen und setzte mich plötzlich auf.

Dies war ein Hotel und nicht der »Prometheus«. Ich erinnerte mich nun an alles: an die Labyrinthe des Bahnhofs, das Mädchen, ihre Angst, den blauen Felsen des Terminals über dem schwarzen See, die Sängerin, die Löwen...

Indem ich das Badezimmer suchte, fand ich zufällig das Bett: es befand sich in der Wand und fiel als perlmuttfarbenes, gedunsenes Quadrat herab, wenn man da irgendwo drückte. Im Badezimmer gab es weder eine Badewanne, noch irgendwelche Hähne, nichts, nur leuchtende Plättchen in der Decke und eine kleine Vertiefung – mit Schaumgummiplast ausgelegt – für die Füße. Nach einer Brause schien es nicht auszusehen. Ich hatte das Gefühl eines Neandertalers.

Ich zog mich schnell aus und blieb mit meiner Kleidung in der Hand stehen, weil es keine Bügel gab – nur ein kleines Schränkchen in der Wand, also warf ich alles da hinein. Daneben drei Knöpfe: blau, rot und weiß. Ich drückte den weißen. Das Licht ging aus. Dann den roten. Etwas brauste, das war kein Wasser, sondern ein sturmartiger Wind, der nach Ozon und noch etwas anderem roch: er umfing mich ganz, auf der Haut blitzten jetzt dichte, leuchtende Tropfen, schäumten und verflüchtigten sich, ich spürte keinerlei Feuchtigkeit, nur eine Unmenge weicher, elektrischer Nadeln, die meine Muskeln massierten. Probeweise drückte ich auf den blauen Knopf, und der Wind veränderte sich – er schien durch mich hindurchzugehen – ein recht eigenartiges Gefühl.

›Wenn man sich daran gewöhnt‹, dachte ich, ›kann man es gerne haben.‹ Im ADAPT auf Luna hatten sie so etwas nicht – dort gab es gewöhnliche Badezimmer. Warum, weiß ich nicht. Das Blut zirkulierte nun lebhafter, ich fühlte mich pudelwohl, wußte nur nicht, womit und wie ich mir die Zähne putzen sollte. Endlich schenkte ich's mir. In der Wand gab es noch eine kleine Tür mit der Aufschrift: BADEMÄNTEL. Ich sah hinein. Von Bademänteln keine Spur, nur drei syphonähnliche Metallflaschen standen da. Aber ich war sowieso nicht mehr naß und brauchte mich nicht abzutrocknen.

Ich machte das Schränkchen auf, in das ich meine Kleider hineingelegt hatte, und war erstaunt: es war leer. Ein Glück noch, daß ich meinen Slip oben auf diesen Schrank gelegt hatte. Ich kehrte im Slip ins Zimmer zurück und fing an, das Telefon zu suchen, um zu erfahren, was mit meinen Kleidern geschehen war. Mir kam das alles ziemlich umständlich vor. Das Telefon entdeckte ich endlich am Fenster – wie ich den Fernsehschirm immer noch in Gedanken nannte. Es sprang aus der Wand, als ich laut zu fluchen anfing; es reagierte wohl auf die Stimme. Eine idiotische Manie, alles in den Wänden zu verstecken. Die Rezeption meldete sich. Ich fragte nach meinen Kleidern.

»Sie haben sie in den Reiniger getan, mein Herr«, sagte eine weiche Baritonstimme. »In fünf Minuten sind sie wieder da.«

›Auch schön‹, dachte ich. Ich setzte mich an den Schreibtisch, dessen Platte sich eilfertig unter meine Ellbogen schob, kaum daß ich mich gebückt hatte. Wie geschah das? Man soll sich für derlei Dinge nicht interessieren; die meisten Menschen nutzen die Technologie ihrer Zivilisation, ohne sie zu begreifen.

Ich saß da, nackt, im Slip, und überlegte verschiedene Möglichkeiten. Ich könnte zum ADAPT gehen. Ginge es dabei nur um die Einführung in Technik und Sitten, würde ich nicht lange überlegen. Doch hatte ich bereits auf Luna gemerkt, daß sie zugleich versuchten, jedem eine bestimmte Einstellung beizubringen. Sie kamen mit einer schon fertigen Wertskala an, und wenn man sie nicht als seine eigene anerkannte, erklärten sie das – wie alles überhaupt – mit Rückständigkeit, unterbewußten Widerständen, Routine der alten Gewohnheiten und so weiter. Ich hatte durchaus nicht die Absicht, auf meine Gewohnheiten und Widerstände zu verzichten, solange ich nicht überzeugt war, daß das, was sie mir boten, besser wäre. Die Lehren der letzten Nacht hatten diese meine Entscheidung gar nicht beeinflußt. Ich wollte keine Schule, keine Rehabilitation – und schon ganz bestimmt nicht so brav und so plötzlich. Interessant, warum sie mich dieser »Betrisierung« nicht unterworfen hatten. Das mußte ich herausbekommen.

Ich konnte einen von ihnen suchen: Olaf. Dies wäre schon eine deutliche Überschreitung der ADAPT-Empfehlungen. Ja, denn sie befahlen gar nichts, sie wiederholten fortwährend, daß sie in meinem Interesse handelten und daß ich tun könnte, was ich wollte: sogar direkt vom Mond auf die Erde springen – das war der witzige Doktor Abs –, wenn ich es so eilig hätte. Ich nahm keine Rücksicht auf den ADAPT, aber Olaf könnte das vielleicht nicht passen. Jedenfalls wollte ich ihm schreiben. Die Adresse hatte ich. Arbeit. Sollte ich mir einen Job suchen? Als Pilot? Und was dann – Kursflüge Mars-Erde-Mars machen? Das verstand ich gut, aber...

Plötzlich kam mir der Gedanke, daß ich doch Geld hätte. Eigentlich war es kein Geld, es hieß anders, aber ich begriff den Unterschied nicht, man konnte dafür doch alles haben. Ich bat um Verbindung mit der Stadt. Im Hörer pulsierte ein ferner Gesang. Das Telefon hatte keine Zahlen, auch keine Drehscheibe, vielleicht sollte man den Namen der Bank nennen? Ich hatte ihn auf einem Zettel notiert, der Zettel war – im Anzug. Ich schaute ins Bad: der Anzug lag schon im Schränkchen, frisch gereinigt, in den Taschen befand sich mein ganzer Kleinkram, auch der Zettel.

Die Bank war keine Bank – sie hieß Omnilox. Ich sprach diesen Namen aus, und so schnell, als hätte sie gerade auf mein Anliegen gewartet, ließ sich eine tiefe Stimme hören: »Omnilox hier.«

»Mein Name ist Bregg«, sagte ich, »Hal Bregg. Und ich habe wohl bei Ihnen ein Konto... ich möchte gerne wissen, wieviel es ist?«

Ein Knacks und eine andere, höhere Stimme sagte: »Hal Bregg?«

»Ja.«

»Wer eröffnete dieses Konto?«

»Raflu – der Raumflug im Auftrag des Planeteologischen Instituts und der Raumflugkommission der UNO. Aber das ist schon einhundertsiebenundzwanzig Jahre her ...«

»Haben Sie irgendeinen Beweis?«

»Nein, nur einen Zettel des Luna-ADAPT vom Direktor Oswamm...«

»In Ordnung. Kontostand: sechsundzwanzigtausendvierhundertsieben Iten.«

»Iten?«

»Ja. Wünschen Sie sonst noch etwas?«

»Ich möchte gern etwas Ge... das heißt, Iten abheben.«

»In welcher Form? Wollen Sie vielleicht einen Kalster?«

»Was ist das? Ein Scheckbuch?«

»Nein. Sie werden sofort bar zahlen können.«

»So? Gut.«

»Bis zu welcher Höhe soll man Ihnen den Kalster öffnen?«

»Was weiß ich – fünftausend...«

»Fünftausend. Sehr wohl. Sollen wir ihn ins Hotel schicken?«

»Ja. Moment mal – ich habe den Namen dieses Hotels vergessen.«

»Ist es nicht das, von wo aus Sie anrufen?«

»Doch.«

»Es heißt Alcaron. Den Kalster schicken wir sofort. Nur noch eine Frage: hat sich Ihre rechte Hand nicht verändert?«

»Nein – wieso?«

»Ach, nichts. Gegebenenfalls hätten wir den Kalster ändern müssen. Sie bekommen ihn gleich.«

»Danke«, sagte ich und legte den Hörer zurück. Sechsundzwanzigtausend – wieviel ist das? Ich hatte keine Ahnung. Etwas fing zu summen an. Ein Radio? Es war das Telefon. Ich hob den Hörer.

»Bregg?«

»Ja«, sagte ich. Mein Herz klopfte nur einmal etwas stärker. Ich erkannte ihre Stimme. »Woher wußtest du, wo ich bin?« fragte ich, da sie nicht gleich weitersprach.

»Vom Infor. Bregg... Hal... hör zu, ich wollte dir erklären...«

»Da gibt es nichts zu erklären, Nais.«

»Du bist böse. Aber verstehe doch...«

»Ich bin nicht böse.«

»Hal, wirklich. Komm heute zu mir. Wirst du kommen?«

»Nein. Nais, sag mir bitte, wieviel das ist – zwanzig und ein paar Tausend Iten?«

»Wieso – wieviel? Hal... du mußt kommen.«

»Na... wie lange kann man davon leben?«

»Solange du willst, das Leben kostet doch gar nichts. Aber lassen wir das. Hal, wenn du nur wolltest...«

»Warte mal. Wieviel Iten gibst du monatlich aus?«

»Verschieden. Mal zwanzig, mal fünf, manchmal auch nichts.«

»Aha. Besten Dank.«

»Hal! So höre doch!«

»Ich höre.«

»Wir wollen es nicht so beenden...«

»Wir beenden ja nichts«, sagte ich, »da nichts angefangen hat. Ich danke dir für alles, Nais.«

Ich legte den Hörer auf. Das Leben kostet nichts? Dies interessierte mich im Moment am meisten. Heißt das, daß es irgendwelche Dinge, Dienstleistungen umsonst gibt?

Wieder das Telefon.

»Hier Bregg.«

»Hier die Rezeption. Herr Bregg, Omnilox schickt Ihnen den Kalster. Ich schicke ihn nach oben.«

»Danke. Hallo!«

»Ja, bitte?«

»Zahlt man für das Zimmer?«

»Nein, mein Herr.«

»Gar nichts?«

»Gar nichts, mein Herr.«

»Und... gibt es im Hotel ein Restaurant?«

»Jawohl, vier. Wünschen Sie das Frühstück aufs Zimmer?«

»Gerne, und... zahlt man für das Essen?«

»Nein, mein Herr. Den Kalster haben Sie bereits oben. Das Frühstück kommt in einem Augenblick.«

Der Roboter legte auf, und ich hatte keine Zeit mehr, ihn zu fragen, wo ich diesen Kalster suchen sollte. Ich hatte keine blasse Ahnung, wie das Ding aussah. Vom Schreibtisch aufstehend, der, verlassen, sich sofort verkleinerte und schrumpfte, bemerkte ich eine Art Pult, das aus der Wand neben der Tür hervorwuchs: dort lag, in durchsichtigen Kunststoff eingewickelt, ein flacher Gegenstand. Er sah einem kleinen Zigarettenetui ähnlich. Auf der einen Seite hatte er eine Reihe kleiner Gucklöcher, in denen die Zahl 1001110001000 stand. Unten gab es zwei winzige Knöpfchen: Eins und Null. Überrascht sah ich mir das an. Endlich begriff ich, daß der Betrag von 5000 nach dem Dualsystem skontiert wurde. Ich drückte auf die Eins, und in die Hand fiel mir ein winziges Plastikdreieck mit der ausgestanzten Zahl 1. Also war dies so etwas wie eine kleine Druckerei oder Stanzerei von Geld bis zu der Höhe, die in den kleinen Sichtrastern angegeben war – die obere Zahl verminderte sich um eins.

Kaum angezogen, wollte ich schon gehen, als mir der ADAPT in den Sinn kam. Ich rief ihn an und erklärte, daß ich ihren Mann auf dem Terminal nicht finden konnte.

»Wir waren schon beunruhigt, Ihretwegen«, sagte eine Frauenstimme, »aber heute morgen erfuhren wir, daß Sie im Alcaron wohnen...»

Sie wußten, wo ich jetzt war. Warum haben sie mich auf dem

Bahnhof nicht finden können? Anders konnte es gar nicht sein: ich sollte absichtlich umherirren, um zu verstehen, wie verfrüht meine »Rebellion« auf Luna gewesen war.

»Ihr habt eine fabelhafte Information«, sagte ich höflich. »Vorläufig besichtige ich die Stadt. Werde mich später bei euch melden.« Ich verließ das Zimmer: die Gänge, silbern und beweglich, flossen vollständig mitsamt den Wänden weiter – für mich eine Neuigkeit. Mit dem Aufzug fuhr ich nach unten, bei den einzelnen Stockwerken flogen Bars an mir vorbei, die eine war grün, wie in Wasser getaucht, jedes Stockwerk hatte seine eigene dominierende Farbe, Silber, Gold, allmählich wurde es mir zuviel. Nach einem Tag! Eigenartig, daß sie es mochten. Komischer Geschmack. Doch dann erinnerte ich mich an das nächtliche Bild des Terminals.

Ich muß mich mit etwas Kleidung versorgen: mit dieser Entscheidung kam ich auf die Straße. Der Tag war wolkig, der Himmel mit lichtem Gewölk bedeckt, und manchmal schien die Sonne hindurch. Jetzt erst sah ich von einem Boulevard – dessen Mitte eine doppelte Reihe von Riesenpalmen einnahm, Blätter rosa wie Zungen – das Stadtpanorama. Die Gebäude standen einzeln wie Inseln, selten nur schoß ein Nadelbau in den Himmel, wie ein erstarrter Strahl fließenden Baumaterials, von einer unwahrscheinlichen Höhe. Diese Bauten waren sicher kilometerhoch. Ich wußte – jemand hat es mir noch auf Luna gesagt –, daß man sie jetzt nicht mehr errichtet und daß der Drang zur Höhe kurz nach ihrem Bau eines natürlichen Todes gestorben war. Sie waren das Denkmal einer Architekturepoche, denn abgesehen von ihrer Riesenhaftigkeit, die nur durch ihre Schlankheit nivelliert wurde, boten sie dem Auge nichts. Sie sahen wie dunkelbraun-goldene, schwarz-weiße, quergestreifte oder silberne Röhren aus, die die Wolken stützen oder sie einfangen sollten. Und die Landeplätze, die aus ihnen am Himmel emporragten, auf rohrartigen Trägern in die Luft hinausgeschoben, ähnelten kleinen Bücherregalen.

Gar kein Vergleich mit den neuen Häusern, die fensterlos, aber viel hübscher waren; denn man konnte nun sämtliche Wände schmücken. Die ganze Stadt sah wie eine gigantische Kunstausstellung aus, ein Festival der Meister von Farbe und Form. Ich kann nicht behaupten, daß mir alles, was diese zwanzig oder dreißig Stockwerke hohen Bauten schmückte, gut gefiel, aber für einen Kerl von hundertfünfzig Jahren war ich nicht übermäßig von gestern. Am besten gefielen mir Häuser, die durch Gärten halbiert wurden – vielleicht waren es Palmenhäuser –, weil der Bau dadurch in der Mitte aufgeteilt und wie auf einem Luftkissen schwebend erschien – die Wände dieser Hochgärten waren aus Glasmaterial –, es entstand dabei ein Effekt von Leichtigkeit, und zugleich zerschnitten unregelmäßige Streifen eines zottigen Grüns den Bau auf angenehme Weise.

Über die Boulevards, entlang jener fleischigen Palmen, die mir durchaus mißfielen, bewegten sich zwei Ströme schwarzer Autos. Ich wußte bereits, daß man sie Glider nannte. Über den Häusern zeigten sich auch andere, fliegende Maschinen, weder Hubschrauber noch Flugzeuge, sie sahen wie an beiden Enden zugespitzte Bleistifte aus.

Auf den Gehsteigen gab es nur wenig Menschen, nicht so viele wie vor hundert Jahren. Den Verkehr hat man weitgehend entlastet, besonders den Fußgängerstrom, vielleicht durch die Vielzahl von Ebenen: denn unter der Stadt, die ich nun sah, zogen sich niedrigere, unterirdische Stockwerke mit Straßen, Plätzen, Kaufhäusern hin – eben sagte mir an einer Ecke der Infor, daß für die Einkäufe die Etage Serean am günstigsten sei. Das war irgendein genialer Infor, oder vielleicht verstand ich mich schon besser verständlich zu machen, jedenfalls gab er mir ein Plastikbüchlein mit vielen zerlegbaren Seiten: den städtischen Verkehrsplan. Wollte ich irgendwohin gelangen, so drückte ich auf die in Silber gedruckten Namen – Straße, Stockwerk, Platz –, und gleich leuchtete auf dem Plan der volle Umkreis aller Verbindungen auf, die ich benötigte. Ich konnte auch mit einem Glider hinfahren. Oder mit einem Rast. Endlich konnte ich auch zu Fuß gehen – deshalb waren es vier Pläne. Doch begriff ich bereits, daß Ausflüge zu Fuß – sogar mit beweglichen Gehsteigen und Aufzügen – manchmal recht viele Stunden in Anspruch nehmen konnten.

Serean war wohl das dritte Stockwerk. Und wieder war ich von der Stadtansicht überrascht: anstatt unter die Erde kam ich aus einem Tunnel auf die Straße. Unterm Himmel, in der prallen Sonne, wuchsen in der Mitte eines Platzes große Pinien, in der Ferne zeichneten sich blau einige gestreifte Nadelbauten ab, und auf der entgegengesetzten Seite, hinter einem kleinen Wasserbecken, in dem Kinder planschten und mit bunten Fahrrädern auf dem Wasser herumfuhren, stand, von Palmengrün-Streifen durchschnitten, ein weißes Hochhaus mit einem recht eigenartigen, wie Glas leuchtenden Aufsatz auf seinem Gipfel. Es tat mir leid, daß ich keinen um Erklärung dieses Rätsels fragen konnte. Urplötzlich besann ich mich – oder vielmehr erinnerte mich mein Magen daran –, daß ich noch ohne Frühstück war. Ich hatte völlig vergessen, daß ich es im Hotel aufs Zimmer bekommen sollte. Vielleicht hatte sich auch der Rezeptionsroboter irgendwie geirrt.

Zum Infor also: ich machte nun keinen Schritt mehr, ohne vorher genau erfahren zu haben, wie und was los ist. Übrigens konnte der Infor auch einen Glider bestellen, aber vorerst wagte ich noch nicht, darum zu bitten, weil ich gar nicht wußte, wie man da hineinsteigt. Na und auch, was man da später machen sollte. Ich hatte ja Zeit.

Im Restaurant – kaum daß ich einen Blick auf die Karte warf – wurde ich gewahr, daß dies für mich das reinste Chinesisch war. Ich gab entschlossen den Auftrag, mir ein Frühstück – ein ganz normales Frühstück zu bringen.

»Ozot, Kress oder Herma?«

Wäre der Kellner ein Mensch, so hätte ich ihm gesagt, er solle bringen, was er selber mag. Aber er war ein Roboter. Dem war alles egal.

»Und Kaffee gibt es keinen?« fragte ich beunruhigt.

»Doch. Kress, Ozot oder Herma?«

»Kaffee und, na... eben das, was am besten zum Kaffee paßt, diesen... äh...«

»Ozot«, sagte er und ging.

Das wäre geschafft.

Er hatte wohl schon alles vorbereitet, denn er kam sofort zurück mit einem Tablett, das so beladen war, daß ich schon fast irgendeinen Streich witterte. Indessen machte mir der Anblick bewußt, daß ich außer dem Bons, den ich gestern aß, und dem Becher des berüchtigten Brit seit meiner Ankunft nichts mehr im Munde gehabt hatte.

Das einzige, was nach irgend etwas Bekanntem aussah, war der Kaffee, der an gut gekochten Tee erinnerte. Die Sahne hatte winzige, blaue Pünktchen und stammte todsicher von keiner Kuh. Es tat mir leid, daß ich es keinem abgucken konnte, der das Ganze zu essen verstand, doch war wohl die Frühstückszeit schon lange vorbei, ich saß ganz allein da. Sichelförmige Tellerchen mit einer dampfenden Masse, aus der etwas wie Enden von Streichhölzern herausragte, und drinnen etwas wie ein Backapfel: selbstverständlich waren es weder Äpfel noch Zündhölzer. Und das, was ich wiederum für Haferflocken hielt, fing – sobald ich es mit dem Löffel berührte – zu schwellen an. Ich aß alles auf, erwies mich als unheimlich verfressen. Die Sehnsucht nach Gebäck – davon war nicht die Spur zu sehen – kam erst nachträglich wieder, als der Roboter auftauchte und in einer gewissen Entfernung wartete.

»Was zahle ich?« fragte ich ihn.

»Danke, nichts«, sagte er. Er war eher einem Möbelstück als einer Puppe ähnlich. Er hatte nur ein einziges rundes Kristallauge. Irgend etwas bewegte sich in seinem Innern, doch konnte ich mich nicht überwinden, ihm in den Bauch zu schauen. Sogar ein Trinkgeld war da niemals zu geben. Ich wußte nicht, ob er mich verstehen würde, wenn ich ihn wegen einer Zeitung fragte. Vielleicht gab es keine Zeitungen mehr. Also ging ich einkaufen. Vorerst traf ich aber auf ein Reisebüro – das war wie eine Erleuchtung. Ich ging hinein.

In einem großen, silbernen Saal mit smaragdenen Konsolen – allmählich konnte ich diese Farben schon nicht mehr sehen – war es fast leer. Mattscheiben, Riesenfarbfotos des Canyons Colorado, des Archimedes-Kraters, der Deimos-Felsenhänge, Palm Beach, Florida – alles war so gemacht, daß man beim Zuschauen die Tiefe sah, sogar die Wellen bewegten sich, als wären es keine Fotos, sondern auf einen reellen Raum geöffnete Fenster,

Ich ging zum Schalter mit der Inschrift: ERDE.

Dort saß, selbstverständlich, ein Roboter. Diesmal ein goldener. Oder vielmehr mit Gold besprüht.

»Womit können wir Ihnen dienen?« Seine Stimme war tief. Wenn ich die Augen zumachte, würde ich schwören, daß da ein dicker, dunkelhaariger Mann spricht.

»Mir liegt an etwas Primitivem«, sagte ich. »Ich komme eben von einer langen Reise zurück – einer sehr langen. Ich möchte Ruhe haben, Wasser, Bäume, es können auch Berge sein. Primitiv und altmodisch will ich's haben. Wie vor hundert Jahren. Habt ihr so etwas?«

»Wenn Sie es wünschen, müssen wir es haben. Felsengebirge. Fort Plum. Mallorca. Die Antillen.«

»Näher«, sagte ich. »Tja... so ungefähr eintausend Kilometer entfernt. Wie?»

»Klavestra.«

»Wo ist denn das?«

Ich merkte schon, daß ich mit den Robotern ausgezeichnet reden konnte. Sie wunderten sich über rein gar nichts. Das konnten sie nicht. Eine sehr vernünftige Erfindung.

»Eine alte Bergbausiedlung in Pazifik-Nähe. Bergwerke, die seit fast vierhundert Jahren stillstehen. Recht interessante Ausflüge durch die unterirdischen Stollen. Bequeme Verbindungen durch Ulder und Glider. Sanatorien unter ärztlicher Aufsicht, Villen zu vermieten, mit Gärten, Schwimmbecken, klimatische Stabilisation, das Lokalzentrum unseres Büros veranstaltet alle Arten von Unterhaltung, Ausflüge, Spiele, Gesellschaftsabende. An Ort und Stelle – Real, Mut und Stereon.»

»Ja, das könnte etwas für mich sein«, sagte ich. »Eine Villa mit Garten. Und Wasser dazu. Schwimmbecken, wie?«

»Selbstverständlich, mein Herr. Schwimmbecken mit Sprungtürmen, auch künstliche Seen mit Unterwasserhöhlen, ein großartig mit allen Geräten versehenes Zentrum für Taucher, Unterwasservorstellungen...«

»Lassen wir diese Vorstellungen. Was kostet das?«

»Einhundert Iten pro Monat. Wenn aber gemeinsam, mit noch jemandem, dann nur vierzig.«

»Gemeinsam?«

»Die Villen sind sehr geräumig, mein Herr. Von zwölf bis zu achtzehn Räumen – automatische Bedienung, Küche an Ort und Stelle, lokale oder exotische Speisen zur Auswahl...«

»Ja. Na, dann, vielleicht... gut. Mein Name ist Bregg. Ich nehme das. Wie heißt dieser Ort? Klavestra? Bezahle ich jetzt?«

»Wie Sie wünschen.«

Ich reichte ihm den Kalster.

Es zeigte sich dabei, was ich nicht wußte, daß nur ich allein den Kalster in Bewegung setzen konnte. Der Roboter war, natürlich, auch über diese meine Unwissenheit nicht erstaunt. Ich fing langsam an, die Roboter immer mehr zu lieben. Er zeigte mir, wie ich es machen sollte, damit aus der Mitte nur ein Stein mit der entsprechenden aufgedruckten Zahl herausfiele. Um ebensoviel verminderte sich die Zahl in dem kleinen Fensterchen oben, die den Kontostand angab.

»Wann kann ich dort hinfahren?«

»Wann Sie wünschen. Jederzeit.«

»Aber, aber – mit wem soll ich die Villa teilen?«

»Mit den Margers. Er und sie.«

»Darf ich wissen, was es für Leute sind?«

»Ich kann Ihnen nur sagen, daß es ein junges Ehepaar ist.«

»Hm. Und werde ich sie nicht stören?«

»Nein, da die Hälfte der Villa zu vermieten ist. Ein ganzes Stockwerk wird ausschließlich Ihnen gehören.«

»Gut. Wie komme ich dorthin?«

»Am besten mit dem Ulder.«

»Wie macht man das?«

»Ich stelle Ihnen den Ulder für den Tag und die Stunde, die Sie bestimmen werden.«

»Ich rufe dann von meinem Hotel aus an. Kann man das?«

»Bitte sehr. Die Bezahlung wird von dem Moment an fällig, in dem Sie in die Villa einziehen.«

Als ich hinausging, hatte ich schon einen nebelhaften Plan. Ich würde Bücher und verschiedene Sportartikel kaufen. Hauptsache Bücher. Man müßte auch irgendwelche Spezialzeitschriften abonnieren. Soziologie, Physik. Sicher haben sie da eine ganze Menge geleistet in den über hundert Jahren. Ach ja, und Kleidung müßte ich mir auch besorgen.

Aber wieder kam mir etwas in die Quere. Um die Ecke, ich traute meinen Augen nicht, sah ich ein Auto. Ein wirkliches Auto. Vielleicht nicht mehr so eins, wie ich es in Erinnerung hatte – die Karosserie war aus lauter spitzen Winkeln modelliert. Es war aber ein wirklicher Wagen, mit Reifen, Türen, Lenkrad – und hinter ihm standen noch andere. Hinter einem großen Schaufenster, auf dem in großen Lettern ANTIQUITÄTEN stand. Ich ging hinein. Der Inhaber – oder Verkäufer – war ein Mensch. ›Schade‹, dachte ich.

»Kann man einen Wagen kaufen?«

»Selbstverständlich. Welchen möchten Sie gern?«

»Und was kosten sie?«

»Von vierhundert bis achthundert Iten.«

›Ein gepfefferter Preis‹, dachte ich. Na, für Antiquitäten muß man eben zahlen.

»Und kann man damit fahren?« fragte ich.

»Natürlich. Nicht überall zwar, es gibt da lokale Verbote, im allgemeinen ist es aber möglich.«

»Und wie steht's mit dem Brennstoff?« fragte ich vorsichtig, da ich keine Ahnung hatte, was sich unter der Karosserie verbarg.

»Damit werden Sie keine Schwierigkeiten haben. Eine einzige Ladung reicht für die ganze Lebensdauer des Wagens. Die Parastate, wohlbemerkt, miteinberechnet.«

»Schön«, sagte ich. »Ich möchte etwas Stabiles, Widerstandsfähiges. Braucht nicht groß zu sein, aber schnell.«

»Dann würde ich Ihnen zu diesem Giabile oder zu dem anderen Modell dort raten...«

Er führte mich in einen großen Saal, die Wagen entlang. Die blitzten nur so, als wären sie wirklich neu.

»Wohlverstanden«, meinte der Verkäufer, »sie können sich nicht mit dem Glider messen. Aber heutzutage ist das Auto ja kein Verkehrsmittel mehr...«

›Sondern?‹ – wollte ich fragen, blieb aber stumm.

»Gut«, sagte ich, »wieviel kostet dieser Wagen?«, und zeigte dabei auf eine blaßblaue Limousine mit silbernen, tief versteckten Scheinwerfern.

»Vierhundertachtzig Iten.«

»Ich möchte ihn aber in Klavestra haben«, sagte ich. »Dort habe ich eine Villa gemietet. Die genaue Adresse kann das Reisebüro, hier, in dieser Straße, angeben...«

»Sehr wohl, mein Herr. Man kann es mit dem Ulder schicken, dafür wird nichts berechnet.«

»So? Ich selbst soll mit einem Ulder dort hinfahren...?«

»Dann geben sie, bitte, nur das Datum an, und wir werden es zu ihrem Ulder bringen, so wird es am einfachsten sein. Es sei denn, Sie wünschen...«

»Nein, nein. Es kann so gemacht werden, wie Sie sagen.«

Ich bezahlte das Auto – mit dem Kalster verstand ich schon ganz gut umzugehen – und verließ den Antiquitätenladen. Hier roch es überall nach Lackfarben und Gummi. Diese Gerüche schienen mir herrlich.

Mit der Kleidung ging es nicht so gut. Fast nichts von den Klamotten, die ich kannte, existierte mehr. Dabei klärte sich auch das Geheimnis der rätselhaften Flaschen im Hotelschränkchen mit der Inschrift BADEMÄNTEL auf. Nicht nur so ein Mantel, sondern Anzüge, Strümpfe, Strickjacken, Wäsche – alles wurde aufgespritzt. Mir wurde klar, daß das den Frauen gefallen mußte: mit ein paar Flaschen hantieren, die eine Flüssigkeit abgaben, die sofort zu Geweben mit glatter oder rauher Struktur erstarrten: Samt, Pelz oder elastisches Metall. So schufen sie jedesmal ein neues Modell nur für die eine Gelegenheit. Selbstverständlich machte das nicht jede Frau selbst, es gab spezielle Plast-Salons – damit befaßte sich also Nais! –. Die daraus resultierende enganliegende Mode sagte mir im übrigen nicht besonders zu. Allein der Prozeß des Sichanziehens mit Hilfe der Syphonflaschen schien mir sinnlos schwierig. Es gab nur wenige fertige Sachen, und die wiederum paßten mir nicht: sogar den größten fehlten an vier Nummern zu meiner Statur. Endlich entschied ich mich für Flaschenwäsche: ich merkte, daß mein Hemd nicht mehr lange halten würde. Ich konnte natürlich den Rest meiner Habe vom »Prometheus« herunterholen, aber auch dort hatte ich weder Anzüge noch weiße Oberhemden – mit denen hätte man in der Nähe des Fomalhautgestirns ja nicht viel anfangen können. So nahm ich nur noch einige Paare drillichähnliche Hosen für die Gartenarbeit, denn nur sie hatten relativ weite Beine, und man konnte sie auch verlängern; für alles zahlte ich einen Iten. Soviel kosteten diese Hosen, der Rest war umsonst.

Ich ließ mir die ausgewählten Sachen ins Hotel schicken und mich aus purer Neugier zu einem Besuch im Modesalon überreden. Dort empfing mich ein Kerl mit Künstlermiene, besah mich erst und stimmte mit mir überein, daß ich eher weite Sachen tragen sollte; ich merkte, daß er kaum von mir entzückt war. Ich von ihm auch nicht. Das Ganze endete mit ein paar Strickjacken, die er mir gleich an Ort und Stelle anfertigte. Ich stand da mit erhobenen Armen, und er flitzte um mich herum, dabei mit vier Flaschen zugleich operierend. Die Flüssigkeit – in der Luft weiß wie Schaum – erstarrte fast augenblicklich. Es entstanden aus ihr Jakken in verschiedenen Farben, eine hatte einen schwarz-roten Streifen auf der Brust; am schwierigsten war, wie ich merkte, das Fertigstellen von Kragen und Ärmeln. Dazu brauchte man wirklich Übung.

Bereichert um dieses Erlebnis, das übrigens nichts kostete, fand ich mich wieder auf der Straße in der prallen Mittagssonne. Glider gab es inzwischen weniger, dafür über den Dächern eine Unzahl zigarrenartiger Maschinen. Die Menschenmenge schwamm auf den Rolltreppen in die niedrigeren Etagen hinunter. Alle hatten es sehr eilig, nur ich allein hatte Zeit. Wohl eine Stunde erwärmte ich mich in der Sonne unter einem Rhododendron mit verholzten Schuppen von schon abgestorbenen Blättern, dann ging ich in das Hotel zurück.

In der Halle unten bekam ich einen kleinen Rasierapparat. Als ich im Badezimmer mit der Rasur begann, merkte ich, daß ich mich ein wenig zum Spiegel herab beugen mußte. Und ich wußte doch, daß ich mich vorher darin gerade stehend sehen konnte. Der Unterschied war minimal: aber schon vorher, als ich mein Hemd auszog, bemerkte ich etwas Sonderbares: das Hemd schien kürzer geworden zu sein. Fast als ob es eingelaufen wäre. Ich sah es mir genauer an. Ärmel und Kragen waren unverändert. Ich legte das Hemd auf den Tisch. Es sah genauso aus wie vorher. Als ich es jedoch anzog, reichte es mir knapp über die Taille. Ich hatte mich verändert, nicht das Hemd. Ich bin also größer geworden.

Dieser Gedanke war absurd, beunruhigte mich aber trotzdem. Ich verband mich mit dem Hotel-Infor und bat um die Adresse eines Arztes – Spezialist für Raumfahrtmedizin. Zum ADAPT wollte ich, solange es nur möglich war, nicht gehen. Nach einer kurzen Schweigepause, so als ob sich der antwortende Automat nicht schlüssig wäre – hörte ich die Adresse. Der Arzt wohnte in derselben Straße, einige Häuserblocks weiter. Ich ging zu ihm. Ein Roboter führte mich in ein großes, verdunkeltes Zimmer. Außer mir war niemand da.

Nach einer Weile kam der Arzt. Er sah aus, als ob er aus einem Familienfoto im Arbeitszimmer meines Vaters herausgestiegen wäre. Er war klein, aber nicht zierlich, grau, hatte einen kleinen weißen Bart und eine goldumrandete Brille – die ersten Gläser, die ich an einem menschlichen Gesicht seit meiner Landung sah. Er hieß Doktor Juffon.

»Hal Bregg?« sagte er. »Sind Sie es?«

»Ja.«

Er schwieg und sah mich lange an. »Was fehlt Ihnen?«

»Eigentlich nichts, Doktor, nur…«, ich erzählte ihm von meinen eigenartigen Beobachtungen.

Ohne ein Wort zu sagen, öffnete er mir eine Tür. Ich kam in ein kleines Behandlungszimmer.

»Ziehen Sie sich, bitte, aus.«

»Ganz?« fragte ich, als ich nur noch die Hose anhatte.

»Ja.«

Er besah mich als Nackten.

»Solche Männer gibt es nicht mehr«, murmelte er wie zu sich selbst. Er horchte mein Herz ab, indem er mir ein kaltes Höhrrohr an die Brust legte. ›Auch noch in tausend Jahren wird es so sein‹

– dachte ich, und dieser Gedanke machte mir eine kleine Freude. Er maß meine Größe, dann mußte ich mich hinlegen. Er betrachtete recht aufmerksam die Narbe unter meinem rechten Schlüsselbein, sagte aber nichts. Er untersuchte mich fast eine Stunde.

Reflexe, Lungenkapazität, EKG – alles. Als ich mich anzog, setzte er sich hinter einen kleinen, schwarzen Schreibtisch. Die Schublade, die er auszog, um darin zu kramen, quietschte. Nach all den Möbeln, die sich neben den Menschen wie besessen bewegten, gefiel mir dieser alte Schreibtisch sehr.

»Wie alt sind Sie?«

Ich erklärte ihm, wie es bei mir um diese Dinge stand.

»Sie haben den Körper eines dreißigjährigen Mannes«, meinte er. »Haben Sie hyberniert?«

»Ja.«

»Lange?«

»Ein Jahr.«

»Warum?«

»Wir kamen mit einem verstärkten Schub zurück. Man mußte sich ins Wasser legen. Amortisation, wissen Sie, Herr Doktor. Und da es einem schwerfällt, ein volles Jahr wach im Wasser zu liegen, so...«

»Selbstverständlich. Ich dachte, Sie hätten länger hyberniert. Dieses eine Jahr können Sie getrost abziehen. Nicht vierzig, sondern neununddreißig sind Sie.«

»Und... das andere?«

»Es ist nichts, Bregg. Wieviel hattet ihr?«

»Beschleunigung? Zwei g.«

»Na, also. Sie dachten wohl, Sie wachsen weiter – wie? Nein. Wachsen tun Sie nicht. Ganz einfach: die Bandscheiben. Wissen Sie, was das ist?«

»Ja, solche Knorpel in der Wirbelsäule.«

»Eben. Die entspannen sich nun, wo Sie aus diesem Druck heraus sind. Wie groß sind Sie?«

»Als ich abflog – war ich einssiebenundneunzig.«

»Und später?«

»Keine Ahnung. Gemessen hab' ich mich nicht; es gab da andere Sorgen, wissen Sie.«

»Jetzt sind Sie zwei Meter groß.«

»Eine schöne Geschichte«, sagte ich, »und geht das noch länger so?«

»Nein, wahrscheinlich ist das schon alles... Wie fühlen Sie sich?«
»Gut.«
»Alles scheint allzuleicht – wie?«
»Jetzt schon weniger. Im ADAPT auf Luna gab man uns solche Pillen zur Minderung der Muskelspannung.«
»Hat man euch angravitiert?«
»Ja. Während der ersten drei Tage. Sie meinten, es wäre nach so vielen Jahren zu wenig, andererseits aber wollten sie uns nach alldem nicht noch länger unter Verschluß halten.«
»Wie steht es um Ihr Selbstgefühl?«
»Also...«, ich zögerte, »manchmal... habe ich den Eindruck, ein Neandertaler zu sein, der in die Stadt geraten ist.«
»Was wollen Sie nun machen?«
Ich erzählte ihm von der Villa.
»Vielleicht keine so schlechte Idee«, meinte er, »aber...«
»ADAPT wäre wohl besser?«
»Das behaupte ich nicht. Sie... wissen Sie – ich kann mich an Sie erinnern!«
»Wie ist das möglich? Sie konnten doch nicht...«
»Nein. Aber ich hörte über Sie von meinem Vater. Ich war damals zwölf Jahre alt.«
»Ach, das war wohl schon viele Jahre nach unserem Start«, sagte ich, »und man dachte noch an uns? Eigenartig.«
»Finde ich nicht. Eigenartig ist eher, daß man euch vergaß. Sie wußten doch, wie die Rückkehr aussehen würde. Natürlich konnten Sie es sich nicht vorstellen.«
»Ich wußte es.«
»Wer schickt Sie zu mir?«
»Niemand. Das heißt... der Infor vom Hotel. Wieso?«
»Komisch«, sagte er. »Denn eigentlich bin ich gar kein Arzt, wissen Sie.«
»Ja, wie denn...«
»Praktizieren tue ich seit vierzig Jahren nicht mehr. Ich befasse mich mit der Geschichte der Raummedizin. Denn es ist bereits Geschichte, Bregg, und außer dem ADAPT gibt es für die Spezialisten keine Arbeit mehr.«
»Entschuldigung, ich wußte nicht... «
»Unsinn. Ich sollte Ihnen vielmehr dankbar sein. Sie sind ein lebender Beweis gegen die Thesen der Millman-Schule über den

schädlichen Einfluß der verstärkten Schwerkraft auf den Organismus. Sie haben nicht einmal eine Vergrößerung der linken Herzkammer, nicht die Spur von Lungenerweiterung... und ein herrliches Herz. Doch das wissen Sie – wie?«

»Ich weiß es.«

»Als Arzt habe ich Ihnen eigentlich nichts mehr zu sagen, Bregg, aber sonst...« Er zögerte.

»Ja?«

»Wie orientieren Sie sich in... unserem heutigen Leben?«

»Nebelhaft.«

»Sie sind grau, Bregg.«

»Hat das irgendeine Bedeutung?«

»Ja. Graues Haar bedeutet Alter. Keiner wird jetzt grau, Bregg, ehe er achtzig ist, und auch dann kommt es selten vor.«

Ich wurde mir bewußt, daß es stimmte: ich hatte fast keine alten Leute gesehen.

»Wieso?« fragte ich.

»Es gibt Spezialpräparate, Medikamente, die das Grauwerden aufhalten. Man kann auch die ursprüngliche Haarfarbe wiederherstellen, obwohl das ein wenig schwieriger ist.«

»Na, schön«, sagte ich, »aber warum sagen Sie mir das?«

Ich merkte, das er unschlüssig war. »Die Frauen, Bregg«, sagte er dann kurz.

Ich zuckte zusammen. »Soll das heißen, das ich wie ein... Greis aussehe?«

»Wie ein Greis – nein, eher wie ein Athlet... aber Sie spazieren ja nicht nackt herum. Besonders im Sitzen sehen Sie... das heißt, ein Durchschnittsmensch wird Sie für einen verjüngten Greis halten. Nach einer verjüngenden, einer Hormonoperation und so weiter.«

»Ja, da kann man nichts machen«, sagte ich. Ich wußte nicht, warum ich mich unter seinem ruhigen Blick so fatal fühlte. Er nahm die Brille ab und legte sie auf den Schreibtisch. Er hatte blaue, ein wenig tränende Augen.

»Sie verstehen viele Dinge nicht, Bregg. Sollten Sie bis an Ihr Lebensende ein Asket bleiben, so wäre Ihr ›da kann man nichts machen‹ vielleicht am Platz, aber... diese Gesellschaft, in der Sie zurückgekehrt sind, kennt keine Begeisterung für das, dem Sie mehr als Ihr Leben geopfert haben.«

»Sprechen Sie doch nicht so, Doktor.«

»Ich spreche so wie ich denke. Ein einziges Leben opfern – na und? Menschen haben es seit Jahrhunderten getan... aber auf alle Freunde, auf die Eltern, Verwandten, Bekannten, die Frauen verzichten – denn Sie haben sie ja geopfert, Bregg!«

»Doktor...«

Das Wort kam mir kaum durch die Kehle. Mit dem Ellbogen stützte ich mich auf den alten Schreibtisch.

»Außer einer Handvoll Fachleute geht dies keinen etwas an, Bregg. Wissen Sie das?«

»Ja. Man hat es mir auf Luna gesagt... nur... wurde es... milder ausgedrückt.«

Eine Zeitlang schwiegen wir beide. »Die Gesellschaft, in die Sie zurückgekehrt sind, ist stabilisiert. Sie lebt in Ruhe. Verstehen Sie? Die Romantik der frühen Raumflugzeit ist vorüber. Es ist fast eine Analogie zu der Geschichte des Kolumbus. Seine Expedition war etwas Außergewöhnliches, aber wer hat sich zweihundert Jahre nach ihm für die Kapitäne von Segelschiffen interessiert? Über Ihre Rückkehr gab es eine Notiz von zwei Zeilen im Real.«

»Doktor, das hat ja nichts zu bedeuten«, sagte ich. Sein Mitgefühl fing an, mich mehr zu reizen als die Gleichgültigkeit der anderen. Aber das konnte ich ihm nicht sagen.

»Es hat, Bregg, nur wollen Sie es nicht zur Kenntnis nehmen. Wären Sie jemand anderes, dann würde ich schweigen. Ihnen aber bin ich die Wahrheit schuldig. Sie sind allein. Der Mensch kann nicht allein leben. Ihre Interessen, all das, womit Sie zurückgekommen sind, bilden eine kleine Insel in einem Meer von Ignoranz. Ich bezweifle, ob viele Menschen Lust hätten zu hören, was Sie zu erzählen haben. Ich gehöre wohl zu solchen Menschen, aber ich bin neunundachtzig Jahre alt...«

»Ich habe nichts zu erzählen«, antwortete ich wütend. – Jedenfalls nichts Sensationelles. Wir haben keine galaktische Zivilisation entdeckt, und außerdem war ich nur ein Pilot. Ich führte das Schiff. Einer mußte es ja tun.

»So?« sagte er leise und hob die weißen Augenbrauen.

Äußerlich war ich ruhig, aber mich packte eine wilde Wut.

»Ja! Und tausendmal ja! Und diese Gleichgültigkeit jetzt – wenn Sie es schon wissen wollen – geht mich nur etwas an wegen der anderen, die dageblieben sind...«

»Wer ist dageblieben?« fragte er ganz ruhig.

Ich faßte mich wieder.

»Viele. Arder, Venturi, Ennesson. Doktor, warum...«

»Ich frage nicht aus purer Neugier. Dies war – glauben Sie mir, ich mag auch keine großen Worte – fast wie meine eigene Jugend. Euretwegen habe ich mich diesem Studium zugewandt. Wir sind uns in der Nutzlosigkeit gleichgeworden. Selbstverständlich können Sie das nicht anerkennen. Ich will da nicht drängen. Aber ich möchte es wissen. Was geschah mit Arder?«

»Genau weiß man es nicht«, sagte ich. Mit einemmal wurde mir alles egal. Warum sollte ich nicht davon reden? Ich starrte auf die schwarze, zersprungene Politur des Schreibtisches. Nie hätte ich gedacht, das es einmal so kommen würde.

»Wir führten zwei Sonden über Arkturus. Ich verlor den Kontakt mit ihm. Konnte ihn nicht finden. Sein Radio war es, das da schwieg, nicht meins. Als mir der Sauerstoff zu Ende ging, kam ich zurück.«

»Haben Sie gewartet?«

»Ja. Das heißt – ich kreiste um Arkturus herum. Sechs Tage lang. Genau einhundertsechsundfünfzig Stunden.«

»Allein?«

»Ja. Ich hatte Pech, weil Arkturus neue Flecken bekam und ich den Kontakt mit dem ›Prometheus‹ völlig verlor. Mit meinem Schiff. Störungen. Allein, ohne Radio, konnte er nicht zurück. Arder, meine ich. Denn der Peilfunk ist in den Sonden mit dem Radio gekoppelt. Er konnte ohne mich nicht zurück, und er kam auch nicht. Gimma rief mich zurück. Recht hatte er. Nur so zum Zeitvertreib berechnete ich später, wie die Chancen standen, daß ich ihn im Bild, mit dem Radar hätte wiederfinden können – ich weiß nicht mehr genau, aber es verhielt sich etwa wie eins zu einer Trillion. Ich hoffe, er tat dasselbe wie Arne Ennesson.«

»Was tat denn Arne Ennesson?«

»Er verlor die Fokalisation des Bündels. Sein Schub wurde geschwächt. Er konnte sich noch auf der Umlaufbahn – vielleicht vierundzwanzig Stunden, schätze ich – halten, er würde auf einer Spirale rotieren und endlich auf Arkturus fallen, also zog er vor, gleich in die Protuberanz hineinzugehen. Er verbrannte fast vor meinen Augen.«

»Wie viele Piloten gab es außer Ihnen?«

»Auf dem ›Prometheus‹ fünf.«

»Wie viele kamen zurück?«

»Olaf Staave und ich. Ich weiß, was Sie nun denken, Doktor – daß es eine Heldentat ist. So dachte ich früher auch, als ich Bücher über solche Leute las. Es stimmt aber nicht. Hören Sie? Hätte ich es gekonnt, würde ich diesen Arder alleingelassen haben und wäre gleich zurückgekehrt, aber das konnte ich nicht. Er wäre auch nicht zurückgekehrt. Keiner würde es tun. Gimma ebenfalls nicht...«

»Warum... verleugnen Sie sich so?« fragte er leise.

»Weil es einen Unterschied zwischen dem Heldentum und der Notwendigkeit gibt. Ich tat das, was jeder tun würde. Doktor, um das zu verstehen, muß man dort sein. Der Mensch ist so eine flüssige Blase. Es genügt ein defokalisierter Schub oder entmagnetisierte Felder, dann entsteht eine Vibration, und im Nu gerinnt das Blut. Beachten Sie bitte: Ich spreche nicht über die äußeren Ursachen, wie Meteore, sondern nur über die Folgen von Defekten. Irgendeine kleine Sauerei, irgendein durchgebrannter Draht im Funk genügt schon – und dann kommt es. Sollten bei derartigen Expeditionen unter solchen Umständen auch noch Menschen versagen, so wäre das Ganze reiner Selbstmord gewesen, begreifen Sie?« Für eine Sekunde schloß ich die Augen. »Doktor – fliegen die anderen jetzt nicht mehr? Wie ist das möglich?«

»Würden Sie fliegen?«

»Nein.«

»Warum?«

»Das sage ich Ihnen. Keiner von uns wäre geflogen, hätte er gewußt, wie es dort ist. Das weiß eben niemand. Niemand, der nicht dort gewesen ist. Wir waren ein Haufen zu Tode erschrockener, verzweifelter Tiere.«

»Wie vereinbaren Sie das mit dem, was Sie vor einer Weile gesagt haben?«

»Ich vereinbare es nicht miteinander. So war es. Wir hatten Angst. Doktor, als ich auf Arder wartete – da um diese Sonne kreisend –, habe ich mir verschiedene Personen ausgedacht und mit ihnen gesprochen, für sie und für mich selbst, und am Ende glaubte ich, daß sie mit mir flögen. Jeder rettete sich, wie er konnte. Denken Sie bloß mal nach, Doktor. Ich sitze hier, vor Ihnen, habe mir eine Villa gemietet, ein altes Auto gekauft, will lernen, lesen, schwimmen... aber all das habe ich in mir. Das steckt in mir, dieser Raum, diese Stille, und wie Venturi um Hilfe schrie und ich, statt ihn zu retten, vollen Schub nach rückwärts gegeben habe.«

»Warum?«

»Ich führte den ›Prometheus‹, Ennessons Reaktor fiel aus. Der konnte uns alle zersprengen. Er explodierte aber nicht; würde uns also nicht vernichten. Vielleicht hätten wir noch Zeit gehabt, ihn herauszuziehen, aber ich hatte kein Recht, alles zu riskieren. Damals, mit Arder, war es umgekehrt. Ich wollte ihn retten, und Gimma rief mich, weil er Angst hatte, daß wir beide umkämen.«

»Bregg... sagen Sie mir, was habt ihr von uns erwartet? Von der Erde?«

»Keine Ahnung. Habe nie darüber nachgedacht. Es war, als ob einer über das Leben nach dem Tode oder über das Paradies sprechen würde, daß es das geben wird, aber keiner konnte es sich vorstellen. Sprechen wir nicht mehr davon. Ich wollte Ihnen eine Frage stellen: Wie ist es mit dieser... Betrisierung?«

»Was wissen Sie darüber?«

Ich sagte es ihm – aber kein Wort davon, unter welchen Umständen und von wem ich es erfuhr.

»Ja«, sagte er. »Ungefähr... der Durchschnitt stellt sich das so vor.«

»Und ich?«

»Das Gesetz sieht für euch eine Ausnahme vor, da die Betrisierung von Erwachsenen ein für die Gesundheit nicht unschädlicher, sogar gefährlicher Eingriff ist. Ansonsten meint man – wohl auch nicht ohne Grund –, daß ihr die Probe einer moralischen Haltung... bestanden habt. Übrigens seid ihr... nicht viele.«

»Noch eins, Doktor. Sie sprachen von den Frauen. Warum haben Sie mir das gesagt? Aber vielleicht nehme ich Ihre Zeit zu lange in Anspruch?«

»Nein. Sie stehlen mir nicht meine Zeit. Warum ich es gesagt habe? Welche nahestehenden Menschen kann einer wohl haben, Bregg? Eltern. Kinder. Freunde. Frauen. Eltern oder Kinder haben Sie nicht. Freunde können Sie keine haben.«

»Warum?«

»Ich denke dabei nicht an Ihre Gefährten, obwohl ich nicht weiß, ob sie ständig in ihrem Kreise verweilen möchten, sich erinnern...«

»Großer Gott, nein!«

»Na – also? Sie kennen zwei Zeitalter. Im vergangenen verbrachten Sie Ihre Jugend, und das jetzige werden Sie bald kennen. Zählt man die zehn Jahre hinzu, so ist Ihre Erfahrung kaum mit der von Gleichaltrigen vergleichbar. Also können Sie auch keine gleichwertigen Partner sein. Wollen Sie unter Greisen leben? Was Ihnen bleibt, sind die Frauen. Nur die Frauen.«

»Eher wohl nur eine«, murmelte ich.

»Eine ist heute schwer zu finden.«

»Wieso?«

»Es ist ein Zeitalter des Wohlstands, was – in die Sprache der Erotik übersetzt – Rücksichtslosigkeit bedeutet. Weil man weder die Liebe, noch die Frauen für... Geld bekommen kann. Materielle Fragen haben hier aufgehört zu existieren.«

»Und das nennen Sie Rücksichtslosigkeit? Doktor!«

»Ja. Sie denken wohl – weil ich von käuflicher Liebe sprach –, daß es um getarnte oder öffentliche Prostitution geht. Nein. Das sind längst verflossene Zeiten. Früher wurde die Frau vom Erfolg geblendet. Der Mann imponierte ihr durch die Höhe seiner Einkünfte, sein berufliches Können, seine soziale Stellung. In einer egalisierten Gesellschaft ist das nicht möglich. Mit sehr wenigen Ausnahmen. Wären Sie, zum Beispiel, Realist...«

»Ich bin Realist.«

Der Arzt lächelte. »Das Wort hat jetzt eine andere Bedeutung. So heißt ein Schauspieler, der im Real auftritt. Waren Sie schon im Real?«

»Nein.«

»Sehen Sie sich mal ein paar Melodramen an, dann werden Sie die heutigen Kriterien der erotischen Wahl begreifen. Am wichtigsten ist die Jugend. Deshalb kämpfen alle so sehr um sie. Runzeln, graue Haare, besonders verfrühtes Ergrauen erwecken fast solche Gefühle wie vor Jahrhunderten – der Aussatz...«

»Aber warum?«

»Sie können das schwer verstehen. Aber die Argumente des Verstandes sind gegen die bestehenden Sitten machtlos. Sie sind sich immer noch nicht bewußt, wie viele Elemente, die vorher in der Erotik ausschlaggebend waren, verschwunden sind. Natur erträgt keine Leere: andere Elemente mußten an diese Stelle treten. Nehmen wir als Beispiel das, was Sie selbst so gut kennen: das Risiko. Das gibt es nicht mehr, Bregg. Der Mann kann einer Frau nicht mit Bravour, mit einer tollkühnen Tat imponieren. Und doch lebte die Literatur, die Kunst, die ganze Kultur jahrhundertelang von diesem Thema: Liebe den endgültigen Entscheidungen gegenübergestellt. Orpheus ging ja, um Eurydike zu holen, in den Hades. Othello hat aus Liebe getötet. Das Tragische bei Romeo und Julia... heute gibt es keine Tragödien mehr. Nicht mal eine Chance für sie. Wir haben die Hölle der Leidenschaften beseitigt, da stellte es sich heraus, daß zugleich auch der Himmel zu existieren aufhörte. Nun ist alles nur lau, Bregg.«

»Lau?«

»Ja. Wissen Sie, was auch die unglücklichsten Liebhaber tun? Sie benehmen sich vernünftig. Keine Gewalttätigkeiten, keine Rivalität...«

»Wollen... wollen Sie damit sagen, daß all das... verschwunden ist?« fragte ich. Zum ersten Mal fühlte ich ein abergläubisches Grauen gegen eine solche Welt. Der alte Doktor schwieg.

»Herr Doktor, das ist nicht möglich. Wie... kann das wirklich so sein?«

»Jawohl. Ja. Und Sie müssen es akzeptieren, Bregg, wie die Luft, wie das Wasser. Ich sagte, daß es schwer ist, eine Frau zu finden. Für ein ganzes Leben ist es fast unmöglich. Der Durchschnitt der Verbindungen schwankt um sieben Jahre. Übrigens ist das bereits ein Fortschritt. Vor einem halben Jahrhundert betrug er kaum vier...«

»Doktor, ich will Ihre Zeit nicht zu sehr beanspruchen. Was raten Sie mir?«

»Das, was ich schon sagte: die ursprüngliche Haarfarbe wiederherstellen... sicher, das klingt trivial. Aber es ist wichtig. Ich schäme mich, Ihnen einen solchen Rat zu geben. Es liegt nicht an mir. Was kann ich da schon...«

»Ich danke Ihnen. Wirklich. Und noch eine letzte Frage: Sagen Sie mir, bitte, wie ich aussehe... mit diesen Straßen als Hintergrund? In den Augen der Passanten? Was gibt es denn an mir...?«

»Bregg, Sie sind anders. Erstens einmal ihre Körpermaße. Wie die aus der ›Ilias‹. Uralte Proportionen... nun, das kann sogar eine gewisse Chance sein, obwohl Sie wahrscheinlich wissen, was mit denen geschieht, die sich allzusehr von den anderen unterscheiden?«

»Ja, ich weiß es.«

»Sie sind ein wenig zu groß... solche Menschen hab ich nicht mal aus meiner Jugend im Gedächtnis. Jetzt sehen Sie wie ein sehr großer und schlecht gekleideter Mann aus, aber es liegt nicht am Anzug. Sie haben zu starke Muskeln. War es vor Ihrer Reise auch schon so?«

»Nein, Doktor. Das sind die zwei g, wissen Sie.«

»Schon möglich...«

»Sieben Jahre. Sieben Jahre doppelter Belastung. Meine Muskeln mußten sich vergrößern: Bauchmuskeln, Brustmuskeln, ich weiß auch, was für einen Nacken ich jetzt habe. Anders wäre ich dort erstickt wie eine Ratte. Die arbeiteten ja, sogar als ich schlief. Sogar bei der Hibernisation. Alles wog doppelt soviel. Daher kommt es.«

»Und bei den anderen?... Entschuldigen Sie die Frage, da bricht meine ärztliche Neugier durch... Es hat ja nie so eine lange Expedition gegeben, wissen Sie.«

»Weiß ich. Die anderen? Olaf fast so wie ich. Das liegt wohl am Knochenbau, breit war ich schon immer. Arder war größer als ich. Über zwei. Tja, der Arder... Was sagte ich eben? Die anderen – na, ich war der Jüngste und hatte die größten Anpassungsfähigkeiten. So behauptete mindestens Venturi... Kennen Sie die Arbeiten von Janssen?«

»Ob ich sie kenne? Für uns ist das schon Klassik, Bregg.«

»So? Lustig, er war so ein quirliger, kleiner Doktor... ich hielt bei ihm neunundsiebzig g anderthalb Sekunden aus – wissen Sie?«

»Was erzählen Sie da?«

Ich lächelte. »Ich habe es schriftlich. Das war vor einhundertdreißig Jahren... nun sind vierzig zuviel für mich.«

»Bregg, heute hält keiner mehr als zwanzig aus!«

»Warum – vielleicht wegen der Betrisierung?«

Er schwieg. Ich hatte den Eindruck, daß er etwas wußte, was er mir nicht sagen wollte. Ich stand auf.

»Bregg«, sagte er, »wenn wir schon davon sprechen: Geben Sie acht!«

»Worauf?«

»Auf sich selbst und die anderen. Der Fortschritt kommt nie umsonst. Wir wurden Tausende von Gefahren und Konflikten los, aber man muß alles bezahlen. Die Gesellschaft wurde weich. Und Sie selbst sind – können – vielleicht... hart sein. Verstehen Sie?«

»Ich verstehe«, sagte ich und dachte an den Mann, der da im

Restaurant lachte und still wurde, als ich näher kam.

»Doktor«, sagte ich plötzlich, »ja... in der Nacht traf ich einen Löwen. Sogar zwei Löwen. Warum haben die mir nichts getan?«

»Raubtiere gibt es keine mehr, Bregg... Die Betrisierung... haben Sie sie in der Nacht getroffen? Und was taten Sie da?«

»Ich kraulte sie am Hals«, sagte ich und zeigte ihm, wie ich es getan hatte. »Aber der Vergleich mit der ›Ilias‹, Doktor, das ist doch eine Übertreibung. Ich hatte ganz schön Angst. Was bin ich Ihnen schuldig?«

»Denken Sie nicht mehr daran. Und wenn Sie jemals wieder herkommen möchten...«

»Danke.«

»Warten Sie aber nicht allzu lange«, sagte er fast wie zu sich selbst, als ich schon hinausging. Erst auf der Treppe verstand ich, was es hieß: Er war fast neunzig Jahre alt.

Ich ging in das Hotel zurück. In der Halle gab es einen Friseur. Natürlich ein Roboter. Ich ließ mir die Haare schneiden. Sie waren schon ziemlich lang geworden, besonders hinter den Ohren. Die Schläfen waren am meisten ergraut. Als er fertig war, hatte ich das Gefühl, weniger wild auszusehen. Er fragte mit einer melodiösen Stimme, ob er das Haar nachdunkeln solle.

»Nein.«

»Aprex?«

»Was ist das?«

»Gegen Runzeln.«

Ich zögerte. Fühlte mich ungemein blöde, aber vielleicht hatte der Doktor doch recht.

»Gut«, stimmte ich endlich zu. Er bedeckte mein ganzes Gesicht mit einer Schicht scharf riechenden Gelees, das zu einer Maske erstarrte. Ich lag unter den Tüchern, recht froh, daß mein Gesicht nun unsichtbar wurde.

Dann fuhr ich nach oben. Im Zimmer lagen bereits die Päckchen mit der flüssigen Wäsche, ich zog meinen Anzug aus und ging ins Badezimmer. Da gab es einen Spiegel.

Ja. Ich konnte wirklich erschrecken. Ich wußte nicht, daß ich wie ein Jahrmarktkämpfer aussah. Gezackte Brustmuskeln, der Körper, ich war überhaupt ganz und gar athletisch. Als ich den Arm hob und mein Brustmuskel anschwoll, sah ich darin eine handbreite Schramme. Ich wollte noch die andere Narbe unterm

Schulterblatt sehen, für die ich Glückspilz genannt wurde; denn wäre damals ein Splitter nur drei Zentimeter mehr nach links gegangen, hätte er mir die Wirbelsäule zerschmettert. Ich schlug mit der Faust auf meinen brettartigen Bauch.

»Du Rindvieh«, sagte ich zum Spiegelbild. Ich hatte Lust auf ein Bad, ein richtiges, nicht im Ozonwind, und war froh bei dem Gedanken an das Schwimmbecken, das es bei der Villa geben würde. Ich wollte etwas von den neuen Sachen anziehen, konnte mich aber irgendwie nicht von meiner alten Hose trennen. So zog ich nur die weiße Strickjacke an, obschon mir meine alte schwarze, an den Ellbogen schon ausgefranste, weit besser gefiel, und ging hinunter ins Restaurant.

Die Hälfte der Tischchen war besetzt. Durch drei Säle hindurch gelangte ich auf die Terrasse: man sah von dort aus die großen Boulevards mit unendlichen Glider-Strömen; unter den Wolken, wie ein Bergmassiv, blau von der Luft, stand der Terminal-Bahnhof.

Ich bestellte das Mittagessen.

»Welches?« fragte der Roboter. Er wollte mir eine Karte bringen.

»Egal«, sagte ich. »Ein normales Essen.«

Erst als ich zu essen anfing, bemerkte ich, daß die Tischchen rundum leer waren. Ganz unwillkürlich suchte ich Einsamkeit. Ich wußte es nicht einmal. Ich wußte auch nicht, was ich da aß. Ich verlor das Gefühl der Sicherheit, daß das, was ich mir ausgedacht hatte, auch gut sei. Ferien – als ob ich mich selber belohnen möchte, weil kein anderer daran gedacht hat.

Der Kellner trat lautlos näher. »Herr Bregg – ja?«

»Ja.«

»Sie haben einen Gast – auf Ihrem Zimmer.«

Gleich dachte ich an Nais. Ich trank die dunkle, schäumende Flüssigkeit aus und stand auf, fühlte dabei im Rücken verschiedene Blicke, die mich verfolgten. Es wäre nicht übel, von der eigenen Körpergröße zehn Zentimeter abzusägen. In meinem Zimmer saß eine junge Frau, die ich nie gesehen hatte. Ein graues, flaumiges Kleidchen und etwas Rotes – wie eine Stola – um die Schultern.

»Ich bin vom ADAPT«, sagte sie, »und habe heute schon mit Ihnen gesprochen.«

»So – sind Sie es gewesen?«

Ich war ein bißchen widerborstig. Was wollten die schon wieder von mir?

Sie setzte sich. Auch ich setzte mich langsam hin.

»Wie fühlen Sie sich?«

»Ausgezeichnet. Ich war heute beim Arzt, der mich untersucht hat. Alles in Butter. Ich habe mir eine Villa gemietet, möchte etwas lesen.«

»Sehr vernünftig. Klavestra ist in dieser Beziehung ideal. Sie werden dort Berge haben und Ruhe...«

Sie wußte, daß es Klavestra war. Verfolgten Sie mich denn – oder wie? Ich saß reglos da und wartete auf die Fortsetzung.

»Ich habe Ihnen etwas mitgebracht... von uns.«

Dabei zeigte sie auf ein kleines Päckchen, das auf dem Tisch lag.

»Das ist das Neueste bei uns, wissen Sie«, sie sprach lebhaft, wenn auch etwas gekünstelt. »Wenn Sie schlafen gehen, brauchen Sie nur den Apparat einzustellen... und erfahren auf diese Weise, ganz einfach, völlig mühelos, innerhalb mehrerer Nächte eine ganze Menge nützlicher Dinge.«

»So? Das ist gut«, sagte ich. Sie lächelte mich an. Auch ich lächelte, wie ein braver Schüler: »Sie sind ein Psychologe?«

»Ja. Erraten...« Nun zögerte sie. Ich merkte, daß sie noch etwas sagen wollte.

»Ja – bitte ...«

»Werden Sie mir auch nicht böse sein?«

»Weshalb denn?«

»Weil... nun, sehen Sie... Sie kleiden sich etwas...«

»Ich weiß. Aber ich trage diese Hose gern. Vielleicht wird es mit der Zeit...«

»Ach, nein, um die Hose geht es eigentlich nicht. Die Strickjacke...«

»Die Jacke?« staunte ich. »Die wurde mir doch erst heute gemacht, scheint wohl der letzte Modeschrei zu sein, stimmt's?«

»Ja. Nur haben Sie sie unnötigerweise aufgebläht... Sie gestatten?«

»Bitte«, sagte ich ganz leise. Sie lehnte sich aus ihrem Sessel heraus, schlug mit ausgestreckten Fingern leicht an meine Brust und schrie dann leise auf: »Was haben Sie denn da?«

»Nichts – außer mir selbst«, antwortete ich mit einem schiefen Lächeln.

Mit der Rechten umfing sie die Finger ihrer linken Hand und

stand auf. Meine von einer bösartigen Genugtuung begleitete Ruhe erstarrte plötzlich zu Eis.

»Setzen Sie sich doch wieder, bitte.«

»Aber... ich bitte Sie vielmals um Entschuldigung, aber ich...«

»Keine Ursache. Arbeiten Sie schon lange im ADAPT?«

»Das zweite Jahr.«

»So – und dies wäre der erste Patient?« Ich zeigte mit dem Finger auf mich selbst. Sie wurde ein bißchen rot. »Darf ich Sie etwas fragen?«

Ihre Lider flatterten. Dachte sie, ich wollte ein Stelldichein mit ihr vereinbaren? »Selbstverständlich...«

»Wie ist das wohl gemacht, daß man auf jeder Stadtebene den Himmel sehen kann?«

Sie wurde lebhafter. »Das ist ganz einfach. Das Fernsehen – so hat man es früher genannt. An den Decken gibt es Bildschirme – sie übermitteln alles, was über der Erde ist, das Bild von Himmel, und Wolken...«

»Diese Ebenen sind aber gar nicht sehr hoch«, meinte ich, »und dabei stehen dort Häuser mit vierzig Stockwerken...«

»Eine Illusion«, lächelte sie, »nur ein Teil dieser Häuser ist reell; das Bild ist ihre Verlängerung. Verstehen Sie?«

»Schon, ich kann ja verstehen wie, aber nicht wozu das so ist.«

»Damit sich die Bewohner von verschiedenen Ebenen nicht benachteiligt fühlen – in keinerlei Weise...«

»So«, sagte ich. »Na, das ist keine schlechte Idee... und noch etwas. Ich will mir Bücher besorgen. Können Sie mir da einiges aus Ihrem Gebiet empfehlen? Mehr so... kompilatorische Sachen.«

»Wollen Sie denn Psychologie studieren?« staunte sie.

»Nein, nur hätte ich gerne gewußt, was ihr hier in dieser Zeit getan habt.«

»Dann würde ich Ihnen den Mayssen empfehlen«, sagte sie.

»Was ist das?«

»Ein Schülerlehrbuch.«

»Ich möchte eher etwas Größeres. Kompendien, Monographien... Sachen aus erster Hand...«

»Die dürften vielleicht zu... schwer sein.«

Ich lächelte freundlich. »Vielleicht aber auch nicht. Worauf beruht denn diese Schwierigkeit?«

»Die Psychologie hat sich arg mathematisiert...«

»Ich auch. Bis zu dem Punkt, an dem ich vor hundert Jahren aufhörte. Braucht man inzwischen noch mehr?«

»Sie sind aber kein Mathematiker?«

»Beruflich nicht. Immerhin habe ich studiert. Auf dem ›Prometheus‹. Es gab da... recht viel Freizeit, wissen Sie.«

Erstaunt und verwirrt, sagte sie gar nichts mehr. Sie gab mir einen Zettel mit verschiedenen Büchertiteln. Als sie wegging, kehrte ich zum Schreibtisch zurück und setzte mich schwer hin. Sogar sie, eine Mitarbeiterin des ADAPT... Mathematik? Ach wo. Ein wilder Mann. ›Ich hasse sie alle‹, dachte ich. ›Hasse, hasse sie.‹ Ich wußte nicht, an wen ich dabei dachte. An alle wohl. Ja, einfach an alle. Man hat mich betrogen. Sie haben mich hergeschickt, ohne zu wissen, was sie tun, ich sollte nicht zurückkehren, wie Venturi, wie Arder und Thomas, aber ich kehrte doch wieder, damit sie Angst vor mir bekamen. Damit ich umherirre wie ein lebendiger Vorwurf, den niemand haben will. ›Ich tauge nichts mehr‹, dachte ich. Wenn ich nur weinen könnte. Arder konnte es. Er sagte, daß man sich seiner Tränen nicht schämen sollte. Möglich, daß ich vor dem Doktor gelogen habe. Ich habe es nie jemandem gesagt, aber ich war nicht sicher, ob ich das für irgendeinen anderen tun würde. Vielleicht doch. Für Olaf, später. Aber so ganz sicher war ich dessen nicht. Arder! Wie haben sie uns zugrunde gerichtet, und wie haben wir ihnen geglaubt und die ganze Zeit über außerhalb von uns die Erde gespürt, eine existierende, an uns glaubende, an uns denkende Erde. Keiner sprach davon, wozu auch? Darüber, was selbstverständlich ist, spricht man nicht.

Ich stand auf. Konnte nicht mehr sitzen. Ging von der einen Ecke in die andere.

Genug. Ich machte die Tür zum Badezimmer auf – es gab nicht einmal Wasser, um den Kopf abzukühlen. Übrigens – was für eine Idee. Rein hysterisch.

Ich ging ins Zimmer zurück und fing an zu packen.

III

Den ganzen Nachmittag verbrachte ich in der Buchhandlung. Dort gab es nicht etwa Bücher. Seit fast einem halben Jahrhundert wurden keine mehr gedruckt. Und ich hatte mich so sehr darauf gefreut nach den Mikrofilmen, aus denen die Bibliothek des »Prometheus« bestand. Pustekuchen. Keiner konnte mehr in Regalen stöbern, schwere Bände in der Hand wiegen, ihr Volumen richtig auskosten, das den Umfang des Lesevergnügens voraussagte. Die Buchhandlung erinnerte an ein elektronisches Labor. Bücher waren kleine Kristalle mit gespeichertem Inhalt. Lesen konnte man sie mit Hilfe eines Optons. Der sah einem Buch sogar ähnlich, allerdings mit nur einer einzigen Seite zwischen den Einbanddeckeln. Berührte man dieses eine Blatt, so erschienen hintereinander die Textseiten in ihrer Reihenfolge. Aber es wurde – wie mir der Roboter-Verkäufer sagte – von den Optonen wenig Gebrauch gemacht. Das Publikum zog die Lektonen vor – sie lasen laut vor, und man konnte sie auf eine beliebige Stimmart, Tempo und Modulation einstellen. Nur wissenschaftliche Publikationen eines recht beschränkten Bereichs wurden noch auf Plastseiten, die Papier imitierten, gedruckt. Daher konnte ich alle meine Einkäufe in einer Tasche unterbringen, obwohl es an dreihundert Titel waren. Eine Handvoll kristallartiger Körner – so sahen die Bücher aus. Ich suchte mehrere historische und soziologische Werke heraus, etwas über Statistik, Demographie und über Psychologie: das, was mir das ADAPT-Mädchen empfohlen hatte. Einige größere Handbücher der Mathematik, sie waren natürlich nur ihrem Inhalt, nicht ihrem Umfang nach größer. Der mich bedienende Roboter war selber eine Enzyklopädie: er war – wie er mir sagte – durch elektronische Kataloge mit den Mustern sämtlicher Werke in der ganzen Welt unmittelbar verbunden. In der Buchhandlung befanden sich eigentlich nur einzelne »Buchexemplare«, und wenn jemand sie brauchte, wurde der Inhalt des angeforderten Werks in einem kleinen Kristall festgehalten.

Die Originale – Kristallmatrizen – waren unsichtbar, sie befanden sich hinter hellblau emaillierten Stahlplatten. Also wurde das Buch sozusagen jedesmal neu gedruckt, wenn jemand es brauchte. Probleme von Auflagen, ihrer Höhe oder des Vergriffenseins hatten aufgehört zu existieren. Es war wirklich ein großer Erfolg. Aber mir tat es leid um die Bücher. Als ich erfuhr, daß es Antiquariate mit Papierbüchern gab, suchte und fand ich eins. Ich wurde enttäuscht: wissenschaftliche Literatur gab es dort fast gar keine. Unterhaltungsbücher, etwas Kinderliteratur, ein paar Jahrgänge alter Zeitschriften.

Ich kaufte – nur für die alten Bücher mußte man zahlen – einige Märchen von vor vierzig Jahren, um zu erfahren, was man nunmehr für Märchen hielt, und ging dann in einen Laden für Sportzubehör. Hier hatte meine Enttäuschung schon fast keine Grenzen. Die Leichtathletik bestand nur noch aus einigen leichten Disziplinen: Laufen, Springen, Werfen, Schwimmen, aber fast ohne Kämpfe. Das Boxen existierte nicht mehr, und das, was man einen Ringkampf nannte, war geradezu lächerlich: eine Art von Gedränge statt eines redlichen Kampfes. Ich sah mir im Projektionssaal dieses Ladens einen Kampf des Wettbewerbs an und dachte, mich würde vor Wut noch der Teufel holen. Ab und zu lachte ich laut auf wie ein Irrer. Ich fragte wegen der freien amerikanischen Kämpfe, des Judo und Jiu-Jitsu an, man wußte nicht einmal, was das war. Verständlich, nachdem Fußball auch kinderlos verstorben war, als eine Sportdisziplin, bei der es zu scharfen Zusammenstößen und Verletzungen kam. Hockey gab es, aber was für eins! Die Leute spielten in derart aufgeblasenen Anzügen, daß sie wie Riesenbälle wirkten. Ulkig sahen die beiden Mannschaften aus, die da elastisch aufeinander stießen: das war ja eine Farce und kein Spiel. Turmsprünge ins Wasser gab es, jedoch nur aus vier Metern Höhe. Gleich dachte ich an mein – mein! – Schwimmbecken und kaufte ein zusammenlegbares Sprungbrett, um das zu überbauen, das ich in Klavestra finden würde.

Dieser ganze Sportrückgang war eine Folge der Betrisierung. Das Verschwinden der Stier-, Hahnen- und anderer blutiger Kämpfe bedauerte ich nicht, ich war auch nie ein Anhänger der beruflichen Boxkämpfe. Aber dieser lauwarme Brei, der noch übrigblieb, reizte mich nicht im mindesten.

Den Einbruch der Technik in den Sport nahm ich nur in einigen Bereichen hin. Sie hatten sich stark entwickelt – ganz besonders im Unterwassersport. Ich sah mir verschiedene Arten von Taucherapparaturen an, kleine Elektrotorpedos, mit denen man über den Grund der Seen fahren konnte, Gleiter, Hydroten, die sich auf einem Kissen mit verdichteter Luft bewegten, Wassermikroglider – alle waren mit besonderen, unfallverhindernden Anlagen versehen. Rennen, die sich sogar einer großen Popularität erfreuten, konnte ich nicht als Sport anerkennen: selbstverständlich gab es da keine Pferde, keine Autos – es rannten nur automatisch gesteuerte Maschinen, auf die man setzen konnte. Der traditionelle Leistungssport hatte ziemlich an Bedeutung verloren. Es wurde mir erklärt, daß die körperlichen Leistungsgrenzen des Menschen bereits erreicht worden seien und daß die Rekorde nur von einem anormalen Menschen, irgendeinem Monstrum an Kraft oder Schnelligkeit, verbessert werden könnten. Vernunftmäßig mußte ich dem zustimmen. Übrigens war die Tatsache, daß die verbliebenen Reste athletischer Disziplinen sich so verbreitet hatten, recht lobenswert. Nach dieser dreistündigen Besichtigung ging ich dennoch ziemlich deprimiert aus dem Laden heraus.

Die von mir gewählten Turngeräte ließ ich nach Klavestra schikken. Nach einiger Überlegung verzichtete ich auf den Glider, ich wollte mir eine Yacht kaufen. Aber Segler gab es eigentlich keine, das heißt ehrliche, zum Steuern, sondern nur so mißratene Kähne, die das Gleichgewicht derart garantierten, daß ich nicht begreifen konnte, welche Art von Genugtuung einem das Segeln darauf bereiten konnte.

Als ich ins Hotel zurückging, war es schon Abend. Vom Westen her zogen flaumige, rötliche Wolken auf, die Sonne war bereits verschwunden, es kam der Mond im ersten Viertel, und am Zenit leuchtete ein zweiter – irgendein großer, künstlicher Satellit. Hoch über den Dächern wimmelte es von Flugmaschinen. Die Zahl der Fußgänger hatte abgenommen, dafür erhöhte sich der Gliderverkehr, und es zeigten sich, die Fahrbahn mit langen Streifen beleuchtend, die spaltartigen Lichter, deren Bedeutung ich immer noch nicht kannte. Ich kam auf einem anderen Weg zurück und entdeckte plötzlich einen großen Garten. Am Anfang schien es mir ein Park zu sein, Terminalpark? Aber der schimmerte fern hinter dem gläsernen Bahnhofsberg im nördlichen, höheren Stadtteil.

Der Anblick war übrigens außerordentlich schön, denn während die ganze Gegend, nur durch die Straßenlichter unterbrochen, von Dunkelheit bedeckt wurde, flimmerten noch die höheren Terminalteile wie schneebedeckte Gipfel beim Alpenglühen.

Der Park war dicht bewachsen. Zahlreiche neue Baumarten, besonders Palmen, blühende, stachellose Kakteen. In einem von den Hauptalleen entfernten Winkel gelang es mir, einen Kastanienbaum zu finden, der mindestens zweihundert Jahre alt war. Drei solche Burschen wie ich würden seinen Stamm nicht umfassen können. Ich setzte mich auf eine kleine Bank und sah eine Zeitlang in den Himmel. Wie ungefährlich, wie harmlos sahen doch die Sterne aus, die da blinkten und in den unsichtbaren Strömungen der Atmosphäre zitterten, die die Erde vor ihnen schützte. ›Sternchen‹, dachte ich von ihnen, zum ersten Mal seit so vielen Jahren. Dort oben würde sich niemand trauen, sie so zu nennen, wir würden ihn für einen Verrückten halten. Sternchen, tatsächlich, ja, gefräßige Sternchen. Über den schon ganz dunklen Bäumen stieg in der Ferne ein Feuerwerk auf, und ganz plötzlich sah ich mit einer erstaunlichen Realität Arkturus. Die Feuerberge, über die ich, vor Kälte mit den Zähnen klappernd, geflogen war, und der Reif der Kühlapparatur schmolz und floß, ganz rot von Rost, über meinen Overall. Ich entnahm mit Hilfe eines Koronasauggeräts kleine Proben und hörte auf das Pfeifen der Kompressoren, ob sie auch nichts an Drehungen verlören. Eine Havarie von nur einer Sekunde, ein Verschlucken, würde alle Panzer, Apparate und mich selbst in ein unsichtbares Dampfwölkchen verwandeln. Ein auf eine glühende Platte fallender Wassertropfen schwindet nicht so schnell wie ein Mensch in solch einem Fall.

Der Kastanienbaum war schon fast verblüht. Ich mochte den Duft seiner Blüten nicht, er erinnerte mich an Dinge, die längst vergangen waren. Über den Hecken erglühte immer noch der Schein des Feuerwerks, man hörte Lärm, den Zusammenklang verschiedener Orchester, alle paar Sekunden kam, vom Wind getragen, ein chorartiger Schrei der Teilnehmer an irgendeiner Vorstellung, vielleicht der Passagiere einer Berg- und Talbahn. Meine Ecke aber blieb fast leer.

Auf einmal kam aus einer Seitenallee eine hohe, dunkelgekleidete Gestalt. Das Grün war bereits grau geworden, und das Gesicht des Menschen sah ich erst, als er, äußerst langsam mit kleinen Schritten gehend, die Füße kaum vom Erdboden hebend, einige Schritte weiter stehengeblieben war. Seine Hände steckten in trichterförmigen Verdichtungen, die in zwei dünnen Stäbchen ausliefen, und in kleinen schwarzen Birnen endeten. Er stützte sich darauf, nicht wie ein Paralytiker, mehr wie ein äußerst Entkräfteter. Er sah weder mich, noch sonst etwas – das Lachen, das chorartige Schreien, die Musik und das Feuerwerk schienen für ihn nicht zu existieren. Er stand so vielleicht eine Minute lang, atmete mit Anstrengung, und sein Gesicht schien mir von Mal zu Mal beim wiederkehrenden Aufleuchten des Feuerwerks so alt, daß die Jahre es jeglichen Ausdrucks beraubten, zuletzt war es nur noch Haut auf Knochen. Als er wieder vorwärts wollte und seine seltsamen Stützen oder Prothesen nach vorne schob, glitt eine davon aus, ich sprang von meiner Bank hoch, um ihn festzuhalten, doch erlangte er sein Gleichgewicht schon wieder. Er war einen Kopf kleiner als ich, für einen modernen Menschen recht groß; er sah mich leuchtenden Blickes an.

»Entschuldigung«, murmelte ich. Ich wollte weggehen, blieb aber; in seinen Augen war etwas wie ein Befehl.

»Ich bin Ihnen schon irgendwo begegnet, aber wo?« sagte er mit einer unerwartet starken Stimme.

»Das bezweifle ich«, ich schüttelte den Kopf, »ich kam erst gestern von einer... recht langen Reise zurück.«

»Von wo?«

»Von Fomalhaut.«

Seine Augen leuchteten auf. »Arder! Tom Arder!!«

»Nein«, sagte ich. »Aber ich war mit ihm zusammen.«

»Und er?«

»Ging zugrunde.«

Er atmete schwer. »Helfen Sie mir... mich... zu setzen.«

Ich faßte ihn an den Schultern. Unter dem schwarzen, glitschigen Stoff gab es nichts als Knochen. Langsam ließ ich ihn auf die Bank gleiten und blieb daneben stehen.

»Setzen... Sie sich.«

Ich setzte mich. Er keuchte immer noch mit halb geschlossenen Augen.

»Es ist nichts... die Aufregung«, flüsterte er. Nach einer Weile sah er auf. »Ich heiße Roemer«, sagte er ganz einfach.

Mir blieb der Atem weg.

»Wie... Sie sind es... wirklich?... Wie alt...«

»Einhundertvierunddreißig«, sagte er trocken. »Damals war ich... sieben.«

Ich konnte mich an ihn erinnern. Er kam zu uns mit seinem Vater, einem genialen Mathematiker, dem Assistenten von Geonides, Schöpfer unserer Flugtheorie. Arder zeigte damals dem Jungen die große Testhalle, die Zentrifugen – und so blieb er mir im

Gedächtnis; ein springlebendiger Siebenjähriger mit dunklen Augen – wie die seines Vaters; Arder hob ihn damals hoch, damit der Bub ganz nah das Innere der Gravitationskammer betrachten konnte, in der ich saß.

Wir schwiegen beide. Dieses Zusammentreffen war irgendwie unheimlich. Durch die Dunkelheit hindurch betrachtete ich schmerzlich und fast gierig sein so schrecklich altes Gesicht. Meine Kehle war wie zugeschnürt. Ich wollte aus der Tasche eine Zigarette holen und konnte nicht hineingreifen, so zitterten mir die Finger.

»Was ist mit Arder geschehen?« fragte er.

Ich sagte es ihm.

»Und was habt ihr dann gefunden – nichts?«

»Nein. Dort wird nichts wiedergefunden... wissen Sie.«

»Ich hielt Sie für ihn...«

»Verstehe schon. Die Größe und so weiter...«, sagte ich.

»Ja. Wie alt sind Sie jetzt? Biologisch...«

»Vierzig.«

»Ich konnte ja...«, flüsterte er.

Ich verstand ihn. »Bereuen Sie es nicht«, meinte ich hart. »Bereuen Sie es nicht. Bereuen Sie überhaupt nichts – verstehen Sie?«

Zum ersten Mal richtete er seinen Blick auf mein Gesicht. »Und warum?«

»Weil ich hier nichts zu tun habe«, sagte ich. »Keiner braucht mich. Und auch ich brauche... niemand.«

Es war, als hörte er mich nicht.

»Wie heißen Sie?«

»Bregg. Hal Bregg.«

»Bregg...«, wiederholte er. »Bregg... nein. Kann mich nicht erinnern. Waren Sie denn dort?«

»Ja. In Apprenous, als Ihr Vater die Korrekturen mitbrachte, die von Geonides im letzten Monat vor dem Start entdeckt worden sind... es hat sich erwiesen, daß die Refraktionskoeffizienten in den dunklen Staubmassen zu gering waren... ich weiß nicht, ob Ihnen das etwas sagt?« Unsicher hielt ich inne.

»Doch. Selbstverständlich«, sagte er mit einer besonderen Betonung. »Mein Vater. Ja, natürlich. In Apprenous? Aber was machten Sie denn dort? Wo waren Sie da?«

»In der Gravitationskammer, bei Janssen. Sie sind damals dort gewesen, Arder brachte Sie dorthin, Sie standen oben, auf der kleinen Brücke, und sahen zu, wie man mir vierzig g gegeben hat. Als ich herauskletterte, blutete ich aus der Nase... Sie gaben mir Ihr Taschentuch...«

»Ach! Sie sind das gewesen?«

»Ja.«

»Ich hatte den Eindruck, daß der Mann, dort in der Kammer... dunkles Haar hatte.«

»Ja. Meine sind auch nicht hell. Sie sind grau. Nur kann man es jetzt nicht so gut sehen.«

Es kam wieder ein Schweigen, das länger andauerte als vorher.

»Sie sind, selbstverständlich, Professor?« sagte ich, nur um dieses Schweigen zu brechen.

»Gewesen. Jetzt... nichts mehr. Seit dreiundzwanzig Jahren. Nichts.« Und noch einmal, sehr leise, wiederholte er: »Nichts.«

»Ich habe heute Bücher gekauft...darunter ist auch die Topologie von Roemer. Ist die von Ihnen oder von Ihrem Vater?«

»Von mir. Sind Sie Mathematiker?«

Er sah mich mit neuem Interesse an.

»Nein«, sagte ich. »Aber... ich hatte recht viel Zeit... dort. Jeder tat, was er wollte. Mir hat die Mathematik... geholfen.«

»Wie meinen Sie das?«

»Wir hatten jede Menge von Mikrofilmen: Belletristik, Romane, alles was man sich nur wünschen konnte. Wissen Sie, daß wir dreihunderttausend Titel mitgenommen haben? Ihr Vater half Arder, den mathematischen Teil zu vervollständigen...«

»Das weiß ich.«

»Anfangs betrachteten wir es als eine Art von... Unterhaltung. Um die Zeit totzuschlagen. Aber schon nach ein paar Monaten, als die Verbindung mit der Erde vollkommen abbrach und wir so – scheinbar reglos – den Sternen gegenüberhingen, da, wissen Sie, zu lesen, daß da irgendein Peter nervös eine Zigarette rauchte und qualvoll daran dachte, ob die Lucy wohl kommen würde, und sie dann hereinkam und ihre Handschuhe zerknüllte... dabei fing man erst zu lachen an, wie ein richtiger Idiot, und später konnte einen die Wut packen. Kurz: später hat niemand mehr auch nur einen Roman angerührt.«

»Also: die Mathematik?«

»Nein. Jedenfalls nicht gleich. Am Anfang machte ich mich an die Sprachen, wissen Sie, und verzichtete darauf bis zum Schluß nicht, obwohl ich wußte, daß es fast nutzlos war: wenn ich zurückkehrte, würden sie ja nur noch archaische Dialekte sein. Aber Gimma und besonders Thurber haben mich zur Physik hingezogen. Meinten, die könnte von Nutzen sein. So machte ich mich daran, zusammen mit Arder und mit Olaf Staave – nur wir drei waren keine Wissenschaftler...«

»Sie hatten aber einen akademischen Grad.«

»Ja – Magister der Informationstheorie der Kosmodromie, und auch das Diplom eines Kerningenieurs hatte ich, das war aber alles rein professionell und nicht theoretisch. Sie wissen doch, wie sich ein Ingenieur in der Mathematik auskennt. Also – die Physik. Aber ich wollte noch etwas – etwas eigenes haben. Und erst dann kam die reine Mathematik. Ich war nie mathematisch begabt. Gar keine Begabung in dieser Richtung. Nichts – außer Halsstarrigkeit.«

»Ja«, meinte er leise. »Die mußte man schon haben um... hinzufliegen.«

»Vielmehr, um zu dem Expeditionsteam zu gelangen«, verbesserte ich ihn. »Und wissen Sie, wieso es so mit der Mathematik war? Erst dort habe ich es verstanden. Denn sie steht ja über allem. Die Werke von Abel oder Kronecker sind heute genauso gut wie vor vierhundert Jahren, und so wird es immer sein. Es entstehen wohl neue Wege, doch die alten führen weiter. Sie schließen sich nicht. Dort... dort ist die Ewigkeit. Nur die Mathematik hat keine Angst vor ihr. Dort begriff ich, wie endgültig sie ist. Und wie stark. Es gab nichts Ähnliches. Und daß es für mich so schwer war, war auch gut. Ich mühte mich damit ab, und wenn ich nicht schlafen konnte, wiederholte ich die Probleme, an denen ich tagsüber gearbeitet hatte...«

»Interessant«, meinte er. In seiner Stimme war kein Interesse. Ich wußte nicht mal, ob er mir zuhörte. Im Parkinnern flogen Feuersäulen hoch, rote und grüne Feuer, von vielstimmigen Freudenschreien begleitet. Hier, wo wir saßen, unter den Bäumen, war es dunkel. Ich verstummte. Aber diese Stille war nicht auszuhalten.

»Es hatte für mich einen Selbsterhaltungswert«, sagte ich. »Die Mengenlehre... all das, was Mirea und Averin mit dem Nachlaß von Cantor gemacht hatten, wissen Sie. Diese Operationen mit überendlichen, außerendlichen Größen, diese Continua, die sich genau spalten ließen, so stark... das war herrlich. Die Zeit, die ich dabei verbracht habe, ist mir noch so gegenwärtig, als ob es gestern gewesen wäre.«

»So nutzlos, wie Sie meinen, ist es auch nicht«, murmelte er. Er hörte also doch zu. »Von den Igalla-Arbeiten haben Sie wohl nicht gehört, wie?«

»Nein. Was ist denn das?«

»Die Theorie des nichtkontinuierlichen Antifeldes.«

»Über das Antifeld weiß ich nichts. Was ist es?«

»Die Retronihilation. Daraus ging dann die Parastatik hervor.«

»Ich habe diese Termini niemals gehört.«

»Na, ja, das entstand erst vor sechzig Jahren. Es war übrigens erst eine Einführung in die Gravitologie.«

»Ich merke schon, daß ich mich da werde anstrengen müssen«, sagte ich. »Die Gravitologie ist wohl die Theorie der Gravitation, wie?«

»Mehr noch. Anders als mit der Mathematik läßt sich das nicht sagen. Kennen Sie Appiano und Froom?«

»Ja.«

»Na, dann sollten Sie eigentlich gar keine Schwierigkeiten damit haben. Es sind Metagen-Entwicklungen in einer N-mäßigen, konfigurativen und ausartenden Menge.«

»Was sagen Sie da? Skriabin hat doch bewiesen, daß es außer den variablen keine anderen Metagene gibt?«

»Ja. Eine sehr schöne Beweisführung. Aber dies ist ja außerkontinuierlich, wissen Sie.«

»Unmöglich! Dann müßte es ... es müßte ja eine ganze Welt geöffnet haben!«

»Ja«, meinte er trocken.

»Ich erinnere mich an eine Arbeit von Mianikovsky ...«, fing ich an.

»Ach, das liegt schon weit zurück. Zumindest ... ist es die gleiche Richtung.«

»Wieviel Zeit werde ich brauchen, um alles, was inzwischen getan worden ist, aufzuholen?« fragte ich.

Er schwieg eine Weile.

»Wozu brauchen Sie es?«

Ich wußte nicht, was ich sagen sollte.

»Fliegen werden Sie nicht mehr – oder?«

»Nein«, sagte ich. »Bin zu alt dazu. Ich könnte derartige Beschleunigungen nicht mehr ertragen ... na, und überhaupt ... ich würde nicht mehr fliegen wollen.«

Nach diesen Worten verfielen wir endgültig ins Schweigen. Die unerwartete Aufregung, mit der ich über die Mathematik gesprochen hatte, verflüchtigte sich plötzlich. Und nun saß ich neben ihm und spürte das Gewicht des eigenen Körpers, seine unnütze Größe. Außer der Mathematik hatten wir uns nichts zu sagen und wußten es alle beide sehr wohl. Plötzlich schien mir die Erregung, mit der ich von der heilbringenden Rolle der Mathematik während der Reise berichtet hatte, wie ein Betrug. Ich beging Selbstbetrug mit der Bescheidenheit, dem Fleiß eines heroischen Piloten, der sich zwischen den gähnenden kosmischen Nebeln mit theoretischen Studien über die Unendlichkeit befaßte. Total verlogen. Denn – am Ende –, was war es schon? Konnte sich etwa ein Schiffbrüchiger, der monatelang auf den Meeren umherirrte und – um nicht verrückt zu werden – Tausende von Malen die Anzahl der Holzfasern berechnete, aus denen sein Floß bestand, dessen rühmen, wenn er wieder auf festem Land stand? Dessen, was ihm an Willenskraft reichte, um sich zu retten? Na – und? Was ging das irgend jemanden an? Was konnte es einen schon interessieren, mit welchen Dingen ich mein unglückseliges Hirn innerhalb dieser zehn Jahre vollstopfte, und warum sollte das wichtiger sein als das, was meine Gedärme füllte? ›Man muß diesem asketischen Heldenspiel ein Ende machen‹, dachte ich. ›Das werde ich mir leisten können, wenn ich so aussehe wie er. Jetzt muß ich an die Zukunft denken.‹

»Helfen Sie mir aufzustehen«, flüsterte er.

Ich brachte ihn zum Glider, der auf der Straße stand. Wir gingen äußerst langsam. Da wo es zwischen den Hecken hell war, folgten uns die Blicke der Menschen. Ehe er in den Glider stieg, drehte er sich um, wollte sich von mir verabschieden. Weder er noch ich fanden dabei ein einziges Wort. Er machte irgendeine unverständliche Handbewegung, aus seiner Hand wuchs wie ein Degen einer seiner Stöcke hervor, er bewegte den Kopf, stieg ein, und das dunkle Fahrzeug setzte sich lautlos in Bewegung. Er war fortgeschwommen, und ich stand mit herabhängenden Armen da, bis der schwarze Glider in einem Rudel anderer verschwand. Dann steckte ich die Hände in die Hosentaschen und ging vorwärts, ohne eine Antwort auf die Frage finden zu können, wer von uns wohl die bessere Wahl getroffen hatte.

Die Tatsache, daß von der Stadt, die ich einst verließ, nicht ein

Stein auf dem anderen geblieben war, fand ich gut. Als ob ich damals auf einer anderen Erde, unter ganz anderen Menschen gelebt hätte; das hat einmal angefangen und ging endgültig zu Ende; und dies hier war neu. Gar keine Überbleibsel, keine Ruinen, die mein biologisches Alter in Frage stellen konnten. Ich konnte diesen irdischen Ausgleich ganz vergessen, der ja so wider die Natur war – bis mich dieser unwahrscheinliche Zufall mit jemandem zusammenbrachte, den ich einst verließ, als er noch ein kleines Kind war. Die ganze Zeit, als ich neben ihm saß, seine vertrockneten, mumienartigen Hände, sein Gesicht betrachtete, fühlte ich mich schuldig und wußte auch, daß er es wußte.

»Was für ein unwahrscheinlicher Zufall« – wiederholte ich fast gedankenlos einige Male. Bis ich gewahr wurde, daß ihn eben derselbe Grund dorthin geführt haben konnte wie mich: dort wuchs ja die Kastanie, ein Baum, der noch älter war als wir beide. Ich hatte keine Ahnung, wie weit es ihnen gelungen war, die Lebensgrenzen zu verschieben, merkte jedoch, daß das Alter von Roemer eine Ausnahme sein mußte: er war wahrscheinlich der letzte oder einer der letzten Menschen seiner Generation.

›Wäre ich nicht geflogen, würde ich nicht mehr leben‹, dachte ich. Zum ersten Mal zeigte sich mir die Expedition von ihrer anderen, unerwarteten Seite: als eine Art Ausflucht, als ein grausamer Betrug, den ich den anderen angetan hatte. Ich ging, fast ohne zu wissen wohin, um mich herum wuchs der Lärm der Menge, die mich mitriß und mitschob – und plötzlich, wie erwachend, blieb ich stehen.

Es herrschte ein unbeschreiblicher Lärm: unter vermischten Schreien und Musiklauten zerstoben hoch am Himmel die Feuerwerksalven und hingen oben in bunten Sträußen; ihre Flammenkugeln flogen in die benachbarten Baumkronen. Und all das wurde in regelmäßigen Abständen von einem vielstimmigen, schrillen Geschrei durchdrungen. als befände sich irgendwo in der Nähe eine Berg- und Talbahn; aber ihr Gerüst suchte ich vergebens.

Im Parkinnern gab es ein großes Gebäude mit Wehrmauern und Türmchen, wie eine aus dem Mittelalter übertragene Festung: kalte Neonflammen, die das Dach beleckten, formten von Zeit zu Zeit die Worte MERLINS SCHLOSS. Die Menge, die mich hierher geführt hatte, strebte jetzt seitwärts zu der scharlachroten Wand eines Pavillons, die eigenartig genug war, da sie an ein menschliches Gesicht erinnerte: ihre Fenster waren brennende Augen, und der riesige, grinsende Rachen voller Zähne tat sich auf, um eine nächste Portion von Menschen zu verschlingen, die sich unter allgemeiner Heiterkeit herandrängten: jedesmal wurde die gleiche Zahl von Personen verschlungen. Anfangs wollte ich aus der Menge heraus und weggehen, das war jedoch nicht einfach. Außerdem hatte ich ja kein anderes Ziel, und so kam mir der Gedanke, daß von allen möglichen Arten, den Abend zu verbringen, diese vielleicht nicht die schlechteste wäre.

Alleinstehende wie mich gab es unter denen, die mich umringten, nicht – es überwogen Paare, Jungen und Mädchen, Frauen und Männer, sie standen auch paarweise. Als ich an der Reihe war, was durch ein weißes Aufleuchten der Riesenzähne und die gähnende, scharlachrote Dunkelheit des geheimnisvollen Schlundes verkündet wurde, verspürte ich einige Befangenheit: ich wußte nicht, ob ich mich den bereits zusammenstehenden sechs Leuten anschließen durfte. Im letzten Moment wurde ich durch eine Frau erlöst, die mit einem jungen, noch extravaganter als alle anderen gekleideten Mann zusammenstand: sie nahm mich bei der Hand und zog mich ohne weiteres mit sich.

Es wurde fast ganz dunkel: ich spürte die warme und starke Hand der unbekannten Frau, der Fußboden rollte, nun wurde es heller, und wir befanden uns in einer geräumigen Grotte. Ein paar letzte Schritte galt es hinaufzugehen, über Felsengeröll, zwischen zerschlagenen Steinsäulen. Die Unbekannte ließ meine Hand los – der Reihe nach bückten wir uns in dem engen Ausgang der Höhle.

Obwohl ich auf Überraschungen gefaßt war, stutzte ich nun wirklich. Wir standen an dem weitläufigen Strand eines riesigen Flusses unter den stechenden Flammen der Wendekreissonne. Das ferne gegenüberliegende Ufer war dschungelbewachsen. In reglosen Wasserlachen lagen Boote oder vielmehr Pirogen, die ausgehöhlte Baumstämme waren; auf dem Hintergrund der graugrünen Gewässer, die sich faul dahinwälzten, standen in hieratischen Posen riesige Neger, nackt, von Öl glänzend und mit einer kalkweißen Tätowierung bedeckt; jeder von ihnen stützte sich mit einem spatenartigen Ruder an Bord seines Bootes.

Eins davon fuhr gerade ab, randvoll: ihre schwarze Besatzung scheuchte durch Ruderhiebe und gellendes Geschrei die halb im Schlamm ruhenden, baumstammähnlichen, knorrigen Krokodile, die sich dann umdrehten und – machtlos mit ihren wuchtigen Kiefern klappernd – sich ins tiefere Wasser gleiten ließen. Wir waren sieben, die das steile Ufer hinuntergingen. Die ersten vier nahmen Platz im nächsten Boot, die Neger stemmten mit sichtbarer Anstrengung die Ruder und schoben das schwankende Schiffchen so weit ab, bis es sich gedreht hatte; ich blieb etwas zurück, vor mir gab es nur das eine Paar, dem ich die Entscheidung wie auch die bevorstehende Reise verdankte. Soeben erschien ein weiteres Boot, wohl zehn Meter lang, die schwarzen Ruderer riefen uns etwas zu, kämpften mit dem Strom und gelangten recht geschickt ans Ufer. Wir sprangen ins moderne Bootsinnere, Staub wirbelte empor, der nach verkohlendem Holz roch. Der Jüngling in der phantastischen Tracht – einem Tigerfell, das einen ganzen Tiger darstellte, da die obere Schädelhälfte des Raubtiers, die ihm auf dem Rücken hing, ihm gegebenenfalls als Kopfbedeckung dienen konnte – half seiner Begleiterin, sich zu setzen. Ich nahm ihnen gegenüber Platz, und wir fuhren schon eine ganze Weile, ja, obwohl ich mich noch vor wenigen Minuten im Park, mitten in der Nacht, befunden hatte, war ich dessen nun nicht mehr so sicher. Der riesige Neger an der scharfen Bootsspitze schrie alle paar Sekunden wild auf, zwei aufglänzende Rückenreihen beugten sich, die Pagaya-Ruder tauchten kurz und kräftig ins Wasser, das Boot scheuerte am Grund, schleppte sich wieder vorwärts, bis es plötzlich in die Hauptströmung des Flusses geriet.

Ich spürte den schweren Geruch von warmem Wasser, von Schlamm und faulenden Pflanzen, die an uns vorbeischwammen, dicht an den Bootswänden, die kaum eine Handbreit über dem Wasserspiegel standen. Die Ufer entfernten sich, der typisch graugrüne, wie zu Asche gewordene Busch flog vorbei, von den sonnenverbrannten Sandbänken glitten manchmal – wiederbelebten Baumstämmen gleich – die Krokodile. Eines hielt sich recht lange hinter unserem Backbord, allmählich überschwemmte das Wasser seinen länglichen Kopf auf der Oberfläche, dann kamen die hervorstehenden Augen an die Reihe, und nur seine Nase, dunkel wie ein Flußstein, zerriß gerade noch die graue Wasseroberfläche. Unter den gleichmäßig schaukelnden Rücken der schwarzen Ruderer sah man die hochaufgestauten Buckel des Flusses, dort, wo er unterseeische Hindernisse zu passieren hatte – der Neger am Bug stieß dann einen anderen, nasalen Schrei aus, die Ruder begannen an einer Seite gewaltiger anzuschlagen, und das wuchs zusammen zu einem gewaltigen Schrei. Das Boot drehte sich. Es fiel mir schwer zu sagen, wann die dumpfen Brusttöne der Neger, wenn sie wieder die Ruder stießen, zu einem unheimlich finsteren, ständig wiederkehrenden Lied wurden, das in eine Klage ausartete und dessen Refrain das wütende Wogen des von Rudern durchfurchten Wassers war.

So schwammen wir, auf irgendeine Art fast ins Herz von Afrika versetzt, durch den Riesenfluß unter den graugrünen Steppen. Die Dschungelwand entfernte sich allmählich und verschwand unter den zitternden Massen der erhitzten Luft. Der schwarze Steuermann gab das Tempo an. In der Ferne weideten in der Steppe die Antilopen, einmal zog eine Herde von Giraffen vorbei, in Staubwolken schwer und langsam dahintrabend. Und plötzlich fühlte ich auf mir den Blick der gegenübersitzenden Frau und erwiderte ihn.

Ihre Schönheit überraschte mich. Schon vorher hatte ich bemerkt, daß sie hübsch war: aber das war eine flüchtige Feststellung, die meine Aufmerksamkeit nicht weiter in Anspruch nahm. Jetzt war ich ihr zu nah, um bei dieser ersten Beurteilung bleiben zu können: sie war nicht hübsch, sondern einfach schön. Sie hatte dunkles Haar mit einem kupfernen Glanz, ein weißes, unvorstellbar ruhiges Gesicht und einen reglosen, dunklen Mund. Sie hatte mich bezaubert. Nicht wie eine Frau bezaubert – eher wie dieses unter der Sonne verstummte Land. Ihre Schönheit war von jener Vollkommenheit, die ich immer gefürchtet hatte. Vielleicht kam es daher, daß ich auf der Erde viel zu wenig erlebt hatte, viel zuviel darüber nachdachte. Jedenfalls hatte ich hier vor mir eine dieser Frauen, die aus einem anderen Ton gemacht zu sein scheinen als die üblichen Sterblichen, obwohl diese herrliche Lüge nur von einer bestimmten Harmonie der Gesichtszüge stammt und ganz auf der Oberfläche bleibt. Wer aber denkt schon daran, während er sie ansieht?

Sie lächelte nur mit den Augen, ihre Lippen bewahrten den Ausdruck mokanter Gleichgültigkeit. Nicht mir gegenüber; er galt ihren eigenen Gedanken.

Ihr Weggenosse saß auf einem in die Baumstammhöhlung eingekeilten Bänkchen, er ließ seine linke Hand lose über Bord hängen, so daß seine Fingerspitzen im Wasser blieben. Doch er sah nicht hin, auch nicht auf das vorbeiziehende Panorama des wilden

Afrika; er saß gelangweilt, wie im Wartezimmer eines Zahnarztes, ein für allemal uninteressiert und gleichgültig.

Vor uns erschienen nun auf dem ganzen Fluß verstreute graue Steine. Der Steuermann fing mit einer durchdringenden Stimme fast wie ein Beschwörer zu schreien an. Die Neger schlugen eifriger mit den Rudern, und als sich die Steine als Nilpferde entpuppten, hatte das Boot bereits an Schwung gewonnen: die Herde der Dickhäuter blieb hinter uns. Hinter dem rhythmischen Ruderschlag, dem heiseren, schweren Gesang der Ruderer vernahm man ein dumpfes Rauschen, es war nicht festzustellen, woher es kam. In der Ferne, dort, wo der Fluß zwischen den immer steileren Ufern verschwand, zeigten sich urplötzlich zwei riesige, einander entgegenschwimmende Regenbogen.

»Age! Annai! Annai Agee!!« brüllte wie irrsinnig der Steuermann. Die Neger verdoppelten die Ruderschläge, das Boot flog, als ob es wirklich Flügel hätte, die Frau streckte den Arm aus und suchte, ohne hinzuschauen, die Hand ihres Begleiters.

Der Steuermann brüllte. Die Piroge lief mit einer staunenswerten Geschwindigkeit. Der Schnabel kam hoch, wir glitten den Kamm einer riesengroßen, scheinbar reglosen Welle hinab, und zwischen den Reihen der in wahnsinnigem Tempo arbeitenden schwarzen Rücken sah ich eine mächtige Flußbiegung: das Wasser, plötzlich dunkel, schlug gegen einen Felseneingang. Die Strömung teilte sich, wir zogen nach rechts, wo das Wasser mit weißen Schaumkronen hochwirbelte. Der linke Flußarm verschwand wie abgeschnitten. Nur ein Riesendonner samt Säulen von Wasserstaub zeugte davon, daß die Felsen dort einen Wasserfall verbargen.

Wir umkreisten ihn und kamen in den anderen Flußarm, doch auch hier herrschte keine Ruhe. Die Piroge spurtete nun wie ein Pferd zwischen den schwarzen Felsen, die eine Wand von röhrendem Wasser zum Stehen brachten. Wir kamen dem Ufer nahe, die Neger an der rechten Bootsseite hörten auf zu rudern, legten die stumpfen Handgriffe der Pagaya an die Brust, und die Piroge, vom Felsen abgeprallt, gelangte in den inneren Streifen des Flußarms. Der Schnabel flog hoch, der dort stehende Steuermann bewahrte sein Gleichgewicht nur wie durch ein Wunder.

Ich war von den umhersprühenden kalten Wasserspritzern bald durchtränkt. Die Piroge zitterte wie eine Saite und schoß nun hinunter. Unheimlich war diese Wildflußfahrt; beiderseits flogen schwarze Felsen mit wehenden Wassermähnen vorbei. Ein und noch ein anderes Mal prallte die Piroge mit einem dumpfen Dröhnen von den Steinbrocken ab und kam, wie ein auf weißem Schaum fliegender Pfeil, in den Rachen der rasenden Geschwindigkeit. Ich sah hoch und bemerkte oben auseinanderklaffende Sykomorenkronen; zwischen ihren Ästen sprangen kleine Äffchen herum. Ich mußte mich am Bootsrand festhalten, so stark war die Erschütterung beim Hochwerfen. Und beim Donnern der Wassermassen wurden wir im Nu völlig naß.

Wir gingen noch steiler hinab – oder war das schon ein Fallen? Die Felsbrocken am Ufer flogen zurück wie monströse Vögel mit einem Wasserwirbel an den Flügeln – Donner, Donner. Auf dem Hintergrund des Himmels zeichneten sich die aufrechtstehenden Silhouetten der Ruderer wie Bewacher dieser Naturkatastrophe ab – wir liefen geradewegs auf eine Felsensäule, vor uns wirbelte eine schwarze Wassermenge, die sich teilte, wir flogen einem Hindernis entgegen, und ich hörte einen Frauenschrei.

Die Neger kämpften verzweifelt, der Steuermann hob beide Arme, ich sah seinen im Schrei offenen Mund, hörte aber keine Stimme, er tanzte auf dem Bootsschnabel, die Piroge lief seitlich, die abgeprallte Welle hielt uns, eine Sekunde lang blieben wir an Ort und Stelle, dann – als ob es die verbissene Arbeit der Pagaya nie gegeben hätte – drehte sich das Boot um und glitt rückwärts, immer schneller.

Urplötzlich, die Ruder hinwerfend, verschwanden die beiden Reihen der Neger, sie sprangen ohne zu überlegen von beiden Seiten der Piroge ins Wasser. Als letzter machte der Steuermann den Todessprung.

Die Frau schrie zum zweiten Mal auf; ihr Begleiter stemmte beide Beine auf die gegenüberliegende Bootsseite, sie lief auf ihn zu; ich betrachtete, wahrhaft entzückt, diese Schau der herabdonnernden Wassermengen, der leuchtenden Regenbogen, das Boot schlug gegen irgend etwas – ein Schrei, ein schrecklicher Schrei...

Quer zu diesem herabwallenden Wasserfall, der uns trug, lag dicht über der Oberfläche ein Baum, ein Waldriese, der von oben herabgefallen war und eine Art Brücke bildete. Meine beiden Mitfahrer fielen auf den Kielboden. Einen Sekundenbruchteil zögerte ich, es ihnen nachzutun. Ich wußte ja, daß das alles – die Neger, diese ganze Reise, der afrikanische Wasserfall – nur staunenswerte Illusion war, aber reglos sitzen zu bleiben, wenn sich der Bootsschnabel schon unter den wasserüberfluteten, teerigen Stamm des Riesenbaumes schob, ging über meine Kräfte. Blitzartig legte ich mich lang, hob aber gleichzeitig den Arm: der ging durch den Stamm durch, ohne ihn zu berühren, ich spürte – wider Erwarten – gar nichts. Trotzdem blieb die Vorstellung bestehen, wir wären wie durch ein Wunder einer Katastrophe entgangen. Es war noch nicht zu Ende: auf der nächsten Welle stand die Piroge hoch, eine Flut überschwemmte uns, drehte das Boot, ein paar Herzschläge lang kreiste es, höllisch ins Zentrum des Wehrs zielend. Wenn die Frau schrie, so hörte ich es nicht, konnte auch nichts hören: das Brechen, Knarren der berstenden Bootsteile fühlte ich mit meinem ganzen Körper, das Gehör war vom Tosen des Wasserfalls wie ausgeschaltet; die Piroge, mit unmenschlicher Kraft hochgeworfen, keilte sich zwischen den Felsbrocken fest. Die beiden anderen sprangen auf den vom Wasser überfluteten Felsen, robbten hinauf und ich hinterdrein.

Wir befanden uns auf einem Felsbrocken zwischen zwei Wasserarmen von zuckendem Weiß. Das rechte Ufer war ziemlich weit; zum linken führte ein Steg, in den Felsspalten verankert, dicht über den Wellen, die ins Innere des Höllenkessels schlugen. Die Luft war eisig von Nebel und Wasserspritzern. Der schmale Steg, ohne Geländer, glitschig von Feuchtigkeit, hing über einer harten, dröhnenden Wand; man mußte die Füße auf die morschen Bretter stellen, die lose in geflochtenen Leinen hingen, und ein paar Schritte bis zum Ufer gehen. Die anderen knieten vor mir und schienen sich zu zanken, wer von ihnen als erster gehen sollte. Selbstverständlich hörte ich nichts. Die Luft schien erhärtet durch das unablässige Donnern.

Endlich stand der junge Mann auf und sagte irgend etwas zu mir, indem er nach unten wies. Ich sah die Piroge: ihr abgetrennter Teil tanzte gerade auf einer Welle und verschwand, stets schneller wirbelnd, vom Wehr eingesogen. Der junge Mann mit dem Tigerfell war weniger gleichgültig oder schläfrig als zu Anfang der Reise, dafür aber verärgert, als hätte er sich hier gegen seinen Willen eingefunden. Er faßte die Frau an den Schultern, und ich dachte, er wäre verrückt geworden: offensichtlich versuchte er sie direkt in den dröhnenden Rachen zu stoßen. Die Frau sagte etwas zu ihm, ich sah die Empörung in ihren Augen aufleuchten. Ich legte ihnen beiden die Hände auf die Schultern, als Zeichen, daß sie mich durchlassen möchten, und kam auf den Steg. Der wippte und tanzte: ich ging nicht sehr schnell, fing mein Gleichgewicht mit den Schultern, einmal und noch ein zweites Mal schwankte ich etwas. Urplötzlich erzitterte der Steg derart, daß ich fast hinunterfiel. Das war die Frau, die, ohne mein Durchgehen abzuwarten, schon auf den Steg kam – aus Angst hinunterzufallen, sprang ich stark vornüber, landete an dem äußersten Felsenzipfel und drehte mich sogleich um.

Die Frau kam nicht durch: sie ging zurück. Der junge Mann ging jetzt als erster, hielt sie an der Hand. Die unheimlichen Nebelgestalten, die vom Wasserfall geboren wurden, bildeten als weiße und schwarze Phantome den Hintergrund für ihr unsicheres Gehen. Er war schon dicht bei mir: ich reichte ihm die Hand – zugleich aber stolperte die Frau, der Steg erzitterte. Ich zog den Mann so, daß ich ihm viel eher den Arm ausgerissen, als ihn hinunterfallen gelassen hätte; durch den ungestümen Ruck flog er zwei Meter weit und landete hinter mir, auf den Knien – aber er hatte sie losgelassen.

Sie befand sich noch in der Luft, als ich sprang, mit den Füßen nach vorn: ich zielte auf die Wellen seitlich zwischen dem Ufer und der Wand des nächsten Felsbrockens. Darüber nachgedacht habe ich erst später, als ich Zeit hatte. Im Grunde wußte ich, daß Wasserfall wie Flußfahrt nur Illusionen waren. Als Beweis hatte ich ja den Baumstamm, durch den meine Hand hindurchgegangen war. Trotzdem sprang ich, als könnte die Frau dort tatsächlich umkommen. Ich weiß sogar noch, daß ich rein instinktiv auf den eisigen Wasserstoß vorbereitet war, dessen Spritzer immerfort auf unsere Gesichter und Kleider fielen.

Ich spürte nichts außer einem starken Luftstoß und landete in einem geräumigen Saal auf nur leicht eingeknickten Knien, als wäre ich höchstens aus einem Meter Höhe herabgesprungen. Ich hörte ein chorähnliches Gelächter.

Ich stand auf einem weichen, plastartigen Boden, rundum gab es eine Menge Leute, manche hatten noch durchnäßte Kleider. Sie hatten die Köpfe erhoben und brüllten vor Lachen.

Ich folgte ihnen mit dem Blick – und es war unheimlich.

Keine Spur von Wasserfällen, Felsen, afrikanischem Himmel. Ich sah nur eine leuchtende Saaldecke und darunter – eine eben heranschwimmende Piroge, vielmehr eine Art Kulisse; denn an ein Boot erinnerte es nur von oben und von den Seiten – am Boden befand sich eine Metallkonstruktion. Flach lagen darin vier Menschen, um sie herum aber gab es nichts – weder Neger, noch Felsen, noch Fluß, von Mal zu Mal flogen nur, aus verdeckten Düsen geschossen, dünne Wasserstrahlen. Etwas weiter befand sich wie ein Sperrballon, durch nichts gestützt, der Felsenobelisk, auf dem unsere Reise geendet hatte. Von ihm führte ein Steg zu einer Steinstufe, die aus einer Metallwand herausragte. Etwas höher waren eine kleine Treppe mit Geländer und eine Tür. Das war alles. Die Piroge mit den Menschen schaukelte, kam hoch und ganz plötzlich wieder herunter, ohne das leiseste Geräusch, ich hörte nur die Heiterkeitsausbrüche, die die einzelnen Etappen der Wasserfallfahrt, die es überhaupt nicht gab, begleiteten. Nach einer Weile schlug die Piroge gegen den Felsen, die Menschen sprangen heraus, mußten über den Steg gehen.

Seit meinem Sprung waren wohl zwanzig Sekunden vergangen. Ich suchte mit meinem Blick die Frau. Sie sah mich an. Ich hatte ein etwas flaues Gefühl. Wußte nicht recht, ob ich mich ihr nähern sollte. Die Anwesenden fingen gerade an wegzugehen, und im nächsten Moment standen wir beieinander.

»Es ist immer dasselbe«, sagte sie dann, »immer falle ich da runter!«

Die Nacht im Park, Feuerwerke und Musik schienen nicht ganz real. Wir gingen hinaus inmitten der noch immer aufgeregten Menge; ich sah den Begleiter der Frau, er schob sich zu ihr durch. Wieder war er schläfrig, wie schon vorher. Er schien mich überhaupt nicht zu bemerken.

»Gehen wir zu Merlin«, sagte die Frau so laut, daß ich es hörte. Ich hatte nicht die Absicht hinzuhören. Aber eine neue Welle der Hinausgehenden brachte uns noch näher. So stand ich immer noch bei ihnen.

»Es sieht wie eine Flucht aus«, sagte sie und lächelte dabei, »vor Zauberei hast du wohl keine Angst, wie?«

Sie sprach zu ihm, sah aber mich an. Selbstverständlich konnte ich mir einen Weg bahnen, aber, wie immer in solchen Situationen, fürchtete ich mich am meisten vor der Lächerlichkeit. Sie gingen weiter, es entstand ein freier Platz, andere Leute neben mir beschlossen nun auch plötzlich, das Merlinschloß zu besuchen, und als ich mich ebenfalls dorthin wandte, ein paar Menschen uns aber getrennt hatten, spürte ich Zweifel, ob ich mich doch nicht getäuscht hatte.

Wir gingen Schritt für Schritt. Auf dem Rasen standen Teerfässer, in denen Flammen loderten; ihr Licht zeigte steile Ziegelbasteien. Wir gingen auf der Brücke über den Graben, unter den gefletschten Zähnen eines Gitters hindurch. Dann umfing uns Halbdunkel und die Kühle eines steinernen Ganges, von wo aus eine Wendeltreppe emporführte – vom Gestampf menschlicher Füße erfüllt. Der spitzbogenförmige Gang oben war schon weniger bevölkert. Er führte zu einem Kreuzgang, von dem man in den Hof sah. Dort brüllte und lief hinter irgendeinem schwarzen Monstrum eine pöbelhafte Menge auf Pferden her, die mit Schabracken bedeckt waren; ich ging unentschlossen weiter, ohne zu wissen, wohin, unter Menschen, die ich allmählich zu unterscheiden begann. Die Frau mit ihrem Begleiter erblickte ich nur kurz zwischen den Säulen.

In den Wandnischen standen leere Rüstungen. Im Innern öffneten sich kupferbeschlagene Türen, wie für Riesen. Wir kamen in eine mit rotem Damast ausgeschlagene Kemenate, die von Fakkeln beleuchtet war, ihr Reisigrauch reizte die Nase.

An den Tischen schmauste eine schreierisch aufgemachte Menge von Piraten und wandernden Rittern. Auf den Spießen, von Flammen beleckt, drehten sich riesige Fleischstücke, ein rötlicher Schein sprang über die von Schweiß glänzenden Gesichter, die Knochen knackten in den Kiefern der gepanzerten Schmausenden, die manchmal von den Tischen aufstanden und unter uns wandelten.

Im nächsten Saal war eine Menge Riesen beim Kegeln, wobei sie Totenschädel als Kugeln gebrauchten; das Ganze schien mir naiv und tölpelhaft. Ich blieb neben den Spielern, die von meinem Wuchs waren, stehen, als irgend jemand von hinten auf mich prallte und wider Willen erstaunt aufschrie. Ich drehte mich um und sah einem Jüngling in die Augen. Er murmelte eine Entschuldigung und ging schnell mit einem dummen Gesichtsausdruck weg. Erst der Blick der dunkelhaarigen Frau, die bewirkt hatte, daß ich in dieses Schloß der billigen Wunder kam, erklärte mir, was geschehen war: dieser junge Mann wollte durch mich hindurchgehen, da er mich für einen irrealen Schmauser von Merlin hielt.

Merlin selbst empfing uns in einem entfernten Flügel des Schlosses, umgeben von maskierten Höflingen, die reglos seinen Zauberkünsten assistierten. Ich aber hatte bereits genug davon und nahm die Offenbarungen seiner Zauberei gleichgültig hin. Die Schau endete auch schnell, die Anwesenden fingen an hinauszugehen, als Merlin, silberhaarig und großartig, uns den Weg versperrte und schweigend auf eine entgegengesetzte, mit Flor bespannte Tür wies.

Nur uns drei hatte er dorthin eingeladen. Er selber folgte uns nicht. Wir fanden uns in einem nicht sehr großen, aber hohen Raum, dessen eine Wand von der Decke bis zu dem schwarz und weiß gekachelten Boden ein Spiegel war. Dadurch schien dieses Zimmer doppelt so groß zu sein wie in Wirklichkeit. Und es schien sechs Menschen auf einem steinernen Schachbrett einzuschließen.

Möbel gab es nicht – nichts außer einer hohen Alabasterurne mit einem Strauß Blumen, die orchideenähnlich waren, aber ungewöhnlich große Kelche hatten. Jede Blume hatte eine andere Farbe. Wir standen vor dem Spiegel.

Plötzlich sah mich mein Spiegelbild an. Diese Bewegung war nicht die Spiegelung meiner eigenen Person. Ich selbst stand reglos. Der andere – groß, stämmig – sah langsam erst die dunkelhaarige Frau, dann ihren Begleiter an. Keiner von uns bewegte sich, nur unsere Spiegelbilder, auf unverständliche Art selbständig geworden, lebten auf und spielten unter sich schweigend eine Pantomime.

Der Jüngling im Spiegel trat an die Frau heran und sah ihr in die Augen, sie verneinte mit dem Kopf. Aus der Vase nahm sie die Blumen, zerteilte sie mit den Fingern und wählte drei aus – eine weiße, eine gelbe und eine schwarze. Die weiße gab sie ihm, und mit den beiden anderen kam sie auf mich zu. Zu mir – im Spiegel. Sie streckte mir die beiden Blumen entgegen. Ich nahm die schwarze. Dann kehrte sie auf ihren vorherigen Platz zurück, und alle drei – dort, im Spiegelzimmer – nahmen genau dieselben Haltungen ein, die wir tatsächlich eingenommen hatten. Als dies geschah, verschwanden die Blumen aus den Händen unserer Doppelgänger. Nun waren es normale, jede Geste wiederholende Spiegelbilder.

Die Tür in der gegenüberliegenden Wand ging auf: wir gingen eine Wendeltreppe hinunter. Die Säulen, Nischen, Gewölbe gingen unmerklich in das Silber und Weiß von Plastikgängen über. Wir gingen weiter, schweigend – nicht einzeln und auch nicht zusammen; diese Situation bedrückte mich immer mehr, aber was sollte ich tun? Jetzt ein zeremonielles, dem »Benimm«-Kodex aus dem früheren Jahrhundert entsprechendes »Sich-vorstellen« unternehmen?

Klänge entfernter Musik. Wir waren in den Kulissen hinter einer unsichtbaren Bühne. Im Innern gab es ein paar leere Tischchen und zurückgeschobene Stühle.

Die Frau blieb stehen und fragte ihren Begleiter: »Gehst du nicht tanzen?«

»Hab' keine Lust«, sagte er. Zum ersten Mal hörte ich seine Stimme.

Er war hübsch, doch irgendwie leblos, von einer unverständlichen Passivität, als läge ihm an nichts mehr in der Welt. Er hatte einen wunderschönen, fast mädchenhaften Mund. Er sah mich an. Dann sie. Stand da und schwieg.

»Na, dann geh, wenn du willst...«, sagte sie. Er schob den Vorhang, der eine der Wände darstellte, auseinander und ging. Ich ging ihm nach.

»Hallo?« hörte ich hinter mir.

Ich blieb stehen. Hinter dem Vorhang ertönte Beifall.

»Wollen Sie sich nicht setzen?«

Wortlos setzte ich mich. Ihr Profil war herrlich. Die Ohrmuscheln waren von großen Perlen verdeckt.

»Ich bin Aen Aenis.«

»Hal Bregg.«

Sie schien etwas erstaunt zu sein. Nicht durch meinen Namen. Der sagte ihr ja nichts. Eher dadurch, daß ich ihren Namen so gleichgültig hinnahm. Jetzt konnte ich sie aus der Nähe betrachten. Ihre Schönheit war vollkommen und in gewisser Weise unerbittlich. Auch ihre ruhigen, gefaßten und nachlässigen Bewegungen. Sie hatte ein graurosa, mehr grau als rosa, Kleid an, das wie ein Hintergrund zur Betonung ihres weißen Gesichts, ihrer weißen Hände war.

»Mögen Sie mich nicht?« fragte sie ruhig.

Jetzt war ich es, der erstaunt war. »Ich kenne Sie nicht.«

»Ich bin die Ammai – von den ›Wahren‹.«

»Was sind die ›Wahren‹?«

Ihre Augen ruhten mit Interesse auf mir. »Sie haben die ›Wahren‹ nicht gesehen?«

»Ich weiß nicht einmal, was das ist.«

»Woher kommen Sie denn?«

»Ich kam aus dem Hotel.«
»Ach, so? Aus dem Hotel...« In ihrer Stimme klang offener Spott. »Und darf man erfahren, wo Sie vorher – ehe Sie ins Hotel gingen – gewesen sind?«
»Doch, das darf man. In Fomalhaut.«
»Was ist das?«
»Eine Konstellation.«
»Was?«
»Ein Sternensystem, dreiundzwanzig Lichtjahre von hier entfernt.«
Ihre Augenlider zuckten. Der Mund ging auf. Sie war sehr schön.
»Astronaut?«
»Ja.«
»Ich verstehe. Ich bin eine Realistin – ziemlich bekannt.«
Ich sagte nichts. Wir schwiegen. Die Musik spielte.
»Tanzen Sie?«
Fast hätte ich laut losgelacht.
»Das, was man jetzt tanzt – nicht.«
»Schade. Aber das läßt sich nachholen. Warum haben Sie das getan?«
»Was?«
»Dort, auf dem Steg.«
Ich antwortete nicht gleich. »Es war... eine unwillkürliche Reaktion.«
»Kannten Sie das?«
»Diese künstliche Reise? Nein.«
»Nein?«
»Nein.«
Eine Weile Schweigen. Ihre Augen, einmal grün, wurden jetzt fast schwarz.
»Nur auf sehr alten Kopien kann man so etwas sehen«, sagte sie wie nebenbei. »Keiner kann es spielen. Das geht nicht. Als ich es sah, dachte ich... daß Sie...«
Ich wartete.
»...es könnten. Denn Sie nahmen es ernst. Nicht wahr?«
»Ich weiß nicht. Vielleicht.«
»Macht nichts. Ich weiß es. Möchten Sie? Ich stehe recht gut mit Frenet. Vielleicht wissen Sie nicht, wer das ist? Der Hauptproduzent des Reals. Ich muß es ihm sagen... Wenn Sie Lust haben...«

Ich prustete vor Lachen. Sie zuckte zusammen.

»Entschuldigung. Aber – ihr großen, schwarzen und blauen Himmel! Sie dachten daran, mich... zu engagieren...«

»Ja.«

Beleidigt sah sie nicht aus. Eher umgekehrt.

»Danke, nein. Lieber nicht, wissen Sie.«

»Aber Sie können mir sagen, wie Sie es gemacht haben! Oder ist das ein Geheimnis?«

»Wieso – wie? Sie haben doch selbst gesehen...« Ich brach den Satz ab. »...Sie wollen wissen, wie ich es fertigbrachte?«

»Sie sind sehr scharfsinnig.«

Sie verstand – wie sonst niemand – nur mit den Augen zu lächeln.

›Warte, bald vergeht dir die Lust, mich zu locken...‹, dachte ich.

»Das ist ganz einfach. Und gar kein Geheimnis. Ich bin nicht betrisiert.«

»Ach...«

Eine Weile dachte ich, daß sie aufstehen würde, sie gewann jedoch ihre Fassung wieder. Ihre Augen kamen auch wieder – groß, schmachtend. Sie sah mich an wie eine nur einen Schritt von ihr entfernt liegende Bestie, als fände sie perverse Lust in dem Schrecken, den ich ihr einflößte. Das war für mich eine größere Beleidigung als ihre Angst allein.

»Sie können...?«

»Töten?« fragte ich und lächelte dabei recht nett. »Ja. Das kann ich.«

Wir schwiegen. Die Musik spielte. Ein paarmal hob sie die Augen zu mir. Sie sprach nicht. Ich auch nicht. Musik. Beifall. Musik. So saßen wir wohl eine Viertelstunde. Plötzlich stand sie auf.

»Wollen Sie mit mir gehen?«

»Wohin?«

»Zu mir.«

»Um Brit zu trinken?«

»Nein.«

Sie drehte sich um und ging. Ich saß reglos. Ich haßte sie. Ohne sich umzuwenden, ging sie anders als alle Frauen, die ich je sah. Sie ging nicht: sie glitt. Wie eine Königin.

Ich holte sie zwischen den Hecken ein, wo es schon fast dunkel war. Der Rest des Lichts aus den Pavillons vermischte sich mit dem bläulichen Lichtschimmer der Stadt. Sie mußte meine Schritte gehört haben, ging aber weiter, ohne hinzuschauen, als ob sie allein wäre, sogar dann, als ich sie unterhakte. Sie ging weiter; es war wie eine Ohrfeige. Ich faßte sie an den Schultern, drehte sie zu mir, ihr Gesicht, weiß in der Dunkelheit, hob sich: sie sah mir in die Augen. Sie versuchte nicht, sich freizumachen. Sie hätte es übrigens auch nicht gekonnt. Ich küßte sie stürmisch, haßerfüllt, spürte, wie sie zitterte.

»Du...«, sagte sie mit einer tiefen Stimme, als wir uns voneinander lösten.

»Schweig.«

Nun versuchte sie doch, sich freizumachen.

»Noch nicht«, sagte ich und fing wieder an, sie zu küssen. Plötzlich verkehrte sich diese Wut in Ekel gegen mich selbst, ich ließ sie los. Ich dachte, sie würde fliehen. Aber sie blieb. Sie versuchte, in mein Gesicht zu sehen. Ich wandte den Kopf.

»Was hast du?« fragte sie leise.

»Nichts.«

Sie faßte mich an der Schulter. »Gehen wir.«

Ein Paar ging an uns vorüber und verschwand im Dunkel. Ich ging hinterdrein. Dort, im Dunkel, war irgendwie alles möglich. Als es heller wurde, schien mein Ausbruch von vorhin nur lächerlich. Ich fühlte, daß ich in etwas Falsches hineingeriet, so wie Gefahr und Zauber und alles falsch gewesen waren – und ging weiter. Weder Zorn, noch Haß – nichts –, es war mir alles gleichgültig. Ich befand mich unter hohen hellen Lichtern und fühlte meine große, schwere Anwesenheit, die jeden Schritt neben ihr zu einer Groteske machte. Aber sie schien es nicht zu bemerken. Sie ging den Wall entlang, an dem reihenweise Glider standen. Ich wollte dableiben, aber sie ließ ihre Hand an meinem Arm entlanggleiten und faßte meine Hand an. Ich müßte meine Hand wegzerren und würde nur noch lächerlicher werden – ein Denkmal astronautischer Tugend, von einer Potiphar versucht. Ich stieg ihr nach, der Glider zuckte und flog. Zum ersten Mal befand ich mich in einem Glider und verstand nun, warum sie keine Fenster hatten. Von innen her waren sie völlig durchsichtig, wie aus Glas.

Schweigend fuhren wir noch lange. Die Bauten im Zentrum wichen den wunderlichen Formen der suburbanen Architektur – unter kleinen, künstlichen Sonnen lagen im Grünen Gebäude mit verschwommenen Linien, aufgedunsen in wunderliche Kissen mit etlichen Flügeln, derart, daß sich die Grenze zwischen dem Innern der Häuser und ihrer Umgebung verwischte. Erzeugnisse einer Phantasmagorie, immerwährender Bestrebungen, etwas zu schaffen, was nicht eine Wiederholung der alten Formen wäre. Der Glider verließ die breite Fahrbahn, lief durch den dunklen Park und hielt bei einer Treppe, die einem gläsernen Wasserfall glich: indem ich sie hinaufstieg, sah ich unter meinen Füßen ein Treibhaus ausgebreitet.

Das schwere Tor ging lautlos auf. Eine Riesenhalle, hoch von einer Galerie umrahmt, hellrosa Lampenschilder ohne Stütze oder Aufhang, an den sich neigenden Wänden. Nischen – wie Fenster, die in einen anderen Raum geschlagen wären. Und in ihnen weder Fotos, noch Puppen, sondern Aen selbst, riesengroß, mir gegenüber: umfangen von einem dunkelhaarigen Mann, der sie über dem Katarakt der Treppe küßte – Aen in einem weißen, flimmernden Stoffberg – über lila Blumen gebeugt, die wie ihr Gesicht riesengroß waren. Hinter ihr hergehend, sah ich sie nochmals, in einem anderen Fenster, mädchenhaft lächelnd, allein, das Licht zitterte in ihrem Kupferhaar.

Grüne Treppen. Eine weiße Zimmerflucht. Silbertreppen. Durchgänge und dann ein unaufhörlich langsame Bewegung atmender Raum. Die Wände verschoben sich reglos, sie bildeten Durchgänge für die Vorübergehenden; man konnte auf den Gedanken kommen, daß ein unspürbarer Geist die Ecken der Galerie abrundete, sie meißelte und alles, was ich bisher sah, nur eine Schwelle, eine Einleitung gewesen war. Durch ein weißes Zimmer, derart von den dünnsten Eisäderchen durchleuchtet, daß sogar die Schatten dort milchig zu sein schienen, kamen wir in ein kleineres – nach der makellosen Helle des anderen war seine Bronze wie ein Schrei. Hier gab es nur Licht, das aus einer unbekannten und wie umgekehrten Quelle kam: es beleuchtete uns und unsere Gesichter von unten; sie bewegte ihre Hand, dann wurde es dunkel; sie trat an eine Wand heran und zauberte daraus mit einigen Gesten eine Schwellung, die sich sogleich weiter entfaltete und etwas wie eine breite Doppelliege bildete – ich kannte genug Topologie, um zu wissen, was allein die Stützlinie hier an Forschungen kosten mußte.

»Wir haben einen Gast«, sagte sie, indem sie stehenblieb. Von der offenen Holzverkleidung kam ein niedriges, vollgedecktes

Tischchen und lief – wie ein Hund – auf sie zu. Die großen Lichter erloschen, als sie über die Sesselnische – was für Sessel es waren, ich finde überhaupt keine Worte dafür! – mit einer Geste befahl, daß eine kleine Lampe erscheine, und die Wand gehorchte ihr auch gleich.

Wahrscheinlich hatte sie nun genug von den knospenden, vor unseren Augen aufblühenden Möbeln, denn sie bückte sich über das Tischchen und fragte, ohne mich anzusehen: »Blar?«

»Meinetwegen«, sagte ich. Ich stellte keine Fragen; daß ich ein Wilder war, konnte ich nicht ändern, zumindest aber konnte ich ein schweigsamer Wilder sein.

Sie gab mir einen hohen Kegel mit einem Röhrchen, der wie ein Rubin schillerte, dabei aber weich war, wie flaumige Obsthaut. Sie selber nahm einen zweiten. Wir setzten uns. Unerträglich weich, man saß wie auf Wolken. Die Flüssigkeit schmeckte nach unbekannten frischen Früchten mit kleinen festen Kernen, die unerwartet und komisch auf der Zunge zersprangen.

»Gut?« fragte sie.

»Ja.«

Vielleicht war es irgendein ritueller Trank. Zum Beispiel für die Auserwählten, oder auch umgekehrt, um die besonders Gefährlichen zu zähmen. Aber ich hatte mir ja vorgenommen, keine Fragen zu stellen.

»Es ist besser, wenn du sitzt.«

»Warum?«

»Du bist schrecklich groß.«

»Das weiß ich.«

»Versuchst du mit Absicht so unhöflich zu sein?«

»Nein. Das gelingt mir mühelos.«

Sie fing leise zu lachen an.

»Witzig bin ich auch«, sagte ich. »Eine ganze Menge von Vorteilen – nicht?«

»Du bist anders«, sagte sie. »Keiner spricht so. Sag mir – wie ist es? Wie fühlst du denn?«

»Ich verstehe nicht.«

»Du verstellst dich wohl. Oder hast du gelogen – nein. Das ist nicht möglich. Du könntest nicht so...«

»Springen?«

»Nicht daran dachte ich.«

»Sondern?«

Ihre Augen wurden eng. »Weißt du es nicht?«
»Na, sag mal«, meinte ich, »tut man denn das nicht mehr?«
»Schon, aber nicht so.«
»Aha, und ich kann es also gut?«
»Nein. Das nicht... sondern so, als ob du...« Sie beendete den Satz nicht.
»Was?«
»Du weißt es selber. Ich fühlte es.«
»Ich war verärgert«, gab ich zu.
»Verärgert«, meinte sie geringschätzig. »Ich dachte... ach, ich weiß selbst nicht, was ich dachte! Niemand würde so etwas wagen – weißt du?«
Ganz leise und fast unmerklich lächelte ich.
»Und das hat dir so gefallen?«
»Ach, du verstehst ja nichts. Die Welt ist ohne Angst, aber vor dir kann man Angst haben.«
»Willst du noch mehr?« fragte ich. Ihre Lippen öffneten sich, wieder sah sie mich wie ein Fabeltier an.
»Ja.«
Sie schob sich näher heran zu mir. Ich nahm ihre Hand, legte sie auf die meine, ganz flach – die Finger gingen kaum über meine Handfläche.
»Warum ist deine Hand so hart?« fragte sie.
»Von den Sternen. Die sind so kantig. Und jetzt frag mich mal, warum ich so schreckliche Zähne habe.«
Sie lächelte. »Deine Zähne sind völlig normal.«
Dabei hob sie meine Hand und war so vorsichtig, daß ich an meine Begegnung mit dem Löwen denken mußte. Statt mich betroffen zu fühlen, lächelte ich einfach. Letzten Endes war das alles schrecklich dumm.
Sie erhob sich hinter meiner Schulter, goß sich etwas aus einer kleinen, dunklen Flasche ein und trank es aus.
»Weißt du, was das ist?« fragte sie und schloß die Augen mit einem Ausdruck, als ob es eine brennende Flüssigkeit gewesen wäre. Sie hatte riesenlange Wimpern, bestimmt falsche. Schauspielerinnen haben immer falsche Wimpern.
»Nein.«
»Sagst es aber keinem?«
»Nein.«
»Perto...«

»Na, na«, sagte ich, um überhaupt etwas zu sagen. Sie öffnete die Augen wieder.

»Ich sah dich schon vorher. Du bist mit so einem schrecklichen Greis gegangen und kamst dann allein zurück.«

»Es war der Sohn meines jüngeren Kollegen«, sagte ich. – ›Das Komische dabei ist, daß es beinah stimmt‹, fuhr es mir durch den Sinn.

»Du erregst Aufsehen – weißt du das?«

»Was kann man da schon tun?«

»Nicht allein wegen deiner Größe. Du gehst auch anders – und guckst so als ob...«

»Was?«

»Als ob du dich in acht nehmen müßtest.«

»Wovor?«

Sie antwortete nicht. Ihre Gesichtsfarbe wechselte. Sie atmete hörbar, schaute die eigene Hand an. Ihre Fingerspitzen zitterten.

»Jetzt«, sagte sie leise und lächelte mich doch nicht an. Ihr Lächeln war wie inspiriert, die Augen weiteten sich so, daß die Regenbogenhaut schwand. Sie lehnte sich langsam zurück, bis sie dann auf dem grauen Diwan lag. Ihr Kupferhaar löste sich, und sie schaute mich triumphierend und zugleich erstarrend an.

»Küß mich.«

Ich umarmte sie. Aber es war schauderhaft: ich wollte und wollte nicht – ich hatte das Gefühl, mich selbst aufzugeben. Es war, als könnte meine Partnerin jeden Augenblick zu etwas anderem werden. Sie krallte ihre Finger in mein Haar, ihr Atem, als sie von mir abfiel, hörte sich an wie ein Wimmern. ›Eins von uns beiden ist unwirklich‹, dachte ich, ›wer aber – sie oder ich?‹ Ich küßte sie, ihr Gesicht war schmerzhaft schön, schrecklich fremd, dann gab es nur die Lust, nicht auszuhalten, aber selbst dann blieb in mir ein kalter, schweigender Beobachter, ich verlor mich nicht ganz. Der Diwan, gehorsam, fast gedankenlesend, wurde zur Stütze für unsere Köpfe: es war wie die Anwesenheit eines Dritten. Man fühlte sich bewacht, und wir tauschten kein einziges Wort miteinander. Ich schlief schon fast ein an ihrem Hals und hatte immer noch das Gefühl, daß da jemand zusähe...

Als ich aufwachte, schlief sie. Es war ein anderes Zimmer. Nein – dasselbe. Aber irgendwie verändert – ein Teil der Wand war zurückgeschoben, man sah den anbrechenden Tag. Über uns – wie vergessen – leuchtete ein schmales Lämpchen. Gegenüber –

über den fast noch schwarzen Baumspitzen – hellte sich der Himmel schon auf. Vorsichtig schob ich mich bis an den Rand des Lagers. Sie murmelte etwas, das sich wie »Alan« anhörte, und schlief weiter.

Ich ging durch leere, große Säle. Die Fenster waren alle nach Osten gerichtet. Ein Schimmer von Morgenrot kam herein und füllte die durchsichtigen Möbel, zitterte wie eine Rotweinflamme. Durch die Zimmerflucht hindurch sah ich die Silhouette eines Vorbeigehenden – es war ein perlmuttgrauer Roboter, gesichtslos, sein Rumpf leuchtete schwach, es glühte darin – wie ein Lämpchen vor dem Heiligenbild – eine kleine, rubinrote Flamme.

»Ich will hier weg«, sagte ich.

»Sehr wohl, mein Herr.«

Treppen – silbern, grün, blau. Ich verabschiedete mich von allen Aen-Gesichtern auf einmal in der kirchenhohen Halle. Es war schon völlig Tag. Der Roboter machte mir das Tor auf. Ich ließ ihn einen Glider bestellen.

»Sehr wohl, mein Herr. Möchten Sie den Hausglider benutzen?«

»Meinetwegen. Ich will zum Hotel Alcaron.«

»Sehr wohl. Stets zu Diensten.«

Jemand hatte mir das schon einmal gesagt. Aber wer? Ich konnte mich nicht mehr daran erinnern.

Über eine steile Treppe – damit man bis zum Schluß nicht vergäße, daß dies ein Palast und kein gewöhnliches Haus war – gingen wir beide hinunter; im Licht der aufgehenden Sonne setzte ich mich in die Maschine. Als sie losfuhr, sah ich mich um. Der Roboter stand noch da in seiner ehrfurchtsvollen Haltung, etwas der Gottesanbeterin ähnlich mit seinen gekreuzten, dünnen Armen.

Die Straßen waren fast leer. In den Gärten ruhten die Villen wie verlassene Schiffe. Oder so, als hätten sie sich nur für einen Augenblick zwischen den Hecken und Bäumen niedergelassen und ihre scharfwinkligen bunten Flügel zusammengelegt.

Im Zentrum gab es mehr Menschen. Nadelhäuser, deren Gipfel von der Sonne erhitzt waren, Palmenhäuser, Riesenhäuser auf breit auseinanderstehenden Stützen – die Straße zerschnitt sie, flog in den blauen Raum hinaus; ich habe nicht mehr hingeschaut. Im Hotel nahm ich ein Bad und telefonierte mit dem Reisebüro.

Ich bestellte den Ulder für zwölf Uhr. Es war belustigend, so frei mit diesen Bezeichnungen umzugehen, wo ich doch keine Ahnung hatte, was ein Ulder überhaupt war.

Ich hatte noch vier Stunden Zeit. Ich rief den Hotel-Infor an und fragte wegen der Breggs nach. Ich selbst hatte keine Geschwister, doch der Bruder meines Vaters hinterließ zwei Kinder, einen Jungen und ein Mädchen. Sollten die nicht mehr leben, dann müßten doch ihre Kinder...

Der Infor zählte mir elf Breggs auf. Dann wollte ich etwas über die Genealogie erfahren. Es stellte sich dabei heraus, daß nur einer von ihnen, Atal Bregg, aus meiner Familie stammte. Er war der Enkel meines Onkels, nicht mehr jung übrigens, fast schon sechzig Jahre alt.

Nun wußte ich also, was ich wissen wollte. Ich nahm sogar schon den Hörer auf, um ihn anzurufen, legte ihn aber wieder ab. Was hatte ich ihm schon zu sagen? Oder er – mir? Wie mein Vater gestorben war? Meine Mutter? Ich starb ihnen ja schon früher weg und hatte als Posthumus kein Recht zu fragen. Es wäre geradezu eine Perversität, eine Irreführung. Ich allein konnte mich in der Zeit verstecken, die für mich weniger als für sie tödlich war. Sie haben mich doch beigesetzt, in den Sternen, nicht ich sie auf der Erde.

Trotzdem hob ich den Hörer ab. Das Signal war lang. Endlich meldete sich der Hausroboter und sagte mir, Atal Bregg wäre außerhalb der Erde.

»Wo?« erkundigte ich mich schnell.

»Auf Luna. Er flog für vier Tage hin. Was soll ich ihm ausrichten?«

»Was macht er? Was ist sein Beruf?« fragte ich. »Denn... ich weiß nicht so recht, ob es der Herr ist, den ich suche, vielleicht liegt da ein Irrtum vor...«

Denn Roboter konnte man irgendwie leichter belügen.

»Er ist ein Psychopäde.«

»Danke. Werde selbst in einigen Tagen anrufen.«

Ich legte den Hörer hin. Jedenfalls war er kein Astronaut; auch gut.

Ich verband mich wieder mit dem Hotel-Infor und fragte, was für eine Art von Unterhaltung er mir für zirka zwei bis drei Stunden empfehlen könnte.

»Wir laden Sie in unser Realon ein«, sagte er.

»Was gibt es dort?«

»›Die Braut‹. Den neuesten Real von Aen Aenis.«

Ich fuhr hinunter: das gab es im Untergeschoß. Die Vorführung hatte bereits begonnen, doch der Roboter am Eingang sagte mir, ich hätte fast nichts versäumt – nur ein paar Minuten. Er führte mich ins Dunkle, holte daraus auf irgendwelche seltsame Art einen eiförmigen Sessel, setzte mich da hinein und entschwand.

Der erste Eindruck war ähnlich wie im Theater ganz vorn – oder auch nicht: man saß auf der Bühne selbst, so nahe waren die Schauspieler. Als ob man sie – die Hand ausstreckend – anfassen könnte. Ich hätte es kaum besser treffen können: denn es war ein Stück aus meiner Zeit – also ein historisches Drama; die Zeit der Handlung war nicht genau bestimmt, aber nach einigen Einzelheiten zu urteilen, geschah das Ganze einige Jahre nach meinem Abflug.

Anfangs ergötzte ich mich über die Kostüme: das Bühnenbild war naturalistisch, eben darum amüsierte ich mich, indem ich eine Menge von Anachronismen fand. Der Hauptdarsteller, ein sehr schöner, dunkelhaariger Mann, ging im Frack aus dem Hause – es war am frühen Morgen – und fuhr mit dem Auto, um sich mit seiner Liebsten zu treffen; er hatte sogar einen Zylinder, doch einen grauen, wie ein Engländer, der zum Derby fährt. Dann erschien ein romantisches Wirtshaus mit einem Wirt, den es nie im Leben gab – er sah wie ein Pirat aus –, der Held setzte sich auf die Frackschöße und trank Bier durch einen Strohhalm. Und so ging es immer weiter.

Plötzlich hörte ich auf zu lächeln: Aen kam herein. Sie war unsinnig gekleidet, aber auf einmal war das nicht so wichtig. Der Zuschauer wußte, daß sie einen anderen liebte und jenen Jüngling betrog; die typische, melodramatische Rolle einer durchtriebenen Frau. Sentimentales Klischee. Aen aber nahm es nicht auf. Sie war ein Mädchen, das stets hier und jetzt lebte, reflexionsfrei, fühlend, nicht nachtragend und durch die grenzenlose Naivität ihrer Grausamkeit ein schuldloses Wesen, das alle unglücklich macht, weil es überhaupt niemand unglücklich machen wollte. Indem sie in die Arme des einen kam, vergaß sie den anderen so vollständig, daß man an ihre – momentane – Aufrichtigkeit wirklich glaubte.

Dieser ganze Unsinn fiel gar nicht ins Gewicht – es blieb nur Aen – die große Schauspielerin.

Real war etwas mehr als ein Ferntheater: als ich einen Bruchteil der Bühne betrachtete, wurde dieser größer und breiter, der Zuschauer entschied durch eigene Wahl, ob er ein Nahbild oder das Ganze sehen wollte. Dabei wurden die Proportionen dessen, was im Blickfeld verblieb, nicht verunstaltet. Es war irgendeine verteufelt feinsinnige optische Kombination – die eine Illusion von übernatürlichem, wie verstärktem und wachem Leben gab.

Ich fuhr auf mein Zimmer, nach oben, um meine Sachen zu pakken, da ich in einigen Minuten abreisen sollte. Es stellte sich heraus, daß ich weit mehr zu packen hatte, als ich mir vorstellte. Ich war noch nicht ganz fertig, als das Telefon zu singen anfing: mein Ulder war schon bereitgestellt.

»Komme gleich hinunter«, sagte ich. Der Gepäck-Roboter nahm die Koffer, und eben ging ich aus dem Zimmer, als sich das Telefon wieder meldete. Ich zögerte. Das leise Signal wiederholte sich unermüdlich. ›Es soll nicht nach einer Flucht aussehen‹, dachte ich und hob den Hörer ab, nicht ganz sicher, weshalb ich es wirklich tat.

»Bist du das?«

»Ja. Schon wach?«

»Seit langem. Was machst du?«

»Habe dich gesehen. Im Real.«

»So?« sagte sie nur, doch hatte ich in ihrer Stimme etwas wie Genugtuung gehört. Es hieß: nun ist er mein.

»Nein«, sagte ich.

»Was – nein?«

»Mädchen, du bist eine große Schauspielerin. Aber ich bin etwas ganz anderes, als dir scheint.«

»Schien es mir wohl auch diese Nacht so?« Sie unterbrach den Satz. In ihrer Stimme schwang Belustigung mit – und plötzlich kam die Lächerlichkeit wieder. Ich konnte kaum davon loskommen; ein Sternenquäker, der schon einmal gefallen war – verzweifelt, streng und züchtig.

»Nein«, sagte ich, indem ich mich beherrschte, »das schien dir wohl nicht. Aber ich fahre weg.«

»In alle Ewigkeit?«

Sie hatte Spaß an diesem Gespräch.

»Mädchen«, begann ich und wußte nicht, was ich noch sagen sollte. Einen Moment lang hörte ich nur ihren Atem.

»Na – und weiter?« fragte sie.

»Ich weiß nicht«, ich verbesserte mich schnell: »Nichts. Ich fahre eben weg. Das hat ja keinen Sinn.«

»Sicher hat es keinen Sinn«, gab sie zu, »und kann ja gerade deshalb herrlich sein. Was hast du dir angesehen? Die ›Wahren‹?«

»Nein. ›Die Braut‹. Hör mal...«

»Es ist wirklich ein Reinfall. Ich kann es nicht mehr sehen. Das Schlimmste, was ich je gemacht habe. Sieh dir die ›Wahren‹ an, oder nein, komm wieder am Abend. Ich werde es dir zeigen. Nein, nein, heute kann ich nicht. Aber morgen.«

»Aen, ich werde nicht kommen. Ich fahre tatsächlich weg...«

»Sag nicht Aen zu mir, sag ›Mädchen‹«, bat sie.

»Mädchen, der Deibel soll dich holen!!« rief ich, legte den Hörer auf, war schrecklich verschämt, hob nochmals den Hörer ab, legte ihn wieder auf und lief aus dem Zimmer. Als ob jemand hinter mir her wäre. Ich fuhr hinunter, wo es sich herausstellte, daß der Ulder sich auf dem Dach befand. Also fuhr ich wieder nach oben. Auf dem Dach gab es ein Gartenrestaurant und einen Flugplatz. Eigentlich ein Restaurant-Flugplatz, eine Mischung der Ebenen, fliegende Bahnsteige, unsichtbare Fensterscheiben – meinen Ulder würde ich hier nicht mal in einem Jahr finden. Aber man führte mich fast an der Hand zu ihm. Er war kleiner, als ich dachte. Ich fragte, wie lange der Flug dauern würde, da ich lesen wollte.

»Ungefähr zwölf Minuten.« Da lohnte es sich nicht, ein Buch aufzuschlagen. Das Innere des Ulders erinnerte einigermaßen an eine Experimentalrakete: Thermofax, die ich einmal leitete, nur mit mehr Komfort. Aber als sich die Tür hinter dem Roboter schloß, der mir höflich eine gute Reise wünschte, wurden die Wände sofort durchsichtig, und da ich im ersten der vier Sessel saß – die anderen waren unbesetzt –, hatte ich den Eindruck, als flöge ich auf einem Stuhl innerhalb eines großen Glases.

Sehr lustig, aber das hatte nichts mit einer Rakete oder einem Flugzeug gemein: eher schon mit einem fliegenden Teppich. Das eigenartige Fahrzeug schoß anfangs vertikal hoch, ohne die geringste Vibration, pfiff dabei langgezogen und – wie auf Kommando – flog dann waagerecht. Wieder geschah dasselbe, was ich schon beobachtet hatte: die Beschleunigung der Bewegung war nicht von einer Steigerung der Trägheit begleitet. Schwer zu sagen, was für eine Art von Gefühl mich überkam – denn falls sie tatsächlich die Beschleunigung von der Trägheit zu lösen verstanden hatten, dann waren sämtliche Hybernisierungen, Proben, Selektionen, Qualen und Sorgen unserer Reise völlig umsonst gewesen: so wie ich konnte sich wohl der Eroberer eines Himalajagipfels fühlen, der sich nach den unbeschreiblichen Schwierigkeiten des Aufstiegs plötzlich überzeugt, daß da hoch oben ein Hotel voller Ausflügler steht, weil man während seiner einsamen Bemühungen von der anderen Seite aus eine Seilbahn angebracht hatte. Die Tatsache, daß ich, auf der Erde bleibend, wahrscheinlich die geheimnisvolle Entdeckung nicht erleben würde, tröstete mich nicht im mindesten – viel eher schon die Idee, daß sich die neue Erfindung vielleicht in der Raumfahrt nicht auswirken würde. Das war selbstverständlich der Beweis von reinem Egoismus, und ich war mir dessen auch bewußt: doch der Schock war zu groß, als daß ich mich zu wirklichem Enthusiasmus hätte aufschwingen können.

Inzwischen flog der Ulder bereits geräuschlos: ich schaute nach unten. Wir flogen eben am Terminal vorbei – er zog sich langsam nach hinten zurück, wie eine Eisfestung –, auf den von der Stadt aus unsichtbaren, äußeren Stockwerken standen die schwarzen Trichter der Raketen-Einflüge. Dann gelangten wir ziemlich nahe an dem Nadelhaus vorbei – dem mit den silbernen und schwarzen Streifen –, es überragte meine Flughöhe. Von der Erde aus ließ sich seine Größe nicht einschätzen. Es war wie eine Röhrenbrücke, die die Stadt mit dem Himmel verband, und die »Kleinregale«, die aus ihm herausragten, wimmelten von Uldern und anderen, größeren Maschinen. Menschen sahen auf diesen Landungsplätzen wie Mohnkörnchen auf einem silbernen Teller aus.

Wir flogen über weiße und blaue Häuserkolonien, über Gärten, die Straßen wurden immer breiter, und die Fahrbahnen wurden nun bunt – Blaßrosa und Ocker dominierten als Farben. Ein Häusermeer zog sich bis zum Horizont, selten von Grünstreifen geteilt. Ich bekam Angst, so würde es bis Klavestra bleiben. Doch die Maschine beschleunigte ihr Tempo, die Häuser zerfielen, zerliefen in den Gärten, dagegen erschienen Riesenknäuel und auch gerade Wege: sie zogen durch mehrere Ebenen, liefen zusammen, kreuzten sich, verschwanden unter dem Erdboden, liefen sternförmig aufeinander zu und schossen heraus in den flachen, graugrünen Raum unter der hohen Sonne, der von Glidern wimmelte. Dann, zwischen quadratischen Baumgruppen, sah man Riesenbauten mit Dächern, die konvexen Spiegeln ähnlich waren: in ihren Zentren glimmte ein rötlicher Schein. Noch weiter liefen die Straßen auseinander, und das Grün beherrschte nun alles, von Zeit zu Zeit durch einen Quadratmeter anderer Pflanzen unterbrochen – rot, blau –, Blumen konnten es nicht sein, dafür waren die Farben zu intensiv. ›Doktor Juffon wäre auf mich stolz‹, dachte ich. ›Erst der dritte Tag und bereits... Und was für ein Anfang. Keine Durchschnittseroberung. Eine berühmte Schauspielerin, weltbekannt. Angst hatte sie wohl kaum, und wenn doch, so bereitete ihr diese Angst Vergnügen. Weiter so. Aber weshalb sprach er von der Nähe? Sieht denn die Nähe so aus? Und wie heldenmütig ich in den Wasserfall gesprungen bin. Edel-Gorilla. Dafür hat ihn dann eine Schönheit, vor der die Menge hinfällt, auch reichlich entschädigt: wie edel dies auch ihrerseits war!‹

Mein ganzes Gesicht brannte. »Du blöder Kerl«, sprach ich milde zu mir selbst, »was willst du denn eigentlich? Eine Frau. Nun hattest du eine Frau. Du hattest bereits alles, was man hier haben kann, dazu noch den Vorschlag, im Real aufzutreten. Jetzt wirst du ein Haus haben, im Garten spazieren, Bücher lesen, die Sterne angucken und still, voller Bescheidenheit wiederholen: dort bin ich gewesen. Gewesen und zurückgekommen. Und sogar die Gesetze der Physik haben für dich gearbeitet, du Glückspilz, ein halbes Leben hast du noch vor dir, und wie sieht der Roemer, hundert Jahre älter als du, jetzt aus?«

Der Ulder fing an hinabzugleiten, es entstand ein Pfeifen, die Gegend, voller weißer und blauer Straßen, deren Fahrbahnen wie mit Emaille ausgegossen glänzten, wuchs mir entgegen. Große Teiche und kleine quadratische Schwimmbecken schickten Sonnenglitzer hoch hinauf. Die Häuschen, auf den Hügeln flacher Erhöhungen stehend, wurden deutlicher und immer größer. Am Horizont, von der Luft blau, stand eine Gebirgskette mit weißen Gipfeln. Ich sah noch Kieswege, Blumenrabatten, Blumenbeete, das kalte Grün von Wasser in einem Betonrahmen, Gartenwege, Sträucher, ein weißes Dach, all das drehte sich langsam, umringte mich, erstarrte und nahm mich auf.

IV

Die Tür ging auf. Ein weiß-orangefarbener Roboter wartete auf dem Rasen. Ich stieg aus.

»Wir begrüßen Sie in Klavestra«, sagte er und sein weißes Bäuchlein summte unerwarteterweise auf: es ließ Glasmusiktöne hören, so als ob er im Bauch eine Spieluhr hätte.

Immer noch lachend, half ich ihm, meine Sachen herauszutragen. Dann öffnete sich die hintere Klappe des Ulders, der im Gras wie ein kleiner silberner Zeppelin lag, und zwei orangefarbene Roboter rollten mein Auto heraus. Ich hatte es völlig vergessen. Nun gingen sämtliche Roboter, mit meinen Koffern, Kisten und Paketen beladen, im Gänsemarsch ins Haus.

Das Haus war ein Würfel mit Fensterwänden. Man ging hinein durch ein panoramaartig verglastes Solarium in eine Halle, den Speiseraum und die Treppe nach oben – alles aus Holz! –, der Roboter mit der Spieluhr vergaß nicht, meine Aufmerksamkeit auf diese Rarität zu lenken.

Oben gab es fünf Zimmer. Ich nahm nicht das beste, sondern das östlich liegende: denn in den anderen, besonders in dem mit dem Blick auf die Berge, gab es zuviel Gold und Silber. Das Ostzimmer wies nur grüne blattartige Streifen auf cremefarbenem Hintergrund auf.

Die Roboter legten alle meine Sachen in Wandschränke, sie arbeiteten schnell und leise. Ich blieb am Fenster stehen. ›Ein Hafen‹, dachte ich, ›eine Bleibe.‹ Erst als ich mich hinauslehnte, konnte ich den blauen Dunst der Berge sehen. Unten gab es einen großen Blumengarten mit einigen ziemlich alten Obstbäumen: sie hatten verschlungene, abgearbeitete Äste und trugen wohl keine Früchte mehr.

Etwas seitlich, bei der Fahrbahn – die ich vorher aus dem Ulder gesehen hatte, sie war durch Hecken verdeckt – sah man über dem Grün den Turm des Sprungbretts. Dort war also das Schwimmbecken. Als ich mich umdrehte, waren die Roboter schon gegangen. Ich schob den leichten, wie aufgeblasenen Schreibtisch ans Fenster, legte darauf die Stapel der wissenschaftlichen Zeitschriften, die Tüten mit den Kristall-Büchern und den Leseapparat; gesondert brachte ich meine noch unangetasteten Notizen und meinen Füllfederhalter unter. Es war mein alter Füller – bei verstärkter Gravitation lief er immer aus und befleckte alles, aber Olaf hatte ihn ausgezeichnet repariert. Ich legte Mappen für Notizen an, schrieb darauf »Geschichte«, »Mathematik«, »Physik« und tat das alles hastig, weil ich es eilig hatte, ins Wasser kommen.

Ich wußte nicht, ob ich hier nur im Slip ausgehen konnte: den Bademantel hatte ich vergessen. Also ging ich ins Badezimmer auf dem Gang und stellte dort – mit einer Flasche Schaumflüssigkeit – ein scheußliches Ding zusammen, das an überhaupt nichts erinnerte. Ich riß es herunter und fing von vorne an. Der zweite Mantel fiel dann schon etwas besser aus, blieb aber trotzdem eine Art von Robinsonkleidung – mit einem Messer schnitt ich die größeren Unebenheiten der Ärmel und Säume ab, dann sah er schon annehmbarer aus.

Ich ging hinunter, noch nicht sicher, ob das Haus ganz ohne Gäste war. Die Halle blieb leer. Auch der Garten, nur mähte der orangefarbene Roboter den Rasen neben den Rosensträuchern. Sie verblühten schon.

Fast laufend gelangte ich zum Schwimmbecken. Das Wasser glänzte und zitterte. Darüber schwebte unsichtbare Kühle. Ich warf den Mantel auf den goldenen Sand, der mir die Fußsohlen verbrannte, und laut auf den Metallstufen polternd, kletterte ich aufs Sprungbrett. Es war niedrig, doch gerade gut für den Anfang. Ich stieß mich ab, drehte einen einzelnen Salto – mehr traute ich mir nach einer so langen Pause nicht zu! – und fuhr ins Wasser wie ein Messer.

Glücklich kam ich an die Oberfläche. Ich fing mit großen Armbewegungen an, einmal durchzuschwimmen, dann zurück, dann noch einmal – das Becken war wohl so um die fünfzig Meter groß. Ich schwamm es achtmal durch, ohne das Tempo zu verringern, kam triefend wie ein Seehund ans Ufer und legte mich mit schwerpochendem Herzen auf den Sand. Das war gut. Die Erde hatte doch ihren Zauber! Nach einigen Minuten war ich trocken. Ich stand auf – hielt Ausschau rundum – niemand. Ausgezeichnet. Wieder lief ich zum Sprungbrett.

Zuerst machte ich einen Salto rückwärts, er gelang, obwohl ich mich zu stark abgestoßen hatte: statt eines Bretts gab es da am Ende ein Stück Plastik, das wie eine Sprungfeder wippte. Dann kam ein Doppelsalto, der mir nicht besonders gut gelang: ich schlug mit den Schenkeln hart aufs Wasser. Meine Haut wurde prompt rot, wie verbrüht. Ich wiederholte den Sprung. Schon besser, doch noch nicht so, wie er sein sollte. Nach der zweiten Beuge hatte ich keine Zeit mehr, mich zu strecken, hielt auch die Füße nicht richtig. Aber ich war eigensinnig und hatte ja Zeit, so viel Zeit!

Der dritte, vierte, fünfte Sprung. Schon hatte ich etwas Ohrensausen, als ich – vorher auf alle Fälle noch einmal Ausschau haltend – einen Schraubensalto versuchte. Das war schon ein Fiasko, eine totale Blamage. Bein Aufschlagen auf das Wasser verlor ich die Puste, schluckte eine Menge Wasser und kroch dann prustend und würgend auf den Strand. Ich setzte mich unter die durchbrochene Sprungbrettleiter, so gedemütigt und wütend, daß ich schließlich zu lachen begann. Dann schwamm ich noch weiter: vierhundert – Pause – und wieder vierhundert.

Als ich ins Haus zurückkehrte, sah die Welt schon ganz anders aus. ›Das hat mir wohl am meisten gefehlt‹, dachte ich. Der weiße Roboter wartete an der Tür.

»Möchten Sie bei sich oder im Speiseraum essen?«

»Werde ich allein beim Essen sein?«

»Jawohl, mein Herr. Die anderen Herrschaften kommen erst morgen.«

Ich ging nach oben und zog mich um. Noch wußte ich nicht so recht, womit ich meine Studien anfangen würde. Geschichte wahrscheinlich, so wird es am vernünftigsten sein. Obwohl mich eine Lust überkam, alles auf einmal zu tun und am meisten – mich an das Rätsel der überwundenen Gravitation heranzumachen.

Ein singender Ton erklang. Das Telefon war es nicht. Da ich nicht wußte, was es war, verband ich mich mit dem Haus-Infor.

»Wir bitten zum Mittagessen«, erklärte eine melodiöse Stimme.

Der Speiseraum war voll von grün gefiltertem Licht, die schrägen Glasscheiben an der Decke glänzten wie Kristall. Auf dem Tisch nur ein Gedeck. Der Roboter brachte die Speisekarte.

»Nein, nein«, sagte ich, »egal, was da kommt.«

Der erste Gang erinnerte an eine Obstkaltschale. Der zweite schon an nichts mehr. Von Fleisch, Kartoffeln und Gemüse mußte man wohl für immer Abschied nehmen.

Sehr gut war es, daß ich allein aß, denn die Süßspeise explodierte mir unter dem Löffel. Vielleicht ist diese Bezeichnung etwas zu stark, aber jedenfalls hatte ich Creme auf den Knien und auf der Jacke. Die Konstruktion dieser Speise schien etwas kompliziert, nur oben war sie hart, und unvorsichtigerweise piekte ich den

Löffel hinein.

Als der Roboter kam, fragte ich, ob ich auf mein Zimmer Kaffee bekommen könnte.

»Selbstverständlich«, antwortete er. »Jetzt gleich?«

»Ja, bitte. Aber viel Kaffee.«

Ich sagte es, weil ich wohl vom Baden ein wenig schläfrig war, und plötzlich tat es mir um die verschlafene Zeit leid. Oh, hier war es wirklich ganz anders als auf dem Deck unseres Raumschiffes. Die Mittagssonne versengte die alten Bäume, die Schatten waren kurz, dicht an den Stämmen, die Luft zitterte in der Ferne, aber im Zimmer war es fast kühl. Ich setzte mich an den Schreibtisch zu den Büchern. Der Roboter brachte Kaffee. Eine durchsichtige Thermosflasche, die wohl an drei Liter faßte. Ich sagte kein Wort. Der Roboter hatte meinen Kaffeedurst etwas überschätzt.

Mit Geschichte wollte ich anfangen, ging aber erst an die Soziologie heran, da ich gleich möglichst viel erfahren wollte. Bald überzeugte ich mich, daß ich damit nicht fertig werden konnte. Diese Wissenschaft war mit einer schwierigen, weil spezialisierten Mathematik vollgepfropft, und – was noch schlimmer war – die Verfasser beriefen sich auf mir völlig unbekannte Tatsachen. Außerdem verstand ich recht viele Worte nicht und mußte ihre Bedeutung im Sachwörterbuch nachschlagen. Also stellte ich den zweiten Opton ein – ich hatte drei davon –, verlor recht bald die Lust an dem Ganzen, weil es mir zu langsam ging, stieg herab von meinem hohen Roß und nahm ein ganz gewöhnliches Schulbuch für Geschichte.

Etwas war in mich gefahren, so daß ich plötzlich keine Spur Geduld hatte – ich, den Olaf die letzte Buddha-Inkarnation nannte. Anstatt der Reihe nach vorzugehen, suchte ich zuerst ein Kapitel über die Betrisierung heraus.

Diese Theorie wurde von drei Leuten: Bennet, Trimaldi und Sacharow aufgestellt. Daher der Name. Mit Staunen erfuhr ich, daß sie gleichaltrig mit mir gewesen waren und das Ganze ein Jahr nach unserem Abflug veröffentlichten. Die Widerstände waren begreiflicherweise riesengroß. Anfangs wollte niemand diesen Plan ernst nehmen. Dann gelangte er auf das Forum der UNO. Eine Zeitlang irrte er von einem Ausschuß zum anderen, und es sah fast so aus, als ob er in endlosen Beratungen untergehen sollte. Die experimentellen Arbeiten wurden aber ziemlich rege vorangetrieben, man führte Verbesserungen ein, machte Massenexperimente an Tieren, später auch an Menschen. Zuerst haben sich die Verfasser selbst diesem Eingriff unterworfen – Trimaldi war eine Zeitlang gelähmt, man kannte damals noch nicht die Gefahren, mit denen die Betrisierung erwachsenen Menschen drohte, und dieser fatale Unfall hielt die ganze Sache weitere acht Jahre auf –.

Aber im Jahre siebzehn nach Null – dies war meine private Zeitrechnung: Null bedeutete den Start des »Prometheus« – wurde der Beschluß über die Einführung der Betrisierung gefaßt; dies war der Beginn und nicht das Ende des Kampfes um eine Humanisierung der Menschheit – wie das Schulbuch verkündete. In zahlreichen Ländern wollten die Eltern ihre Kinder dem Eingriff nicht unterziehen, und die ersten Betrostationen wurden zu Angriffsobjekten. Viele von ihnen wurden vollständig vernichtet. Die Zeit des Aufruhrs, der Repressalien, des Zwangs und Widerstands dauerte zwanzig Jahre. Das Schulbuch berichtete darüber – aus wohlverständlichen Gründen – nur ganz allgemein. Ich nahm mir vor, nähere Einzelheiten an den Quellen zu suchen, ohne aber jetzt die Lektüre zu unterbrechen.

Eine Änderung in der Haltung der Menschen hatte sich erst dann ergeben, als die erste betrisierte Generation bereits Kinder hatte. Über die biologische Seite des Eingriffs berichtete das Büchlein nichts. Dafür gab es mehrere Loblieder zu Ehren von Bennet, Trimaldi und Sacharow. Es gab einen Vorschlag, die Zeitrechnung der Neuen Ära bei der Einführung der Betrisierung anzufangen, das kam aber nicht durch. Die Zeitrechnung hat sich nicht geändert. Aber die Menschen änderten sich. Das Kapitel schloß mit pathetischen Worten von der Neuen Ära des Humanismus.

Ich suchte eine von Ullrich geschriebene Betrisierungsmonographie heraus. Wieder nichts als Mathematik, aber ich beschloß, mich da durchzukauen. Der Eingriff wurde nicht – wie ich insgeheim befürchtete – am Erbplasma vorgenommen. Wäre es übrigens so gewesen, dann müßte man nicht mehr jede kommende Generation betrisieren. Daran dachte ich mit Hoffnung. Immer also blieb – zumindest theoretisch – eine Rückzugsmöglichkeit. Man hatte auf das sich entwickelnde Vorderhirn – in einer frühen Lebensphase – mit einer Gruppe proteolytischer Enzyme eingewirkt. Die Resultate waren unterschiedlich: eine Reduzierung der Aggressionstriebe von 80 bis 88 Prozent im Vergleich zu den Nichtbetrisierten; Ausschluß der Entstehung assoziativer Verbindungen zwischen den Aggressionsakten und dem Bereich positiver Gefühle; Reduzierung der Möglichkeiten einer Aufnahme des persönlichen Lebensrisikos im Durchschnitt um 87 Prozent.

Als größte Errungenschaft wurde betont, daß diese Veränderungen die Entwicklung der Intelligenz und die Gestaltung der Persönlichkeit nicht nachteilig beeinflußten und – was vielleicht noch wichtiger war – die entstandenen Beschränkungen nicht nach dem Prinzip von Angstverkopplungen funktionierten. Mit anderen Worten: der Mensch unterließ das Töten nicht deshalb, weil er vor der Tat selbst Angst hatte. Eine derartige Form würde Neurosen verursachen und die ganze Menschheit verängstigen. Er tat dies nicht mehr, weil es »ihm nicht in den Sinn kommen konnte«.

Ein Satz von Ullrich sagte mir zu: »Die Betrisierung verursacht den Aggressivitätsschwund durch Mangel an Antrieb, nicht durch Verbot.« Nach einigem Nachdenken fand ich aber, daß dies das Wichtigste nicht erklärte, nämlich den Gedankenverlauf eines der Betrisierung unterzogenen Menschen. Diese Menschen waren ja völlig normal, konnten sich also alles, daher auch einen Mord vorstellen. Was verhinderte also eine Verwirklichung?

Auf diese Frage suchte ich eine Antwort, bis es dunkel wurde. Wie es meistens bei wissenschaftlichen Problemen vorkommt, komplizierte sich das, was in einer summarischen Besprechung oder Kurzfassung relativ einfach und klar erscheint, um so mehr, je genauere Erklärungen ich forderte.

Das singende Signal rief mich zum Abendessen – ich bat, es mir aufs Zimmer zu bringen, rührte es aber nicht einmal an. Wissenschaftliche Erklärungen, die ich endlich fand, deckten sich nur unvollständig. Eine ekelähnliche Repulsion, höchste Aversionsstufe, die auf eine für einen Nichtbetrisierten unverständliche Art noch gesteigert wurde, am interessantesten waren die Aussagen der Untersuchten, die seinerzeit – vor achtzig Jahren – im Trimaldi-Institut bei Rom die Aufgabe hatten, die unsichtbare, in ihren Gehirnen errichtete Schranke zu durchbrechen. Das war wohl das Eigenartigste, was ich je las. Keiner konnte sie durchbrechen, doch der Bericht über die Erlebnisse, die solche Versuche begleiteten, war bei jedem verschieden. Bei den einen überwogen psychische Erscheinungen: das Verlangen, aus der

Situation, in die man sie gestellt hatte, zu fliehen. Die Wiederholung der Versuche rief bei dieser Gruppe starke Kopfschmerzen hervor, und die hartnäckige Wiederkehr dieser Schmerzen führte endlich zu einer Neurose, die sich aber schnell heilen ließ. Bei anderen dominierten körperliche Erscheinungen: Atemnot, Asthma; dieser Zustand erinnerte an Angst, jedoch klagten die Menschen nicht über Angst, sondern über körperliche Beschwerden.

Wie Pilgrin in seinen Untersuchungen feststellte, war die Durchführung eines Scheinmordes – zum Beispiel an einer Puppe – bei 18 Prozent der Betrisierten möglich, doch mußten sie dabei absolut sicher sein, daß sie es mit einem toten Gegenstand zu tun hatten.

Das Verbot umfaßte alle höher entwickelten Tiere, aber Reptilien und Amphibien wie auch Insekten nicht mehr. Selbstverständlich fehlte den Betrisierten ein wissenschaftliches Wissen über die zoologische Systematik. Das Verbot war ganz einfach mit dem Grad der Menschenähnlichkeit verbunden, den man allgemein annimmt. Da jeder Mensch den Hund für ein den Menschen näherstehendes Tier hält als eine Schlange, war die Sache dadurch erklärt.

Ich las noch eine Menge anderer Arbeiten und gab denen recht, die behaupteten, daß einen Betrisierten introspektiv nur ein anderer Betrisierter verstehen kann. Ich legte diese Arbeiten mit gemischten Gefühlen aus der Hand. Am meisten war ich durch das Fehlen kritischer Bearbeitungen beunruhigt, irgendeiner Analyse, die sämtliche negativen Folgen dieses Eingriffs zusammenfassen würde, da ich keinen Augenblick zweifelte, daß es solche auch geben mußte. Nicht aus Mangel an Erfahrung und Achtung den Forschern gegenüber, sondern einfach darum, weil das Wesen allen menschlichen Tuns so ist: nie gibt es etwas Gutes oder Böses.

Ein kleiner soziographischer Umriß von Murwick enthielt zahlreiche interessante Angaben über die Widerstandsbewegung gegen die Betrisierung, die ihren Anfang begleitete. Am stärksten war sie wohl in den Ländern mit einer langjährigen Tradition blutiger Kämpfe, wie Spanien und gewissen Staaten Lateinamerikas. Illegale Organisationen für den Kampf gegen die Betrisierung entstanden übrigens fast in der ganzen Welt, besonders in Südafrika, in Mexiko und auf gewissen Tropeninseln. Man bediente sich dabei sämtlicher Mittel, von der Fälschung ärztlicher Atteste über vorgenommene Eingriffe bis zur Ermordung der Ärzte, die solche Eingriffe vornahmen.

Als die Zeit des massiven Widerstandes und der heftigen Zusammenstöße vorbei war, kam es zu einer illusorischen Ruhe. Illusorisch war sie deshalb, weil sich erst dann ein Konflikt der Generationen abzuzeichnen begann. Die junge, betrisierte, verwarf beim Heranwachsen den größten Teil der menschlichen Errungenschaften – Bräuche, Gewohnheiten, Kunst, das ganze Kulturerbe wurde in einer erschütternden Art und Weise umgewertet. Die Veränderung umfaßte zahlreiche Gebiete, von der Erotik über die gesellschaftlichen Gewohnheiten bis zur Einstellung zum Krieg.

Selbstverständlich erwartete man eine große Teilung der Völker. Das Gesetz wurde – seinem Buchstaben gemäß – erst fünf Jahre nach seiner Entstehung gültig. Diese ganze Zeit hindurch wurden Riesenkader von Erziehern, Psychologen und Spezialisten ausgebildet, die für die richtige Entwicklung der neuen Generation sorgen sollten. Vonnöten waren eine vollständige Schulreform, Repertoireänderungen bei Aufführungen, Lesethemen, Filmen. Die Betrisierung – um in kurzen Worten die Skala dieses Umschwungs zu zeigen – verschlang in den ersten zehn Jahren vierzig Prozent des Nationaleinkommens der gesamten Erde, infolge ihrer zahlreichen und verzweigten Konsequenzen und Notwendigkeiten.

Es war eine Zeit großer Tragödien. Die betrisierte Jugend wurde den eigenen Eltern fremd. Teilte ihre Interessen nicht mehr. Verabscheute ihren blutigen Geschmack. Ein Vierteljahrhundert lang mußten zweierlei Arten von Zeitschriften, Büchern, Theaterstücken eingeführt werden: die eine für die alte, die andere für die neue Generation.

All das geschah vor achtzig Jahren. Gegenwärtig wurden Kinder der dritten betrisierten Generation geboren, und von den Nichtbetrisierten war nur ein winziges Häuflein am Leben: es waren schon hundertdreißigjährige Greise. Das, was der Inhalt ihrer Jugend gewesen war, schien der jungen Generation genauso fern wie die Traditionen der Steinzeit.

Im Geschichtsbuch fand ich endlich Informationen über das andere, zweitgrößte Geschehen aus dem vorigen Jahrhundert. Es war dies die Bewältigung der Gravitation. Man hat diese Zeit sogar »Jahrhundert der Parastatik« genannt. Meine Generation träumte von der Bewältigung der Gravitation in der Hoffnung, daß dies eine totale Umwälzung in der Astronautik bringen würde. Die Realität zeigte es anders. Die Umwälzung kam zwar, hatte aber vor allem die Erde betroffen.

Ein Schrecken meiner Zeit war das Problem des »Friedenstodes«, der durch Verkehrsunfälle verursacht wurde. Ich weiß noch, wie sich die findigsten Köpfe anstrengten, um durch Entlastung der immerfort vollgestopften Bahnen und Straßen nur ein klein wenig die stets anwachsende Statistik der Unfälle zu vermindern; Jahr für Jahr kamen Hunderttausende von Menschen bei Katastrophen um, dieses Problem schien unlösbar wie die Quadratur des Kreises. »Es gibt kein Zurück zur Sicherheit des Fußgängers«, hieß es, »das beste Flugzeug, der stärkste Wagen oder Zug kann aus der Kontrolle der Menschen geraten – die Automaten sind sicherer als der Mensch, aber auch sie gehen kaputt; also jede, auch die vollkommenste Technik stellt einen gewissen Toleranzbereich, einen Prozent von Fehlern dar.«

Die Parastatik, die Gravitationswissenschaft, brachte eine so unerwartete wie notwendige Lösung. Die Welt der Betrisierten mußte ja eine Welt der völligen Sicherheit sein: anders wäre die biologische Vollkommenheit dieses Eingriffs in der Luft hängengeblieben. Roemer hatte recht. Das Wesen dieser Entdeckung konnte nicht mehr anders als durch Mathematik – eine höllische Mathematik, will ich gleich hinzufügen – zum Ausdruck gebracht werden. Eine ganz allgemeine »für alle nur möglichen Weltallarten« gültige Lösung hat Emil Mitke, der Sohn eines Postbeamten, ein verkrüppeltes Genie, gegeben, der mit der Relativitätstheorie das gleiche tat wie Einstein mit der Theorie von Newton. Es war eine lange, ungewöhnliche und wie jede wahre ganz unwahrscheinliche Geschichte, eine Vermischung geringfügiger und gewichtiger Dinge, der menschlichen Lächerlichkeit mit der menschlichen Größe, die endlich nach vierzig Jahren in der Entstehung der »kleinen schwarzen Kästchen« kulminierte.

Diese kleinen schwarzen Kästchen mußte ausnahmslos jedes Fahrzeug, jedes Wasser- oder Luftschiff besitzen: sie garantierten – wie Mitke scherzhaft an seinem Lebensabend bemerkte – das diesseitige Heil; bei der Gefahr – dem Absturz eines Flugzeugs, dem Zusammenstoß von Autos oder Zügen, kurz, bei einer Katastrophe – lösten sie eine Ladung des »Gravitation-Antifeldes« aus, das bei seiner Entstehung und Verbindung mit der durch den Zusammenstoß – allgemein ausgedrückt: durch eine plötzliche Dezeleration, Verlust an Geschwindigkeit – entstandenen Trägheit im Endergebnis eine Null ergab. Diese mathematische Null war durchaus eine Realität: sie absorbierte den ganzen Schock, die gesamte Energie des Unfalls und rettete auf diese Weise nicht nur die Passagiere des Fahrzeugs, sondern auch diejenigen, auf die anderenfalls seine blinde Masse stürzen würde.

Die »schwarzen Kästchen« gab es überall: sogar in den Hebekränen, in Fahrstühlen, in den Gürteln der Fallschirmspringer, in den Ozeandampfern und in den Mopeds. Ihre einfache Konstruktion war ebenso staunenswert wie die Kompliziertheit der Theorie, durch die sie entstanden war.

Der Morgen rötete schon die Wände meines Zimmers, als ich todmüde auf mein Bett fiel mit dem Bewußtsein, die zweite und nach der Betrisierung größte Revolution des Zeitalters meiner irdischen Abwesenheit kennengelernt zu haben.

Geweckt wurde ich von dem Roboter, der mit dem Frühstück ins Zimmer kam. Es war schon fast ein Uhr. Ich setzte mich im Bett auf und versicherte mich unter der Hand, das in der letzten Nacht zur Seite gelegte Werk »Problematik der Sternflüge« von Starck zu haben.

»Sie sollten zu Abend essen, Herr Bregg«, sagte der Roboter vorwurfsvoll, »sonst verlieren Sie Ihre Kräfte. Auch das Lesen bis zum Morgengrauen ist nicht empfehlenswert. Die Ärzte sind sehr schlecht darauf zu sprechen – wissen Sie es?«

»Schon, aber woher weißt du denn das?« fragte ich.

»Es ist meine Pflicht, Herr Bregg.«

Er reichte mir das Tablett.

»Ich will versuchen, mich zu bessern«, sagte ich.

»Ich hoffe, daß Sie eine Freundlichkeit, die durchaus keine Aufdringlichkeit bedeuten möchte, nicht mißverstanden haben«, erwiderte er.

»Ach, wo«, sagte ich. Ich rührte den Kaffee um, spürte, wie die Zuckerteilchen sich unter dem Löffel auflösten, und war auf eine ebenso ruhige wie weitläufige Art erstaunt. Nicht nur, daß ich wirklich auf Erden war, daß ich zurückgekommen bin, nicht allein durch die Erinnerung an die nächtliche Lektüre, die noch in meinem Kopf rumorte und gärte, sondern durch die einfache Tatsache, daß ich in einem Bett saß, daß mein Herz schlug – daß ich lebte.

Zu Ehren dieser Entdeckung wollte ich gerne etwas tun, doch wie üblich kam mir kein vernünftiger Gedanke in den Kopf.

»Hör mal«, wandte ich mich an den Roboter, »ich habe eine Bitte an dich.«

»Stets zu Diensten.«

»Hast du etwas Zeit? Dann spiel mir doch mal wieder dieselbe kleine Melodie wie gestern – ja?«

»Mit Vergnügen«, antwortete er, und bei den fröhlichen Spieluhrklängen trank ich in drei Schlucken meinen Kaffee. Sobald der Roboter fort war, zog ich mich um und lief zum Schwimmbekken.

Ich weiß wirklich nicht, warum ich stets so in Eile war. Etwas trieb mich, wie ein Vorgefühl, daß diese meine Ruhe recht bald – als unverdient und unwahrscheinlich – ein Ende haben würde. Wie immer führte diese fortdauernde Eile dazu, daß ich, ohne mich nur einmal umzusehen, quer durch den Garten lief und mit ein paar Sätzen oben auf dem Sprungbrett war. Indem ich mich bereits abstieß, sah ich zwei Menschen, die eben hinter dem Haus hervorkamen. Aus wohlverständlichen Gründen konnte ich sie nicht näher betrachten. Ich machte einen Salto – nicht den besten – und tauchte bis auf den Grund unter. Ich machte die Augen auf. Das Wasser war wie ein zitternder Kristall, grün, die Schatten der Wellen tanzten auf dem von der Sonne beschienenen Grund.

Ich schwamm unter Wasser zu der kleinen Treppe, und als ich aus dem Wasser auftauchte, war im Garten niemand mehr. Doch meine wohltrainierten Augen hatten im Flug das in einem Sekundenbruchteil verkehrt erblickte Bild eines Mannes und einer Frau festgehalten. So hatte ich wohl schon Nachbarn. Ich überlegte, ob ich noch einmal das Becken durchqueren sollte, aber Starck siegte. Die Einleitung dieses Buches – er sprach darin von den Flügen zu den Sternen, die er einen Jugendfehler nannte – hatte mich so geärgert, daß ich drauf und dran war, es zu schließen und niemals mehr in die Hand zu nehmen. Ich konnte mich aber überwinden. Ich ging nach oben, zog mich um, beim Hinuntergehen sah ich auf dem Tisch in der Halle eine Terrine voller blaßrosa Früchte, die ein wenig an Birnen erinnerten, stopfte damit die Taschen meiner Gartenhose voll, fand ein abgelegenes, von drei Seiten mit Gartenhecken umzäuntes Plätzchen, stieg auf einen alten Apfelbaum, suchte eine meinem Gewicht entsprechende Gabelung der Zweige und fing dort das Studium dieser Grabrede auf das Werk meines Lebens an.

Nach einer Stunde war ich meiner nicht mehr so sicher. Denn Starck benutzte solche Argumente, die man schwer widerlegen konnte. Er stützte sich auf die knappen Daten, die von den ersten zwei Expeditionen stammten, die der unseren vorangingen; wir nannten sie »Stichproben«; denn es waren nur Sondenproben auf die Entfernung einiger Lichtjahre. Starck stellte statistische Tafeln der wahrscheinlichen Streuung, anders gesagt der »Bevölkerungsdichte«, der ganzen Galaxis zusammen. Die Wahrscheinlichkeit des Antreffens vernünftiger Wesen schätzte er effektiv auf eins zu zwanzig. Mit anderen Worten: pro zwanzig Expeditionen – in den Grenzen von eintausend Lichtjahren – hatte nur eine die Chance, einen bewohnten Planeten zu entdecken. Dieses Ergebnis aber – obwohl es eher seltsam klang – hielt Starck für ziemlich interessant; der Plan kosmischer Kontakte zerfiel in seiner Analyse erst in dem weiteren Teil dieser Ausführungen.

Ich war ziemlich aufgebracht, als ich las, was der mir unbekannte Verfasser über Expeditionen wie die unsere schrieb – das heißt solche, die vor der Entdeckung wie die des Mitke-Effekts und der Parastatik-Erscheinungen unternommen wurden –: er hielt sie für absurd. Doch schwarz auf weiß erfuhr ich erst von ihm, daß – jedenfalls im Prinzip – der Bau eines Schiffes, das eine Beschleunigung von 1000, vielleicht gar von 2000 g entwickeln konnte, möglich ist. Die Besatzung eines solchen Schiffes würde weder die Beschleunigung noch das Bremsen spüren – auf den Decks würde eine konstante Schwere – dem Bruchteil der irdischen gleich – herrschen. Also gab Starck zu, daß Flüge an die galaktischen Grenzen, sogar zu anderen Galaxien – die Transgalaxodromie, von der Olaf so sehr geträumt hatte– möglich wären, und dies innerhalb eines Menschenlebens. Bei einer Geschwindigkeit, die nur einen winzigen Bruchteil geringer als die Lichtgeschwindigkeit wäre, würde die Besatzung kaum ein paar Monate älter werden, um dann, nachdem sie bis zu der Tiefe der Metagalaxis gelangt war, auf die Erde zurückzukehren.

Jedoch mußten inzwischen auf der Erde nicht nur Hunderte, sondern Millionen von Jahren verflossen sein. Die von den Rückkehrern vorgefundene Zivilisation könnte sie nicht mehr aufnehmen. Ein Neandertaler hätte sich eher an die Lebensart unserer Zeit gewöhnt.

Das war aber noch nicht alles. Es ging ja nicht um das Los einer Menschengruppe. Durch sie stellte die Menschheit Fragen, auf die von ihren Vorboten eine Antwort gegeben werden sollte. Betraf diese Antwort Dinge, die mit der Entwicklungsstufe der Zivilisation zusammenhingen, so mußte die Menschheit sie noch vor ihrer Rückkehr erlangen. Denn von der Fragestellung bis zur Ankunft einer Antwort mußten ja Millionen von Jahren vergehen.

Auch das war noch zu wenig. Die Antwort war nicht mehr aktuell, war schon tot; denn sie brachte Nachrichten über den Zustand der anderen, außergalaktischen Zivilisation aus einer Zeit, in der sie an das andere Sternenufer gelangt waren. Während ihres Rückfluges stand aber jene Welt nicht still, sondern ging vorwärts um eine, um zwei, drei Millionen von Jahren. Die Fragen und Antworten verfehlten sich daher im Zickzack, unterlagen einer Verspätung von Hunderten von Zeitaltern, die sie durchstrich, die jeglichen Austausch von Erfahrungen, Werten und Gedanken zu einer Fiktion machte. Zu einem Nichts. Sie waren also Vermittler und Zusteller toter Inhalte und ihr Werk ein Akt rücksichtsloser und unwiderruflicher Entfremdung aus der Geschichte der Menschheit. Die Weltallexpeditionen bildeten eine bisher unbekannte Art, die kostspieligste von allen möglichen Arten von Fahnenflucht auf dem Gebiet der geschichtlichen Veränderungen.

Und für einen solchen Wahnwitz, für einen solchen niemals lohnenden, stets vergeblichen Irrsinn sollte die Erde mit der höchsten Anspannung aller Kräfte arbeiten und ihre besten Menschen hergeben?

Das Buch schloß mit einem Kapitel über die Expeditionsmöglichkeiten mit Hilfe der Roboter. Sie würden selbstverständlich auch nur tote Inhalte vermitteln, doch konnte man auf diese Art die Opfer an Menschen vermeiden.

Dann gab es noch einen Anhang von drei Seiten, den Versuch einer Antwort auf die Frage, ob es eine Möglichkeit der Reisen mit Überlichtgeschwindigkeiten gebe, gar vielleicht eine des sogenannten »momentanen Kosmos-Kontakts« – das heißt, der Überschreitung des Weltallraums ohne oder fast ohne Zeitverlust, dank den noch unbekannten Eigenschaften der Materie und des Raums, durch irgendeinen »Fernkontakt«. Diese Theorie, vielmehr diese Hypothese, die sich auf fast gar keine Tatsachen stützte, hatte ihren Namen: Teletaxie. Starck meinte, im Besitz eines Argumentes zu sein, das auch diese letzte Chance zunichte machte. Würde sie nämlich bestehen – behauptete er –, so hätte sie zweifellos irgendeine der höchstentwickelten Zivilisationen unserer Galaxis – oder auch der anderen – entdeckt. Ihre Vertreter könnten dann in diesem Fall in einer recht kurzen Zeit sämtliche Planetensysteme und Sonnen – die unsere mitinbegriffen – »fernbesuchen«. Die Erde hat aber bisher einen solchen »Telebesuch« nicht erfahren, was den Beweis erbringt, daß jene blitzartige Art der kosmischen Reisen sich wohl denken, nie aber verwirklichen läßt.

Ich kehrte heim, betäubt, mit einem fast kindlichen Gefühl persönlicher Kränkung. Starck, dieser Mensch, den ich nie gesehen hatte, verletzte mich wie kein anderer. Meine unzulängliche Zusammenfassung kann nicht die rücksichtslose Logik seiner Ausführungen wiedergeben. Ich weiß nicht mehr, wie ich in mein Zimmer kam, wie ich mich umzog – plötzlich hatte ich Lust auf eine Zigarette und merkte, daß ich sie seit langem schon rauchte, auf meinem Bett zusammengekauert, als wartete ich auf etwas.

Ach, ja: das Mittagessen. Das gemeinsame Mittagessen. Es war so: Ich hatte ein bißchen Angst vor den Menschen. Ich gab es nicht einmal vor mir selbst zu. Darum hatte ich so schnell zugestimmt, die Villa mit Fremden zu teilen. Vielleicht hatte die Tatsache, daß ich diese Fremden erwartete, meine unheimliche Eile hervorgerufen, als ob ich mit allem fertig werden, mich auf ihre Anwesenheit vorbereiten müßte, durch Bücher in die Geheimnisse des neuen Lebens eingeführt.

Am Morgen dieses Tages hätte ich mir das vielleicht nicht so deutlich gesagt. Nach dem Buch von Starck verließ mich aber plötzlich das Lampenfieber vor der Begegnung. Ich nahm aus dem Leseapparat das bläuliche, kornartige Kristall und legte es, voller Furcht und Staunen, auf den Tisch. Dieses kleine Ding hatte mich k. o. geschlagen. Zum ersten Mal seit meiner Rückkehr dachte ich an Thurber und an Gimma: ich muß sie wiedersehen. Vielleicht hat dieses Buch auch recht, aber irgendein anderes Recht steht hinter uns. Niemand kann völlig recht haben. Das kann nicht sein.

Ein singendes Signal riß mich aus meiner Betäubung. Ich zog

meine Jacke gerade und ging hinunter, in mich selbst hineinhorchend, schon ruhiger. Die Sonne schien durch die Weinranken der Veranda, die Halle war, wie immer am Nachmittag, von einem verstreuten grünlichen Licht erfüllt. Im Speiseraum gab es auf dem Tisch drei Gedecke.

Als ich hereinkam, ging die gegenüberliegende Tür auf, und die anderen erschienen. Sie waren für diese Zeiten ziemlich groß. Wir trafen uns auf halbem Wege wie Diplomaten. Ich nannte meinen Namen, wir reichten uns die Hand und nahmen Platz am Tisch.

Ich spürte eine Art betäubender Ruhe, wie ein Boxer, der sich nach einer technisch fehlerfreien Niederlage soeben von den Brettern erhoben hat. Aus dieser Zerschlagenheit heraus betrachtete ich das junge Paar wie aus einer Loge.

Das Mädchen war wohl kaum zwanzig Jahre alt. Erst viel später kam ich dahinter, daß sie sich nicht beschreiben ließ und sicher ihrem eigenen Foto nicht ähnlich gewesen wäre: sogar am nächsten Tag hatte ich keine Ahnung, was für eine Nase – eine gerade oder etwas stupsartige – sie hatte. Die Art, wie sie die Hand nach einem Teller ausstreckte, erfreute mich, wie etwas Wertvolles, wie eine Überraschung, die es nicht alle Tage gibt; sie lächelte selten und ruhig, wie mit etwas Mißtrauen gegen sich selbst. Als hielte sie sich für zu wenig beherrscht, zu fröhlich – von Natur aus – oder auch für trotzig, und versuchte vernünftigerweise, dem abzuhelfen. Immer wieder entschlüpfte sie dabei der eigenen Strenge, wußte es und amüsierte sich darüber.

Selbstverständlich zog sie meine Blicke auf sich, und ich mußte dagegen ankämpfen. Trotzdem starrte ich sie immerfort an: ihre Haare, die den Wind herbeizurufen schienen, ich senkte den Kopf über meinen Teller, griff mit kurzen Blicken nach den Schüsseln, wobei ich zweimal fast die Blumenvase umgeworfen hätte – kurz, ich benahm mich unmöglich. Doch die beiden schienen mich kaum zu sehen. Sie hatten ihre eigenen, ineinandergreifenden Blicke, unsichtbare Fädchen einer Verständigung, die sie verband. Ich weiß kaum, ob wir während der ganzen Zeit auch nur zwanzig Worte darüber gewechselt haben, daß das Wetter schön ist und daß man sich hier gut erholen kann.

Dieser Marger war kaum einen Kopf kleiner als ich, aber schlank wie ein Jüngling, wenn auch schon über dreißig. Er war eher dunkel gekleidet, ein Blonder mit langem Schädel und einer hohen Stirn. Am Anfang schien er mir ausnehmend hübsch, aber nur, wenn sein Gesicht unbeweglich blieb. Sobald er sprach – meistens mit einem Lächeln für seine Frau, wobei dieses Gespräch aus Andeutungen bestand, die für einen Fremden völlig unverständlich waren –, wurde er fast häßlich. Eigentlich auch das nicht, nur schienen sich dann seine Proportionen etwas zu verschieben, der Mund zog sich nach links und verlor an Ausdruck, sogar sein Lachen war ausdruckslos, obwohl er schöne weiße Zähne hatte. Und wenn er auflebte, wurden seine Augen zu blau und sein Kiefer erschien zu stark modelliert, und im ganzen schien er dann wie ein unpersönliches Modell männlicher Schönheit, wie aus einem Modejournal.

Kurz – von Anfang an war er mir äußerst unsympathisch.

Das Mädchen – denn so mußte ich seine Frau in Gedanken nennen, auch wenn ich es nicht so wollte – hatte weder schöne Augen noch Lippen, auch kein besonders schönes Haar – nichts war an ihr ungewöhnlich. ›Mit einem solchen Mädel‹, dachte ich, ›wäre ich imstande, mit einem Zelt auf dem Rücken, das ganze Felsengebirge hin und zurück zu durchwandern.‹ Warum ausgerechnet ein Gebirge? Ihre Gestalt rief bei mir Assoziationen an Übernachtungen im Zwergkieferngebiet mit mühevollen Bergbesteigungen hervor, an Seeufern, wo es nichts gibt außer Sand und Wellen.

Nur darum, weil sie keine geschminkten Lippen hatte? Ich spürte ihr Lächeln von der anderen Tischseite, sogar dann, wenn sie überhaupt nicht lächelte. In einem Anfall von Übermut beschloß ich, einmal auf ihren Hals zu schauen, es war, als ob ich einen Diebstahl beging. Das war schon am Ende des Mittagessens. Marger wandte sich plötzlich an mich – ob ich nicht rot geworden bin? Er sprach eine ganze Weile, ehe ich ihn verstand. Daß das Haus nur einen Glider besitze, den er – leider – nun nehmen müsse, da er in die Stadt führe. Wenn ich also auch hinmöchte und nicht bis zum Abend warten wollte, könnte ich vielleicht mit ihm fahren? Er könnte mir aber auch, selbstverständlich, aus der Stadt einen anderen Glider schicken, oder...

Ich unterbrach ihn. Fing an zu beteuern, daß ich nirgends hin wollte, zögerte dann aber und hörte bald darauf meine eigene Stimme, die da sagte, daß ich tatsächlich die Absicht hätte, in die Stadt zu fahren, wenn es also ginge...

»Na, dann ist's ja gut«, meinte er. Wir waren bereits vom Tisch aufgestanden. »Um wieviel Uhr würde es Ihnen denn passen?«

Eine Weile noch überboten wir uns an Höflichkeit, bis ich ihn dazu brachte zu gestehen, daß er selbst es eilig hatte. Darauf erwiderte ich, daß ich jederzeit fahren könnte. In einer halben Stunde sollten wir uns treffen.

Ich ging hinauf, ziemlich erstaunt über den Verlauf der Dinge. Er ging mich doch nichts an. Und ich hatte absolut nichts in der Stadt zu suchen. Wozu also dieser ganze Ausflug? Außerdem schien mir auch seine Höflichkeit etwas übertrieben. Wenn ich es wirklich eilig hätte, in die Stadt zu kommen, würden mich die Roboter bestimmt nicht im Stich und auch nicht zu Fuß gehen lassen. Wollte er vielleicht etwas von mir? Aber was? Er kannte mich doch gar nicht. Ich zerbrach mir darüber – unnützerweise – so lange den Kopf, bis die Zeit um war und ich wieder nach unten ging.

Seine Frau war nirgends zu sehen, am Fenster erschien sie auch nicht, um ihm noch einmal aus der Ferne Lebewohl zu sagen. Anfangs schwiegen wir in der großen Maschine, schauten nur auf die auftauchenden Biegungen und Schleifen der Fahrbahn, die sich zwischen den Hügeln wand. Langsam kamen wir dann ins Gespräch. Ich erfuhr, daß Marger Ingenieur war.

»Gerade heute muß ich die städtische Selektstation kontrollieren«, sagte er. »Und Sie sind – wie es scheint – auch ein Kybernetiker?«

»Aus der früheren Steinzeit«, erwiderte ich. »Doch – Verzeihung – woher wissen Sie es?«

»Man sagte mir im Reisebüro, wer unser Nachbar sein würde. Natürlich war ich da neugierig.«

»Aha.«

Wir schwiegen eine Weile. An den stets öfter auftauchenden Ansammlungen bunter Plastikmassen konnte man erkennen, daß die Vororte schon nahe waren.

»Wenn Sie gestatten... ich wollte Sie fragen, ob Sie auch irgendwelche Schwierigkeiten mit den Automaten hatten?« fragte er mich plötzlich. Nicht so sehr aus dem Inhalt, vielmehr aus dem Ton dieser Frage begriff ich, daß ihm an meiner Antwort sehr lag. Das also wollte er wissen? Aber – warum eigentlich?

»Meinen Sie die... Defekte? Doch, davon hatten wir eine Menge. Ist wohl auch selbstverständlich, die Modelle waren im Vergleich zu den Ihrigen so veraltet...«

»Nein; nicht die Defekte«, beeilte er sich zu antworten, »vielmehr die Schwankungen der Effektivität bei derart unterschiedlichen Verhältnissen... Heute haben wir leider keine Möglichkeit mehr, die Automaten auf derart extreme Art auszuprobieren.«

Im Grunde lief das Ganze auf rein technische Fragen hinaus. Er war einfach neugierig, wie gewisse Parameter der Elektrohirntätigkeit im Bereich der riesengroßen Magnetfelder, kosmischer Nebel, in den Trichtern der Gravitationsstörungen aussahen, und war dabei nicht sicher, ob diese Daten nicht unserem vorläufig noch nicht zur Veröffentlichung zugelassenen Expeditionsarchiv angehörten. Ich erzählte ihm, was ich wußte, und riet, sich wegen spezieller Angaben an Thurber zu wenden, den Stellvertreter des wissenschaftlichen Leiters unserer Expedition.

»Könnte ich mich dabei auf Sie berufen?«

»Selbstverständlich.«

Er bedankte sich überschwenglich. Ich war etwas enttäuscht. Also weiter nichts? Aber durch dieses Gespräch entstand zwischen uns eine Art beruflicher Bindung, und nun fragte ich ihn wiederum nach der Bedeutung seiner Arbeit: ich wußte nicht, was das für eine Selektstation war, die er kontrollieren sollte.

»Ach, nichts Interessantes. Einfach ein Schrottlager... eigentlich möchte ich mich der wissenschaftlichen Arbeit widmen; dies hier ist nur eine Art Praktikum, das übrigens nicht mal sehr nützlich ist.«

»Praktikum? Die Arbeit in einem Schrottlager? Wie denn? Sie sind doch Kybernetiker, also...«

»Es ist kybernetischer Schrott«, erklärte er mit einem schiefen Lächeln. Und fügte, fast verächtlich, noch hinzu: »Denn wir sind sehr sparsam, wissen Sie. Es geht darum, daß nichts verlorengeht... In meinem Institut könnte ich Ihnen schon so manches Interessante zeigen, aber hier...«

Er zuckte die Achseln. Der Glider verließ die Fahrbahn und glitt durch ein hohes Metalltor auf einen weitläufigen Fabrikhof; ich sah dort eine ganze Reihe von Transportern, Gitterschieber, etwas, was an einen modernisierten Siemens-Martin-Ofen erinnerte.

»Nun stelle ich Ihnen die Maschine zur Verfügung«, sagte Marger. Aus einem Schalter in der Wand, an der wir stehengeblieben waren, lehnte sich ein Roboter heraus und sagte etwas zu ihm.

Marger stieg aus, ich sah ihn gestikulieren, plötzlich wandte er sich mir zu, ziemlich verlegen.

»Schöne Bescherung«, sagte er, »Gloor – er ist mein Kollege – ist krank geworden, und allein darf ich nicht – was soll man da tun?«

»Um was geht es denn?« fragte ich und stieg ebenfalls aus.

»Die Kontrolle muß von zwei Menschen durchgeführt werden – mindestens von zweien«, erklärte Marger. Plötzlich aber erhellte sich sein Gesicht. »Herr Bregg! Sie sind doch auch ein Kybernetiker! Wenn *Sie* nun einwilligen möchten?«

»Oho«, lächelte ich, »Kybernetiker? Antiker, müssen Sie da schon hinzufügen. Ich kenne mich ja überhaupt nicht mehr aus.«

»Es ist doch nur eine reine Formsache!« unterbrach er mich. »Die technische Seite will ich, selbstverständlich, gerne übernehmen, es geht hier lediglich um eine zweite Unterschrift – um nichts weiter!«

»Meinen Sie?« sagte ich zögernd. Ich verstand wohl, daß er es eilig hatte, zu seiner Frau zurückzukehren, aber ich wollte nicht jemanden darstellen, der ich nicht war; für einen Statisten bin ich nicht geeignet. Das sagte ich ihm auch, allerdings in milderen Worten.

Er hob abwehrend beide Hände: »Bitte, verstehen Sie mich ja nicht falsch! Es sei denn, daß Sie sehr in Eile sind – ja –, Sie wollten doch etwas in der Stadt... Dann will ich also schon... irgendwie... und bitte um Entschuldigung, daß...«

»Die anderen Dinge können warten«, erwiderte ich. »Sprechen Sie, bitte, und wenn ich kann, werde ich Ihnen helfen.«

Wir gingen in ein weißes Gebäude, das abseits stand. Marger führte mich durch einen eigenartig leeren Korridor: in den Nischen standen regungslos einige Roboter. In einem kleinen, einfach eingerichteten Arbeitszimmer nahm er aus dem Wandschrank einen Stoß Papiere heraus, legte sie auf den Tisch und fing an zu erklären, worauf seine – oder vielmehr unsere – Funktion beruhte. Er eignete sich nicht zum Vortragenden, recht bald zweifelte ich an den Chancen seiner wissenschaftlichen Karriere: dauernd setzte er bei mir ein Wissen voraus, von dem ich keine Ahnung hatte. Immerfort mußte ich ihn unterbrechen und beschämend elementare Fragen stellen. Er aber, aus wohlverständlichen Gründen daran interessiert, mich nicht abzuschrekken, betrachtete sämtliche Beweise meiner Ignoranz geradezu als Tugenden. Am Ende erfuhr ich, daß seit Jahrzehnten bereits eine völlige Abgrenzung der Produktion vom Leben bestand.

Die Produktion war automatisch und fand unter der Aufsicht der Roboter statt, die wiederum anderen Robotern unterstanden: in diesem Bereich gab es für Menschen keinen Platz mehr. Die menschliche Gesellschaft existierte für sich und die Roboter und Automaten – für sich; und nur um keine unvorhersehbare Verwirrung in dieser einmal festgelegten Ordnung der mechanischen Arbeitsarmee zuzulassen, waren da periodische Kontrollen – von Spezialisten durchgeführt – unerläßlich. Marger war einer von ihnen.

»Zweifellos«, meinte er, »finden wir alles in Ordnung. Und dann, nachdem wir die einzelnen Bestandteile der Prozesse besichtigt haben, werden wir unsere Unterschriften leisten und Schluß.«

»Aber ich weiß ja nicht einmal, was hier produziert wird...«, ich wies auf die Bauten hinter dem Fenster.

»Nichts, überhaupt nichts!« rief er. »Darum geht es ja eben... rein nichts – das ist ganz einfach ein Schrottlager... ich sagte es Ihnen doch schon.«

Die mir aufgezwungene Rolle gefiel mir nicht besonders, länger konnte ich aber nicht Widerstand leisten.

»Na, schön... also was soll ich überhaupt tun?«

»Dasselbe wie ich: einzelne Aggregate besichtigen.«

Wir ließen die Papiere im Arbeitszimmer und begannen mit der Kontrolle. Das erste war ein großes Sortierlager, wo automatische Schöpfkellen ganze Stöße von Blech, von verbogenen und zerschlagenen Rümpfen auffingen, sie zerdrückten und unter die Pressen warfen. Die dabei entstandenen Blöcke wurden auf Fließbänder zum Haupttransporter befördert. Am Eingang zog Marger über sein Gesicht eine kleine Maske mit Filter, mir reichte er auch eine; sprechen konnten wir wegen des herrschenden Lärms nicht. Die Luft war mit einem rostigen Staub angefüllt, der in rötlichen Wolken von den Pressen aufstieg. Wir gingen durch die nächste Halle, die auch voller Lärm war, und gelangten über einen beweglichen Steg auf das Stockwerk, wo ganze Reihen von Druckpressen den aus den Trichtern kommenden Schrott, der nun schon feiner und völlig gestaltlos war, verschlangen. Eine offene Galerie führte zum entgegengesetzten Gebäude. Marger überprüfte dort die Aufzeichnungen der Kontrolluhren, und wir gelangten dann in den Fabrikhof, wo uns ein Roboter den Weg versperrte mit der Nachricht, daß Ingenieur Gloor Herrn Marger ans Telefon bitten ließe.

»Entschuldigung! Moment! Bin gleich wieder da!« rief Marger und lief eine Wendeltreppe zu einem nahe stehenden Glaspavillon hinunter. Ich blieb allein auf den von der Sonne glühenden Steinfliesen. Ich sah mich um: die Gebäude an der anderen Seite des Platzes hatten wir schon besucht, es waren Sortier- und Druckpressehallen; die Entfernung mitsamt der Schallisolierung bewirkte, daß von dort kein Geräusch herkam.

Hinter dem Pavillon, wo Marger verschwunden war, stand ein einzelnes niedriges, außerordentlich langes Gebäude, eine Art von Blechbaracke; ich ging dorthin, um etwas Schatten zu finden, aber von den Metallwänden kam eine unerträgliche Hitze. Schon wollte ich wieder gehen, als ich einen eigenartigen Laut hörte, der dem Geräusch arbeitender Maschinen nicht ähnlich war: er kam aus dem Inneren dieser Baracke, war schwer zu identifizieren. Dreißig Schritte weiter fand ich eine Stahltür. Vor ihr stand ein Roboter. Als er mich sah, öffnete er die Tür und trat zur Seite. Die unverständlichen Laute wurden nun stärker.

Ich sah hinein: es war dort nicht ganz so dunkel, wie es mir am Anfang schien. Das tote Glühen der erhitzten Blechmassen benahm mir fast den Atem. Ich wäre sofort zurückgegangen, hätten mich die vernommenen Stimmen nicht gelähmt. Es waren nämlich menschliche Stimmen – verunstaltete, zu einem heiseren Chor zusammenfließende, undeutliche, stammelnde Stimmen. Als ob da im Dunkeln eine Unmenge kaputter Telefone reden würde.

Ich machte zwei unsichere Schritte, irgend etwas knackte unter meinem Fuß, und dann erklang es deutlich vom Fußboden: »Mmmein Hhuer... mmmein Hhuer... bbitte, gefälligst...«

Ich stand reglos. Die schwüle Luft schmeckte nach Eisen. Das Wispern kam von unten: »bbitte, gefällgst bsichtgen... mmmein Hhuer...«

Mit ihm verband sich eine zweite, rhythmisch rezitierende, monotone Stimme: »Exzentrische Anomalie... kugelförmige Asymptome... Pol der Unendlichkeit... Ursystem der Linien... Holonomysches System... halbmetrischer Raum... sphärischer Raum... borstiger Raum... eingetauchter Raum...«

»Mmmein Hhuer... zu Diensten... bbitte, gefällgst... mmmein Hhuer...«

Das Halbdunkel wurde förmlich von dem heiseren Geflüster durchdrungen.

»Planet-Lebewesen, sein faulender Sumpf ist die Morgenröte der Existenz, die Anfangsphase. Und aus den blutigen Teighirnen wird das liebende Kupfer hervortreten...«

»Brek – break – brabsel – be... bre... Veriskop...«

»Klasse der Illusorischen... Starke Klasse... Leere Klasse... Klasse aller Klassen...«

»Mmmein Hhuer... mmmein Hhuer, bbitte bsichtigen gefällgst...«

»Sssch-till...«

»Du...«

»So...«

»Hörschtu mich...«

»Kkhöre...«

»Kannst mi berühren?«

»Brek – break – brabsel...«

»Hab' nichts womit...«

»Ssschade... wür... würdest sehen wie leuchtend und kalt ich bin...«

»Mmmein Rü... Rüstzeug und mein Goldschwert...«

»Will i... ich nun wieder bbbei N... acht enterbt...«

»Das sind die letzten Anstrengungen des durch krächzende Inkarnation schreitenden Meisters der Vierteilung und Trennung, denn nun geht auf, geht auf das dreifach menschenleere Königreich...«

»Bin neu... bin ganz neu... hatte nie Kurzschluß mit dem Skelett... kann weiter... bitte...«

»Mmmein Hhuer...«

Ich wußte nicht, wohin ich blicken sollte, verwirrt durch die tote Hitze und diese Stimmen. Sie kamen von überall her. Von dem Boden bis unter die spaltartigen Fenster an der Decke erhoben sich Halden verworrener und zusammengebündelter Rümpfe; der Rest des einfallenden Lichtes leuchtete in ihrem verborgenen Blech.

»Hat...te nur einen kurzen Dde...fekt, bin aber schon wieder g...gut, sehe schon...«

»Was siehst du... dunkel...«

»Sehe aber trotz... dem...«

»Bitte, hören Sie nur – bin unbezahlbar, bin kostbar – stellte jeden Energieverlust fest, finde jeden verirrten Strom, jede Überspannung, bitte, mich nur auf die Probe... dies... dieses Zittern ist nur vorübergehend... hat nichts zu tun mit... bitte...«

»Mmmein Hhuer... bbitte, gefällgst...«

»Teigköpfe, die eigene saure Gärung hielten sie für Geist, das Zerfleischte für Geschichte, die Mittel, die der Zersetzung entgegenwirken – für Zivilisation...«

»Mich... bitte, nur mich... es ist ein Irrtum...«

»Mmmein Hhuer... bbitte, gefällgst...«

»Ich rette euch...«

»Wer da...«

»Was...«

»Wer – rette?«

»Sprecht es mir nach: das Feuer wird mich nicht verschlingen und das Wasser nicht ganz in Rost verwandeln, zum Tore werden mir die beiden Elemente, auf das ich eintrete...«

»Sssch-till!!«

»Kontemplation der Katode.«

»Katodoplation.«

»Ich bin hier durch einen Irrtum... denke... denke doch...«

»Ich bin der Spiegel des Verrats...«

»Mmmein Hhuer... Zu Diensten... bbitte, bsichtigen gefällgst...«

»Rettung der Überendlichen... Rettung der Nebelflecke... Rettung der Sterne...«

»Er ist hier!!« ertönte ein Schrei. Und plötzlich herrschte eine Stille, die in ihrer unbeschreiblichen Spannung fast genauso durchdringend war wie der ihr vorausgehende mehrstimmige Chor.

»Mein Herr!« sagte da etwas; ich wußte nicht, woher mir diese Sicherheit kam, doch spürte ich, daß diese Worte an mich gerichtet waren. Ich reagierte nicht.

»Mein Herr... bitte... kurze Aufmerksamkeit. Mein Herr, ich – ich bin anders. Bin hier durch einen Irrtum...«

Stimmengewirr. »Still! Ich bin lebendig!« überschrie er den Lärm. »Jawohl, man stieß mich hier hinein, hat mich mit Blech überzogen, absichtlich, damit man es nicht sieht, aber legen Sie nur das Ohr an, dann hören Sie meinen Puls!!«

»Ich auch!« überschrie ihn eine andere Stimme, »ich auch! Mein Herr! Ich wurde krank, meinte während der Krankheit eine Maschine zu sein, das war mein Wahn, aber jetzt bin ich gesund! Hallister, Herr Hallister kann das bestätigen, bitte, fragen Sie ihn doch! Nehmen Sie mich von hier fort – bitte!«

»Mmmein Hhuer... bbitte, gefällgst.«

»Break, break.«

»Zu Dienssten...«

Die Baracke dröhnte und knirschte von rostigen Stimmen, wurde im Nu von einem atemlosen Schrei erfüllt, ich ging rückwärts zurück, sprang in die Sonne, geblendet, blinzelte; stand eine lange Weile, die Augen mit der Hand beschattend, hörte hinter mir einen langgezogenen knirschenden Laut, es war der Roboter, der die Tür zustieß und sie verriegelte.

»Herr...«, hörte man noch eine gedämpfte Stimmenwelle hinter der Wand. »Bbitte... zu Dienssten... Irrtum...«

Ich ging am verglasten Pavillon vorbei, wußte nicht wohin, wollte nur möglichst weit von diesen Stimmen weg, sie nicht mehr hören; zuckte zusammen, als mich plötzlich jemand an der Schulter faßte. Es war Marger, der Blonde, Hübsche, Lächelnde.

»Ach, Entschuldigung, Herr Bregg, bitte tausendmal um Entschuldigung, es hat so lange gedauert...«

»Was wird mit ihnen geschehen?« unterbrach ich ihn fast unhöflich und wies mit der Hand auf die einzeln stehende Baracke.

»Wie bitte?« Seine Augenlider zuckten. »Mit wem?«

Plötzlich verstand er: »Ach, dort sind Sie gewesen? Das war nicht nötig...«

»Wieso nicht nötig?«

»Das ist Schrott.«

»Was?«

»Schrott, zum Schmelzen, bereits nach der Selektion. Gehen wir?... Wir müssen noch das Protokoll unterschreiben.«

»Moment. Wer führt sie durch, diese... Selektion?«

»Wer? Die Roboter.«

»Was?! Sie allein??«

»Selbstverständlich.«

Unter meinem Blick verstummte er.

»Warum repariert man sie denn nicht?«

»Weil sich das nicht lohnt«, sagte er langsam, mit einem Ausdruck des Staunens.

»Und was geschieht mit ihnen?«

»Mit dem Schrott? Er wird dorthin befördert«, er wies auf den hohen, einsam stehenden Siemens-Martin-Ofen.

Im Arbeitszimmer lagen auf dem Schreibtisch schon die vorbereiteten Papiere – Protokoll der Kontrolle, noch irgendwelche Wische –, Marger füllte die Rubriken der Reihe nach aus, schrieb seinen Namen darunter und reichte mir den Füller. Ich drehte ihn in den Fingern.

»Und besteht da keine Möglichkeit eines Irrtums?«

»Wie, bitte?«

»Dort, in diesem... Schrott, wie Sie ihn nennen, könnte man wohl... noch ziemlich leistungsfähige, brauchbare finden – meinen Sie nicht auch?«

Er sah mich an, als ob er nicht verstünde, was ich da redete.

»Ich hatte diesen Eindruck«, schloß ich langsam.

»Aber das ist doch nicht unsere Sache«, erwiderte er.

»Nicht? Wessen denn?«

»Sache der Roboter.«

»Wieso? Wir sollten doch kontrollieren.«

»Ach, nein«, lächelte er, erleichtert, daß er endlich die Ursache meines Irrtums entdeckt hatte. »Das hat ja damit nichts zu tun. Wir kontrollieren die Synchronisation der Prozesse, ihr Tempo und ihre Effektivität. Wir kümmern uns nicht um solche Einzelheiten wie die Selektion. Das ist nicht unsere Sache. Außer der Tatsache, daß dies nicht nötig ist, wäre es übrigens auch nicht möglich, da auf jeden Lebenden heute achtzehn Automaten fallen, und davon beenden tagtäglich zirka fünf ihren Zyklus und kommen auf den Schrotthaufen. Pro Tag ergibt das eine Menge von zwei Milliarden Tonnen. Also sehen Sie selbst, daß wir dies nicht überwachen könnten. Ohne zu erwähnen, daß die Struktur unseres Systems eben auf einer umgekehrten Beziehung beruht: die Automaten sorgen für uns, nicht wir für sie...«

Ich konnte ihm sein Recht nicht absprechen. Wortlos unterschrieb ich die Bogen. Wir wollten uns schon trennen, als ich – selbst für mich unerwartet – ihn fragte, ob man menschenähnliche Roboter produzierte.

»Eigentlich nicht«, sagte er und fügte zögernd hinzu: »Seinerzeit machten sie uns etwas zu schaffen...«

»Wieso?«

»Na, Sie kennen doch die Ingenieure! In der Nachahmung sind

sie schon so perfekt geworden, daß man gewisse Modelle nicht von einem lebendigen Menschen unterscheiden konnte. Manche Leute konnten das nicht ertragen.«

Plötzlich erinnerte ich mich an die Szene auf dem Schiff, mit dem ich von Luna gekommen war.

»Konnten es nicht ertragen?« wiederholte ich seine Worte. »War es vielleicht eine Art... Phobie?«

»Ich bin kein Psychologe, aber so darf man es wohl nennen. Übrigens ist es schon lange her.«

»Und es gibt keine solchen Roboter mehr?«

»Doch, manchmal trifft man sie in Raketen mit einem kurzen Bereich. Sind Sie vielleicht auch auf so einen gestoßen?«

Meine Antwort war ausweichend.

»Werden Sie noch Ihre Angelegenheiten regeln können?« Seine Stimme klang besorgt.

»Welche Angelegenheiten?«

Die Erinnerung kam mir, daß ich zum Schein ja etwas in der Stadt erledigen wollte. Wir trennten uns am Ausgang der Station, wohin er mich begleitete. Unaufhörlich bedankte er sich, daß ich ihm aus einer großen Verlegenheit geholfen hätte.

Ich irrte eine Weile durch die Straßen, ging ins Realon, kam wieder heraus, ohne auch nur die Hälfte einer Vorstellung abzuwarten, und fuhr in schlechtester Laune nach Klavestra. Etwa einen Kilometer vor der Villa schickte ich den Glider fort und ging den restlichen Weg zu Fuß.

›Alles ist ja in Ordnung. Es sind Mechanismen aus Metall, Drähten, Glas, man kann sie zusammenlegen und auseinandernehmen‹, sagte ich mir. Aber ich kann die Erinnerung an jene Halle, an die Dunkelheit mit den zerrissenen Stimmen, an das verzweifelte Stammeln, in dem zuviel Bedeutung, zuviel ganz gewöhnliche Angst lag, nicht loswerden. Schließlich war ich Experte in solchen Dingen. Die heillose Angst vor einer plötzlichen Vernichtung war für mich keine Fiktion wie für die anderen, für diese vernünftigen Konstrukteure, die das Ganze so richtig gestaltet hatten. Die Roboter beschäftigten sich bis zum Ende mit ihresgleichen, und die Menschen mischten sich in diese Dinge nicht ein. Es war ein geschlossener Kreislauf präziser Einrichtungen, die sich selbst schufen, reproduzierten und vernichteten. Nur ich hatte unnötigerweise die Symptome ihrer mechanischen Agonie mit angehört.

Auf der Anhöhe machte ich halt. Die Landschaft war in der schräg einfallenden Sonne unbeschreiblich schön. Nur selten, aufleuchtend wie ein schwarzes Geschoß, flog ein Glider durch das Band der Fahrbahn vorbei, die selbst zum Horizont zielte, über dem sich die bläulichen, durch die Entfernung gemilderten Bergumrisse abzeichneten.

Und plötzlich fühlte ich: das darfst du nicht betrachten. Als ob ich kein Recht dazu hätte. Als läge darin irgendein schrecklicher Betrug. Ich setzte mich unter den Bäumen nieder, bedeckte mein Gesicht mit den Händen und bereute es, zurückgekehrt zu sein. Als ich ins Haus ging, näherte sich mir der weiße Roboter.

»Sie werden am Telefon verlangt, Herr«, sagte er vertraulich. »Ein Ferngespräch: Eurasien.«

Eilig folgte ich ihm. Das Telefon befand sich in der Halle, so daß ich beim Sprechen durch die Glastür den Garten sehen konnte.

»Hal?« hörte ich eine ferne, aber deutliche Stimme. »Hier ist Olaf.«

»Olaf... Olaf!!« wiederholte ich in triumphierendem Ton. »Mensch, wo bist du!?«

»In Narvik.«

»Und was machst du? Wie geht's dir? Hast du meinen Brief bekommen?«

»Klar. Daher wußte ich, wo ich dich suchen soll.«

Kurze Pause.

»Was machst du denn?« wiederholte ich, unsicher geworden.

»Na, was kann ich schon machen. Nichts mache ich. Und du?«

»Warst du im ADAPT?«

»Ja. Aber nur einen Tag. Machte mich dann dünn. Ich konnte einfach nicht, weißt du...«

»Ich weiß. Hör zu, Olaf... ich hab hier eine Villa gemietet. Ich weiß selber nicht so recht, aber – hör zu! Komm doch hierher!«

Er antwortete nicht gleich. Als er sich wieder meldete, war ein Zögern in seiner Stimme.

»Ich würde schon kommen. Vielleicht würde ich schon kommen, Hal, aber du weißt doch, was man uns gesagt hat...«

»Ich weiß. Aber sie können uns doch nichts antun. Übrigens sollten sie uns gernhaben. Komm bloß.«

»Wozu? Überleg mal, Hal. Vielleicht wird es dadurch...«

»Was?«

»Schlimmer.«

»Woher weißt du, daß es mir nicht gutgeht?«

Ich hörte sein kurzes Lachen, eigentlich einen Seufzer: so leise lachte er.

»Und warum willst du mich dort haben?«

Plötzlich kam mir eine glänzende Idee.

»Olaf, hör mal. Hier ist so eine Art von Sommerfrische, weißt du. Eine Villa mit Schwimmbecken und Garten. Nur... na, du weißt doch, wie es heute ist, weißt, wie sie leben, nicht?«

»Ungefähr schon.«

Der Ton, in dem er diese Worte sprach, sagte mehr als sie selbst.

»Siehst du. Also – paß auf. Komm her. Aber vorher besorge uns... Boxhandschuhe. Zwei Paar. Wir werden Sparring üben. Du wirst sehen, wie herrlich das sein wird!«

»Mensch! Hal! Woher soll ich diese Boxhandschuhe nehmen? Solche Dinge gibt es doch seit Jahren nicht mehr.«

»Dann laß eben welche arbeiten. Du wirst mir nicht einreden wollen, daß man keine blöden vier Handschuhe herstellen kann. Wir werden uns einen kleinen Ring bauen – und werden uns verkloppen. Wir zwei können es doch, Olaf! Ich hoffe, daß du bereits etwas über die Betrisierung gehört hast, wie?«

»Klar. Könnte dir sagen, was ich davon halte. Aber per Telefon lieber nicht. Da würde vielleicht doch jemand Anstoß daran nehmen.«

»Hör zu. Komm her. Ja? Tust du's?«

Er schwieg ziemlich lange.

»Ich weiß nicht, ob es Sinn hat, Hal.«

»Schön. Dann sag mir, was für Pläne du hast. Falls du welche hast, will ich dir natürlich mit meinen Launen nicht lästig fallen.«

»Ich habe gar keine«, sagte er, »und du?«

»Ich kam her, um mich sozusagen zu erholen. Bißchen lernen, lesen, aber das sind ja keine Pläne, es ist bloß... ja, ich sah einfach nichts anderes vor mir.«

»...«

»Olaf?!«

»Mir scheint, daß wir den gleichen Start hatten«, brummte er. »Hal, vielleicht hat es weiter nichts zu bedeuten. Ich kann ja jeden Augenblick zurück, falls es sich zeigen sollte, daß...«

»Ach, hör auf!« rief ich ungeduldig. »Was gibt es da überhaupt zu reden. Pack deine Siebensachen und komm. Wann kannst du hier sein?«

»Meinetwegen schon morgen früh. Willst du denn wirklich boxen?«

»Du nicht?«

Er lachte. »Mensch, klar. Und ganz bestimmt aus demselben Grund wie du.«

»Also abgemacht«, sagte ich schnell. »Ich erwarte dich. Bis dann.« Ich ging nach oben. Suchte unter den Sachen, die in einem besonderen Koffer waren, nach einem Tau. Ich fand ein großes Knäuel. Ringtau. Nur noch vier kleine Pfähle, Gummizeug oder Sprungfedern, und wir haben einen Boxring. Ohne Kampfrichter. Den werden wir nicht brauchen.

Dann setzte ich mich an die Bücher. Mein Kopf war wie vernebelt. In solchen Fällen mußte ich mich durch jeden Text durchbeißen wie der Holzwurm durch Eichenholz. Aber so schwer ging es noch nie. Zwei Stunden lang wühlte ich in zwanzig Büchern, konnte aber bei keinem länger als fünf Minuten aufmerksam bleiben. Sogar die Märchen verwarf ich. Aber ich nahm mir vor, fest zu bleiben. Ich nahm genau das, was mir am schwersten schien: eine Monographie der Metagenenanalyse und warf mich auf die ersten Gleichungen: Mit dem Kopf durch die Wand.

Die Mathematik hatte jedoch gewisse heilbringende Eigenschaften, besonders für mich. Nach einer Stunde verstand ich plötzlich – mit halboffenem Mund – und war voller Bewunderung für diesen Ferret – wie er das nur fertigbrachte? Sogar jetzt, nachdem ich den von ihm gangbar gemachten Weg befolgt hatte, weiß ich manchmal nicht ganz, wie das eigentlich zuging; so Schritt für Schritt konnte ich es noch verstehen, er aber hatte das alles mit einem Sprung bewältigen müssen.

Alle Sterne würde ich dafür geben, einen Monat lang im eigenen Kopf etwas zu haben, das dem, was er darin hatte, auch nur ähnlich wäre...

Das Signal sang zum Abendessen, zugleich fühlte ich einen Stich im Herzen bei dem Gedanken, daß ich hier nicht mehr allein war. Eine Sekunde lang dachte ich daran, vielleicht doch oben zu essen. Aber dann schämte ich mich dieser Idee. Dieses schreckliche Trikot, das aus mir einen aufgeblasenen Affen machte, warf ich unters Bett, zog meine liebe, alte und weite Jacke an und ging ins Speisezimmer hinunter.

Die beiden anderen saßen schon am Tisch. Außer einigen Höflichkeitsfloskeln herrschte Schweigen. Denn auch sie sprachen eigentlich nicht. Sie brauchten keine Worte. Sie verstanden sich durch Blicke, sie sprach zu ihm durch eine Kopfbewegung, einen Wimpernschlag, ein flüchtiges Lächeln. Langsam begann in mir eine kalte Schwere aufzusteigen. Ich fühlte meine Hände hungrig werden, sie verlangten etwas zu fassen, festzuhalten, zu zerdrükken. ›Warum bin ich bloß so wild?‹ dachte ich verzweifelt. ›Warum – statt an das Ferret-Buch, an die Probleme zu denken, die von Starck gezeigt wurden – muß ich mich zusammennehmen, um dieses Mädchen nicht wie ein Wolf anzuglotzen?‹

Aber das war noch gar nichts. Einen wirklichen Schreck bekam ich erst, als ich die Tür meines Zimmers oben hinter mir schloß. Im ADAPT wurde mir nach den Untersuchungen gesagt, ich wäre völlig normal. Doktor Juffon sagte mir dasselbe. Konnte aber ein normaler Mensch derartige Gefühle haben wie ich in diesem Augenblick? Woher kam das? Ich war nicht aktiv – ich war nur ein Zeuge. Es geschah da etwas Unwiderrufliches, wie die Bewegung eines Planeten, fast unmerklich, etwas noch Gestaltloses tauchte da langsam auf. Ich trat ans Fenster, sah in den dunklen Garten und begriff, daß dies seit dem Mittagessen schon in mir stecken mußte. Es brauchte nur noch eine gewisse Zeit. Daher war ich in die Stadt gefahren, daher vergaß ich die Stimmen aus der Dunkelheit.

Zu allem war ich fähig. Für dieses Mädchen. Ich konnte nicht begreifen, warum es so war. Ich wußte nicht, ob das Liebe oder Irrsinn bedeutete. Es war mir egal. Nichts wußte ich, außer daß alles andere nicht mehr für mich zählte. Ich kämpfte damit, am offenen Fenster stehend, wie ich noch nie etwas bekämpft hatte, drückte die Stirn an den kalten Fensterrahmen und bekam schreckliche Angst vor mir selbst.

Meine Lippen formten lautlos Worte: »Ich muß etwas tun, muß etwas tun. Es ist wohl deshalb, weil mir etwas fehlt. Das wird vergehen. Sie kann mich nicht interessieren. Ich kenne sie ja nicht. Sie ist auch nicht besonders hübsch. Ich werde doch nicht«, beschwor ich mich selbst, »...ihr großen, schwarzen und blauen Himmel!«

Ich machte Licht. Olaf. ›Olaf wird mich retten. Ich werde ihm alles sagen. Er nimmt mich mit. Wir werden irgendwohin fahren. Ich werde alles tun, was er mir sagt, alles. Er allein wird es verstehen. Und kommt schon morgen. Wie gut.‹

Ich irrte im Zimmer umher. Spürte sämtliche Muskeln, sie waren wie Tiere: spannten sich, kämpften miteinander. Plötzlich fiel ich vor dem Bett auf die Knie, biß in die Decke und schrie ganz merkwürdig auf, es war einem Schluchzen nicht ähnlich, trocken, ekelhaft. Ich wollte ja niemandem ein Leid antun, wußte aber, daß ich mich selbst nicht zu belügen brauchte, daß auch Olaf nicht helfen würde, niemand.

Ich stand auf. Innerhalb von zehn Jahren hatte ich gelernt, selbständige Entscheidungen zu treffen. Ich mußte über mein eigenes und das Leben anderer entscheiden und tat es, stets auf die gleiche Art. In solchen Augenblicken war ich voller Kälte, mein Hirn wurde zu einer Vorrichtung, die nur dazu diente, das Für und Wider zusammenzuzählen, zu teilen und unwiderruflich zu entscheiden.

Sogar Gimma, der mich nicht mochte, gab zu, daß ich unparteiisch war. Jetzt, selbst wenn ich gewollt hätte, könnte ich auch nicht anders vorgehen als damals in extremen Fällen: denn auch dies war ein extremer Fall.

Im Spiegel fand ich mit den Augen das eigene Gesicht, die hellen, fast weißen Pupillen, die zusammengezogene Iris, ich sah es mit Haß, drehte mich um, konnte nicht einmal daran denken, ins Bett zu gehen. So wie ich dastand, warf ich die Beine über das Fensterbrett. Bis zur Erde waren es vier Meter. Ich sprang und landete fast geräuschlos. Leise lief ich in Richtung Schwimmbekken. Und daran vorbei. Ich gelangte auf den Weg.

Die leicht phosphoreszierende Fahrbahn zog sich die Anhöhen hinauf, wand sich dort wie eine kleine leuchtende Schlange, bis sie endlich wie ein heller Strich in der Finsternis verschwand. Ich rannte immer schneller, um das so stark und regelmäßig schlagende Herz müde zu machen, rannte fast eine Stunde, bis ich direkt vor mir aufsteigende Lichter irgendwelcher Häuser sah. Sofort machte ich kehrt. Ich war schon erschöpft, behielt aber gerade deshalb das Tempo bei, und wiederholte mir ohne Worte: ›Geschieht dir recht, recht, recht!‹, lief so und lief, bis ich eine Doppelreihe von Hecken fand – ich war wieder vor dem Garten der Villa.

Ich hielt am Schwimmbecken inne, schwer keuchend, setzte mich auf den Betonrand, ließ den Kopf hängen und entdeckte die Spiegelbilder der Sterne. Ich wollte keine Sterne sehen. Ich brauchte keine Sterne. Ich war ein Verrückter, ein Irrer, als ich um die Teilnahme an der Expedition kämpfte, als ich zuließ, daß die Gravirotoren aus mir einen blutspritzenden Sack machten, wozu hatte ich das nötig, warum, warum habe ich nicht gewußt, daß man ein gewöhnlicher, ganz gewöhnlicher Mensch sein muß, denn sonst lohnt es sich nicht zu leben.

Ich hörte ein Geräusch. Sie gingen an mir vorbei. Er umfaßte ihre Schulter, sie gingen im gleichen Schritt. Dann beugte er sich nieder. Die Schatten ihrer Köpfe flossen zusammen.

Ich stand auf. Er küßte sie. Sie umfaßte seinen Kopf. Ich sah die blassen Streifen ihrer Arme. Dann durchbohrte mich ein noch nie gekanntes, schreckliches Schamgefühl, wie ein ganz realer spitzer Gegenstand. Ich, ein Sternenfahrer, Genosse von Arder, stand nach meiner Rückkehr im Garten und dachte nur daran, einem Mann sein Mädchen wegzunehmen, ohne ihn und ohne sie zu kennen. Ein Rindvieh, ein ausgesprochenes Rindvieh, schlimmer noch, schlimmer...

Ich konnte nichts sehen. Und sah doch. Endlich gingen sie langsam weg, umarmt, und ich, nachdem ich einmal um das Schwimmbecken gelaufen war, rannte geradeaus, sah plötzlich etwas Großes, Schwarzes und schlug zugleich mit den Händen an etwas. Es war das Auto. Blindlings fand ich die Tür. Als ich sie aufriß, flammte ein kleines Licht auf.

Nun tat ich alles mit zielbewußter und konzentrierter Eile, als wollte oder müßte ich irgendwohin fahren.

Der Motor brummte. Ich bewegte das Lenkrad und fuhr im Licht der Scheinwerfer auf die Fahrbahn. Meine Hände zitterten etwas, also faßte ich das Lenkrad fester. Plötzlich erinnerte ich mich an den kleinen schwarzen Kasten, bremste so schnell, daß ich bis an den Wegrand abgeschoben wurde, sprang heraus, hob den Kühler hoch und fing fieberhaft zu suchen an. Vielleicht ganz vorne? Kabel. Ein Gußeisenblock. Eine Kassette. Irgend etwas Unbekanntes, Viereckiges – ja, das wird es sein. Werkzeuge her. Ich arbeitete stürmisch, aber aufmerksam, so daß meine Hände kaum bluteten. Endlich hob ich mit beiden Händen diesen schweren, fast wie aus einem Stück bestehenden schwarzen Kubus und warf ihn ins nahe Gebüsch. Ich war frei. Ich schlug die Tür zu und fuhr los. Der Fahrtwind wurde stärker. Die Geschwindigkeit stieg an. Der Motor heulte, die Reifen zischten dumpf, durchdringend. Eine Kurve. Ich nahm sie, ohne das Tempo zu verlangsamen, schnitt sie von links an, kam wieder heraus. Eine zweite, stärkere. Ich fühlte, wie eine Riesenkraft mich mitsamt dem Wagen aus der Kurve drückte. Aber es war mir immer noch zu wenig. Die nächste Kurve. In Apprenous gab es Spezialwagen für die Piloten. Wir übten darauf halsbrecherische Kunststücke, wobei es um den Reflex ging. Eine ausgezeichnete Übung. Auch für das Gleichgewicht. Zum Beispiel: in einer Kurve den Wagen auf die zwei äußeren Räder zu werfen und einige Zeit so zu fahren. Einst konnte ich das. Und machte es jetzt auf der leeren Fahrbahn, auf der ich in einer von den Scheinwerfern zerquetschten Finsternis raste. Nicht daß ich mich töten wollte. Es ging mir um überhaupt nichts. Wenn ich den anderen gegenüber rücksichtslos sein kann, muß ich es auch mir selbst gegenüber sein. Ich brachte den Wagen in die Kurve und hob ihn hoch, so daß er kurz seitlich auf irrsinnig quietschenden Reifen lief, warf ihn dann wieder herum, auf die entgegengesetzte Seite, knallte mit dem Heck gegen etwas Dunkles – einen Baum? Jetzt gab es nichts mehr, nur das Dröhnen des Motors, die blassen Spiegelbilder der Armaturen in der Scheibe und einen böse pfeifenden Wind. Urplötzlich sah ich mir gegenüber einen Glider, der mir auszuweichen versuchte, indem er bis an den Wegrand glitt. Eine kleine Drehung des Lenkrads, ich flog an ihm vorbei, die schwere Maschine wirbelte herum wie ein Kreisel, ein dumpfer Aufschlag, ein Krachen und Kreischen von aufgerissenem Blech – und dann Finsternis. Die Scheinwerfer waren zersplittert, der Motor blieb stehen.

Ich sog tief die Luft ein. Mir war nichts passiert, ich war kaum angeschlagen. Ich versuchte die Scheinwerfer einzuschalten: nichts. Dann die Standlichter: das linke brannte. In seinem schwachen Schein ließ ich den Motor wieder an. Schwer röchelnd und schwankend kam der Wagen auf die Fahrbahn. Es war doch wirklich ein guter Wagen, der mir noch gehorchte, nach alldem, was ich mit ihm angestellt hatte. Zurück fuhr ich ihn nun langsamer. Aber mein Fuß drückte das Gaspedal, schon wieder ritt mich der Teufel, sobald ich eine Kurve sah. Und wieder holte ich aus dem Motor seine ganze Kraft heraus, bis ich mit pfeifenden Reifen, durch das Bremsen nach vorn geworfen, direkt vor der Hecke hielt. Ich steuerte den Wagen ins Dickicht. Er stieß das Gebüsch auseinander und hielt dann an einem Baumstamm. Ich wollte nicht, daß man sah, was ich aus ihm gemacht hatte, riß also Zweige ab und bedeckte damit den Kühler mit den ausgeschlagenen Scheinwerfern, nur vorn war alles kaputt, am Heck eine kleine Beule von der ersten Karambolage mit einem Baumast oder was es sonst dort im Dunkeln gegeben hatte.

Dann horchte ich. Das Haus blieb dunkel. Überall Stille. Die große Nachtstille stieg empor zu den Sternen. Ich wollte nicht ins Haus zurück. Ich ging von dem zerstörten Wagen fort, und als Grashalme, hohe, feuchte Grashalme meine Knie berührten, fiel ich lang hin und blieb so, bis mir die Augen zugingen und ich einschlief.

Geweckt wurde ich von einem Lachen. Ich kannte es. Noch ehe ich die Augen aufmachte, sofort wach, wußte ich bereits, wer das war. Ich war naß durch und durch, alles rundum tropfte vom Tau – die Sonne stand noch niedrig. Ein Himmel mit wattebauschartigen weißen Wolken. Und mir gegenüber saß auf einem kleinen Koffer Olaf und lachte. Gleichzeitig sprangen wir beide hoch. Seine Hand war wie die meine – groß und hart.

»Wann bist du gekommen?«

»Jetzt eben.«

»Mit einem Ulder?«

»Ja. Ich habe auch so geschlafen... die ersten beiden Nächte, weißt du?«

»So?«

Er hörte auf zu lächeln. Ich auch. Etwas trat nun zwischen uns. Schweigend prüften wir uns mit den Blicken.

Er war von meiner Größe, vielleicht sogar einen Fingerbreit größer, aber schmaler. Sein rötliches Haar verriet beim starken Licht seine skandinavische Abstammung, die Barthaare waren ganz hell. Eine schiefe, ausdrucksvolle Nase und eine kurze Oberlippe, die rasch die Zähne sehen ließ. Seine Augen lachten leicht, hellblau, bei Heiterkeit dunkler; dünne Lippen, fortwährend etwas verzogen, leicht skeptisch – vielleicht trug dieser Ausdruck dazu bei, daß wir uns am Anfang fern voneinander hielten. Olaf war zwei Jahre älter als ich; sein bester Freund war Arder gewesen. Erst als dieser umkam, kamen wir uns wirklich näher. Und so blieb es dann bis zum Schluß.

»Olaf«, sagte ich, »du bist hungrig, nicht? Komm, wir wollen was essen.«

»Warte mal«, meinte er, »was ist das?« Ich folgte seinem Blick.

»Das... – ach, nichts... Ein Wagen. Ich habe ihn gekauft, weißt du – um mich zu erinnern...«

»Hattest du einen Unfall?«

»Ja. Ich fuhr, weißt du, in der Nacht…«

»Du hattest einen Unfall?« wiederholte er.

»Na, ja. Ist doch unwichtig. Außerdem ist auch nichts passiert. Komm… du wirst doch nicht so mit diesem Koffer…«

Er hob ihn hoch. Sagte nichts mehr. Sah mich auch nicht an. Seine Kiefermuskeln spannten sich einige Male.

›Er hat etwas gemerkt‹, dachte ich. ›Er weiß zwar nicht, was diesen Unfall verursachte, ahnt es aber wohl.‹

Oben sagte ich ihm, daß er sich eines von den vier freien Zimmern wählen sollte. Er nahm das mit der Bergaussicht.

»Warum hast du das denn nicht genommen? Ach, ich weiß schon«, lächelte er, »dieses Gold, wie?«

»Ja.«

Er berührte die Wand mit der Hand.

»Ich hoffe nur, daß sie gewöhnlich ist, ja? Keinerlei Bilder, Fernseher?«

»Kannst beruhigt sein«, lächelte nun auch ich, »es ist eine ehrliche Mauer.«

Ich telefonierte nach dem Frühstück. Ich wollte mit ihm allein essen. Der weiße Roboter brachte Kaffee. Und ein vollgestelltes Tablett, es war ein sehr reichhaltiges Frühstück. Wir aßen schweigend. Mit Vergnügen sah ihn ich kauen, sah eine Haarsträhne über seinem Ohr sich bewegen.

Dann meinte Olaf: »Rauchst du noch?«

»Ja. Zweihundert Schwarze habe ich mitgebracht. Was später werden soll, weiß ich nicht. Aber vorläufig rauche ich. Willst du eine?«

»Ja.«

Wir rauchten.

»Und weiter? Spielen wir mit offenen Karten?« fragte er nach einer langen Zeit.

»Ja. Ich werde dir alles sagen. Du mir auch?«

»Immer. Nur, Hal, weiß ich nicht, ob sich das lohnt.«

»Sag nur eins: weißt du, was das Schlimmste ist?«

»Die Frauen.«

»Ja.«

Wir schwiegen wieder.

»Also deshalb?« fragte er.

»Ja. Du wirst es beim Mittagessen sehen. Unten. Die Villa ist zur Hälfte von ihnen gemietet.«

»Ihnen?«

»Junges Ehepaar.«

Unter seiner sommersprossigen Haut traten wieder die Kiefermuskeln hervor.

»Schon schlimmer.«

»Ja. Bin hier seit vorgestern. Ich weiß nicht, wie es kam, aber… bereits, als wir miteinander telefonierten. Ohne irgendeinen Grund, ohne… nichts, nichts. Rein gar nichts.«

»Interessant«, sagte er.

»Wieso?«

»Weil es mir ähnlich erging.«

»Warum bist du also gekommen?«

»Hal, du hast eine gute Tat vollbracht – verstehst du?«

»Dir gegenüber?«

»Nein. Einer anderen Person. Denn es hätte kein gutes Ende genommen.«

»Warum?«

»Entweder weißt du es, oder du kannst es nicht verstehen.«

»Ich weiß. Olaf, was ist das aber? Sind wir tatsächlich Wilde?«

»Keine Ahnung. Zehn Jahre waren wir ohne Frauen. Daran mußt du zuerst denken.«

»Das erklärt aber nicht alles. In mir steckt so eine Rücksichtslosigkeit, ich nehme einfach auf keinen Rücksicht, verstehst du?«

»Doch, immer noch, mein Sohn«, sagte er. »Immer noch.«

»Tja, aber du weißt, worum es es geht?«

»Ich weiß.«

Wieder schwiegen wir.

»Willst du noch weiter tratschen oder boxen?« fragte er.

Ich lachte.

»Woher hast du die Handschuhe?«

»Das würdest du nie erraten, Hal.«

»Hast du sie machen lassen?«

»Ach wo. Geklaut.«

»Nein!«

»So wahr mir der Himmel helfe. Aus einem Museum… mußte deshalb extra nach Stockholm fliegen, weißt du?«

»Na, dann gehen wir.«

Er packte seine bescheidene Habe aus und zog sich um. Beide warfen wir die Bademäntel um die Schultern und gingen hinunter. Es war noch früh. Normalerweise hätte man das Frühstück erst in einer halben Stunde serviert.

»Gehen wir lieber hinter das Haus«, sagte ich. »Dort kann uns keiner sehen.«

Wir hielten in einem Rund hoher Sträucher. Zuerst traten wir das Gras mit den Füßen glatt, das sowieso niedrig war.

»Glatt wird es sein«, meinte Olaf, indem er mit den Füßen auf diesem improvisierten Ring scharrte.

»Schadet nichts. Der Kampf wird dann schwerer.«

Wir zogen die Handschuhe über. Etwas umständlich ging es damit, denn wir hatten ja niemand, der sie uns zubinden konnte, und einen Roboter mochte ich nicht rufen.

Olaf stellte sich mir gegenüber auf. Sein Körper war ganz weiß.

»Du bist noch nicht braun geworden«, sagte ich.

»Werde dir später erzählen, wie es mir erging. Ich hatte keine Lust, am Strand zu liegen. Gong.«

»Gong.«

Wir fingen behutsam an. Finten. Ausweichen. Wieder ausweichen. Ich erwärmte mich dabei. Suchte die Fühlung, keinen Hieb. Schließlich wollte ich ihn ja nicht schlagen. Ich war gut dreißig Pfund schwerer, und seine nur ein wenig längeren Arme konnten meine Überhand nicht aufhalten, um so mehr, als ich auch sonst ein besserer Boxer war. Deshalb ließ ich ihn ein paarmal heran, obwohl ich es nicht mußte. Plötzlich ließ er die Handschuhe sinken. Sein Gesicht wurde fest, seine Kiefer arbeiteten. Er war wütend.

»So nicht«, sagte er.

»Was denn?«

»Stell dich nicht an, Hal. Entweder wird richtig geboxt oder gar nicht.«

»Fein«, sagte ich und bleckte die Zähne. »Los!«

Nun trat ich etwas näher. Handschuh schlug gegen Handschuh, es klatschte scharf dabei. Er spürte, daß ich es ernst meinte, und ging in Deckung. Das Tempo wuchs. Ich verteilte Haken, einmal links, einmal rechts, serienartig, der letzte Hieb landete stets auf seinem Körper – er konnte nicht folgen. Ganz unerwartet ging er zum Angriff über, es gelang ihm eine schöne Gerade, ich flog zwei Schritte hin. Kam aber gleich wieder hoch. Wir umtänzelten uns, ich tauchte unter dem Handschuh auf, wich zurück und placierte dann von halber Entfernung eine rechte Gerade, verwendete viel

Kraft darauf. Olaf gab nach, hatte für einen Augenblick seine Deckung gelockert, kam dann aber schon zurück, vorsichtig, gebückt. Die nächste Minute verging mit Angriffen. Die Handschuhe schlugen auf die Oberarme, mit dumpfen Geräuschen, ohne dabei Schaden anzurichten. Nur einmal hatte ich kaum noch Zeit auszuweichen: er scheuerte mit seinem Handschuh über mein Ohr, es war wirklich ein Hieb, der mich fast niederstrecken konnte. Wieder tanzten wir herum. Ich bekam einen dumpfen Stoß vor die Brust, konnte noch kämpfen, rührte mich aber nicht, stand wie gelähmt da – denn sie stand am Fenster im Erdgeschoß, ihr Gesicht so weiß wie das, was sie über den Schultern trug. Es war der Bruchteil einer Sekunde. Im nächsten Augenblick wurde ich von einem wuchtigen Hieb getroffen, benommen fiel ich auf die Knie.

»Entschuldigung!« hörte ich Olafs Schrei.

»Macht nichts... war gut so...«, murmelte ich und stand auf.

Das Fenster war nun geschlossen. Wir kämpften weiter, vielleicht eine halbe Minute lang, bis Olaf sich plötzlich zurückzog.

»Was hast du?«

»Nichts.«

»Stimmt nicht.«

»Na ja. Keine Lust mehr. Böse?«

»Ach wo. Hätte ja sowieso wenig Sinn, so gleich von Anfang an... gehen wir.«

Wir gingen zum Schwimmbecken. Olaf sprang besser als ich. Er konnte herrliche Dinge. Ich versuchte einen Salto nach hinten mit einer Schraube, genauso wie er, schlug aber nur ganz fürchterlich mit den Schenkeln aufs Wasser. Auf dem Rand des Schwimmbeckens sitzend, begoß ich meine Haut, die wie Feuer brannte, mit Wasser. Olaf lachte.

»Du bist aus der Übung gekommen.«

»Ach wo. Eine Schraube konnte ich nie gut. Daß du es aber so kannst!«

»So etwas behält man eben, weißt du. War heute übrigens zum ersten Mal wieder.«

»So. Na, dann war es großartig.«

Die Sonne stand schon hoch. Wir legten uns in den Sand, schlossen die Augen.

»Wo sind... die?« fragte er nach einem langen Schweigen.

»Keine Ahnung. Wohl im Hause, in ihrem Teil. Ihre Fenster gehen auf die Rückseite. Ich habe es nicht gewußt.«

Ich spürte, daß er sich bewegt hatte. Der Sand war sehr heiß.

»Ja, deshalb ist es«, sagte ich.

»Haben sie uns gesehen?«

»Sie.«

»Und bekam Angst«, murmelte er. »Wie?«

Ich gab keine Antwort. Wieder schwiegen wir eine Zeitlang.

»Hal!«

»Ja?«

»Die fliegen schon fast nicht mehr, weißt du?«

»Ich weiß.«

»Weißt du auch warum?«

»Sie meinen, es hätte keinen Sinn...«

Ich berichtete ihm kurz alles, was ich bei Starck gelesen hatte. Er lag reglos, wortlos, aber ich wußte, daß er aufmerksam zuhörte. Auch als ich geendet hatte, sprach er nicht gleich.

»Hast du Shapley gelesen?«

»Nein. Was für einen Shapley?«

»Nicht? Ich dachte, du hättest alles gelesen... Er war ein Astronom im zwanzigsten Jahrhundert. Zufällig fiel mir mal eine seiner Arbeiten in die Hände, eben darüber. Ganz deinem Starck ähnlich.«

»Was redest du da? Unmöglich. Dieser Shapley konnte ja nicht wissen... am besten, du liest Starck selbst.«

»Fällt mir nicht ein. Weißt du, was das ist? Nur ein Wandschirm.«

»Wieso?«

»Ja. Mir scheint, ich weiß, was da passiert ist.«

»Na?«

»Die Betrisierung.«

Das riß mich hoch.

»Meinst du?!«

Er schlug die Augen auf. »Klar. Sie fliegen nicht mehr – und werden es auch niemals tun. Es wird immer schlimmer werden. Bonbon. Ein einziger, großer Bonbon. Sie können kein Blut sehen. Können sich nicht vorstellen, was wohl vorkommen könnte, wenn...«

»Warte mal«, sagte ich, »das ist doch nicht gut möglich. Es gibt doch Ärzte. Es muß Chirurgen geben...«

»Weißt du das denn nicht?«

»Was?«

»Die Ärzte planen nur die Operationen. Ausgeführt werden sie aber durch Roboter.«

»Nicht möglich!«

»Aber wahr. Habe es selbst gesehen. In Stockholm.«

»Und wenn ein Arzt ganz plötzlich eingreifen muß?«

»Das weiß ich nicht so genau. Es scheint da ein Mittel zu geben, das teilweise die Folgen der Betrisierung aufhebt, für sehr kurze Zeit, und bewacht wird es, daß du keine Ahnung hast. Der, der mir das sagte, wollte nichts Konkretes darüber berichten. Er hatte Angst.«

»Wovor?«

»Ich weiß nicht. Hal, mir scheint, sie haben etwas ganz Schreckliches gemacht. Sie haben im Menschen – den Menschen getötet.«

»Na, das kannst du doch nicht behaupten«, meinte ich schwach. »Schließlich ...«

»Warte. Es ist doch ganz einfach. Derjenige, der tötet, ist darauf vorbereitet, auch getötet zu werden – nicht?«

Ich schwieg.

»Und deshalb ist es in einem gewissen Sinn nötig, daß du – alles – aufs Spiel setzen kannst. Wir können es. Sie nicht. Deshalb haben sie vor uns eine solche Angst.«

»Die Frauen?«

»Nicht nur die Frauen. Alle. Hal!«

Plötzlich setzte er sich.

»Was denn?«

»Hast du einen Hypnagog bekommen?«

»Einen Hyp... so einen Apparat, um im Schlaf lernen zu können? Ja.«

»Hast du ihn auch benutzt?« schrie er fast.

»Nein... wieso?«

»Dein Glück. Wirf ihn ins Schwimmbecken.«

»Warum? Was ist das? Hast du ihn gebraucht?«

»Nein. Etwas überkam mich, und ich hörte es alles im wachen Zustand, obwohl die Gebrauchsanweisung das verbot. Na, hast du eine Ahnung, Mensch!«

Nun setzte ich mich auch.

»Was ist denn drin?«

Er sah mürrisch aus.

»Lauter süßes Zeug. Die reinste Zuckerbäckerei, sage ich dir. Daß du freundlich, brav sein sollst. Daß du jede Kränkung hinnehmen mußt, denn falls jemand dich nicht versteht oder zu dir nicht nett sein will – eine Frau, wohlgemerkt –, dann ist es deine Schuld, nicht ihre. Daß das gesellschaftliche Gleichgewicht, die Stabilisierung das höchste Gut sei, und so weiter und so fort in einer Tour, hundertmal. Und die Schlußfolgerung: still leben, Memoiren schreiben, die sich für die Veröffentlichung nicht eignen, nur so, für sich selbst, Sport treiben und sich weiterbilden. Auf die Älteren hören.«

»Das soll wohl ein Ersatz für die Betrisierung sein«, murmelte ich.

»Klar. Da war noch ’ne ganze Menge anderer Dinge drin! Daß man niemals Gewalt oder einen aggressiven Ton jemandem gegenüber anwenden darf, und eine Schande, ja ein Verbrechen wäre es schon, einen zu schlagen, denn das ruft einen schrecklichen Schock hervor. Daß man – ungeachtet der Umstände – nie kämpfen darf, denn nur die Tiere kämpfen, daß...«

»Warte mal«, sagte ich, »und gesetzt den Fall, daß aus einem Schutzgebiet ein wildes Tier ausbricht... ach ja, wilde Tiere gibt es keine mehr.«

»Raubtiere nicht«, sagte er, »aber es gibt die Roboter.«

»Was soll denn das heißen? Meinst du damit, man kann ihnen den Befehl geben, jemanden zu töten?«

»Na ja.«

»Woher weißt du es?«

»So ganz bestimmt weiß ich es nicht. Aber schließlich müssen die doch auf alles vorbereitet sein, sogar ein betrisierter Hund kann schon mal tollwütig werden, nicht?«

»Aber... aber das ist ja – warte! Also können sie doch töten? Indem sie Befehle geben? Ist es denn nicht egal, ob ich selbst töte oder einen Befehl gebe?«

»Für sie nicht. Das heißt, es geschieht nur – in extremis, verstehst du. Im Falle einer Katastrophe, einer Bedrohung, wie mit Tollwut. Normalerweise kommt es nicht vor. Wenn aber wir...«

»Wir?«

»Ja, zum Beispiel wir zwei – wenn wir da irgend etwas... na, du weißt schon... dann werden sich selbstverständlich die Roboter unser annehmen, nicht sie. Sie können es nicht. Sie sind ja gut.«

Eine Weile schwieg er. Seine weite, von der Sonne und vom Sand jetzt gerötete Brust schien schneller zu atmen.

»Hal. Hätte ich es gewußt. Hätt ich es nur gewußt. Hätt... ich's... nur... gewußt...«

»Hör auf.«

»Hast du schon etwas erlebt?«

»Ja.«

»Du weißt doch, was ich meine?«

»Ja. Es waren ihrer zwei – die eine lud mich prompt ein, als ich vom Bahnhof kam, das heißt – nein. Ich habe mich auf diesem verflixten Bahnhof verirrt. Und sie nahm mich dann mit in ihre Wohnung.«

»Wußte sie, wer du bist?«

»Ich sagte es ihr. Am Anfang hatte sie Angst, später... schien sie mir Mut machen zu wollen – wohl aus Mitleid oder – weiß ich –, und dann war sie wirklich erschrocken. Ich ging ins Hotel. Am nächsten Tag traf ich... du ahnst nicht wen: Roemer!«

»Nein! Wie alt ist er denn jetzt – einhundertsiebzig?!«

»Nein, es war sein Sohn. Der ist übrigens auch schon weit über ein Jahrhundert alt. Eine Mumie. Schrecklich. Ich sprach mit ihm. Und weißt du was? Er beneidet uns...«

»Er hat auch allen Grund.«

»Er versteht das nicht. Na, das war's. Dann eine Schauspielerin. Sie werden hier Realistinnen genannt. Sie war von mir entzückt: ein richtiger Pithekanthropus! Ich fuhr mit in ihre Wohnung und bin da am nächsten Tag ausgerissen. Es war ein wirklicher Palast. Herrlich. Aufblühende Möbel, wandernde Wände, jeden Wunsch und jeden Gedanken erratende Betten... ja.«

»Mhm. Die hatte keine Angst, wie?«

»Nein. Angst hatte sie wohl auch, aber sie trank etwas – ich weiß nicht, was es war –, irgendeine Droge vielleicht. Perto hieß es, oder so ähnlich.«

»Perto?!«

»Ja. Weißt du, was das ist? Hast du es auch schon probiert?«

»Nein«, sagte er gedehnt. »Probiert nicht. Aber so heißt ja das Zeug, das es aufhebt...«

»Aufhebt? Die Betrisierung? Unwahrscheinlich!«

»So sagte mir jedenfalls dieser Mann.«

»Wer?«

»Kann ich dir nicht sagen. Habe mein Ehrenwort gegeben.«

»Schön. Also deshalb... deshalb hat sie...«

Ich sprang hoch.

»Setz dich.«

Ich setzte mich.

»Und du?» fragte ich. »Da rede ich immerzu nur von mir selbst...«

»Ich? Nichts. Das heißt – nichts gelang mir. Nichts...«, wiederholte er noch einmal.

Ich schwieg.

»Und wie heißt dieser Ort hier?«

»Klavestra. Aber das Städtchen selbst ist ein paar Meilen weit von hier. Weißt du, fahren wir doch hin. Ich wollte den Wagen zur Reparatur bringen. Und zurück können wir querfeldein laufen. Wie?«

»Hal«, sagte er langsam, »du alter Gaul...«

»Was?«

Seine Augen lächelten.

»Du willst den Teufel mit Leichtathletik vertreiben? Ein Esel bist du.«

»Entweder Gaul oder Esel, da mußt du dich entscheiden«, sagte ich. »Und was ist schon Schlimmes dabei?«

»Nur, daß es nicht gelingen wird. Bist du einem von ihnen zu nahe getreten?«

»Wie... ihn beleidigt? Nein. Warum?«

Erst jetzt verstand ich, was er meinte, da er es näher zu erklären versuchte: »Nicht doch. Zu nahe. Ganz nah. Angefaßt.«

»Hatte keine Gelegenheit. Und?«

»Ich würde es dir auch nicht raten.«

»Warum?«

»Weil es ungefähr so ist, als ob du eine Amme ohrfeigen möchtest. Kapierst du?«

»So ungefähr. Hast du irgendwo Krach gemacht?«

Ich versuchte mein Erstaunen zu verbergen. An Deck war Olaf einer der am meisten beherrschten Männer gewesen.

»Ja. Und machte dabei einen Vollidioten aus mir selber. Es war gleich am ersten Tag. Oder vielmehr Nacht. Ich konnte nicht aus dem Postgebäude heraus – da gibt's keine Türen, nur so drehbare Dinger... Hast du das gesehen?«

»Drehtüren?«

»Ach wo. Das hat wohl irgend etwas mit dieser Dienstleistungsgravitation zu tun, scheint mir. Kurz, ich drehte mich da drinnen wie ein Brummkreisel, und irgendein Kerl mit einem Mädchen zeigte auf mich mit dem Finger und lachte dabei…«

Meine Gesichtshaut schien mit einem Male irgendwie zu eng.

»Amme hin, Amme her«, sagte ich, »schadet nichts. Ich hoffe nur, daß er nie mehr so lachen wird.«

»Nein. Sein Schlüsselbein ist gebrochen.«

»Und sie haben dir nichts getan?«

»Nein. Denn ich kam geradewegs von der Maschine, und er hat mich provoziert – auch habe ich ihn nicht gleich geschlagen, Hal. Ach wo – ich fragte nur, was daran so lächerlich wäre, ich käme von außerhalb der Erde, und da lachte dieser Kerl wieder und sagte, mit dem Finger nach oben weisend: ›Ach, aus diesem Affenzirkus…‹«

»›Affenzirkus‹?«

»Ja. Und dann…«

»Warte mal. Wieso – ›Affenzirkus‹?«

»Keine Ahnung. Vielleicht hat er mal gehört, daß man die Raumfahrer in Schleudertrommeln herumwirbelt. Weiß nicht, denn weiter habe ich mit ihm nicht mehr geredet… Na und so weiter. Sie ließen mich laufen, nur soll seitdem der ADAPT auf Luna die Ankömmlinge genauer bearbeiten.«

»Soll denn noch jemand zurückkehren?«

»Ja. Die Simonadi-Gruppe, in achtzehn Jahren.«

»Da haben wir reichlich Zeit.«

»Jede Menge.«

»Aber zahm sind sie, das mußt du doch zugeben«, sagte ich. »Du hast ihm das Schlüsselbein gebrochen, und sie ließen dich einfach laufen…«

»Mir scheint, daß es wegen dieses Zirkus war«, meinte er. »Sie haben ja selbst uns gegenüber… na, du weißt schon, welche Gefühle. Denn dumm sind sie doch nicht. Außerdem hatte es einen Skandal gegeben. Mensch, Hal – du weißt ja von nichts.«

»Was?«

»Weißt du, warum unsere Ankunft nicht angekündigt wurde?«

»Irgend etwas soll wohl darüber im Real gewesen sein. Selbst habe ich es nicht gesehen, aber jemand erzählte mir davon.«

»Stimmt. Du würdest aber vor Lachen platzen, wenn du es gesehen hättest. ›Gestern in den frühen Morgenstunden kehrte eine Forschungsexpedition des außerplanetarischen Raumes auf die

Erde zurück. Die Teilnehmer fühlen sich gut. Sie haben mit der Auswertung der wissenschaftlichen Resultate ihrer Expedition begonnen.‹ Schluß. Punkt. Aus.«

»Waaas?«

»Ehrenwort. Und weißt du, warum sie es so machen? Weil sie Angst vor uns haben. Deshalb verstreuten sie uns über dem ganzen Erdball.«

»Nein. Das verstehe ich nicht. Das sind doch keine Idioten. Hast du selber gesagt. Die werden doch nicht denken, daß wir tatsächlich Raubtiere sind, die den Menschen an die Gurgel springen?!«

»Hätten sie das gedacht, dann würden sie uns überhaupt nicht hereinlassen. Nein, Hal. Es geht hier nicht um uns. Es geht um mehr. Wieso kannst du es nicht begreifen?«

»Ich bin wohl verblödet. Also sprich schon.«

»Die Menge ist sich der Tatsache nicht bewußt...«

»Welcher Tatsache?«

»Daß der Geist der Forschung schwindet. Daß es keine weiteren Expeditionen mehr gibt, das wissen sie. Aber sie denken nicht daran. Sie meinen, es gäbe keine Expeditionen mehr, weil sie wohl eben nicht nötig sind und Schluß. Es gibt aber auch solche, die das ausgezeichnet erkennen und wissen, was jetzt geschieht und was für Konsequenzen es haben wird. Und welche Folgen es schon jetzt hat.«

»Na – und?«

»Bon-bon. Bonbons in alle Ewigkeit. Keiner wird mehr zu den Sternen fliegen. Keiner wird ein gefährliches Experiment mehr riskieren. Keiner wird selbst am eigenen Leib eine neue Medizin ausprobieren. Meinst du – sie wissen es nicht? Doch, sie wissen es! Und würde man publik machen, wer wir wirklich sind, was wir getan haben, weshalb wir geflogen sind, was es eigentlich gewesen ist, dann ließe sich nie – niemals, verstehst du, diese Tragödie verbergen!!«

»Bon-bon?« fragte ich, sein Kürzel gebrauchend, das einem Außenstehenden, der diese Unterhaltung gehört hätte, vielleicht lächerlich vorgekommen wäre. Mir aber war nicht zum Lachen.

»Klar. Und – deiner Meinung nach – ist es etwa keine Tragödie?«

»Ich weiß nicht. Ol, hör mal. Schließlich muß das für uns etwas Großes sein und wird es auch bleiben. Daß wir uns all die Jahre so abnehmen ließen – und überhaupt alles – na, also meinen wir auch, es wäre das Wichtigste. Ist es aber vielleicht durchaus nicht. Man muß doch objektiv sein. Denn, sag selbst: was haben wir erreicht?«

»Was soll das?«

»Na, schüttle mal alle Säcke aus. Zeig einmal alles, was du von Fomalhaut mitgebracht hast.«

»Bist du übergeschnappt?«

»Durchaus nicht. Welches ist also der Nutzen unserer Expedition?«

»Wir waren ja Piloten, Hal. Frag mal Gimma oder Thurber.«

»Ol, rede doch keinen Unsinn. Wir waren dort zusammen, und du weißt sehr wohl, was die gemacht haben, was Venturi – ehe er umkam – gemacht, was Thurber getan hat – na, was glotzt du mich so an? Was haben wir mitgebracht? Vier Säcke mit verschiedensten Analysen, spektralen, sonstigen und noch anderen, Mineralproben, dann gibt es noch diesen Nährboden oder dieses Metaplasma oder wie immer dieser Dreck da von Arkturus-Beta heißt. Normers konnte seine Theorie der Gravimagnetischen Wirbel verifizieren, und darüber hinaus konnte noch festgestellt werden, daß auf den Planeten vom Typ C Meoli nicht Tri-, sondern Tetraploiden-Silikone existieren können und daß es auf diesem Mond, wo Arder fast verreckt wäre, überhaupt nichts außer dreckiger Lava und Blasen in der Größe von Wolkenkratzern gibt. Und nur um uns zu überzeugen, daß diese Lava in solchen verflixten Riesenblasen erstarrt, haben wir zehn Jahre verschwendet und sind hier zurückgekommen, um uns zum Gespött und zu Panoptikumsfiguren zu machen; warum sind wir denn zum Donnerwetter überhaupt da hinaufgekrochen? Kannst du mir das vielleicht erklären? Hatten wir das nötig?«

»Immer mit der Ruhe«, sagte er.

Ich war wütend, er war es auch. Seine Augen wurden schmal. Schon dachte ich, wir würden uns schlagen, und meine Lippen zuckten. Dann, plötzlich, lächelte er.

»Du oller Gaul«, sagte er. »Kannst einen Menschen zur Raserei bringen, weißt du das?«

»Zur Sache, Olaf, zur Sache.«

»Was heißt hier ›zur Sache‹? Du redest ja selber ganz unsachlich. Und wenn wir einen Elefanten mit acht Beinen, der lauter Algebra spricht, mitgebracht hätten, dann wärest du vielleicht zufrieden, wie? Was hast du dir eigentlich von Arkturus versprochen? Ein Paradies? Einen Triumphbogen? Was willst du? Zehn Jahre lang hab' ich von dir nicht soviel Unsinn gehört wie jetzt in dieser einen Minute.«

Ich holte Luft.

»Olaf, du machst aus mir einen Idioten. Du weißt aber ganz genau, worum es mir ging. Darum, daß die Menschen auch ohne das leben können...«

»Und ob! Und wie!«

»Warte. Sie können also leben, und wenn es so ist, wie du sagst, daß sie infolge der Betrisierung aufgehört haben zu fliegen, dann bleibt eben, mein Lieber, die Frage zu lösen, ob es sich gelohnt hat. Ob es wert war, einen solchen Preis zu zahlen.«

»So? Und, gesetzt den Fall, daß du dich verheiratest? Was glotzt du so? Kannst du nicht heiraten? Doch, du kannst es. Ich sage dir: du kannst. Und du wirst Kinder haben. Na, und die wirst du dann frohlockend zur Betrisierung tragen. Wie?«

»Frohlockend wohl nicht. Aber was könnte ich anderes tun? Ich kann doch nicht mit der ganzen Welt hadern...«

»Na, dann sei dir der schwarze und der blaue Himmel gnädig«, sagte er. »Und jetzt, wenn du willst, können wir in die Stadt fahren.«

»Schön«, sagte ich. »Mittagessen gibt es in zweieinhalb Stunden, also kommen wir noch rechtzeitig zurück.«

»Und wenn wir nicht rechtzeitig da sind, kriegen wir nichts mehr?«

»Doch, aber...«

Unter seinem Blick wurde ich rot. Er schien es nicht zu merken, war damit beschäftigt, Sand von seinen bloßen Füßen abzuschütteln. Wir gingen nach oben, zogen uns um und fuhren mit dem Wagen nach Klavestra. Der Verkehr auf der Fahrbahn war ziemlich stark. Zum erstenmal sah ich bunte Glider, rosa und zitronenweiße. Wir fanden eine Autowerkstatt. In den gläsernen Augen des Roboters, der den beschädigten Wagen besah, schien mir ein Erstaunen zu schimmern. Wir ließen den Wagen dort und gingen zu Fuß zurück. Es zeigte sich, daß es zwei Klavestras gab, die Altstadt und die Neustadt; in der alten, im lokalen Industriezentrum, war ich am vorigen Tag zusammen mit Marger gewesen. Die neue, moderne Sommererholungsstätte war voller Menschen, fast ausschließlich junger, oft Teenager. Die Jungen in ihren leuchtend bunten Kleidern schienen als römische Soldaten verkleidet zu sein: die Kleiderstoffe glänzten in der Sonne wie ganz kurze Panzer. Viele Mädchen, die meisten hübsch, oft in Strandanzügen, die gewagter waren als alles, was ich bisher gesehen hatte. Bei der Wanderung mit Olaf spürte ich die Blicke der ganzen Straße. Bunte Gruppen hielten bei unserem Anblick unter den Palmen inne. Wir waren größer als alle, die Menschen blieben stehen, drehten sich nach uns um, es war ein peinliches, ganz dummes Gefühl.

Als wir endlich zur Fahrbahn kamen und über die Felder gen Süden wendeten, Richtung Villa, trocknete sich Olaf die Stirn mit dem Taschentuch. Ich war auch etwas verschwitzt.

»Das soll doch der Deiwel holen«, sagte er.

»Behalte diesen Wunsch für eine bessere Gelegenheit.«

Er lächelte etwas sauer. »Hal!«

»Ja?«

»Weißt du, wie das aussah? Wie eine Szene im Filmatelier: alte Römer, Kurtisanen und Gladiatoren.«

»Gladiatoren sind dabei wir?«

»Genau.«

»Laufen wir jetzt?« fragte ich.

»Los.«

Wir rannten durch die Felder. Es waren etwa fünf Meilen. Aber wir verliefen uns etwas zu weit nach rechts und mußten wieder umkehren. Immerhin hatten wir dann noch Zeit, vor dem Mittagessen zu baden.

V

Ich klopfte an Olafs Tür.

»Wenn es kein Fremder ist – herein!« hörte ich seine Stimme. Er stand nackt in der Mitte des Zimmers und spritzte aus einer Flasche seinen Körper mit einer hellgelben, sofort flaumig erstarrenden Flüssigkeit an.

»Diese flüssige Wäsche, wie?« sagte ich. »Wie kannst du bloß!«

»Ich nahm kein zweites Oberhemd mit«, brummte er. »Magst du das nicht?«

»Nein. Und du?«

»Mein Oberhemd wurde zerrissen.«

Auf meinen erstaunten Blick fügte er mit einer Grimasse hinzu: »Dieser lachende Kerl, weißt du.«

Ich sagte kein Wort mehr. Er zog seine alte Hose – die ich noch vom »Prometheus« kannte – an, und wir gingen hinunter. Auf dem Tisch lagen nur drei Gedecke, und im Speisezimmer war niemand zu sehen.

»Wir werden vier sein«, wandte ich mich an den weißen Roboter.

»Nein, mein Herr. Herr Marger ist fort. Die Dame, Sie und Herr Staave sind nun zu dritt hier. Darf ich servieren, oder soll man auf die Dame warten?«

»Wir warten lieber«, beeilte sich Olaf zu antworten.

Anständiger Kerl. Das Mädchen kam gerade herein. Sie hatte dasselbe Röckchen an wie gestern, und ihr Haar war etwas feucht, als wäre sie aus dem Wasser gekommen. Ich stellte ihr Olaf vor, der sich ruhig, würdevoll gab. Nie verstand ich es, so würdevoll zu sein. Wir unterhielten uns. Sie sagte, daß ihr Mann jede Woche drei Tage lang aus beruflichen Gründen wegfahren müsse und daß das Wasser im Schwimmbecken, trotz der Sonne, nicht so warm wäre, wie es sein könnte. Dieses Gespräch riß bald ab, und obwohl ich mir die größte Mühe gab, konnte ich kein weiteres Thema finden. Ich saß und aß nur, die beiden gegensätzlichen Gestalten mir gegenüber. Ich merkte, daß Olaf sie ansah, aber nur, wenn ich mit ihr sprach und sie mich anschaute.

Sein Gesicht war ganz ausdruckslos, als dächte er die ganze Zeit an etwas anderes.

Zum Schluß des Mittagessens kam der weiße Roboter und sagte, das Wasser im Schwimmbecken würde für den Abend gewärmt sein, wie Frau Marger es sich gewünscht hatte. Frau Marger dankte und ging nach oben. Wir blieben zu zweit. Olaf sah mich an, und wieder wurde ich schrecklich rot.

»Wie ist denn das bloß«, meinte Olaf, indem er sich die von mir gereichte Zigarette in den Mund steckte, »daß ein Kerl, der fähig war, in dieses stinkende Loch auf Kerenea einzusteigen, ein alter Gaul – nein, nein, kein Gaul! –, ein altes Nashorn vielmehr, von einhundertfünfzig Jahren auf einmal anfängt...«

»Bitte, laß das sein«, brummte ich. »Wenn du es genau wissen willst: ich würde da noch einmal hineinsteigen, aber...« Ich beendete den Satz nicht.

»Gut. Werde nichts mehr sagen. Ehrenwort. Aber weißt du, Hal, verstehen kann ich dich. Und würde wetten, daß du nicht weißt, warum...«

Mit dem Kopf deutete er in die Richtung, in der sie verschwunden war.

»Warum?«

»Ja. Weißt du es?«

»Nein. Du aber auch nicht.«

»Doch. Soll ich's sagen?«

»Bitte. Nur keine Schweinereien dabei.«

»Du bist wirklich verrückt«, entrüstete sich Olaf. »Die Sache ist doch ganz einfach. Du hattest nämlich schon immer diesen Fehler – was unter deiner Nase war, bemerktest du nicht, nur immer dort, weit in der Ferne, alle diese Cantoren, Korybasileen...«

»Mach kein Theater.«

»Ich weiß, es ist Pennälerstil, aber wir wurden doch in unserer Entwicklung gehemmt, als man hinter uns die sechshundertachtzig Schrauben fest angezogen hat. Weißt du das?«

»Ja. Und weiter?«

»Sie ist ganz wie die Mädchen aus unserer Zeit. Hat kein so ekelhaftes Zeug in der Nase, auch keine Teller an den Ohren, auch keine leuchtenden Zotteln auf dem Kopf, starrt nicht vor Gold. Ein Mädchen, das du auch in Ceberto oder in Apprenous treffen könntest. Kann mich an genau solche gut erinnern. Das ist alles.«

»Hol mich der Teufel«, sagte ich leise. »Mag schon stimmen. Ja. Aber einen Unterschied gibt es doch.«

»Na?«

»Das, was ich dir bereits gesagt habe. Gleich am Anfang. Damals habe ich mich nicht so benommen. Und um die Wahrheit zu sagen, konnte ich mir auch kaum vorstellen... ich hielt mich eben für ein ruhiges, stilles Wässerchen.«

»Hat sich was. Schade, daß ich kein Bild von dir gemacht habe, damals, als du aus diesem Loch auf Kerenea gekrochen bist. Da hättest du schon was vom stillen Wässerchen gemerkt. Mensch, ich dachte... ach!«

»Hol doch der Kuckuck Kerenea mitsamt allen ihren Höhlen und dem ganzen Rest«, schlug ich vor. »Weißt du, Olaf, ehe ich herkam, war ich bei einem Doktor. Juffon heißt er. Netter Kerl. Bereits über achtzig, aber...«

»Das ist unser Los«, meinte Olaf ruhig. Er atmete den Rauch aus, sah zu, wie er über eine zartlila Blume, die an eine ausgewachsene Hyazinthe erinnerte, zerfloß, und setzte dann fort: »Am wohlsten fühlen wir uns unter solchen Greisen. Mit einem sooo langen Bart. Wenn ich daran denke, bekomme ich die Krätze. Weißt du was? Wir sollten uns eine Menge Hühner anschaffen. Denen können wir dann die Hälse umdrehen.«

»Hör auf mit dem Blödsinn. Also, dieser Doktor, weißt du, hat mir so manche ganz gescheiten Dinge gesagt. Daß wir keine – gleichaltrigen Freunde haben können, natürlich haben wir auch keine Angehörigen mehr, und es bleiben uns nur die Frauen. Aber eine Frau wäre jetzt viel schwerer zu finden als mehrere. Und recht hat er. Davon habe ich mich schon überzeugt.«

»Hal, ich weiß, daß du klüger bist als ich. Du hast ja immer so – so unmögliche Sachen gemocht. Die ungeheuer schwer sein mußten, die du auf Anhieb nicht schaffen konntest und wobei du erst dreimal aus der eigenen Haut fahren mußtest, bis es gelang. Anders hat es dir nie geschmeckt. Glotz mich nicht so an. Ich habe keine Angst vor dir, das weißt du wohl?«

»Gott sei Dank. Das hätte auch gerade noch gefehlt.«

»Also... was wollte ich sagen? Aha! Anfangs dachte ich, weißt du, daß du nur für dich allein sein willst und deshalb so büffelst und etwas mehr werden willst als nur ein Pilot und ein Mann, der dafür sorgt, daß der Laden stimmt. Ich wartete nur darauf, wann du anfangen würdest, die Nase über alle anderen zu rümpfen. Und muß sogar sagen, als du Normers und Venturi mit deinen verschiedenen Fragen zur Verzweiflung brachtest und dich da so unauffällig in deren hochgelehrte Diskussionen eingemischt hattest, weißt du, da meinte ich, du fängst damit wohl schon an. Aber später, da kam dann die Explosion, weißt du?«

»Ja. Die in der Nacht.«

»Eben. Und dann Kerenea und Arkturus und der Mond. Mein Lieber, von diesem Mond träume ich noch ab und zu, und einmal bin ich bei einem solchen Traum tatsächlich aus dem Bett gefallen. Na, dieser Mond! Aber, was wollte ich... Bin wohl schon verkalkt. Vergesse dauernd alles... Na ja, dann kamen die Dinge eben, und ich verstand, daß es dir nicht darum ging. Nur hast du eben eine solche Natur, du kannst nicht anders. Kannst du dich noch erinnern, wie du Venturi um sein Privatexemplar dieses roten Buches gebeten hast? Was war das nur für ein Buch?«

»Die Topologie des Hyperraumes.«

»Stimmt, stimmt. Und er sagte: ›Das ist für Sie zu schwer, Bregg. Sie haben ja keine Vorkenntnisse‹...«

Ich lachte, da er Venturis Stimme großartig dabei imitierte.

»Er hatte auch recht, Olaf. Es war zu schwer.«

»Ja, damals, aber später hast du es geschafft, wie manches andere auch.«

»Schon. Aber... ohne Genugtuung. Du weißt auch, warum. Ein armer Hund, dieser Venturi.«

»Red bloß nicht. Wer da wen bemitleiden soll, ist – im Licht der späteren Vorfälle – nicht so sicher.«

»Er kann keinen mehr bemitleiden. Du warst damals auf dem Oberdeck, wie?«

»Ich? Oberdeck? Mensch, ich stand doch dicht neben dir!«

»Stimmt. Hätte er nicht alles auf einmal für die Kühlung abgegeben, dann hätte es vielleicht nur mit Verbrennungen geendet. So wie es bei Arne der Fall war. Er muß den Kopf verloren haben.«

»Richtig. Nein, aber du bist ja unbezahlbar! Arne ist doch sowieso umgekommen!«

»Fünf Jahre später. Fünf Jahre sind immerhin fünf Jahre.«

»Solche Jahre?«

»Jetzt sprichst du selber so, und vorhin, am Wasser, als ich so sprach, da hast du mich angeschnauzt.«

»Weil es kaum auszuhalten gewesen war, obwohl auch herrlich. Na, gib's schon zu – ach, warum eigentlich. Als du aus diesem Loch geklettert bist, auf Kere...«

»Laß doch endlich dieses Loch in Ruhe!«

»Nein. Nein – weil ich erst dann verstanden habe, was in dir eigentlich steckt. Wir kannten uns damals noch nicht so wie später. Als Gimma mir – das war nach einem Monat – sagte, daß Arder mit dir fliegt, da dachte ich – na, ich weiß es nicht mehr! Ich ging zu ihm, sagte aber keinen Ton. Er spürte das natürlich sofort. ›Olaf‹, sagte er mir, ›sei nicht böse. Du bist mein bester Freund, aber jetzt fliege ich mit ihm und nicht mit dir, weil...‹ – weißt du, was er da gesagt hat?«

»Nein«, sagte ich. Meine Kehle war wie zugeschnürt.

»›...weil er als einziger hinuntergegangen ist. Ganz allein.‹ Keiner glaubte, daß man da hinabsteigen kann. Er selbst glaubte es auch nicht. Hast du denn geglaubt, daß du zurückkehrst?«

Ich schwieg.

»Siehst du, du Luder! ›Er kehrt entweder mit mir zurück‹, sagte er, ›oder keiner von uns kommt wieder...‹«

»Und dann kam ich allein...«, sagte ich.

»Du kamst dann allein. Ich kannte dich nicht wieder. Hab' ich damals einen Schreck gekriegt! Ich war unten bei den Pumpen.«

»Du?«

»Ja. Und da sehe ich – einen Fremden. Einen wildfremden Mann. Ich dachte, ein Trugbild... dein Anzug war ja auch ganz rot.«

»Das war Rost. Meine Leitung war geborsten.«

»Weiß ich. Wem erzählst du das? Habe doch selber später diese Leitung geflickt. Wie du aussahst... Na, aber noch später...«

»Die Sache mit Gimma?«

»Ja. In den Protokollen steht sie nicht. Auch die Tonbänder wurden nach einer Woche – wohl von Gimma selbst – herausgeschnitten. Ich dachte, du würdest ihn erschlagen, damals. Schwarzer Himmel.«

»Erzähl mir nicht davon«, sagte ich. Bald – spürte ich – würde mich ein Zittern überkommen. »Erzähl nicht weiter, Olaf, bitte!«

»Stell dich nicht so an. Arder stand mir näher als dir.«

»Näher oder ferner – was heißt das hier schon! Was bedeutet das! Ein Dummkopf bist du. Hätte ihm Gimma nur eine Reserveeinlage mitgegeben, so könnte er jetzt hier mit uns sitzen! Gimma sparte aber dauernd an allem, hatte Angst, keine Transistoren mehr zu haben. Aber keine Leute mehr zu haben – davor hatte er keine Angst! Ich...« Ich brach ab. »Olaf! Das ist doch barer Irrsinn! Hören wir auf damit.«

»Hal, es scheint, daß wir damit nicht aufhören können. Mindestens, solange wir zusammen sind. Gimma hatte dann nie mehr...«

»Laß mich in Frieden mit Gimma, Olaf! Schluß, punktum. Ich will kein Wort mehr hören!«

»Und von mir selbst darf ich auch nicht sprechen?«

Ich zuckte die Achseln. Der weiße Roboter wollte den Tisch abräumen, sah aber nur von der Halle aus hinein und ging wieder. Vielleicht haben ihn unsere erhobenen Stimmen verscheucht.

»Hal, sag mal. Warum bist du eigentlich so aufgebracht?«

»Spiel nicht den Dummen.«

»Nein, wirklich.«

»Was heißt: Warum? Es war doch meine Schuld.«

»Was?«

»Na, das mit Arder.«

»Waaas?«

»Klar. Hätt ich mich noch vor unserem Start geweigert, so würde Gimma doch...«

»Na, weißt du! Wie konntest du denn wissen, daß ihm ausgerechnet das Radio ausfallen wird? Und wenn es etwas anderes gewesen wäre?«

»Wenn. Wenn. Aber da gab es kein Wenn. Es war das Radio.«

»Warte mal. Und das hast du in dir sechs Jahre lang herumgetragen, ohne einen Ton zu piepsen?«

»Was sollte ich schon reden? Ich dachte mir, daß es vollkommen klar wäre – nicht?«

»Heiterer und schwarzer Himmel! Was redest du da, Mensch! Besinne dich doch. Hättest du es gesagt, hätte sich jeder an die Stirn getippt. Und war es vielleicht auch deine Schuld, als sich bei Ennesson das Bündel entfokalisierte? Wie?«

»Nein. Er... nun, Herdstörungen kommen schon vor.«

»Weiß ich. Ich weiß alles. So viel wie du. Keine Angst, Hal, ich kriege aber keine Ruhe, bis du mir nicht sagst...«

»Was denn schon wieder?«

»Daß das alles bei dir nur Hirngespinste sind. Es ist doch barer Unsinn. Selbst Arder würde dir das sagen, wenn er könnte.«

»Schönen Dank auch.«

»Hal, wenn ich dir jetzt eine knalle...«

»Paß nur auf. Ich bin schwerer.«

»Ich bin aber wütender, verstehst du? Dussel!«

»Olaf, schrei doch nicht so. Wir sind hier nicht allein.«

»Schon gut. Gut. War es aber Unsinn – ja oder nein?«

»Nein.«

Olaf sog die Luft ein, bis seine Nasenflügel weiß wurden.

»Und warum nicht?« fragte er fast freundlich.

»Weil... weil ich die knauserige Hand von Gimma schon früher bemerkt hatte. Meine Pflicht war es, das zu berücksichtigen und Gimma gleich unter Druck zu setzen. Und nicht erst, als ich mit Arders Todesanzeige wiederkam. Ich war zu weich. Deshalb.«

»Na schön. Gut. Du warst zu weich... So? Nein! Ich... Hal! Ich kann nicht mehr. Ich fahre hier weg.«

Er sprang vom Stuhl auf. Ich auch.

»Ja, bist du denn verrückt geworden?« schrie ich. »Weg willst du? Sieh einer an. Und nur deshalb, weil...«

»Jawohl, ja. Soll ich mir vielleicht deine Hirngespinste anhören? Ich denke nicht daran. Arder hat doch nicht geantwortet – stimmt's?«

»Hör auf.«

»Hat er geantwortet?«

»Nein.«

»Könnte er einen Energieausfall gehabt haben?«

Ich schwieg.

»Könnte er tausend verschiedene andere Havarien gehabt haben? Und vielleicht geriet er in einen Echostreifen? Vielleicht ging sein Signal aus, als er die Kosmische in den Turbulenzen verlor? Vielleicht wurden seine Sender entmagnetisiert über dem Fleck da und dann...«

»Genug.«

»Du willst mir nicht recht geben? Du solltest dich schämen.«

»Ich habe ja nichts gesagt.«

»Na eben. Also, konnte ihm irgend etwas von den Dingen passieren, die ich jetzt nannte?«

»Schon...«

»Ja, warum versteifst du dich dann, daß es nur ausgerechnet das Radio, das Radio und nichts anderes als das Radio war?«

»Vielleicht hast du recht...«, sagte ich. Ich fühlte mich schrecklich müde, und alles schien mir auf einmal egal zu sein. »Vielleicht hast du recht«, wiederholte ich. »Das Radio... war einfach das wahrscheinlichste, weißt du... Nein. Sag nun nichts mehr. Wir haben sowieso zehntausendmal zuviel davon gesprochen. Am besten ist, nicht darüber zu sprechen.«

Olaf trat an mich heran. »Alter Gaul«, sagte er, »du unglückseliger alter Gaul... Hast einfach zuviel des Guten, weißt du das?«

»Was für Gutes soll das schon wieder sein?«

»Verantwortungsgefühl. Man muß in allem Maß halten. Und was willst du machen?«

»Womit?«

»Das weißt du doch...«

»Nein.«

»Schlimm – was?«

»Schlimmer kann es gar nicht sein.«

»Willst du denn nicht mit mir mit? Oder irgendwohin – allein. Wenn du willst, helfe ich dir dabei. Ich kann deine Sachen mitnehmen, oder du läßt sie hier, oder...«

»Meinst du, daß ich türmen soll?«

»Ich meine gar nichts. Aber wenn ich dich so sehe, wenn du nur ein bißchen aus der eigenen Haut fährst, nur ein winziges bißchen, so wie eben vor einer Weile, weißt du... dann...«

»Ja – dann?«

»Dann fange ich zu denken an.«

»Ich will hier nicht weg. Weißt du, was ich dir sage? Ich rühre mich hier nicht vom Fleck. Es sei denn, daß...«

»Ja?«

»Nichts. Und der da, in der Werkstatt, was hat er gesagt? Wann soll der Wagen fertig sein? Morgen oder noch heute? Denn ich habe es vergessen.«

»Morgen früh.«

»Schön. Sieh bloß: es dunkelt schon. Wir haben den ganzen Nachmittag vertratscht...«

»Möge dir der Himmel äußerst wenig von solchem Getratsche bescheren!«

»Gehen wir noch ins Wasser?«

»Nein. Ich möchte gerne etwas lesen. Gibst du mir was?«

»Nimm, was du willst. Verstehst du mit diesen Glaskörnchen umzugehen?«

»Ja. Und ich hoffe, du hast nicht so eine... solche Lesemaschine mit so einer Zuckergußstimme.«

»Nein. Ich hab' nur den Opton.«

»Fein. Dann nehme ich es. Und du wirst im Schwimmbecken sein?«

»Ja. Aber erst gehe ich mit dir nach oben, muß mich noch umziehen.«

Oben gab ich ihm ein paar Bücher, meist historische, und eine Arbeit über die Stabilisierung der Populationsdynamik, da sie ihn interessierte. Auch eine Biologie mit einer großen Abhandlung über die Betrisierung. Ich selbst zog mich dann um und suchte meine Badehose, die ich irgendwo verlegt hatte. Ich konnte sie aber nicht finden und nahm daher einen schwarzen Slip von Olaf, warf den Bademantel über die Schultern und ging aus dem Haus.

Die Sonne war schon untergegangen. Vom Westen her zog eine Wolkenbank auf und verdüsterte den helleren Teil des Himmels. Ich warf den Mantel auf den Sand, der schon nach der Tageshitze abgekühlt war. Ich setzte mich, berührte das Wasser mit den Zehenspitzen. Dieses Gespräch hatte mich mehr aufgewühlt, als ich selbst zugeben wollte. Arders Tod steckte in mir wie ein Splitter. Vielleicht hatte Olaf auch recht. Vielleicht war es nur das Gedächtnis, das sich nie damit abfinden konnte...

Ich stand auf und sprang flach, einfach, mit dem Kopf nach unten. Das Wasser war warm, aber ich erwartete kaltes und war durch diese Überraschung etwas verdutzt. Ich schwamm hoch. Zu warm war das Wasser, so, als ob ich in einer Suppe herumschwimmen würde. Ich kletterte an der entgegengesetzten Seite heraus, ließ auf dem Beckenrand dunkle Spuren meiner Hände, als ich einen Stich im Herzen spürte. Die Arder-Geschichte hatte mich in eine völlig andere Welt versetzt; nun aber, vielleicht weil das Wasser so warm war, warm sein sollte, erinnerte ich mich an das Mädchen. Und das war, als würde ich mich an etwas Schreckliches, an ein Unglück erinnern, dem ich nicht vorbeugen konnte – und es doch mußte.

Vielleicht war aber auch das ein Hirngespinst. Ich drehte diesen Gedanken in meinem Kopf herum, unsicher, in der aufkommenden Dunkelheit zusammengekauert. Ich sah kaum noch den eigenen Körper, meine Sonnenbräune verbarg mich in der Finsternis. Die Wolken füllten nun den ganzen Himmel, und plötzlich, viel zu schnell, wurde es Nacht. Vom Haus kam etwas Weißes auf mich zu. Es war ihre Badekappe. Panik überkam mich. Langsam stand ich auf, wollte ganz einfach weglaufen, aber sie sah mich schon gegen den Hintergrund des Himmels.

»Herr Bregg?« fragte sie leise.

»Ja. Wollen Sie baden? Ich... ich will nicht stören. Ich gehe schon...«

»Warum? Sie stören mich doch nicht... ist das Wasser warm?«

»Ja. Für meinen Geschmack sogar zu warm«, sagte ich. Sie ging an den Rand und sprang ganz leicht. Jetzt sah ich nur ihre Umrisse. Der Badeanzug war dunkel. Das Wasser planschte. Sie kam dicht an meinen Beinen wieder hoch.

»Pfui, schrecklich!« prustete sie. »Was hat er denn da angerichtet... man muß kaltes hinzugießen. Wissen Sie, wie man das macht?«

»Nein. Aber gleich werde ich es wissen.«

Ich sprang über ihren Kopf hinweg. Schwamm tief nach unten, bis meine ausgestreckten Arme den Grund berührten, und dann schwamm ich dicht darüber, oft den Betonboden berührend. Unter Wasser war es, wie üblich, etwas heller als draußen, so daß ich die Leitungsöffnungen ausfindig machen konnte. Sie waren in der Wand gegenüber dem Haus angebracht. Ich kam hoch, schon etwas außer Atem, da ich solange getaucht war.

»Bregg!« hörte ich ihre Stimme.

»Hier bin ich. Was gibt's?«

»Ich bekam Angst...«, bekannte sie schon leiser.

»Warum?«

»Sie kamen so lange nicht mehr hoch...«

»Nun weiß ich, wo die Leitungen sind, wir machen das gleich!« rief ich und lief auf das Haus zu. Die heldenhafte Taucherei konnte ich mir geschenkt haben, denn die Wasserhähne waren gut zu sehen, sie befanden sich in einer kleinen Säule neben der Veranda. Ich drehte den Kaltwasserhahn auf und ging zum Schwimmbecken zurück.

»Fertig. Es wird bloß noch etwas dauern.«

»Ja.«

Sie stand unter dem Sprungbrett und ich an der kürzeren Seite des Schwimmbeckens, als hätte ich Angst, näherzutreten. Also ging ich auf sie zu, langsam, wie absichtslos. An die Dunkelheit hatte ich mich schon gewöhnt. Ich konnte ihre Gesichtszüge unterscheiden. Sie sah ins Wasser. Die weiße Badekappe stand ihr wirklich gut. Und sie sah größer aus als angekleidet.

So stand ich lange neben ihr, bis es fast taktlos schien. Vielleicht setzte ich mich deshalb so plötzlich. ›Du Holzklotz!‹ schimpfte ich mit mir selbst. Aber irgendeinen guten Einfall hatte ich nicht. Die

Wolken wurden dichter, die Dunkelheit auch, aber nach Regen sah es nicht aus. Es war ziemlich kühl.

»Frieren Sie nicht?«

»Nein. Herr Bregg?«

»Ja?«

»Das Wasser scheint aber nicht zu steigen.«

»Weil ich den Abfluß geöffnet habe... nun wird es aber wohl reichen. Ich schließe ihn wieder.«

Als ich vom Haus zurückkam, verfiel ich auf die Idee, daß ich Olaf rufen könnte. Es war so dumm, daß ich fast laut gelacht hätte. Angst hatte ich also vor ihr...

Ich tat einen flachen Sprung und kam gleich wieder hoch.

»Nun scheint es richtig zu sein. Vielleicht tat ich zuviel des Guten, dann sagen Sie es mir, bitte, ich kann noch warmes Wasser zufließen lassen.«

Der Wasserspiegel senkte sich nun ganz deutlich, da der Abfluß noch immer geöffnet war. Das Mädchen – ich sah ihren schlanken Schatten und die Wolken als Hintergrund – schien irgendwie unschlüssig. Vielleicht hatte sie keine Lust mehr zu baden. Vielleicht wollte sie wieder ins Haus zurück, fuhr es mir blitzartig durch den Kopf, und ich fühlte dabei eine Art von Erleichterung. Doch im gleichen Moment sprang sie flach auf die Beine und schrie dabei leise auf, weil das Wasser wirklich schon seicht war – ich hatte keine Zeit gehabt, sie zu warnen. Sie mußte sich mit den Füßen ziemlich stark am Boden gestoßen haben, sie schwankte, fiel aber nicht hin. Ich sprang zu.

»Ist Ihnen etwas passiert?«

»Nein.«

»Es ist meine Schuld. Ich bin ein Dummkopf.«

Bis zur Taille standen wir nun beide im Wasser. Ich kroch ans Ufer, lief zum Haus, schloß den Abfluß und kam wieder zurück. Ich konnte sie nirgends sehen. Leise glitt ich ins Wasser, schwamm durch das ganze Becken, legte mich auf den Rücken und, ganz leicht die Arme bewegend, ging ich auf den Grund. Als ich die Augen öffnete, sah ich die glasig-dunkle, von kleinen Wellen gekrümmte Wasseroberfläche. Langsam trug mich dieses Wasser hoch, ich fing aufrecht zu schwimmen an, und dann sah ich sie. Sie stand direkt an der Wand des Schwimmbeckens. Ich schwamm auf sie zu. Das Sprungbrett blieb auf der anderen Seite, hier war das Wasser flach, so daß ich gleich festen Grund unter den Füßen bekam. Das Wasser, das ich beim Gehen zerteilte, rauschte laut. Ich sah ihr Gesicht, sie schaute mich an; lag es an der Wucht meiner letzten Schritte – denn es fällt ja schwer, im Wasser zu gehen, ist aber auch nicht leicht, plötzlich stehenzubleiben –, jedenfalls stand ich plötzlich dicht neben ihr. Vielleicht wäre sie zurückgegangen, aber sie blieb, wo sie war, mit der Hand die erste aus dem Wasser kommende Leitersprosse umfassend, und ich war schon zu nahe, um noch irgend etwas sagen zu können – mich hinter einem Gespräch zu verstecken...

Ich umarmte sie fest, sie war kalt, aalglatt, wie ein eigenartiges, fremdes Tier. Und plötzlich fand ich in diesem kühlen, fast unlebendigen Kontakt einen heißen Flecken – ihren Mund –, sie rührte sich nicht, und ich küßte sie, küßte und küßte – es war der reinste Irrsinn. Sie wehrte sich nicht, leistete auch keinen Widerstand, sie schien wirklich wie tot. Ich hielt sie an den Schultern, hob ihr Gesicht empor, wollte sie sehen, ihr in die Augen blicken, aber es war schon so dunkel, daß ich ihre Figur kaum erraten konnte, hätte ich sie nicht gespürt. Sie zitterte nicht. Irgend etwas pulsierte nur – ob mein Herz oder ihres – ich wußte es nicht. So standen wir, bis sie sich langsam aus meinen Armen zu befreien begann. Ich ließ sie sofort los. Sie stieg die Leiter hinauf. Ich kam hinter ihr her, umarmte sie wieder, irgendwie linkisch von der Seite, nun zitterte sie. Jetzt zitterte sie, ja. Ich wollte etwas sagen, fand aber keine Stimme. Ich hielt sie fest an mich gedrückt, und so standen wir, bis sie sich wiederum befreite, ohne mich abzustoßen, nur so, als wäre ich überhaupt nicht da. Meine Arme fielen herab. Sie ging nun fort. Im Lichtschein, der aus meinem Fenster kam, sah ich, wie sie den Bademantel hob, ohne ihn um die Schulter zu hängen, und auf die Treppe zuging. An der Tür, in der Halle, brannte auch noch Licht. Ich sah Wassertropfen auf ihrem Rücken und ihren Hüften glänzen. Dann schloß sich die Tür. Sie verschwand.

Eine Sekunde lang hatte ich das Verlangen, ins Wasser zu springen und nie mehr hochzukommen. Nein, wirklich. Niemals kam mir vorher solch eine Idee in den Kopf. Es war ja alles so sinnlos, so unmöglich. Und das Schlimmste dabei war, daß ich nicht wußte, was es bedeuten sollte und was ich jetzt tun konnte. Und sie – warum war sie so... so... eigenartig gewesen? Vielleicht hatte die Angst sie gelähmt? Ach, nichts als Angst und immer wieder nur Angst. Nein, es war etwas anderes. Was aber? Wie konnte ich es wissen? Vielleicht Olaf. Übrigens – bin ich ein fünfzehnjähriger Grünschnabel, der ein Mädchen küßt und dann gleich zu seinem Freund läuft, um Rat zu holen?

›Doch‹, dachte ich, ›gerade das werde ich tun.‹ Ich ging ins Haus, nahm meinen Bademantel, schüttelte den Sand von ihm ab. In der Halle war es hell. Ich trat an ihre Tür heran. ›Vielleicht läßt sie mich herein‹, dachte ich. Täte sie es, dann wäre mir nicht mehr an ihr gelegen. Vielleicht. Vielleicht ist es dann das Ende. Oder ich bekomme eine Ohrfeige. Aber nein. Sie sind ja gut, sind betrisiert, sie können es nicht. Sie wird mir nur einen Bonbon geben, was mir sicher sehr guttun wird.

So stand ich wohl fünf Minuten lang und dachte an die unterirdischen Höhlen von Kerenea, an dieses berühmte Loch, von dem Olaf so viel sprach. Ein gesegnetes Loch! Es war, wie es schien, ein alter Vulkan. Arder blieb dort zwischen Felsbrocken eingeklemmt stecken und konnte nicht heraus, und die Lava stieg schon. Eigentlich keine Lava, denn Venturi behauptete, es wäre eine Art Geysir – nein, das kam erst später. Arder... Wir hörten seine Stimme. Per Funk. Dann stieg ich da hinunter und zog ihn heraus. Großer Gott! Zehnmal lieber war mir das gewesen, als diese Tür hier. Gar kein Geräusch. Nichts.

Hätte diese Tür bloß eine Klinke gehabt. Nein, dies war eine kleine Platte. Bei mir, oben, gab es so etwas nicht. Ich wußte kaum, ob sie irgendwie eingestellt – wie ein Schloß – war oder ob man sie drücken sollte. Ich war noch immer derselbe wilde Mann von Kerenea.

Ich hob die Hand und hielt unschlüssig inne. Und wenn die Tür nicht aufgeht? Allein die Vorstellung eines solchen Rückzugs: das würde mir für eine längere Zeit viel Material zum Nachdenken geben. Und ich spürte, daß ich, je länger ich so stand, desto schwächer wurde, so, als verließen mich alle Kräfte. Ich berührte die Platte. Sie gab nicht nach. Ich drückte nun stärker.

»Sind Sie das?« hörte ich ihre Stimme. Sie mußte dicht bei der Tür stehen.

»Ja.«

Stille. Eine halbe, eine ganze Minute lang.

Die Tür ging auf. Sie stand an der Schwelle. Hatte einen flauschigen Morgenmantel an. Das Haar fiel ihr bis auf den Kragen. Schwer zu glauben: aber jetzt erst sah ich, daß es kastanienbraun war.

Die Tür wurde nur einen Spalt geöffnet. Sie hielt sie fest. Als ich einen Schritt nach vorn machte, trat sie zurück. Von allein und völlig geräuschlos schnappte die Tür hinter mir zu.

Und plötzlich, als ob mir Schuppen von den Augen fielen, merkte ich, wie das alles aussah. Sie blickte mich an, reglos, blaß, beide Teile ihres Mantels mit den Händen festhaltend, und ich stand ihr gegenüber, nackt, wassertriefend, im schwarzen Slip von Olaf, mit einem sandverkrusteten Bademantel in der Hand – und starrte sie an…

Plötzlich mußte ich gerade wegen all dieser Dinge lächeln. Ich schüttelte meinen Bademantel, zog ihn an und setzte mich. An der Stelle, wo ich vorher stand, bemerkte ich zwei feuchte Flecke. Aber ich hatte absolut nichts zu sagen. Was konnte ich schon sagen? Auf einmal wußte ich es. Es war wie eine Inspiration.

»Wissen Sie, wer ich bin?«

»Ja.«

»So? Na schön. Vom Reisebüro?«

»Nein.«

»Auch egal. Ich bin – ein Wilder – wissen Sie das?«

»So?«

»Ja. Schrecklich wild. Wie heißen Sie?«

»Wissen Sie es denn nicht?«

»Ihr Vorname.«

»Eri.«

»Ich nehme dich fort von hier.«

»Was?«

»Ja. Ich nehme dich von hier fort. Willst du?«

»Nein.«

»Das schadet nichts. Ich nehme dich mit. Weißt du, warum?«

»Ungefähr.«

»Nein, du weißt es nicht. Ich weiß es selber nicht.«

Sie schwieg.

»Ich kann mir nicht helfen«, sprach ich weiter. »Es ist eigentlich geschehen, als ich dich sah. Vorgestern. Am Mittagstisch. Weißt du?«

»Ich weiß.«

»Warte. Du meinst vielleicht, daß ich scherze?«

»Nein.«

»Woher kannst du… ach, egal. Wirst du versuchen zu fliehen?«

Sie schwieg.

»Tu das nicht«, bat ich. »Es wird dir nichts nützen, weißt du. Ich lasse dich sowieso nicht in Ruhe. Obwohl ich es gerne möchte, glaubst du das?«

Sie schwieg.

»Siehst du, es liegt nicht nur daran, daß ich nicht betrisiert bin. Mir liegt an gar nichts mehr, weißt du. An nichts. Außer dir. Ich muß dich sehen. Muß dich ansehen können. Muß deine Stimme hören. Ich muß es, etwas anderes interessiert mich nicht mehr. Nichts. Ich weiß noch nicht, was mit uns werden wird. Mir scheint, daß dies ein schlechtes Ende haben kann. Aber das ist mir egal. Denn nun lohnt es sich schon. Weil ich es laut sage und du es hörst. Verstehst du? Nein. Du kannst es nicht verstehen. Ihr seid eure Schicksalsdramatik losgeworden, um in aller Ruhe zu leben. Ich kann das nicht. Brauche es auch nicht.«

Sie schwieg. Ich holte Luft.

»Eri«, sagte ich, »hör doch... setz dich erst einmal hin.«

Sie rührte sich nicht.

»Setz dich doch. Bitte.«

Nichts.

»Das kann dir doch nicht schaden. Setz dich.«

Plötzlich begriff ich. Meine Kiefermuskeln spannten sich.

»Wenn du nicht willst – warum hast du mich denn 'reingelassen?«

Nichts.

Ich stand auf, nahm sie bei den Schultern. Sie wehrte sich nicht. Ich setzte sie in einen Sessel. Brachte dann den meinen so nahe, daß sich unsere Knie fast berührten.

»Du kannst machen, was du willst. Aber hör zu. Es ist nicht meine Schuld. Und deine schon ganz bestimmt nicht. Keiner ist schuld. Ich habe es nicht gewollt. Aber es ist nun einmal so. Es ist, siehst du, die Ausgangssituation. Ich weiß, daß ich mich wie ein armer Irrer benehme. Aber ich sage dir auch gleich, warum. Willst du mit mir denn überhaupt nicht mehr sprechen?«

»Vielleicht«, sagte sie.

»Danke schön dafür. Ja. Ich weiß. Ich habe nicht das geringste Recht und so weiter. Also – was ich sagen wollte: – vor Millionen von Jahren gab es solche Eidechsen, Brontosaurier, Atlantosaurier... Hast du vielleicht davon gehört?«

»Ja.«

»Haushohe Riesen waren das. Sie hatten einen unheimlich langen Schwanz, der dreimal so lang wie ihr ganzer Körper war. Konnten sich wohl deshalb nicht so, wie sie vielleicht gewollt hätten, bewegen – leicht und geschickt. Ich bin ihnen irgendwie ähnlich, weißt du. Zehn Jahre lang, weiß der Kuckuck wozu, trieb ich mich zwischen den Sternen herum. Vielleicht war es gar nicht nötig. Aber nun läßt sich das nicht ändern. Nachholen geht nicht mehr. Und das belastet mich eben. Verstehst du? Ich kann mich nicht so benehmen, als ob es das nie gegeben hätte. Ich glaube kaum, daß du davon entzückt sein könntest. Darüber, was ich dir sage, sagte und noch sagen werde. Aber einen Rat kann ich da nicht finden. Ich muß dich haben, solange es nur geht, und das ist eigentlich alles. Sagst du mir jetzt etwas?«

Sie sah mich an. Sie schien mir noch etwas blasser geworden zu sein, aber es mochte am Licht liegen. Sie saß, in ihren flaumigen Mantel eingekuschelt, als ob sie fröre. Ich wollte fragen, ob ihr kalt war, konnte aber wieder kein Wort hervorbringen. Mir – o nein – mir war nicht kalt.

»Was... hätten Sie... an meiner Stelle getan?«

»Sehr gut!« lobte ich sie. »Ich glaube, daß ich kämpfen würde.«

»Ich kann nicht.«

»Das weiß ich. Glaubst du, daß mir das die Sache leichter macht? Das Gegenteil ist der Fall, das schwöre ich dir. Willst du, daß ich jetzt gehe, oder darf ich noch etwas sagen? Warum siehst du mich so an? Nun weißt du doch wohl, daß ich für dich alles tun werde, nicht wahr? Bitte, sieh mich nicht so an. In meinem Mund bedeutet ›alles‹ etwas völlig anderes als bei anderen Leuten. Und weißt du was?«

Ich fühlte mich außer Atem, als ob ich lange gelaufen wäre. Ich hielt ihre beiden Hände – wie lange, weiß ich nicht –, vielleicht von Anfang an? Ich weiß nicht. Sie waren so zierlich.

»Eri, weißt du, nie habe ich so etwas wie jetzt gespürt. Denk bloß. Diese schreckliche Leere – dort. Nicht zu beschreiben. Ich glaubte nicht an meine Rückkehr. Keiner glaubte es. Wir sprachen zwar darüber, aber nur so. Sie sind dort geblieben, Tom, Arne, Venturi, und sie sind jetzt wie die Steine, solche eingefrorenen Steine in der Finsternis – weißt du. Und ich hätte auch dort bleiben sollen, aber wenn ich schon hier bin und deine Hände halte und zu dir sprechen darf und du mich hörst, so ist es vielleicht nicht so schlimm. So gemein. Vielleicht nicht – Eri! Sieh mich nur nicht so an. Ich beschwöre dich. Gib mir eine Chance.

Denke ja nicht, daß es nur – Liebe ist. Denk nicht so. Es ist mehr. Mehr. Du glaubst mir nicht... warum glaubst du mir nicht? Ich sage doch die Wahrheit. Wirklich.«

Sie schwieg. Ihre Hände waren eiskalt.

»Du kannst nicht, wie? Es ist nicht möglich. Ja, ich weiß, daß es nicht möglich ist. Wußte es vom ersten Augenblick an. Ich dürfte nicht hier sein. Eine leere Stelle sollte jetzt hier sein. Ich gehöre dorthin. Es ist aber nicht meine Schuld, daß ich zurückgekehrt bin. Ja. Ich weiß nicht, warum ich dir das alles erzähle. Das gibt es nicht. Was gibt es nicht? Egal, wenn dich das nichts angeht. Du dachtest wohl, ich könnte mit dir alles machen, was ich will? Mir liegt aber nichts daran, verstehst du? Du bist ja kein Stern...«

Stille. Das ganze Haus schwieg. Ich neigte den Kopf zu ihren Händen, die wie gelähmt auf den meinen lagen, und fing an, zu ihnen zu sprechen.

»Eri, Eri. Jetzt weißt du, daß du keine Angst zu haben brauchst, nicht wahr? Du weißt, daß dir keine Gefahr droht. Aber das ist so – groß, Eri. Ich wußte nicht mal, daß es so etwas geben kann. Wußte es nicht. Ich schwöre es dir. Warum fliegen sie denn zu den Sternen? Ich kann es nicht verstehen. Dies ist doch hier. Oder muß man vielleicht erst dort gewesen sein, um es zu verstehen? Ja, schon möglich. Nun will ich gehen, ich gehe schon. Und du wirst alles vergessen. Wirst du es vergessen?«

Sie nickte.

»Wirst du es auch keinem sagen?«

Sie verneinte mit dem Kopf.

»Wirklich?«

»Wirklich.«

Es war nur ein Flüstern.

»Ich danke dir.«

Ich ging hinaus. Die Treppe. Eine cremefarbene, dann eine grüne Wand. Die Tür meines Zimmers. Ich machte weit das Fenster auf, atmete tief. Wie gut die Luft war. Seit ich aus ihrem Zimmer kam, war ich völlig ruhig. Ich lächelte sogar, aber weder mit dem Gesicht, noch mit den Lippen. Dieses Lächeln hatte ich in mir, nachsichtig meiner eigenen Dummheit gegenüber, auch der Tatsache, daß ich nichts wußte und es doch so einfach gewesen war. Gebückt wühlte ich im Innern meines Sportkoffers. Unter den Stricken? Nein. Irgendwelche Päckchen, was denn, nein, nicht das, Moment mal...

Nun hatte ich ihn. Ich streckte mich wieder und fühlte mich plötzlich beschämt. Die Lichter. Nein, so konnte ich es nicht. Ich ging eben, um sie zu löschen, als Olaf auf die Schwelle trat. Er war noch nicht ausgezogen. War er denn überhaupt nicht ins Bett gegangen?

»Was machst du denn da?«

»Nichts.«

»So? Und was hast du da? Versteck es nur nicht!«

»Nichts...«

»Zeig her!«

»Nein.«

»Wußte ich's doch. Du Scheißkerl!«

Diesen Schlag hatte ich nicht erwartet. Ich öffnete die Finger, der Griff rutschte mir aus der Hand, und wir beide kämpften bereits, ich warf mich über ihn, er sprang über mich, der Schreibtisch fiel um, die mitgezogene Lampe krachte gegen die Wand, daß das ganze Haus aufdröhnte. Nun hatte ich ihn erwischt. Er konnte sich nicht mehr befreien, wand sich nur, ich hörte einen Schrei, ihren Schrei, ließ ihn los, sprang nach rückwärts.

Sie stand in der Tür.

Olaf kam auf die Knie.

»Töten wollte er sich. Deinetwegen!« röchelte er. Er faßte sich mit beiden Händen an den Hals. Ich wandte mein Gesicht ab. Stützte mich an der Wand, meine Beine zitterten. Ich schämte mich, schämte mich furchtbar. Sie sah uns an, erst den einen, dann den anderen. Olaf hielt immer noch seinen Hals.

»Geh hier fort«, sagte ich leise zu Olaf.

»Zuerst mußt du mich fertigmachen.«

»Hör auf damit.«

»Nein.«

»Bitte, mein Herr, gehen Sie doch«, sagte sie.

Ich verstummte mit offenem Mund. Olaf starrte sie ungläubig an. »Mädchen, er...«

Sie verneinte mit dem Kopf.

Er behielt uns im Auge, ging etwas seitlich, dann ein bißchen rückwärts und verschwand.

Sie sah mich an. »Ist das wahr?« fragte sie.

»Eri...«, stöhnte ich.

»Mußt du?« fragte sie.

Ich nickte: »Ja.« Aber sie widersprach mir.

»Wieso?« sagte ich. Und wiederholte noch einmal, etwas stotternd: »Wie – so?« – Sie schwieg. Ich kam auf sie zu und sah, daß sie den Kopf an die Schulter zog und ihre Hände, die einen Teil des flaumigen Mantels hielten, zitterten.

»Warum? Warum hast du eine solche Angst vor mir?«

Sie verneinte mit dem Kopf.

»Nicht?«

»Nein.«

»Aber du zitterst ja?«

»Nur so.«

»Und... wirst du mit mir gehen?«

Sie nickte zweimal, wie ein Kind. Ich umarmte sie, so leicht wie ich nur konnte. Als ob sie ganz aus Glas wäre.

»Habe keine Angst«, sagte ich. »Sieh...«

Meine Hände zitterten nun auch. Warum zitterten sie nicht, als ich langsam weiße Haare bekam, als ich auf Arder wartete? An welche Reserven, an welche verborgenen Winkel stieß ich nun, um endlich zu erfahren, was ich selbst wert bin?

»Setz dich«, bat ich, »du zitterst ja noch immer. Oder nein, warte!«

Ich legte sie auf mein Bett. Deckte sie bis an den Hals zu.

»Besser so?«

Sie nickte: »Ja, besser.«

Ich wußte nicht, ob sie nur in meiner Anwesenheit so stumm war oder überhaupt von Natur aus.

Ich kniete am Bett nieder.

»Sag mir doch etwas«, flüsterte ich.

»Was?«

»Von dir. Wer du bist. Was du machst. Was du willst. Nein – was du wolltest, ehe ich über dich herfiel.«

Sie zuckte leise die Achseln, so als ob sie damit sagen wollte: ›Nichts habe ich zu sagen.‹

»Willst du nichts erzählen? Warum? Vielleicht...«

»Das ist nicht wichtig«, sagte sie. Als ob sie mich mit diesen Worten geschlagen hätte. Ich rückte von ihr ab.

»Wieso, Eri... wieso...?« stammelte ich. Aber ich verstand es bereits. Nur zu gut.

Ich sprang auf und fing an, im Zimmer auf und ab zu gehen.

»So will ich es nicht. So kann ich nicht. Ich kann es nicht. So darf es nicht sein. Ich...«

Ich erstarrte. Schon wieder. Denn sie lächelte. Ihr Lächeln war so schwach, daß man es kaum wahrnahm.

»Eri, was...?«

»Er hat recht«, sagte sie.

»Wer?«

»Dieser... dieser Freund von Ihnen.«

»Weshalb?«

Es fiel ihr schwer, es zu sagen. Sie wandte den Blick ab. »Weil Sie ... unklug sind.«

»Woher weißt du, daß er so etwas sagte?«

»Ich habe es gehört.«

»Unser Gespräch? Nach dem Mittagessen?«

Sie nickte. Und errötete. Sogar ihre Ohren wurden rosig.

»Es ging nicht anders. Sie haben beide sehr laut gesprochen. Ich wäre weggegangen, aber...«

Ich verstand. Die Tür ihres Zimmers ging in die Halle. ›Idiot!‹ dachte ich, selbstverständlich von mir. Ich war wie betäubt.

»Hast du... alles gehört?«

Sie nickte.

»Und wußtest, daß ich von dir...?«

»Mhm.«

»Wieso? Ich nannte doch keinen...«

»Ich wußte es schon vorher.«

»Wie?«

Sie bewegte den Kopf. »Das weiß ich nicht, aber ich wußte es. Das heißt, am Anfang dachte ich, es scheint mir nur so.«

»Und später? Wann war das?«

»Ich weiß nicht. So im Laufe des Tages. Ich spürte es.«

»Hattest du schrecklich Angst?« fragte ich mürrisch.

»Nein.«

»Nein? Warum denn nicht?«

Sie lächelte schwach. »Sie sind ganz, ganz wie...«

»Wie was!!?«

»Wie aus einem Märchen. Ich wußte gar nicht, daß... man... so sein kann, und wenn Sie nicht... Sie wissen, was... würde ich denken, daß ich träume...«

»Ganz bestimmt nicht.«

»Oh, ich weiß doch. Sagte es nur so. Wissen Sie schon, was ich meine?«

»Nicht so recht. Ich bin wohl stumpfsinnig, Eri. Ja, Olaf hatte schon recht. Ich bin ein Dummkopf. Ein ausgesprochener Dummkopf. Also sag es mir, bitte, deutlich ja?«

»Gut. Sie denken, daß Sie so schrecklich sind, aber das ist nicht wahr. Sie sind nur…«

Sie verstummte, fand keine Worte. Ich hörte sie sprechen, und mein Mund stand halb offen.

»Kind, Eri, ich… ich dachte nicht daran, daß ich so schrecklich wäre. Unsinn. Ehrenwort. Erst als ich zurückkam und so verschiedene Dinge hörte und erfuhr… genug. Hab' schon genug geredet. Viel zuviel. Nie im Leben war ich so geschwätzig. Sprich du, Eri. Sprich.«

Ich setzte mich aufs Bett.

»Hab' schon nichts mehr… wirklich. Nur… weiß ich nicht…«

»Was weißt du nicht?«

»Was nun werden wird…«

Ich neigte mich zu ihr. Sie sah mir direkt in die Augen. Ihre Lider bewegten sich nicht. Unser Atem vermischte sich.

»Warum hast du dich küssen lassen?«

»Ich weiß nicht.«

Mit den Lippen berührte ich ihre Wange. Dann ihren Hals. Ich lag so, den Kopf an ihrer Schulter, biß mit aller Kraft die Zähne zusammen. So habe ich es noch nie erlebt. Ich wußte nicht einmal, daß es so sein kann. Ich wollte weinen.

»Eri«, flüsterte ich stimmlos, nur mit den Lippen. »Eri. Rette mich!«

Sie lag reglos da. Ich hörte, wie aus einer großen Entfernung, ihre schnellen Herzschläge. Ich setzte mich wieder.

»Wenn…«, hub ich an, fand aber nicht den Mut, diesen Satz zu beenden. Ich stand auf, hob die Lampe hoch, stellte den Schreibtisch an seine Stelle, stolperte über etwas – es war ein Fahrtenmesser. Es lag auf dem Boden. Ich warf es in den Koffer. Drehte mich um.

»Ich mach das Licht aus«, sagte ich, »ja?«

Keine Antwort. Ich berührte den Schalter. Die Finsternis war vollkommen, nicht einmal im offenen Fenster waren irgendwelche, auch nicht die entferntesten Lichter zu sehen. Nichts. Schwarz. Alles. So schwarz, wie es manchmal im All gewesen war.

Ich schloß die Augen. Die Stille rauschte.

»Eri…«, flüsterte ich. Sie antwortete nicht. Ich spürte ihre Angst. Ging im Dunkel auf das Bett zu. Versuchte ihren Atem zu hören, aber nur die Stille klang mit einem allumfassenden Ton, als ob sie sich in dieser Finsternis materialisierte. Sie wurde zu ihr, zu Eri. ›Ich sollte hier fort‹, dachte ich. ›Ja. Werde gleich gehen.‹ Aber ich bückte mich und fand mit einem Male, hellseherisch, ihr Gesicht. Sie hörte zu atmen auf.

»Nein«, hauchte ich. »Nichts. Wirklich nichts.«

Ich berührte ihr Haar. Streichelte es mit meinen Fingerspitzen, erkannte es, noch so fremd, so unerwartet. So sehr wollte ich das alles verstehen. Aber vielleicht gab es da nichts zu verstehen? Was für eine Stille. Schlief Olaf wohl schon? Kaum. Saß wahrscheinlich da, lauschte. Wartete. Also hin zu ihm. Aber ich konnte es nicht. Nein. Ich legte meinen Kopf an ihre Schulter. Ein Ruck, und schon war ich bei ihr. Ich spürte, wie ihr ganzer Körper steif wurde. Sie schob mich zurück.

Ich flüsterte: »Keine Angst.«

»Nein.«

»Du zitterst.«

»Nur so.«

Ich umarmte sie. Die Last ihres Kopfes auf meiner Schulter verschob sich bis in die Ellenbogenbiegung. Wir lagen beieinander, und es gab die schweigende Finsternis.

»Spät schon«, murmelte ich. »Sehr spät. – Du mußt schlafen. Bitte. Schlaf.«

Ich wiegte sie allein durch eine langsame Anspannung meiner Schulter. Sie lag still, doch spürte ich die Wärme ihres Körpers und Atems. Der ging schnell. Und ihr Herz schlug Alarm. Langsam, nur langsam wurde es ruhiger. Sie mußte sehr müde sein. Ich horchte erst mit offenen, dann mit geschlossenen Augen, denn so schien ich besser zu hören. Ob sie schon schlief? Wer war sie? Warum bedeutete sie mir soviel? Ich lag in dieser Finsternis, vom Wind hinter dem Fenster angeweht, der manchmal in den Vorhängen raschelte. Ich war von reglosem Staunen erfüllt. Ennesson. Thomas. Venturi. Arder. Also deshalb gab es das alles? Deshalb? Eine Handvoll Staub. Dort, wo niemals ein Wind weht. Wo es weder Wolken noch Sonne, noch Regen, überhaupt nichts gibt, und zwar so wörtlich, als ob es nicht möglich wäre, als ob es sich nicht einmal denken ließe. Und ich bin dort gewesen? Wirklich? Ja – wozu?

Nichts wußte ich nun mehr, alles floß zu einer gestaltlosen Finsternis zusammen – ich erstarrte. Sie zuckte zusammen. Langsam drehte sie sich auf die Seite. Ihr Kopf blieb aber auf meiner Schulter. Sie murmelte ganz leise etwas und schlief weiter.

Ich versuchte mir die Chromosphäre von Arkturus vorzustellen. Einen riesenhaften gähnenden Raum, über den ich geflogen und geflogen bin, mich wie auf einem schrecklichen, unsichtbaren Feuerkarussell drehend, mit tränenden, verschwollenen Augen und teilnahmslos immerfort wiederholend: ›Sonde, Null, Sieben. Sonde, Null, Sieben. Sonde, Null, Sieben‹, Tausende und aber Tausende Male, so daß später allein schon der Gedanke an diese Worte mich zum Zusammenzucken brachte. Sie waren mir eingebrannt worden, als ob sie Wunden wären; und als Antwort knisterte nur etwas in den Kopfhörern, und ein kicherndes Geräusch kam, in das die Protuberanzflammen von meiner Apparatur verwandelt wurden, und das war Arder, sein Gesicht, sein Körper und seine Rakete in ein strahlendes Gas verwandelt – und Thomas? Der verschollene Thomas, von dem keiner wußte, daß... Und Ennesson? Wir vertrugen uns schlecht – ich konnte ihn eigentlich nicht leiden. Aber in der Druckkammer kämpfte ich mit Olaf, der mich nicht hineinlassen wollte, weil es schon zu spät war: was war ich da bloß edelmütig, ihr großen, schwarzen und blauen Himmel... Es war aber gar kein Edelmut, sondern nur eine Frage des Preises. Jawohl. Denn jeder von uns war unbezahlbar, das menschliche Leben erlangte seinen höchsten Wert dort, wo es schon gar keinen mehr haben konnte, wo es nur von einer dünnen, fast nicht mehr existierenden Schicht vom Ende abgegrenzt war. Dieses Drähtchen oder dieser Kontakt in Arders Radio. Diese Verspleißung in Venturis Reaktor, die Voss nicht ausreichend überprüfte – vielleicht hat sie sich plötzlich gelöst, denn das gibt es ja doch auch, die Metallermüdung – und Venturi hörte dann innerhalb – weiß ich – von fünf Sekunden zu existieren auf. Und Thurbers Rückkehr? Und die wundersame Rettung Olafs, der sich verirrt hatte, als seine Richtungsantenne durchbohrt worden war – wann? Auf welche Art? Keiner wußte es. Olaf kam wieder – durch ein Wunder. Ja, einer pro eine Million. Und was für ein Glück hatte ich selber doch! Was für ein außergewöhnliches, unmögliches Glück... Mein Arm war eingeschlafen, es gab mir aber ein unbeschreibliches, gutes Gefühl. ›Eri‹, sagte ich in Gedanken, ›Eri.‹ Wie die Stimme eines Vogels. So ein Name! Vogelstimme... Wie haben wir Ennesson angebettelt, Vogelstimmen zu imitieren. Er konnte das. Und wie er das konnte! Und als er umgekommen war – und mit ihm alle diese Vögel...

Doch schon wurde das alles verworren, ich sank, ich schwamm durch die Finsternis. Im letzten Augenblick vor dem Einschlafen schien mir, ich wäre dort, auf meinem Platz, in der Koje, tief, ganz dem eisernen Boden nah, und neben mir lag der kleine Arne – da wurde ich für einen Augenblick wieder wach. Nein, Arne lebte nicht mehr, und ich war auf der Erde. Das Mädchen atmete leise.

»Sei gesegnet, Eri«, hauchte ich, sog den Geruch ihrer Haare ein und schlief auch schon.

Ich öffnete die Augen, ohne zu wissen, wo und gar neben wem ich war. Dunkles Haar, das auf meiner Schulter lag – ich spürte es nicht, als ob es etwas Fremdes wäre –, machte mich stutzig. Es war nur ein Sekundenbruchteil. Im nächsten wußte ich alles. Die Sonne war noch nicht aufgegangen, milchweißer Morgen, ohne einen Tropfen von Morgenröte, klar und durchdringend kalt, stand in den Fenstern. Ich sah in diesem allerfrühesten Licht Eris Gesicht so, als sähe ich es zum ersten Mal. Sie schlief fest, atmete mit festgeschlossenen Lippen, es war ihr wohl nicht sehr bequem auf meiner Schulter: denn sie schob eine Hand unter den Kopf und bewegte ab und zu ganz leicht die Augenbrauen, als wunderte sie sich immer wieder. Diese Bewegung war ganz gering, ich sah ihr aber aufmerksam zu, als ob auf diesem Gesicht mein eigenes Los geschrieben stünde.

Ich dachte an Olaf. Fing an, äußerst vorsichtig, meinen Arm zu befreien. Diese Vorsicht erwies sich als gänzlich unnötig. Sie schlief einen festen Schlaf, träumte auch – ich hielt inne, versuchte nicht so sehr den Traum zu erraten, sondern nur, ob es kein böser war. Ihr Gesicht war fast kindlich. Nein, böse war der Traum sicher nicht. Ich rückte von ihr ab, stand auf. Ich war im Bademantel, so wie ich mich hingelegt hatte. Barfuß trat ich in den Gang, schloß leise die Tür, sehr langsam und mit der gleichen Vorsicht sah ich in Olafs Zimmer hinein. Das Bett war unberührt. Er saß am Tisch, den Kopf in die Hand gestützt, und schlief. Er hatte sich nicht ausgezogen, so wie ich es mir gedacht hatte. Was ihn aufwachen ließ, weiß ich nicht – mein Blick etwa? Plötzlich sah er mich durchdringend mit seinen hellen Augen an, streckte und reckte sich ausgiebig.

»Olaf«, sagte ich, »sollte ich auch hundert Jahre lang...«

»Halt's Maul«, schlug er mir äußerst freundlich vor. »Hal, du hattest ja immer schon schlimme Neigungen…«

»Fängst du wieder an? Ich wollte dir nur sagen…«

»Ich weiß, was du sagen wolltest. Weiß immer, was du sagen willst, eine Woche im voraus. Hätten wir auf dem ›Prometheus‹ einen Bordkaplan gebraucht, würdest du dich dazu wie kein anderer eignen. Zum Kuckuck, daß mir das nicht früher in den Sinn kam! Da hätte ich dich aber schön ins Gebet genommen. Hal! Keine Predigt! Keine großen Worte, Verwünschungen, Schwüre und sonstiges. Wie geht's? Gut. Ja?«

»Ich weiß nicht. Scheint so. Wenn es dir um… na, um… geht – na, ist zwischen uns nichts passiert.«

»Zuerst solltest du wohl niederknien«, meinte er. »Und dann kniend weitersprechen. Alter Dummkopf, frage ich dich denn nach so was? Ich rede von Perspektiven und so weiter.«

»Keine Ahnung. Weißt du, ich will dir was sagen: sie selbst weiß es auch nicht. Ich flog ihr an den Kopf, richtig wie ein Stein.«

»Tja. Das ist unangenehm«, meinte Olaf. Er zog sich aus. Suchte seinen Slip. »Wieviel wiegst du? Hundertzehn?«

»So ungefähr. Brauchst nicht zu suchen: deinen Slip habe ich an.«

»Bei aller Heiligkeit hast du immer und alles geklaut«, brummte er, und als ich den Slip ausziehen wollte: »Idiot, laß das doch sein. Ich habe einen anderen im Koffer.«

»Wie wird eine Scheidung durchgeführt? Weißt du es zufällig?« erkundigte ich mich.

Olaf schaute mich an, über seinen offenen Koffer gebückt. Er grinste. »Nein, weiß ich nicht. Möchte wissen, woher ich es wissen sollte. Ich hörte aber, daß es wie ein Niesen ist. Und dabei braucht man nicht mal Gesundheit zu wünschen. Gibt es hier nirgends ein anständiges Badezimmer mit Wasser?«

»Keine Ahnung. Wohl kaum. Nur so eins – na, du weißt schon.«

»Ja. Ein erfrischender Sturmwind, der nach Mundwasser riecht. Schauderhaft. Gehen wir zum Schwimmbecken. Ohne Wasser fühle ich mich ungewaschen. Schläft sie?«

»Ja.«

»Na, dann man los.«

Das Wasser war kalt und herrlich. Ich machte eine Schraube rückwärts: es ging großartig. Bisher war mir das nie gelungen. Ich schwamm hoch, prustend und würgend, da ich mit der Nase etwas Wasser eingezogen hatte.

»Paß auf«, warnte mich Olaf vom Ufer, »nun mußt du acht auf dich geben. Erinnerst du dich noch an Markel?«

»Ja. Wieso?«

»Er ist auf vier ammoniakhaltigen Jupitermonden gewesen, und als er zurückkam und sich auf dem Übungsplatz setzte und aus seiner Rakete herauskroch, mit Trophäen wie ein Weihnachtsbaum behangen, da stolperte er und brach sich das Bein. Paß also jetzt auf. Sage ich dir.«

»Werde ich schon. Scheußlich kalt ist das Wasser. Ich komm lieber 'raus.«

»Richtig. Könntest dir einen Schnupfen holen. Den hatte ich zehn Jahre lang nicht mehr. Sobald ich aber Luna anflog, bekam ich einen Husten.«

»Weil es dort so trocken gewesen ist, weißt du«, sagte ich mit todernstem Gesicht. Olaf lachte und bespritzte mein Gesicht mit Wasser, als er einen Meter neben mir hineinsprang.

»Tatsächlich trocken«, meinte er, indem er hochschwamm. »Gute Bezeichnung, wirklich. Trocken, jedoch recht ungemütlich.«

»Ol, nun laufe ich.«

»Schön. Dann treffen wir uns beim Frühstück. Oder magst du nicht?«

»Aber ja.«

Ich lief nach oben, trocknete mich unterwegs ab. Vor der Tür hielt ich den Atem an. Schaute vorsichtig herein. Sie schlief immer noch. Ich nutzte die Gelegenheit und zog mich schnell um. Sogar rasieren konnte ich mich noch im Badezimmer.

Dann schob ich den Kopf wieder ins Zimmer hinein – mir schien, daß sie sich bewegt hatte. Als ich auf Zehenspitzen ans Bett herantrat, öffnete sie die Augen.

»Hab' ich... hier... geschlafen?«

»Ja. Ja, Eri...«

»Mir war, als ob jemand...«

»Ja. Eri – ich... ich war das.«

Sie sah mich lange an, als ob alle Erinnerungen erst langsam in ihr wach wurden. Ihre Augen weiteten sich anfangs ein wenig – vor Staunen? –, dann schloß sie sie, machte sie wieder auf – schaute verstohlen, sehr schnell, so aber, daß ich es merkte, unter die Bettdecke – und zeigte ihr gerötetes Gesicht.

Ich räusperte mich. »Du willst wohl in dein Zimmer – wie? Dann gehe ich lieber, oder...?«

»Nein«, sagte sie, »ich hab' doch den Mantel.« Sie zog ihn zusammen, setzte sich im Bett auf. »Ist es... schon... wirklich so?« fragte sie leise in einem Ton, als nähme sie von etwas Abschied.

Ich schwieg.

Sie stand auf, ging durch das Zimmer, kam wieder zurück.

Sie hob die Augen, sah mir ins Gesicht – in ihrem Blick war eine Frage, eine Unsicherheit und noch etwas, was ich nicht erraten konnte.

»Herr Bregg...«

»Ich heiße Hal. So ein – Vorname...«

»Ha... Hal, ich...«

»Ja?«

»Ich... weiß wirklich nicht... ich möchte... Seon...«

»Was?«

»Nun... er...«

Konnte oder wollte sie nicht »mein Mann« sagen?

»...kommt übermorgen wieder.«

»So?«

»Was soll dann werden?«

Ich schluckte.

»Soll ich mit ihm sprechen?« fragte ich.

»Wieso?«

Jetzt sah ich sie wiederum an, verdutzt, verständnislos.

»Sie... sagten doch gestern...«

Ich wartete.

»...daß... Sie mich mitnehmen werden.«

»Ja.«

»Und er?«

»Soll ich nicht mit ihm sprechen?« wiederholte ich dämlich.

»Wieso sprechen? Sie – allein?«

»Wer denn sonst?«

»Muß es also... das Ende sein?«

Irgend etwas würgte mich; ich räusperte mich wieder. »Aber... es gibt doch keinen anderen Ausweg.«

»Ich... ich dachte... es wäre ein Mesk.«

»Ein... was?«

»Wissen Sie es denn nicht?«

»Nein. Ich weiß es nicht. Verstehe kein Wort. Was ist das denn?« fragte ich und fühlte ein ungutes Frösteln. Wieder stieß ich an eine dieser plötzlichen Grenzen, an ein sumpfiges Mißverständnis.

»Es ist so. Ein... eine solche... wenn jemand einen findet... und für einige Zeit dann möchte... – ja, wissen Sie wirklich nichts davon?«

»Warte, Eri. Ich weiß nichts, aber nun scheine ich doch etwas... ist es so etwas Provisorisches, so ein Interimszustand, so ein Augenblicksabenteuer?«

»Nein«, sagte sie, und ihre Augen wurden ganz rund. »Sie wissen also nicht... wie das... Selbst weiß ich es auch nicht so genau, wie das ist«, gab sie plötzlich zu. »Hörte nur davon. Und dachte, daß Sie deshalb...«

»Eri – ich weiß nichts. Und der Teufel soll mich holen, wenn ich etwas kapiere. Hat das... nun, jedenfalls hängt es wohl irgendwie mit der Ehe zusammen, ja?«

»Na ja. Man geht dann in so ein Amt und dort – ich weiß nicht genau – jedenfalls später ist... ist es dann schon...«

»Aber was?«

»Endgültig. So, daß man nichts sagen darf. Keiner. Das heißt, auch er...«

»Also ist es doch... eine Art Legalisierung – na, zum Teufel –, Legalisierung des Ehebruchs? Ja?«

»Nein. Ja. Das heißt, es ist dann kein Ehebruch, übrigens – so sagt man nicht mehr. Es gibt keinen Ehebruch, denn, na, weil ich mit Seon nur für ein Jahr...«

»Waas?« sagte ich und meinte mich verhört zu haben. »Und was heißt das? Wieso auf ein Jahr? Jahresehe? Probeehe? Nur auf ein Jahr? Warum?«

»Es ist ein Versuch...«

»Ihr großen, schwarzen und blauen Himmel! Eine Probe also. Und was ist – Mesk? Vielleicht ein Aviso fürs nächste Jahr?«

»Ich weiß nicht, was ein Aviso ist. Ehebruch – ja, ich habe davon gehört. Aber hier – das bedeutet, wenn eine Ehe nach einem Jahr auseinandergeht, dann wird das andere dann gültig. Wie eine Trauung.«

»Dieser Mesk?«

»Ja.«

»Und wenn nicht – was dann?«

»Nichts. Das hat keine Bedeutung.«

»Aha. Na, dann weiß ich's schon. Nein. Gar kein Mesk. In alle

Ewigkeit. Weißt du, was das heißt?«

»Ja. Herr Bregg?«

»Nun?«

»Ich mache in diesem Jahr meine Prüfung in Archäologie...«

»Ich begreife schon. Du gibst mir zu verstehen, daß ich – indem ich dich für idiotisch halte, im Grunde selbst ein Vollidiot bin – stimmt's?«

»Sie haben es sehr kraftvoll ausgedrückt.« Sie lächelte.

»Ja. Entschuldigung. Also, Eri, darf ich mit ihm sprechen?«

»Worüber?«

Mein Kiefer klappte herunter. ›Schon wieder!‹ dachte ich.

»Na, was, zum Kuck...«, ich biß mich in die Unterlippe. »Über uns.«

»Aber das tut man doch nicht.«

»Nein? Aha. Ja, so. Und was tut man denn?«

»Man führt eine Trennung durch. Aber, Herr Bregg, wirklich... ich... ich kann doch nicht so...«

»Sondern?«

Ratlos zuckte sie die Achseln.

»Soll das heißen, daß wir zu dem Punkt wiederkehren, von dem wir gestern abend ausgegangen sind?« fragte ich. »Eri, sei mir nicht böse, daß ich so spreche, ich bin, weißt du, doppelt gehandicapt. Ich kenne doch nicht all die Formen und Gebräuche, weiß nicht einmal, was sich im Alltag gehört oder nicht gehört, geschweige denn in solchen...«

»Ja. Ich weiß. Ich weiß. Aber ich und er... ich... Seon...«

»Ich verstehe schon«, sagte ich. »Weißt du was? Vielleicht setzen wir uns?«

»Ich kann besser im Stehen denken.«

»Meinetwegen. Hör zu, Eri. Ich weiß, was ich tun sollte. Dich mitnehmen, so wie ich's sagte, und irgendwohin fahren – keine Ahnung, woher ich diese Sicherheit habe. Vielleicht entstammt sie nur meiner bodenlosen Dummheit. Aber mir scheint, am Ende würdest du dich mit mir wohl fühlen. Na ja. Nun aber, siehst du, bin ich wieder so, daß – na, kurz gesagt: Ich will es nicht tun. Um dich, sozusagen, nicht zu zwingen. Schließlich fällt ja die ganze Verantwortung für diese meine – nennen wir sie mal so – Entscheidung – auf dich... Also bin ich ein Schwein nicht von der rechten, sondern von der linken Seite. Ja. Ich sehe es recht gut. Recht gut sehe ich das. Also sag mir jetzt, bitte, nur noch eins –

was ziehst du vor?«

»Die rechte...«

»Was?«

»Die rechte Seite von diesem Schwein.«

Ich mußte lachen. Vielleicht etwas hysterisch. »Großer Gott. So. Na, schön. Also darf ich mit ihm sprechen? Später. Das heißt, ich würde dann allein herkommen...«

»Nein.«

»Tut man so etwas nicht? Schon möglich. Aber ich habe das Gefühl, daß ich es tun sollte, Eri...«

»Nein. Ich bitte Sie... sehr darum. Wirklich. Nein. Nein!«

Plötzlich flossen Tränen aus ihren Augen. Ich schlang beide Arme um sie.

»Eri! Nein! Also nein. Ich werde machen, was du willst, aber weine nur nicht. Bitte. Denn... so weine doch nicht. Hör auf, hörst du? Oder... meinetwegen... weine... ich weiß schon selber nicht...«

»Ich... ich wußte nicht, daß es... so...«, murmelte sie, schluchzend.

Ich trug sie im Zimmer herum.

»Weine nicht, Eri... oder, weißt du was? Wir fahren... auf einen Monat. Willst du es so? Und wenn du dann zurück willst, fährst du eben zurück...«

»Bitte...«, sagte sie. »Bitte...«

Ich stellte sie auf den Boden.

»Darf man es nicht so? Ich weiß doch nichts. Dachte nur...«

»Ach, Sie sind schon einer! Dürfen, nicht dürfen. Ich will es nicht so haben. Will nicht!«

»Meine rechte Seite vergrößert sich zusehends«, sagte ich unerwartet trocken. »Na, schon gut, Eri. Ich will mir jetzt nicht weiter den Kopf zerbrechen. Zieh dich nun an. Wir wollen frühstücken und fahren dann gleich los.«

Sie sah mich an mit Tränenspuren im Gesicht. Sie nahm sich ungewöhnlich zusammen. Runzelte die Brauen. Mir schien, daß sie noch etwas sagen wollte, was für mich wohl kaum schmeichelhaft gewesen wäre. Aber sie seufzte nur und ging wortlos hinaus. Ich setzte mich an den Tisch. Meine plötzliche Entscheidung – wie in einer Räubergeschichte – war die Sache eines Augenblicks. In Wirklichkeit war ich genauso entschlossen wie eine Windrose. Fühlte mich wie ein Holzklotz. ›Wie kann ich, wie kann ich nur?‹

– fragte ich mich. Ach, was für eine Verwirrung!

In der halb offenen Tür stand Olaf.

»Mein Sohn«, sagte er, »tut mir leid. Es ist der Gipfel der Indiskretion, den ich da erklimme, aber ich habe alles gehört. Konnte nicht anders. Man sollte die Türen schließen, und außerdem hast du ja eine recht gesunde Stimme. Hal – du überbietest dich selbst. Was verlangst du von einem Mädchen? Dir gleich um den Hals zu fallen, nur weil du einmal auf Keren...«

»Olaf!« knurrte ich.

»Nur Ruhe kann uns noch retten. Na, eine Archäologin machte einen schönen Fund. Einhundertsechzig Jahre – gehört wohl schon zur Antike – oder?«

»Deine Art von Humor...«

»Sagt dir nicht zu. Weiß ich. Mir auch nicht. Aber was hätte ich denn davon, mein Lieber, wenn ich dein Inneres nicht so gut kennen würde? Das Begräbnis eines Freundes und Schluß. Hal, Hal...«

»Ich weiß genau, wie ich heiße.«

»Was willst du denn? Los – Kaplan! Wir essen und machen uns dann aus dem Staub.«

»Hab' nicht mal 'ne Ahnung, wohin.«

»Zufällig weiß ich es aber. An der See kann man noch kleine Häuschen mieten. Ihr nehmt den Wagen...«

»Wieso – ›ihr‹?«

»Und wieso anders? Meinst du wohl die Heilige Dreifaltigkeit? Kaplan...«

»Olaf, wenn du jetzt nicht Schluß machst...«

»Schön. Ich weiß. Du möchtest alle glücklich machen: mich, sie, diesen Seol oder Seon... nein, das geht nicht. Hal, wir werden zusammen fahren. Kannst mich aber höchstens bis Houl bringen, dort nehme ich einen Ulder.«

»Na, na«, sagte ich, »schöne Ferien habe ich dir da eingebrockt.«

»Wenn ich nicht klage, solltest du es auch nicht tun. Vielleicht wird noch was daraus. Und jetzt Schluß. Komm.«

Das Frühstück verlief in einer sonderbaren Atmosphäre. Olaf sprach mehr als gewöhnlich, aber eher in die Luft. Eri und ich sagten fast kein Wort. Dann holte der weiße Roboter einen Glider, mit dem Olaf nach Klavestra fuhr, um den Wagen zu holen. Im letzten Augenblick kam es ihm in den Sinn. Nach einer Stunde war das Auto schon im Garten, ich lud meine ganze Habe ein, Eri nahm auch ihre Sachen – nicht alle, wie mir schien, aber ich stellte keine Fragen; eigentlich sprachen wir überhaupt nicht miteinander. Und bei dem sonnigen Tag fuhren wir in der schon aufkommenden Hitze zuerst nach Houl – es lag etwas abseits von der Straße –, wo Olaf ausstieg; daß er dort für uns bereits ein Häuschen gemietet hatte, erzählte er erst im Wagen.

Einen Abschied gab es eigentlich nicht.

»Hör mal«, sagte ich, »wenn ich dir eine Nachricht gebe... wirst du kommen?«

»Klar. Ich schicke dir noch meine Adresse.«

»Schreibe poste restante, Houl«, sagte ich. Er reichte mir seine harte Hand. Wie viele solche Hände gab es wohl noch auf der ganzen Erde?

Ich drückte sie, bis meine Knochen knackten. Ohne mich umzusehen, setzte ich mich dann in den Wagen. Wir fuhren kaum eine Stunde. Olaf hatte mir gesagt, wo das Häuschen zu finden ist. Es war klein – vier Zimmer, ohne Schwimmbecken, aber am Strand, direkt an der See. Als wir auf einer weiteren Anhöhe an den Reihen bunter Häuschen vorbeifuhren, die verstreut auf den Hügeln standen, sahen wir von der Straße den Ozean. Noch ehe er zum Vorschein kam, hörte man sein dumpfes, fernes Grollen.

Von Zeit zu Zeit sah ich Eri an. Sie schwieg, saß kerzengerade, schaute nur selten seitwärts auf die vorbeifliegende Landschaft. Das Häuschen – unser Häuschen – sollte blau mit einem orangefarbenen Dach sein. Als ich mir mit der Zunge über die Lippen fuhr, spürte ich Salzgeschmack. Die Straße wand sich, lief parallel zur sandigen Uferlinie. Der Ozean mit seinen von weitem scheinbar reglosen Wellen mischte seine Stimme mit dem Dröhnen des stark laufenden Motors.

Das Häuschen war eines der letzten. Ein kleiner Garten mit Sträuchern, die vom Salzbelag grau waren, trug die Spuren eines kürzlichen Sturms. Die Wellen mußten bis an den niedrigen Zaun gereicht haben: hier und da fand man noch leere Muscheln. Das schräge Dach schob sich nach vorne, bildete etwas wie eine phantasievoll geschwungene Hutkrempe und gab recht viel Schatten. Das Nachbarhäuschen sah man hinter einer großen, spärlich bewachsenen Düne. Bis zu ihm waren es sechshundert Schritte. Unten, auf dem halbmondförmigen Strand sah man winzige menschliche Silhouetten.

Ich öffnete die Wagentür.

»Eri...«

Wortlos stieg sie aus. Könnte ich bloß ahnen, was da unter dieser leicht gekrausten Stirn vorging. Sie ging neben mir – schritt auf diese Tür zu.

»Nein – nicht so«, sagte ich. »Selbst darfst du nicht über die Schwelle treten, weißt du?«

»Warum?«

Ich hob sie hoch.

»Mach auf«, bat ich. Sie berührte die Türplatte mit den Fingern, und die Tür öffnete sich. Ich trug sie über die Schwelle und ließ sie dann auf den Boden gleiten.

»Es ist so ein Brauch. Bringt... Glück.«

Als erstes ging sie die Zimmer ansehen. Die Küche war hinten, automatisch, und ein Roboter, eigentlich kein richtiger, sondern nur so ein elektrisches Dummerchen zum Saubermachen. Es konnte auch servieren. Führte Befehle aus, sprach aber selbst nur ein paar Worte.

»Eri«, sagte ich, »willst du an den Strand?«

Sie verneinte mit dem Kopf. Wir standen inmitten des größten Zimmers: weiß und gold.

»Und was willst du? Vielleicht...«

Ehe ich noch zu Ende sprach, wieder dieselbe Kopfbewegung. Ich sah schon, was sich da anbahnte. Aber ich hatte ja die Würfel geworfen, und das Spiel mußte weitergehen.

»Ich bringe die Sachen«, sagte ich. Wartete noch, ob sie etwas sagen würde, aber sie setzte sich in einen der grasgrünen Sessel, und ich verstand, daß sie nichts sagen wollte. Dieser erste Tag war schrecklich. Eri tat nichts Demonstratives, mied mich auch nicht absichtlich, versuchte sogar nach dem Mittagessen etwas zu lernen – da bat ich sie, im Zimmer bleiben zu dürfen, um ihr zuzuschauen. Ich versprach, kein Wort zu reden und nicht zu stören. Aber schon nach einer Viertelstunde – was war ich doch für ein heller Kopf! – begriff ich, daß meine Anwesenheit auf ihr wie ein schwerer Felsbrocken lastete. Die Linie ihres Rückens, ihre kleinen, vorsichtigen Gesten und ihre verborgene Anstrengung hatten es mir verraten. Also lief ich schweißbedeckt fort und fing an, in meinem Zimmer auf und ab zu gehen.

Ich kannte sie noch nicht, obwohl ich schon wußte, daß sie kein dummes Mädchen war, sondern vielleicht eher das Gegenteil davon. Bei der nun entstandenen Situation war das sowohl gut wie schlecht. Gut: denn wenn sie es nicht verstand, so konnte sie sich zumindest denken, wer ich war, und sah in mir kein barbarisches Ungeheuer und auch keinen Wilden.

Schlecht: denn wenn dem so war, blieb der Rat, den mir Olaf im letzten Augenblick gegeben hatte, wertlos. Er zitierte mir einen Aphorismus aus dem Buche Hon, den ich auch kannte: »Soll die Frau wie eine Flamme werden, muß der Mann wie Eis sein.« Also sah ich meine einzige Chance in der Nacht, nicht im Tage. Ich wollte dies nicht und quälte mich darum so schrecklich. Aber ich verstand, daß ich in dieser kurzen Zeit, die ich vor mir hatte, mit ihr durch Worte keinen Kontakt bekommen würde. Ganz gleich was ich sage, alles wird außerhalb bleiben – weil es nicht an ihre Gründe heranreicht, an ihren kurzen, durchaus gerechtfertigten Zornausbruch, als sie »...will nicht, ich will nicht!« zu rufen anfing. Und auch die Tatsache, daß sie sich damals wieder so schnell beherrschen konnte, hielt ich für ein schlechtes Zeichen.

Am Abend bekam sie Angst. Ich versuchte, leiser als das Wasser und kleiner als die Grashalme zu sein, wie Woow – dieser kleine Pilot, der allergrößte Schweiger, den ich je kannte: er vermochte – ohne ein Wort zu sprechen – alles, was er nur wollte, klarzumachen und auch zu tun.

Nach dem Abendessen – sie aß nichts, was in mir ein Entsetzen hervorrief – spürte ich eine Wut aufsteigen, so daß ich sie manchmal wegen meiner eigenen Qual fast haßte. Und die uferlose Ungerechtigkeit dieses Gefühls vertiefte es nur noch.

Unsere erste, wirkliche Nacht: als sie in meinen Armen, noch ganz erhitzt, einschlief und ihr keuchender Atem mit einzelnen, immer schwächeren Seufzern ins Vergessen überging, war ich eigentlich sicher, ein Sieger zu sein. Die ganze Zeit über hatte sie gekämpft, nicht mit mir, sondern mit ihrem eigenen Körper, den ich nun kennenlernte. Von den dünnen Fingernägeln, winzigen Fingern, Handflächen, Füßen an, deren einzelne Bestandteilchen und jede Biegung ich öffnete und mit meinen Küssen zum Leben rief, mit meinem Atem in sie eindringend – gegen sie selbst, mit einer unendlichen Geduld und Langsamkeit, so daß die Übergänge fast unmerklich waren.

Und als ich einen ansteigenden Protest, wie den Tod, spürte, zog ich mich zurück, fing an, ihr verrückte, sinnlose, kindische Worte zuzuflüstern, schwieg dann wieder und liebkoste sie nur, umkreiste sie, stundenlang, mit meinem Tastsinn, spürte, wie sie sich öffnete, wie ihre Steifheit in das Zittern des letzten Widerstandes überging... dann erzitterte sie schon anders, bereits besiegt, ich aber wartete noch immer, ohne zu sprechen, denn dies war jenseits aller Worte. Aus dem Dunkel holte ich ihre auf dem Lager ruhenden, schlanken Schultern und ihre Brust, die linke, weil dort das Herz schlug, schneller, immer schneller... Sie atmete immer heftiger, immer verzweifelter, und dann ist es geschehen; es war nicht einmal Lust, sondern die Gnade des Absterbens und Zusammenfließens, ein Sturm an der Grenze unserer Körper, damit sie in dieser Heftigkeit zu einem zusammenschmolzen. Unsere kämpfenden Atemzüge, unsere Glut gingen in eine Ohnmacht über, sie schrie einmal schwach, mit einer hohen Kinderstimme auf und umarmte mich dann.

Später glitten ihre Hände von mir ab, verstohlen wie mit einer großen Scham und Traurigkeit, so als ob sie plötzlich verstanden hätte, wie schrecklich ich sie hintergangen und betrogen hatte. Und ich fing noch einmal alles an: das Küssen ihrer Fingerkrümmungen, die stummen Beschwörungen, diesen zärtlichen und doch so grausamen Feldzug. Alles wiederholte sich wie in einem schwarzen, heißen Traum. Und mit einemmal spürte ich ihre Hand, die in meinem Haar steckte, die mein Gesicht an ihren nackten Arm drückte mit einer Kraft, die ich bei ihr nie vermutet hätte. Und dann, todmüde, schnell atmend, als wollte sie die steigende Hitze und die plötzliche Angst loswerden, schlief sie ein.

Ich lag reglos, wie ein Toter, bis zum äußersten gespannt, und versuchte zu verstehen, ob das, was geschehen war, alles oder überhaupt nichts bedeutete. Kurz vor dem Einschlafen schien mir, daß wir gerettet seien. Und erst dann kam die Ruhe, die große Ruhe, so groß wie auf Kerenea, als ich auf den heißen Platten der geborstenen Lava mit dem bewußtlosen Arder lag, aber hinter dem Glas seines Raumanzuges sah ich seinen Mund atmen und wußte, daß alles nicht umsonst gewesen war. Ich hatte aber keine Kraft mehr, um für ihn auch nur den Hahn der Reserveflasche zu öffnen; ich lag da wie gelähmt mit dem Gefühl, daß mein größtes Lebenserlebnis doch schon hinter mir wäre, und wenn ich nun stürbe, würde sich nichts mehr ändern. Und diese meine Ratlosigkeit war wie ein unausgesprochenes Schweigen des Triumphes.

Am Morgen aber fing alles wieder von vorne an. In den ersten Stunden schämte sie sich noch, oder war es vielleicht Verachtung, mir gegenüber? Ich weiß nicht; vielleicht verachtete sie sich selbst wegen der Dinge, die da geschehen waren. Gegen Mittag gelang es mir, sie zu einer kleinen Fahrt zu überreden. Wir fuhren die Straße hinunter an den Riesenstränden entlang. Der Stille Ozean lag in der Sonne, ein rauschender Riese, von weißen und goldenen Schaumsicheln zerfurcht und bis zum Horizont mit bunten Segelläppchen besät. Ich hielt den Wagen dort an, wo die Strände ein Ende nahmen und plötzlich ein kleiner Felsvorsprung zum Vorschein kam. Die Straße wendete dort scharf: einen Meter hinter ihr konnte man direkt in die heftig steigenden Wellen schauen. Dann fuhren wir zum Mittagessen zurück.

Es war wieder wie gestern, in mir aber erstarb alles, als ich an die Nacht dachte. Weil ich das nicht wollte. So wollte ich es nicht. Als ich sie nicht ansah, spürte ich ihre Blicke. Ich versuchte zu erraten, was die auf ihrer Stirn wiederkehrenden Runzeln und ihre plötzlich verlorenen Blicke zu bedeuten hatten – und urplötzlich – ich weiß nicht wieso und warum, als ob mir jemand den Schädel mit einem Hieb geöffnet hätte – verstand ich alles. Ich hatte Lust, mich mit den eigenen Fäusten an den Kopf zu schlagen. Was für ein egoistischer Dummkopf war ich doch wieder, was für ein sich selbst betrügender Schweinehund! Ich saß, reglos, verstört, nur dieser Sturm wütete in mir, Schweiß trat mir auf die Stirn, ich fühlte mich plötzlich ganz schwach.

»Was hast du?« fragte sie.

»Eri«, sagte ich heiser, »ich... erst jetzt. Ich schwör es dir! Erst jetzt begreif ich, erst jetzt, daß du mit mir gegangen bist, weil du Angst hattest, daß ich... ja?«

Ihre Augen weiteten sich vor Staunen, sie sah mich aufmerksam an, witterte wohl einen Betrug, eine Komödie. Sie nickte.

Ich sprang auf. »Wir fahren.«

»Wohin?«

»Nach Klavestra. Pack deine Sachen. Wir werden – ich sah auf meine Uhr – in drei Stunden dort sein.«

Unbeweglich stand sie da. »Wirklich?« fragte sie.

»Wirklich, Eri! Ich hab's nicht verstanden. Ja, ich weiß. Es klingt unwahrscheinlich. Es gibt aber Grenzen. Ja, Grenzen. Eri, ich begreife es noch nicht ganz – wie ich das eigentlich konnte – habe mich wohl selbst belogen. Na, ich weiß nicht, egal auch, jetzt spielt es keine Rolle mehr.«

Sie packte – so schnell… Alles in mir war zerschlagen und zerrüttet. Äußerlich jedoch war ich ganz – ja, fast ganz ruhig. Als sie neben mir im Auto saß, sagte sie: »Hal – ich bitte dich um Entschuldigung.«

»Weshalb? – Ah!« verstand ich. »Du dachtest, ich hätte es gewußt?«

»Ja.«

»Schön. Reden wir nicht mehr darüber.«

Und wieder fuhr ich los; vorbei flogen lila, weiße, blaue Häuschen, die Straße wand sich, ich erhöhte die Geschwindigkeit noch, der Verkehr war recht stark, hörte dann auf, die Häuschen verloren ihre Farben, der Himmel wurde dunkelblau, die Sterne kamen auf, und wir flogen im langgezogenen Pfeifen des Windes.

Die ganze Gegend wurde grau, die Höhen schienen nicht mehr bauchig, wurden zu Konturen, zu einer Reihe grauer Höcker, die Straße schien im Halbdunkel wie ein breiter, phosphoreszierender Gurt. Ich erkannte die ersten Häuser von Klavestra, die typische Straßenwendung, die Hecken. Dicht am Eingang hielt ich den Wagen an, brachte ihre Sachen in den Garten, unter die Veranda.

»Ich möchte nicht ins Haus… verstehst du.«

»Ja.«

Ich wollte mich nicht von ihr verabschieden, drehte mich einfach um. Sie berührte meine Hand, ich zuckte zusammen, als ob ich mich verbrannt hätte.

»Hal, danke dir…«

»Sag nichts. Um Gottes willen, sprich bloß nicht.«

Ich lief weg. Sprang in den Wagen, fuhr los, das Dröhnen des Motors schien mich für eine Weile zu erlösen. Auf zwei Rädern kam ich auf die pfeilgerade Straße. Es war zum Lachen. Natürlich hatte sie Angst, ich würde ihn töten. Sie sah doch, daß ich Olaf zu töten versuchte, der ja völlig unschuldig war, und nur deshalb, weil er mir nicht erlaubte… ach, überhaupt!… überhaupt nichts mehr. Ich schrie allein im Wagen, konnte mir alles leisten, der Motor verdeckte mein irrsinniges Toben – und wieder weiß ich nicht, in welchem Augenblick ich erkannte, was ich zu tun hatte. Noch einmal – wie vorher – kam die Ruhe. Nicht dieselbe zwar. Denn die Tatsache, daß ich die Situation so gemein ausgenutzt und sie auf diese Weise gezwungen hatte, mit mir zu gehen, und daß alles allein nur deshalb geschah – das war schlimmer als alles, was ich mir vorstellen konnte, weil es mir sogar die Erinnerungen, den Gedanken an unsere Nacht, raubte – einfach alles. Ich selbst hatte es mit meinen eigenen Händen durch einen uferlosen Egoismus, eine Verblendung vernichtet, die mich das, was ganz oben lag und am selbstverständlichsten war, nicht sehen ließ – sie log ja nicht, als sie sagte, sie hätte keine Angst vor mir. Nicht ihretwegen hatte sie Angst, klar. Nur seinetwegen.

Hinter den Fenstern flogen kleine Lichter vorbei, zerliefen, rannten weich nach rückwärts, die Gegend war unbeschreiblich schön. Und ich, zerrissen, zermalmt, raste mit quietschenden Reifen von einer Kurve in die andere, zum Stillen Ozean, zu den Felsen dort; in einem Moment, als der Wagen stärker als erwartet ins Schleudern geriet und mit den rechten Rädern über den Straßenrand kam, fühlte ich Angst, es dauerte nur den Bruchteil einer Sekunde, dann lachte ich wie ein Irrer – daß ich Angst hatte, gerade hier umzukommen, weil ich mir vorgenommen hatte, es woanders zu tun. Und dieses Lachen ging dann plötzlich in ein Schluchzen über. ›Ich sollte es schnell machen‹, dachte ich, ›denn nun bin ich nicht mehr derselbe. Das, was mit mir geschieht, ist mehr als schrecklich, es ist ekelhaft.‹ Und noch etwas sagte ich mir: – daß ich mich schämen sollte. Aber diese Worte hatten jetzt weder Sinn noch Gewicht.

Es war schon ganz dunkel, die Straße fast leer, da in der Nacht kaum einer fuhr – bis ich unweit hinter mir einen schwarzen Glider bemerkte. Er glitt leicht und mühelos dort entlang, wo ich ganz heftig mit den Bremsen und dem Gas umging. Denn die Glider halten sich an der Straße durch die magnetische oder Gravitationsanziehungskraft – weiß der Teufel. Kurz, er konnte mich mühelos überholen, hielt sich aber hinter mir, so etwa achtzig Meter, einmal kam er näher, blieb dann wieder zurück. In den scharfen Kurven, wo ich mit dem ganzen Wagenheck über die Fahrbahn fegte und links schleuderte, blieb er hinten, obwohl ich nicht glaubte, daß er mit mir nicht das Tempo halten konnte. Vielleicht hatte der Fahrer Angst. Aber ja, richtig, dort gab es ja keine Fahrer. Was ging mich übrigens dieser Glider an?

Er ging mich doch etwas an, denn ich spürte, daß er sich nicht so umsonst an mich gehängt hatte. Plötzlich kam mir in den Sinn, es wäre Olaf. Olaf, der mir – und mit Recht – nicht einen Deut traute, irgendwo in der Gegend auf Lauer lag und den Verlauf der Dinge abwartete. Und bei dem Gedanken, daß dort mein Retter, mein lieber alter Olaf säße, der mich wieder einmal nicht das machen ließ, was ich wollte, der mir ein älterer Bruder, ein Tröster sein würde – packte mich Empörung. Eine Sekunde lang sah ich durch meine hellrote Wut nicht einmal die Straße mehr.

›Warum lassen sie mich nicht in Ruhe?!‹ dachte ich und fing an, aus der Maschine den letzten Rest, die letzte Reserve herauszuholen. Als ob ich nicht gewußt hätte, daß der Glider sowieso doppelt so schnell sein kann. Und so rasten wir durch die Nacht, zwischen den Hügeln, die mit Lichtern besät waren, und durch das durchdringende Pfeifen der zerschnittenen Luft hindurch ließ sich schon das unsichtbare, vor mir ausgebreitete, riesengroße und wie aus bodenlosen Tiefen aufsteigende Rauschen des Stillen Ozeans vernehmen.

›Fahr du man‹, dachte ich, ›fahre getrost. Du weißt doch nicht, was ich weiß. Du verfolgst mich, spürst mir nach, läßt mir keine Ruhe – wunderbar! Ich aber werde dir wegrennen, spring dir schon vor der Nase ab, ehe du auch nur mit den Augen zwinkern kannst; kannst dich kopfstellen, und nichts wird dir helfen, denn der Glider geht von der Straße nicht ab. So daß ich sogar in der allerletzten Sekunde ein reines Gewissen haben werde. Fabelhaft.‹ Gerade fuhr ich an dem Häuschen vorbei, in dem wir gewohnt hatten – seine drei hellerleuchteten Fenster gaben mir im Vorbeifahren einen Stich, wie um mir zu beweisen, daß es kein Leiden gibt, das nicht noch größer werden könnte. Und dann kam ich auf den letzten Straßenabschnitt, der parallel zum Ozean verlief. Zu meinem Schrecken vergrößerte der Glider plötzlich seine Geschwindigkeit und wollte überholen. Ich schnitt ihm brutal die Bahn ab, indem ich nach links steuerte. Er hielt sich zurück, und so manövrierten wir weiter – jedesmal, wenn er nach vorne wollte, sperrte ich mit meinem Wagen die linke Straßenseite ab, wohl an die fünfmal.

Plötzlich aber, obwohl ich den Weg versperrte, fing er an, mich zu überholen, mein Wagen rieb sich fast an der schwarzen und blanken Oberfläche des fensterlosen, wie menschenlosen Geschosses; in diesem Augenblick wurde ich völlig sicher, daß es nur Olaf sein konnte, denn kein anderer Mensch würde so etwas wagen. Aber Olaf konnte ich doch nicht töten. Das konnte ich wirklich nicht. Also ließ ich ihn durch, und ich dachte, daß er mir nun wiederum den Weg versperren werde. Er aber hielt sich nur fünfzehn Meter vor meinem Kühler. ›Na‹, dachte ich, ›schadet nichts.‹ Und ich fuhr nun langsamer, in der schwachen Hoffnung, daß er sich vielleicht würde entfernen wollen. Er aber wollte sich nicht entfernen; er verlangsamte ebenfalls sein Tempo.

Es war fast noch eine Meile bis zu dieser letzten Kurve bei den Felsen, als der Glider noch langsamer zu fahren anfing: er fuhr jetzt in der Mitte, so daß ich ihn nicht überholen konnte. Ich dachte: ›Vielleicht gelingt es mir jetzt schon, jetzt!‹ Aber da gab es keine Felsen, nur den sandigen Strand, und der Wagen wäre mit sämtlichen Rädern nach hundert Metern im Sand steckengeblieben, ohne den Ozean auch nur zu erreichen – so etwas Blödes kam ja nicht in Frage. Ich hatte keine andere Wahl und mußte weiterfahren.

Der Glider verlangsamte seine Fahrt noch mehr, und ich merkte, daß er gleich stehenbleiben würde; seine schwarze Karosserie leuchtete mit dem Schlußlicht auf, wie mit Blut begossen – nein, das waren die Bremslichter. Ich versuchte mit einer plötzlichen Wendung ihn zu überholen, aber er versperrte mir den Weg. Er war schneller und wendiger als ich – schließlich auch nur von einer Maschine geleitet. Die Maschine hat ja immer einen schnelleren Reflex. Ich drückte mit dem Fuß auf die Bremse, zu spät. Ein schreckliches Krachen, direkt vor der Windschutzscheibe wuchs nun eine schwarze Masse empor, ich wurde nach vorn geschleudert und verlor das Bewußtsein.

Ich schlug die Augen wie nach einem Traum auf, nach einem bewußtlosen Traum – ich träumte, daß ich schwämme. Etwas Kaltes, Nasses floß über mein Gesicht, ich spürte Hände, die mich schüttelten, und hörte eine Stimme.

»Olaf«, stammelte ich, »Olaf, warum? Warum...?«

»Hal!!«

Ich zuckte zusammen; stützte mich auf den Ellbogen und sah ihr Gesicht dicht über mir. Als ich mich setzte, so benommen, daß mir gar kein Gedanke kam, glitt sie langsam auf meine Knie, ihre Schultern zitterten krampfhaft, und ich glaubte es immer noch nicht. Mein Kopf schien riesengroß und wie aus Watte zu sein.

»Eri«, sagte ich mit betäubten Lippen, die eigenartig groß, schwer und auch irgendwie sehr weit von mir entfernt waren.

»Eri – bist du das... oder...?«

Plötzlich kehrten meine Kräfte wieder, ich faßte sie an den

Schultern, riß sie hoch, sprang auf, taumelte mit ihr zusammen – wir fielen beide in den noch warmen, weichen Sand. Ich küßte ihr salziges, nasses Gesicht und weinte zum ersten Mal in meinem Leben, und sie weinte auch. Wir sprachen lange kein Wort, langsam bekamen wir fast Angst – ich weiß nicht wovor –, sie sah mich mit geweiteten Augen an.

»Eri«, wiederholte ich, »Eri... Eri...«

Mehr wußte ich nicht. Ich legte mich in den Sand, ganz plötzlich schwach, und sie bekam einen Schreck, versuchte mich hochzuheben, hatte aber zu wenig Kraft dazu.

»Nein, Eri«, flüsterte ich, »nein, mir ist nichts passiert, es ist nur so...«

»Hal! So rede doch! Rede!«

»Was soll ich schon reden... Eri...«

Meine Stimme beruhigte sie ein wenig. Sie lief fort und kam bald mit einer flachen Schüssel zurück, sie begoß mein Gesicht mit Wasser – es war salzig –, es war ja Meerwasser. ›Ich habe mehr davon trinken wollen‹, flog es mir sinnlos durch den Kopf; ich zwinkerte. Mein Bewußtsein kam langsam wieder. Ich setzte mich und berührte meinen Kopf.

Nicht mal eine Verletzung: das Haar hat alles abgefangen, ich hatte nur eine orangegroße Beule, etwas abgeschürfte Haut, in den Ohren sauste es noch gehörig, aber ich war fast schon wieder in Ordnung. Jedenfalls, solange ich saß. Ich versuchte aufzustehen, aber meine Beine wollten nicht so recht gehorchen.

Sie kniete vor mir nieder, blickte mich an, mit herabfallenden Armen.

»Bist du das? Wirklich?« fragte ich. Erst jetzt verstand ich; drehte mich um und sah durch einen brechreizerregenden Schwindel, den diese Bewegung im Kopf verursachte, im Licht des Neumonds, einige Meter weiter entfernt, am Straßenrand zwei ineinander verhakte schwarze Umrisse. Mir fehlte die Stimme, als ich mit dem Blick zu ihr zurückkehrte.

»Hal...«

»Ja.«

»Versuch doch aufzustehen... ich helfe dir...«

»Aufstehen?«

Mein Hirn schien noch nicht so recht zu funktionieren. Ich begriff, was geschehen war, und verstand es doch nicht. War Eri in dem Glider gewesen? Unmöglich.

»Wo ist Olaf?« fragte ich.
»Olaf? Ich weiß nicht.«
»Wieso... War er nicht hier?«
»Nein.«
»Du allein?«
Sie nickte.

Und plötzlich überkam mich eine schreckliche, eine unheimliche Angst. »Wie konntest du! Wie konntest du nur!«

Ihr Gesicht zitterte, auch ihr Mund, sie war nicht imstande, ein Wort auszusprechen. »I... ich... mu... mußte...«

Sie weinte schon wieder. Nur langsam wurde sie stiller, ruhiger. Sie berührte mein Gesicht, die Stirn, und ich wiederholte in einem Atem: »Eri... bist du das?«

Fieberwahn. Dann, ganz langsam, stand ich auf, sie stützte mich, wie sie nur konnte; wir kamen zur Straße. Erst dort sah ich, wie der Wagen zugerichtet war: der Kühler, das ganze Vorderteil glich einer Ziehharmonika. Der Glider war aber – im Gegensatz dazu – kaum beschädigt – jetzt begriff ich seine Überlegenheit –, mit Ausnahme einer kleinen Vertiefung an der Seite, dort, wo der Zusammenprall erfolgte, sonst nichts.

Eri half mir einzusteigen, zog den Glider zurück, bis das Autowrack mit einem langanhaltendem Gedröhn von Blech auf die Seite fiel, und fuhr los. Wir fuhren zurück. Ich schwieg, die Lichter flossen vorbei. Mein Kopf wackelte auf der Schulter, immer noch groß und schwer. Vor dem Häuschen stiegen wir aus. Die Fenster waren immer noch erleuchtet, als wären wir selber da drin. Sie half mir hineinzugehen. Ich legte mich aufs Bett. Sie ging an den Tisch, um ihn herum, auf die Tür zu.

Ich sprang auf: »Gehst du fort?«

Sie lief zu mir, glitt am Bett auf die Knie und sagte mit ihrem Kopf: »Nein.«
»Nicht?«
»Nein.«
»Und wirst du nie fortgehen?«
»Nie.«

Ich umarmte sie. Sie legte die Wange an mein Gesicht, und mich verließ nun alles: die schon verglimmende Glut meiner Starrköpfigkeit, Wut und Irrsinn der letzten Stunden, die Angst, die Verzweiflung. Leer lag ich da, wie tot – drückte sie nur an mich, immer fester, als wären meine Kräfte wiedergekommen. Es herrschte Stille, das Licht glitzerte auf den goldenen Wandbehängen des Zimmers. Irgendwo in der Ferne, fast wie in einer anderen Welt, hinter dem offenen Fenster, rauschte der Stille Ozean.

Es mag ungewöhnlich erscheinen, aber wir sprachen weder an diesem Abend noch in dieser Nacht ein Wort. Nichts. Erst am nächsten Tag, spät, erfuhr ich, wie es gewesen war: als ich wegfuhr, kam sie recht bald dahinter, weshalb, und erschrak, wußte nicht, was sie tun sollte – wollte zuerst den weißen Roboter rufen, begriff aber, daß dies nichts nützen würde. Auch »er« – sie nannte ihn nie anders –, er würde da auch nicht helfen. Vielleicht Olaf. Olaf ganz bestimmt. Aber sie wußte nicht, wo sie ihn suchen sollte, außerdem war ja keine Zeit zu verlieren. So nahm sie den Hausglider und fuhr mir nach. Bald hatte sie mich eingeholt und blieb hinter mir, solange es noch eine Chance gab, daß ich nur in das Häuschen zurück wollte.

»Wärest du ausgestiegen?« fragte ich.

Sie zögerte. »Ich weiß nicht. Glaube wohl schon. Jetzt denke ich so, aber ich weiß es selbst nicht genau.«

Dann, als sie merkte, daß ich weiterfuhr, erschrak sie noch mehr. Den Rest kannte ich schon.

»Nein. Ich verstehe überhaupt nichts«, sagte ich. »Jetzt kann ich noch immer nichts begreifen. Wie konntest du das nur tun?«

»Ich... ich hab' mir gesagt, daß da nichts passieren darf.«

»Und wußtest, was und wo ich es tun wollte?«

»Ja.«

»Woher?«

Nach einer langen Weile: »Ich weiß nicht. Vielleicht, weil ich dich schon ein kleines bißchen kannte...«

Ich schwieg. Viele Fragen wollte ich noch stellen, traute mich aber nicht. Wir standen am Fenster. Mit geschlossenen Augen, die sich hinter dem Ozean öffnende Weite spürend, sagte ich: »Na schön, Eri... aber nun? Was wird nun... werden?«

»Das sagte ich dir schon.«

»Aber so will ich es nicht«, flüsterte ich.

»Anders kann es nicht sein«, antwortete sie nach einer langen Pause. »Und übrigens...«

»Übrigens?«

»Will ich nicht.«

An diesem Abend wurde es irgendwie fast wieder schlimmer.

Denn dies kam und drängte sich vor, fiel zurück – warum wohl? Keine Ahnung. Sie wußte es wohl auch nicht. Nur in den entscheidenden Augenblicken schienen wir uns näherzukommen, erst dann kannten wir einander und vermochten uns zu verstehen.

Und die Nacht. Und noch ein Tag.

Und am vierten Tag hörte ich sie telefonieren und bekam eine furchtbare Angst. Später weinte sie dann. Aber beim Mittagessen lächelte sie bereits.

Und so waren dann der Anfang und das Ende. Denn in der nächsten Woche fuhren wir nach Mae, Bezirksmitte, und dort, vor einem weißgekleideten Mann, sprachen wir die Formeln aus, die uns zu einem Ehepaar machten. An demselben Tag telegrafierte ich an Olaf. Am nächsten Tag ging ich zur Post, aber es gab keine Nachricht von ihm. Ich dachte, daß er verzogen wäre und daß daher diese Verzögerung käme. Aber, um die Wahrheit zu sagen, spürte ich schon auf der Post ein Gefühl der Unruhe. Dieses Schweigen war Olaf durchaus nicht ähnlich. Jedoch wegen all der Dinge, die da passiert waren, dachte ich daran nur ganz kurz und habe rein gar nichts geahnt.

Als hätte ich es vergessen.

VI

Für ein Paar, das nur infolge der Heftigkeit meines Begehrens zusammenkam, waren wir erstaunlich harmonisch. Unser Leben wurde auf eine ziemlich eigenartige Weise eingeteilt. Hatten wir Meinungsverschiedenheiten, so verstand Eri ihren Standpunkt zu verteidigen, aber meist ging es dabei um allgemeine Fragen. Sie war zum Beispiel eine überzeugte Anhängerin der Betrisierung und verteidigte sie mit Argumenten, die sie nicht den Büchern entnahm. Die Tatsache, daß sie ihre Meinung so offen der meinen entgegensetzte, hielt ich für ein gutes Zeichen, aber unsere Diskussionen fanden am Tage statt. In seinem Licht auch über mich in einer ruhigen, objektiven Art zu sprechen, traute sie sich nicht – oder vielmehr wollte sie nicht, weil sie wahrscheinlich nicht wußte, welches von ihren Worten zu einer Kritik irgendeines meiner Fehler oder Lächerlichkeiten werden würde und welches zu einem Angriff gegen die Wertbegriffe meiner Zeit. In der Nacht aber – als ob die Dunkelheit meine Anwesenheit reduzierte und verdünnte – sprach sie zu mir über mich, das heißt – über uns. Und ich erfreute mich an diesen Gesprächen in der Dunkelheit, weil sie so barmherzig mein vielfaches Staunen verdeckte.

Sie erzählte mir von sich, von ihrer Kindheit. Auf diese Weise erfuhr ich zum zweiten, oder eher zum ersten Mal – jetzt erst mit einem reellen, menschlichen Inhalt erfüllt –, wie kunstvoll diese Gesellschaft einer andauernden, zärtlich stabilisierten Harmonie konstruiert war. Als natürlich wurde da betrachtet, daß Kinder haben und sie in den ersten Lebensjahren erziehen ein Problem ist, das hohe Qualitäten und eine vielseitige Vorbereitung erfordert, ganz spezielle Studien also; allein für die Erlaubnis, einen Nachkommen zu zeugen, mußte ein Ehepaar eine Reihe von Tests bestehen; am Anfang schien mir das unerhört, aber nach einigem Nachdenken mußte ich zugeben, daß paradoxe Sitten vielmehr uns, die Alten, nicht sie, belasteten. Denn in der alten Gesellschaft konnte man kein Haus, keine Brücke bauen, keine Krankheit heilen, keine einfache Verwaltungsmaßnahme durchführen, ohne eine entsprechende Ausbildung zu besitzen, und allein das Problem der größten Verantwortung, das Zeugen von Kindern und die Gestaltung ihrer Psyche, wurde dem blinden Zufall und der momentanen Begierde überlassen.

Die Gesellschaft griff erst dann ein, wenn Fehler begangen worden waren, für deren Korrektur es bereits zu spät war.

Das Recht auf ein Kind war also eine besondere Auszeichnung, die nicht jedem zugesprochen werden konnte; ferner durften die Eltern die Kinder von Gleichaltrigen nicht isolieren – man bildete besonders zusammengesetzte Gruppen beider Geschlechter, in denen die verschiedensten Temperamente vertreten waren; die sogenannten Problemkinder wurden zusätzlichen hypnogogischen Eingriffen unterzogen, und alle fingen recht früh mit dem Lernen an. Es war aber kein Lese- und Schreibunterricht, der kam erst viel später; die eigenartige Ausbildung der Allerjüngsten beruhte darauf, sie durch besondere Spiele in das Funktionieren der Welt, der Erde, ihrer Reichtümer und die verschiedensten Formen des gesellschaftlichen Lebens einzuführen; den Vier- bis Fünfjährigen brachte man auf diese sozusagen natürliche Art die Grundlagen der Toleranz, des Zusammenlebens, der Achtung anderer Überzeugungen und Haltungen bei, der Unwesentlichkeit der unterschiedlichen äußeren körperlichen Merkmale der Kinder – also der Menschen – verschiedener Rassen.

All das schien mir sehr schön, nur mit einem grundsätzlichen Einwand: weil nämlich das feste Fundament dieser Welt, seine allumfassende Regel, die Betrisierung war. Die Erziehung zielte eben darauf hin, sie als eine Selbstverständlichkeit – wie Geburt und Tod – hinzunehmen. Als ich aber aus Eris Munde vernahm, wie man in den Schulen alte Geschichte lehrte, überkam mich ein Zorn, den ich nur mit Mühe bezwingen konnte. Aus dieser Sicht waren es nämlich Zeiten einer tierischen Welt und einer barbarischen, ungehemmten Geburtenfreudigkeit, gewaltiger wirtschaftlicher und Kriegskatastrophen. Die nicht verschwiegenen Errungenschaften der Zivilisation wurden als Ausdruck jener Kräfte und Tendenzen dargestellt, die den Menschen die Finsternis und Grausamkeit jenes Zeitalters überwinden halfen. So kam es zu diesen Errungenschaften eigentlich entgegen der damals allgemein herrschenden Tendenz, auf Kosten anderer zu leben. Das – sagte man –, was einst nur mit der allergrößten Mühe zu erzielen war und Erfüllung nur für wenige Menschen bot, zu dem ein Weg voller Gefahren, Verzicht, Kompromisse, moralischer Niederlagen, die die materiellen Erfolge kompensierten, geführt hatte, ist nunmehr allgemein, leicht und sicher zu erreichen.

Halb so schlimm war es noch, solange man allgemeine Weisheiten verbreitete, um zahlreiche Merkmale der Vergangenheit zu verurteilen, wie zum Beispiel die Kriege – das konnte ich noch hinnehmen; auch das – völlige! – Fehlen von Politik, Reibereien, Spannungen, internationalen Konflikten – obwohl es anfangs erstaunlich schien und die Vermutung nahelegte, daß sie doch existierten, jedoch verschwiegen würden, mußte ich als einen Erfolg, nicht als Verlust ansehen. Schlimmer wurde es aber, als diese Umkehrung aller Werte ganz nahe meine intimsten Angelegenheiten berührte. Denn nicht allein Starck hatte mit seinem Buch, das – wie ich hier hinzufügen will – ein halbes Jahrhundert vor meiner Rückkehr geschrieben wurde, auf die Raumexpedition verzichtet. Hier konnte Eri, die ihre archäologischen Studien absolvierte, mir so manches beibringen. Die ersten betrisierten Generationen hatten ihre Einstellung zur Astronautik radikal geändert, jedoch blieb sie – nach der Änderung der Plus- in Minus-Zeichen – auch weiterhin intensiv. Man war also der Meinung, daß ein tragischer Fehler begangen worden sei, dessen Höhepunkt gerade in die Jahre unserer Expedition fiel – damals wurden ja viele derartige Expeditionen unternommen. Der Fehler beruhte aber nicht allein darauf, daß die Ergebnisse solcher Expeditionen ziemlich dürftig ausfielen, daß die Erforschung der Sonnengegend – mit Ausnahme der Entdeckung auf nur wenigen Planeten primitiver und im allgemeinen uns auch fremder Vegetationsformen – im Radius mehrerer Lichtjahre zu keinem Kontakt mit irgendeiner hochentwickelten Zivilisation führte. Nicht einmal das wurde für das Schlimmste gehalten, daß die furchtbare Dauer dieser Reisen – indem ihre Ziele stets weitergesteckt wurden – die Mannschaften der Raumschiffe, dieser Vertreter der Erde, in einen Haufen unglücklicher, tödlich gequälter Wesen verwandeln mußte, die nach ihrer Landung – hier oder dort – eine sorgfältige Betreuung und Rekonvaleszenz erfordern würden; daß die Entscheidung, derartige Hitzköpfe hinauszuschicken, gedankenlos und grausam war. Für das Wesentlichste hielt man die Tatsache, daß die Erde den Kosmos erobern wollte, obwohl sie für sich selbst noch nicht alles getan hatte. Als ob es nicht selbstverständlich wäre, daß heroische Flüge die unendlichen Leiden, Ungerechtigkeiten, Ängste und Hungersnöte der Menschen nicht besänftigen konnten.

So aber dachte nur die erste betrisierte Generation. Später, im natürlichen Lauf der Dinge, kam das Vergessen. Die Gleichgültigkeit. Und die Kinder, als sie von der romantischen Zeit der Raumflüge erfuhren, waren darüber erstaunt, hatten vielleicht gar ein wenig Angst ihren unfaßbaren Ahnen gegenüber, die ihnen ebenso fremd, ebenso unverständlich wie ihre Ur-Urahnen erschienen, die da in Raubkriege und Goldsucherexpeditionen verwickelt waren. Eben diese Gleichgültigkeit erschreckte mich am meisten, sie war schlimmer als eine rücksichtslose Verurteilung – das Werk unseres Lebens wurde mit Schweigen bedeckt, begraben und vergessen.

Eri versuchte nicht, bei mir Enthusiasmus für die neue Welt zu wecken, sie wollte mich auch nicht ganz schnell zu ihr bekehren – sie erzählte nur ganz einfach davon. Und ich – eben weil sie von sich selbst sprach und so dieser Welt ein Zeugnis ausstellte – konnte vor ihrem Glanz nicht die Augen verschließen.

Es war eine Zivilisation, die der Angst entbehrte. Alles, was es gab, diente den Menschen. Nichts war wichtig, außer ihrer Bequemlichkeit, der Erfüllung ihrer selbstverständlichen wie auch äußerst übertriebenen Wünsche. Überall, auf sämtlichen Gebieten, wo die Anwesenheit des Menschen, die Schwäche seiner Leidenschaften, die Langsamkeit seiner Reaktionen auch nur das geringste Risiko befürchten ließ – wurde er ausgeschaltet zugunsten toter Vorrichtungen – Automaten.

Diese Welt war der Gefahr unzugänglich. Dem Grauen, dem Kampf und jeglicher Gewalt – dafür gab es dort keinen Platz; es war eine Welt der Milde, der weichen Formen und Sitten, der unscharfen Übergänge und undramatischen Situationen, genauso staunenswert wohl, wie meine oder unsere – hierbei denke ich an Olaf – Reaktion darauf.

Denn gerade wir hatten zehn Jahre hindurch so viele Schrecken geschluckt, so vieles, was dem Menschen zuwider ist, was ihn verletzt und zerbricht, und er kam so satt zurück, so schrecklich satt davon; jeder von uns, wenn er gehört hätte, daß sich die Rückkehr verspäten könnte, daß man neuen Monaten der Leere die Stirn würde bieten müssen, wäre wohl dem, der das verkündete, an die Gurgel gesprungen. Und eben wir, die dieses ständige Risiko nicht mehr ertragen konnten, diese blinde Chance eines Meteoriten-Treffers, diese ewige Spannung des Erwartens, die Qualen, die wir erlebten, wenn da irgendein Arder oder Ennesson von einem Erkundungsflug nicht wiederkam – ausgerechnet wir fingen plötzlich an, uns auf jene Schreckenszeit als auf etwas einzig

Richtiges, Angemessenes zu berufen, das uns Würde und Sinn gegeben hat. Obwohl ich jetzt noch zusammenzuckte, wenn mir die Erinnerung kam, wie wir sitzend oder liegend, in den eigenartigsten Stellungen über der runden Radiokabine hängend, gewartet und gewartet hatten in einer Stille, die nur durch das gleichmäßige Brummen eines Signals unterbrochen wurde, das von der automatischen Raumschiffanlage kam, und die Schweißtropfen in dem toten blauen Licht von der Stirn des Funkers fließen sahen, der in der gleichen Erwartung erstarrte – während die betätigte Alarmglocke lautlos weiterging, bis der Augenblick kam, in dem ihr Zeiger den roten Punkt auf dem Blatt berührte und Erleichterung brachte. Erleichterung, denn nun konnte man auf die Suche gehen und selbst umkommen, und das schien wirklich leichter als diese Wartezeit. Wir Piloten, keine Wissenschaftler, waren alte Jungen, unsere Zeit blieb schon drei Jahre vor dem eigentlichen Start stehen. Innerhalb dieser drei Jahre erlebten wir verschiedene Arten einer ansteigenden psychischen Belastung. Es gab davon drei Hauptstadien, drei Stationen, die kurz Mangel, Geisterschloß und Krönung genannt wurden.

Das Geisterschloß war ein Einschließen in einem kleinen Behälter, der so vollkommen, wie man es sich nur vorstellen kann, von der Welt abgeschnitten war. In sein Inneres gelangte kein Ton, kein Lichtstrahl, kein Lufthauch, nicht die allergeringste Bewegung von außen. Dieser Behälter – einer kleinen Rakete gleich – war mit Phantom-Apparatur, mit Wasser-, Eß- und Sauerstoffvorräten ausgestattet. Und dort mußte man untätig leben, hatte absolut nichts zu tun – einen Monat lang, der wie eine Ewigkeit schien. Keiner kam dort so heraus, wie er hineingegangen war. Ich, einer der Härtesten von Doktor Janssen, fing erst in der dritten Woche an, diese wunderlichen Dinge zu sehen, die die anderen bereits am vierten oder fünften Tag bemerkten: gesichtslose Ungeheuer, gestaltlose Menschenmengen, die aus den tot leuchtenden Zifferblättern der Armaturen hervorkamen, um mit mir irrsinnige Gespräche zu führen, über meinem schweißnassen Körper – der seine Grenzen verlor – zu baumeln. Der Körper veränderte sich, wurde riesengroß, endlich – und das war das ekelhafteste – fing er an, sich irgendwie zu verselbständigen: zuerst zuckten die einzelnen Muskelfasern, dann – über Krabbelgefühle und Erstarrungen – kam es zu Krämpfen, endlich zu Bewegungen, die ich starr vor Staunen beobachtete, ohne etwas zu begreifen – und ohne einleitendes Training, ohne theoretische Hinweise wäre ich schon bereit gewesen zu glauben, daß meine Hände, mein Kopf, mein Nacken von Dämonen besessen waren. Der gepolsterte Innenraum dieses Behälters hatte – so wurde gemunkelt – schon unbeschreibliche, unnennbare Szenen gesehen. Janssen und der Stab seiner Leute waren dank entsprechender Apparate die Zeugen dessen, was sich da drinnen abspielte, jedoch keiner von uns wußte – damals! – etwas davon. Das Isolationsgefühl mußte wirklich und vollständig sein. Deshalb war für uns das Verschwinden einiger Assistenten des Doktors unverständlich. Erst während der Fahrt sagte mir Gimma, daß sie ganz einfach zusammengebrochen waren. Einer von ihnen, ein gewisser Gobek, hatte wohl versucht, den Behälter mit Gewalt zu öffnen, da er die Qualen des darin eingeschlossenen Menschen nicht mitansehen konnte.

Dies aber war erst das Geisterschloß. Hinterher kam noch die Mangel, mit ihren Fallen und Zentrifugen, mit der teuflischen Beschleunigungsmaschine, die imstande war, 400 g zu geben – eine Beschleunigung, die selbstverständlich nie verwirklicht wurde, da sie den Menschen in eine Pfütze verwandelt hätte, aber schon einhundert g reichten voll aus, damit der ganze Rücken des so Untersuchten in einem Sekundenbruchteil klebrig von dem durch die Haut geschwitzten Blut wurde.

Die letzte Probe, die Krönung, hielt ich ganz gut aus. Es war das letzte Sieb, die letzte Auswahlstation. Al Martin, ein Kerl, der damals auf Erden so wie ich heute aussah, ein wahrer Riese, ein einziges Knäuel eisenstarker Muskeln, die Ruhe selbst, wie es schien, kam von der Krönung zur Erde zurück in einem Zustand, daß man ihn sofort in die Klapsmühle brachte.

Diese Krönung war eine ganz einfache Sache. Der Mensch wurde in einen Raumanzug gesteckt, auf die Erdnebenkreisbahn gebracht und in der Höhe von etwa hunderttausend Kilometern, wo die Erde wie ein fünffach vergrößerter Mond leuchtete, einfach aus der Rakete in die Leere geworfen, und dann flogen die anderen weg. Und so mußte man, derart hängend, Hände und Füße bewegend, ihre Rückkehr, die Rettung, abwarten; der Raumanzug war sicher, bequem, hatte Sauerstoff- und Klimatisierungsapparaturen, wärmte, fütterte den Menschen sogar mit einer nahrhaften Paste, die alle zwei Stunden aus einem speziellen Mundstück herausgedrückt wurde. Also konnte da rein nichts passieren; es sein denn, der kleine Radioapparat, der von außen an den Anzug geheftet war und mit einem automatischen Signal kundgab, wo sich sein Inhaber gerade befand, würde versagen. In diesem Raumanzug fehlte nur ein einziges Ding, das dazugehörte: das Verbindungsradio, absichtlich natürlich, und daher konnte man darin keine andere außer der eigenen Stimme hören. So mußte man in diesem immateriellen Schwarz und den Sternen um sich herum, in der Schwerelosigkeit hängen und warten. Etwas lange, stimmt schon, aber nicht allzu sehr. Und weiter nichts.

Ja, aber die Menschen wurden wahnsinnig davon; auf die Rakete der Basis zog man sie, die sich in epileptischen Zuckungen wanden. Das war nämlich allem, was in dem Menschen steckt, am meisten zuwider – diese vollkommene Vernichtung, die Verlorenheit, der Tod bei vollerhaltenem Bewußtsein, es war die Erfahrung der Ewigkeit, sie ging in den Menschen ein und ließ ihn ihren greulichen Geschmack kosten. Das stets für unmöglich, unsichtbar gehaltene Wissen über die in alle Richtungen verlaufende Bodenlosigkeit der außerirdischen Existenz wurde uns zuteil; ein endloses Fallen, Sterne zwischen den – ach, so hilflos zappelnden Beinen, die Nutzlosigkeit, fehlende Notwendigkeit der Hände, des Mundes, der Gesten, aller Bewegung und Unbeweglichkeit. In den Raumanzügen schwoll der Schrei an, die Unglücklichen heulten – genug.

Genug dieser Erinnerungen an das, was ja doch nur eine Probe, eine Einleitung war, absichtlich und vorsorglich vorbereitet und das noch mit Sicherheitsvorkehrungen: keinem der »Gekrönten« ist, im körperlichen Sinne, etwas passiert – nichts; samt und sonders wurden sie alle von der Basis-Rakete wiedergefunden. Zwar sagte man uns auch das nicht, damit die Authentizität der Situation nach Möglichkeit die größte bliebe.

Die Krönung verlief bei mir gut, weil ich ein eigenes System hatte. Es war ganz einfach und vollkommen unehrlich; man durfte es eben nicht tun. Als man mich aus der Luke warf, schloß ich die Augen. Dann dachte ich an die verschiedensten Dinge. Das einzige, was man dabei in rauhen Mengen braucht, ist der Wille. Man mußte sich fest vornehmen, diese unglückseligen Augen eben nie zu öffnen, komme, was da wolle. Janssen, glaube ich, wußte von meinem Kniff. Aber er hatte für mich keine Konsequenzen gehabt. Vielleicht hielt der Doktor es sogar für gut?

Das alles geschah auf Erden oder in ihrer Nähe. Dann aber kam keine erdachte und im Labor geschaffene Leere. Die nun wirklich, nicht nur scheinbar, tötete. Manche schonte auch sie: Olaf, Gimma, Thurber, mich, die anderen sieben vom »Ulysses« – und ließ uns sogar zurückkehren. Und dann haben wir, die nichts anderes so stark wie Ruhe ersehnten, als wir unseren Traum so vollkommen verwirklicht sahen, ihn sofort verschmäht. Mir scheint, Plato hat einst gesagt: »Unglückseliger – du wirst bekommen, was du haben wolltest.«

VII

Eines Nachts, schon sehr spät, ruhten wir, von der Liebe ermüdet, und Eris seitlich gekehrtes Gesicht lag in der Biegung meines Ellbogens. Wenn ich hochblickte, konnte ich direkt gegenüber, durch das offene Fenster, die Sterne zwischen den Wolken sehen. Es gab keinen Wind, der Vorhang über der Fensterbank erstarrte zu einem weißen Phantom, aber vom offenen Ozean kam eine tote Welle, und ich hörte ein anhaltendes Dröhnen, das sie ankündigte, dann ein ungleichmäßiges Rauschen, mit dem sie am Strand zerbrach, dann herrschte wieder einige Herzschläge lang Stille, und wieder stürmten die unsichtbaren Gewässer das flache Ufer. Aber ich hörte diese sich regelmäßig wiederholende Erinnerung an die irdische Existenz kaum, schaute mit weitgeöffneten Augen das Kreuz des Südens an, dessen Beta unsere Führerin gewesen war; ich hatte jeden Tag mit ihren Messungen begonnen, so daß ich sie am Ende ganz automatisch und mit anderen Gedanken beschäftigt vornahm; sie führte uns unbeirrbar, jene nie ausgehende Laterne der Leere. Ich spürte fast in meinen Händen den Druck der Metallgriffe, die ich verschob, um den Leuchtpunkt, die Spitze der Finsternis, ins Zentrum des Blickfeldes einzuführen, wobei die weichen Gummiringe der Brille meine Brauen und Wangen umfaßten. Dieser Stern, einer der entferntesten, hatte sich am Ziel fast gar nicht verändert, während das ganze Kreuz des Südens schon längst zerfiel und für uns zu existieren aufhörte, da wir ins Innere seiner Arme gelangten; und dann hörte jener weiße Punkt, jener Sternriese auf, das zu sein, was er am Anfang schien: eine Herausforderung; seine Unveränderlichkeit verriet uns ihre wirkliche Bedeutung, war das Zeugnis der Nichtigkeit unseres Tuns, der Gleichgültigkeit der Leere, des Weltalls, mit der sich niemals jemand abfinden wird.

Jetzt aber, zwischen dem Rauschen des Pazifiks, versuchte ich den Atem von Eri zu hören, und glaubte kaum noch an diese Dinge. Ich konnte schweigend wiederholen: »Ich bin wirklich, ja, wirklich dort gewesen« – aber diese Bestätigung schwächte mein uferloses Staunen durchaus nicht ab. Eri zuckte zusammen. Ich wollte weiterrücken, ihr mehr Platz verschaffen, aber plötzlich spürte ich ihren Blick.

»Schläfst du nicht?« flüsterte ich. Ich beugte mich über sie, wollte mit meinem Mund den ihrigen berühren, aber sie legte die

Fingerspitzen auf meine Lippen. So hielt sie sie eine Weile, glitt dann damit über mein Schlüsselbein bis zur Brust, fuhr um eine harte Vertiefung zwischen den Rippen herum und drückte ihre Handfläche daran.

»Was ist das?« flüsterte sie.

»Eine Narbe.«

»Was war denn das?«

»Ich hatte einen Unfall.«

Sie verstummte. Ich spürte, daß sie mich ansah. Sie hob den Kopf. Ihre Augen waren nur Dunkelheit, ohne Licht, ich sah kaum den Umriß ihres Armes, atmend und weiß.

»Warum sagst du nichts?« flüsterte sie.

»Eri...«

»Warum willst du nicht sprechen?«

»Von den Sternen?« verstand ich plötzlich. Sie schwieg. Ich wußte nicht, was ich sagen sollte.

»Meinst du, ich würde es nicht verstehen?«

Ich sah sie so nahe an, durch die Dunkelheit, durch das Rauschen des Ozeans, das das Zimmer füllte und wieder verließ, und wußte nicht, wie ich es ihr erklären sollte.

»Eri...«

Ich wollte sie in die Arme nehmen. Sie löste sich aber und setzte sich im Bett auf.

»Du brauchst nicht zu sprechen, wenn du nicht willst. Aber sag, warum.«

»Weißt du es nicht? Wirklich?«

»Jetzt weiß ich es bereits. Du wolltest mich... schonen?«

»Nein. Ich habe ganz einfach Angst.«

»Wovor?«

»Das weiß ich selber nicht so recht. Ich will das alles nicht aufwühlen. Ich lasse da nichts aus. Es wäre auch ganz unmöglich. Aber sprechen – würde – so scheint mir – bedeuten – sich in all dem einzuschließen. Vor allem vor dem, was es gibt... jetzt...«

»Ich verstehe«, sagte sie leise. Der weiße Flecken ihres Gesichts verschwand, sie ließ den Kopf hängen. »Du meinst, ich halte es für nichts Beson...«

»Nein, nein«, versuchte ich sie zu unterbrechen.

»Warte, jetzt rede ich. Was ich über die Astronautik denke, und auch die Tatsache, daß ich selbst die Erde nie verlassen würde, das ist eine Sache. Dies hat aber mit dir und mir nichts zu tun.

Oder eigentlich schon: denn wir sind ja zusammen. Anders – wären wir es nicht, niemals. Sie ist für mich – du. Daher möchte ich so sehr... aber du mußt nicht. Wenn es so ist, wie du sagst. Wenn du es so empfindest.«

»Ich werde sprechen.«

»Aber nicht heute.«

»Heute.«

»Lege dich bitte hin.«

Ich fiel auf die Kissen. Sie ging auf den Zehenspitzen, weiß in der Dunkelheit. Sie zog die Gardine zu. Die Sterne verschwanden, nur das langgezogene, mit einer toten Hartnäckigkeit wiederkehrende Rauschen des Pazifiks blieb. Ich sah schon fast nichts mehr. Ein Lufthauch verriet ihre Schritte, das Bett gab nach.

»Hast du schon einmal ein Raumschiff von der Klasse des ›Prometheus‹ gesehen?«

»Nein.«

»Es ist sehr groß. Auf Erden würde es ein Gewicht von über dreihunderttausend Tonnen haben.«

»Und ihr wart nur so wenige?«

»Zwölf. Tom Arder, Olaf, Arne, Thomas – die Piloten. Na, und dann ich. Und sieben Wissenschaftler. Aber wenn du meinst, es wäre dort leer gewesen, dann irrst du. Neun Zehntel der Masse – war der Antrieb. Die Photoaggregate. Die Lager, die Vorräte, die Reservevorrichtungen – der Wohnteil ist dort nicht groß. Jeder von uns hatte seine Kabine, ohne noch die gemeinsamen mitzuzählen. In der Rumpfmitte – die Zentrale und kleine Landungsraketen und Sonden, noch kleiner, zur Entnahme von Koronaproben...«

»Warst du über Arkturus – in einer solchen Sonde?«

»Ja. Mit Arder.«

»Warum seid ihr nicht zusammen geflogen?«

»In einer Rakete? Weil das die Chance verringert.«

»Wieso?«

»Die Sonde ist die Kühlung, weißt du. Sie ist wie – wie ein fliegender Kühlschrank. Soviel Platz nur, daß man sitzen kann. Man steckt in einem Eispanzer. Dieses Eis taut von außen her und erstarrt wieder auf den Röhren. Die Kompressoren können kaputtgehen. Es reicht ein Augenblick, ein Verschlucken, denn außerhalb gibt es acht-, zehn-, oder gar zwölftausend Grad. Wenn diese

Vorrichtungen also in einer Doppelrakete aussetzen, dann müssen zwei umkommen. Und so – nur einer. Verstehst du?«

»Ja, ich verstehe.« Sie hielt ihre Hand an die gefühllose Stelle auf meiner Brust. »Ist das... dort geschehen?«

»Nein. Eri... vielleicht erzähle ich dir etwas anderes?«

»Gut.«

»Denk bloß nicht... Dies weiß ja niemand.«

»Dies?«

Die Narbe veränderte sich unter der Wärme ihrer Finger – als ob sie wieder zu leben anfing.

»Ja.«

»Wie ist denn das möglich? Und Olaf?«

»Auch Olaf nicht. Niemand. Ich habe sie belogen. Eri. Jetzt muß ich es dir schon erzählen, habe ich mich zu weit vorgewagt. Eri... dies war im sechsten Jahr. Wir kamen schon zurück, aber innerhalb einer Wolke kommt man nicht schnell voran. Es ist ein herrliches Bild: je schneller das Schiff, desto heftiger wird die Lumineszenz der Wolke – hinter uns zog sich ein Schweif, nicht wie ein Kometenschweif, eher wie das Polarlicht, zerweht auf beiden Seiten und in die Tiefe des Himmels, zu Eridan-Alpha über tausend und aber tausend Meilen... Arder und Ennesson gab es schon nicht mehr. Venturi lebte auch nicht. Ich wachte immer um sechs Uhr früh auf, das Licht veränderte sich dann und wurde weiß statt blau. Ich hörte die Stimme von Olaf, er sprach von der Steuerkabine. Er hatte etwas Interessantes bemerkt. Ich ging hinunter. Der Radar zeigte einen kleinen Fleck, etwas abseits vom Kurs. Für einen Meteor war er zu groß, außerdem sind Meteore nie allein. Thomas kam auch hinzu, und wir überlegten, was es wohl sein könnte. Auf alle Fälle verminderten wir die Geschwindigkeit noch mehr. Das weckte die anderen. Als auch sie kamen, scherzte Thomas, das weiß ich noch, daß es wohl ein Schiff sein. Man sprach da oft so. Im Weltall mußte es Schiffe anderer Systeme geben, aber eher würden schon zwei Mücken zusammentreffen, die von den entgegengesetzten Seiten der Erdkugel angeflogen kamen. Wir waren schon beim Ende dieser kalten Nebelwolke, der Staub wurde so dünn, daß man mit dem bloßen Auge die Sterne sechster Größe sah. Dieser kleine Fleck erwies sich als ein Planetoid. So etwas wie Vesta. Ungefähr eine Viertelbillion von Tonnen, vielleicht mehr. Außergewöhnlich regelmäßig, fast kugelförmig. Das ist selten. Wir hatten ihn am Bug in zwei Milliparsek. Er ging die Kosmische – wir hinterher. Thurber fragte, ob wir näher kommen könnten. Ich sagte ja, auf ein Viertel Nanoparsek.

Wir kamen auch näher. Im Teleskop sah das Ding wie ein Igel aus – eine Kugel mit Nadeln gespickt. Eine Sehenswürdigkeit. Fast museumsreif. Thurber stritt mit Biel, ob sie wohl tektonischer Herkunft sei. Thomas fügte hinzu, daß man es feststellen könnte. Kein Energieverlust dabei, weil wir noch keinen richtigen Anlauf hatten. Er fliegt hin, nimmt ein paar Krümel davon und kommt zurück. Gimma war unentschlossen. Mit der Reserve an Zeit reichte es – wir hatten sie immer noch. Endlich stimmte er zu. Wohl deshalb, weil ich dabei war. Obwohl ich kein Wort sprach. Aber vielleicht gerade deswegen. Denn unsere Beziehungen waren so geworden... aber darüber ein anderes Mal. Wir stoppten; ein solches Manöver dauert schon etwas; das winzige Planetchen entfernte sich in dieser Zeit, aber wir hatten es ja auf den Radarschirmen. Ich war unruhig, denn seit Beginn unserer Rückkehr hatten wir lauter Pech. Ganz dumme, aber schwer zu beseitigende Havarien – und das auch noch ohne einen vernünftigen Grund. Ich halte mich nicht für abergläubisch, obwohl ich an das Gesetz der Serie schon glaube. Am Ende fehlten mir da aber Argumente. Es sah wie ein Kinderspiel aus – trotzdem überprüfte ich selbst den Motor von Thomas und sagte ihm, daß er achtgeben sollte. Auf den Staub.«

»Auf was?«

»Auf den Staub. Innerhalb einer kalten Wolke wirken nämlich die Planetoiden wie Staubfänger, weißt du? Sie holen den Staub aus dem Raum, in dem sie kreisen, und Zeit haben sie dazu genug. Der Staub setzt sich auf ihnen schichtweise ab, derart, daß er sie in der Größe verdoppeln kann. Aber es genügt, mit dem Auspuff zu pusten oder gar etwas fester aufzutreten, und schon erhebt sich eine Staubwolke und bleibt einfach hängen. Eine Kleinigkeit, scheinbar, aber dann sieht man ja nichts. Also sagte ich es ihm. Er wußte es übrigens auch selbst, genauso wie ich. Dann schoß ihn Olaf von der Bordrampe ab, und ich ging nach oben, in den Meßraum, und fing an, ihn zu führen. Ich sah ihn herankommen, manövrieren, das Geschoß auf den Planetoiden herabgleiten. Dann, natürlich, verlor ich ihn aus den Augen. Es waren doch immerhin, nach der irdischen Skala, an die drei Meilen...«

»Hast du ihn auf dem Radar gesehen?«

»Nein, auf der Optischen, das heißt durch das Fernrohr. Infrarotes. Aber ich sprach mit ihm die ganze Zeit. Per Funk. Und in dem Moment, als ich dachte, schon lange beim Thomas eine derart sorgfältige Landung nicht gesehen zu haben – wir alle fingen an, irgendwie aufmerksamer zu werden, als die Rückkehr begann... –, sah ich ein kleines Aufleuchten und einen dunklen Fleck, der auf der Scheibe des Planetoiden zu zerfließen begann. Gimma, der neben mir stand, stieß einen Schrei aus. Er dachte, Thomas hätte im letzten Augenblick, um seinen Fall zu bremsen, mit der Flamme zugeschlagen. So nennt man es nämlich, weißt du. Man gibt einen einzigen Düsenschlag, selbstverständlich aber nicht unter diesen Umständen. Und ich wußte auch, daß Thomas es nie getan hätte. Es mußte ein Blitz gewesen sein.«

»Ein Blitz? Dort?«

»Ja. Denn – siehst du, jeder Körper, der sich mit einer großen Geschwindigkeit in einer Wolke bewegt, wird durch die Reibung mit statischer Elektrizität aufgeladen. Zwischen dem ›Prometheus‹ und dem Kleinplaneten herrschte ein Unterschied der Potentiale. Es konnten Milliarden von Volt sein. Sogar noch mehr. Als Thomas landete, da sprang ein Funke über. Das war dieses Aufleuchten: Von der plötzlichen Hitze kam der Staub hoch, und nach einer Minute war die ganze Scheibe durch die Wolke verdeckt. Wir hörten ihn nicht mehr – sein Radio knatterte nur. Ich war stockwütend, am meisten gegen mich selbst, daß ich das zu wenig beachtet habe. Die Rakete hatte besondere, spitzenförmige Blitzableiter, und die elektrische Ladung hätte ganz leise wie Elmsfeuer abfließen müssen. Tat es aber nicht. Übrigens kommen da schon Entladungen vor, aber nicht solche. Diese war von einer ungewöhnlichen Stärke. Gimma fragte mich nach meiner Meinung, wenn sich wohl die Wolke legen würde. Thurber stellte keine Fragen, es war ja klar, daß Tage vergehen mußten. Und Nächte.«

»Tage und Nächte?«

»Ja. Denn die Gravitation ist äußerst gering. Ein aus der Hand losgelassener Stein fällt manchmal einige Stunden lang. Und erst der Staub, der Hunderte von Metern hochgewirbelt wurde! Ich sagte Grimma, er solle sich um seinen eigenen Kram kümmern, wir müßten warten.«

»Und konnte man da nichts tun?«

»Nein. Das heißt, hätte ich mit Sicherheit annehmen können,

daß Thomas in der Rakete steckte, dann konnte ich etwas riskieren. Ich konnte den ›Prometheus‹ dann wenden und aus nächster Nähe mit vollem Schub so blasen, daß sich dieser ganze Dreck auf die gesamte Galaxis verteilt hätte. Aber diese Gewißheit hatte ich eben nicht. Und ihn suchen?... Die Oberfläche dieses Miniplaneten glich ihrer Größe nach der von – weiß ich – vielleicht von Korsika. Außerdem konnte ich in der Staubwolke ganz nah an ihm vorbeigehen, ohne ihn überhaupt gesehen zu haben. Es gab nur eine Lösung. Sie lag in seiner Hand. Er konnte starten und zurückkehren.«

»Und tat er es nicht?«

»Nein.«

»Weißt du, warum?«

»Ich denke, schon. Er hätte dann einen Blindstart machen müssen. Ich sah wohl, daß die Wolke bis – na, sagen wir – eine halbe Meile über die Oberfläche reichte – er aber wußte das nicht. Er hatte bestimmt Angst, mit irgendeinem Überhang, einem Felsen zusammenzustoßen. Er konnte auch ebensogut auf dem Boden eines tiefen Felsspalts landen. Also hingen wir da so herum, einen Tag und noch einen zweiten – Sauerstoff und Vorräte hatte er für sechs Tage mit. Die eiserne Ration. Selbstverständlich war niemand imstande, etwas zu tun. Man ging nur so herum und dachte sich die verschiedensten Möglichkeiten aus, um Thomas aus diesem blöden Schlamassel herauszuholen. Die Emmitoren. Die unterschiedlichen Wellenlängen. Sogar Leuchtkörper haben wir dort hineingeworfen. Aber sie blitzten nicht einmal auf, die Wolke war finster wie ein Grab.

Der dritte Tag – die dritte Nacht. Die Messungen bewiesen, daß die Wolke sank, aber ich war nicht sicher, ob sie innerhalb der siebzig Stunden, die Thomas noch geblieben waren, ganz sinken würde. Ohne Essen konnte er schließlich noch länger sitzen, aber nicht ohne Luft. Plötzlich kam mir eine Idee. Ich überlegte folgendermaßen: Thomas' Rakete ist vorwiegend aus Stahl. Wenn es auf diesem verfluchten Planetoiden keine Eisenerze gibt, wird es vielleicht gelingen, ihn mit dem Ferroweiser zu finden. Mit so einem Apparat zur Entdeckung eiserner Gegenstände, weißt du. Wir hatten da einen, der sehr empfindlich war. Reagierte auf einen Nagel aus einer Entfernung von dreiviertel Kilometern. Eine Rakete würde er auf viele Meilen entfernt finden. Wir mußten dann mit Olaf noch dies und jenes in diesem Apparat nachsehen.

Dann sagte ich Gimma Bescheid – und flog los.«

»Allein?«

»Ja.«

»Warum allein?«

»Weil wir ohne Thomas nur noch zwei waren und der ›Prometheus‹ einen Piloten haben mußte.«

»Und die anderen waren einverstanden?«

Ich lächelte in der Dunkelheit.

»Ich war erster Pilot. Gimma konnte mir nichts befehlen, nur vorschlagen, dann berechnete ich die Chance und sagte ja oder nein. Aber in kritischen Situationen lag die Entscheidung bei mir.«

»Und Olaf?«

»Na, Olaf kennst du schon etwas. Kannst dir also denken, daß ich nicht gleich geflogen bin. Aber am Ende war ich es, der Thomas weggeschickt hatte. Diese Tatsache konnte er nicht leugnen. Kurz, ich bin also geflogen. Selbstverständlich ohne Rakete.«

»Ohne Rakete?«

»Ja. Im Raumanzug und mit einer Rückstoßpistole. Es hat etwas gedauert, aber nicht so lange, wie es schien. Ich hatte nur Schwierigkeiten mit dem Ferroweiser, denn das war fast eine Kiste, äußerst unhandlich. Dort, natürlich, wog er gar nichts, aber als ich in die Wolke kam, mußte ich scharf aufpassen, um nicht gegen irgend etwas zu stoßen.

Als ich näher kam, hörte ich auf, die Wolke zu sehen, nur die Sterne fingen an zu verschwinden. Erst nur einige, die aus dem Umkreis, dann wurde schon der halbe Himmel finster – ich sah mich um, der ›Prometheus‹ leuchtete voll und ganz in der Ferne, er hatte so eine Illuminationsvorrichtung für seinen Panzer. Er sah aus wie ein langer weißer Bleistift – mit einem Pilz am Ende –, das war der Photonenscheinwerfer.

Plötzlich verschwand alles. Dieser Übergang war ganz scharf. Vielleicht eine Sekunde schwarzer Nebel – dann schon nichts mehr. Mein Radio hatte ich ausgeschaltet, statt dessen sang mir der Ferroweiser in den Kopfhörern. Bis zum Wolkenrand flog ich kaum ein paar Minuten, aber auf die Oberfläche glitt ich länger als zwei Stunden – ich mußte da sehr aufpassen. Meine elektrische Taschenlampe erwies sich als untauglich, was ich übrigens auch erwartet hatte. Ich fing die Suche an. Weißt du, wie die großen Stalaktiten in den Felsenhöhlen aussehen...?«

»Ja.«

»Also etwas in der Art, nur unheimlicher. Ich spreche darüber, was ich später sah, als die Wolke bereits gesunken war. Denn während dieser Sucherei – nichts, als ob jemand die Sichtscheibe meines Raumanzuges mit Teer begossen hätte. Die Kiste trug ich an Trägern. Ich mußte die kleine Antenne bewegen, horchen, mit ausgestreckten Armen gehen – nie in meinem ganzen Leben bin ich so oft hingefallen wie dort. Unschädlich war es nur infolge der geringen Gravitation, und könnte man da nur ein klein wenig sehen, könnte der Mensch natürlich auch zehnmal sein Gleichgewicht wiedergewinnen. Aber so – einem, der das nicht kennt, läßt es sich nur schwer erzählen... Dieser Miniplanet bestand aus angehäuften Nadelfelsen und balancierenden Felsbrocken – ich stellte einen Fuß hin und fing plötzlich an, irgendwohin zu fliegen, konnte mich selbstverständlich nirgendwo abstoßen – flog mit dieser trunkenen Langsamkeit – sonst aber wäre ich eine Viertelstunde lang wieder nach oben gestiegen. Ich mußte ganz einfach warten, versuchte nur immer weiterzugehen, dann aber bewegten sich die Steinmassen unter mir. Diese Trümmer, Säulen, Steinstücke, all das war kaum miteinander verbunden, denn nur eine äußerst geringe Kraft hielt sie zusammen – was ja nicht bedeutet, daß ein Riesenbrocken, auf den Menschen fallend, ihn nicht erschlagen konnte... denn dann wirkt doch die Masse, nicht das Gewicht, nur hat man da immer Zeit, zur Seite zu springen, natürlich wenn man diesen Steinfall, diesen Absturz sieht... oder zumindest hört. Aber dort gab es ja keine Luft, also konnte ich mich nur nach den Felsbewegungen unter meinen Sohlen richten und begreifen, daß ich wohl schon wieder irgendein Felsengemach aus dem Gleichgewicht gebracht hatte. Nur warten, ob aus diesem Teer da nicht ein Brocken kommt, der nun anfängt, mich zu zermalmen... Kurz, so wanderte ich eben herum, stundenlang, und hatte schon längst aufgehört, meine Idee mit dem Ferroweiser für genial zu halten... Auf jeden Schritt mußte ich auch deshalb achten, weil ich unvorsichtigerweise schon einige Male in der Luft, also in der Schwebe hängengeblieben war... wie in einem närrischen Traum. Endlich fing ich das Signal auf. Ich verlor es dann wieder so an die achtmal, weiß es nicht mehr genau, jedenfalls, als ich die Rakete fand, war auf dem ›Prometheus‹ schon Nacht.

Sie stand schräg, zur Hälfte in diesem höllischen Staub vergraben. Das ist etwas äußerst Weiches, äußerst Zartes – das Feinste auf der ganzen Welt –, weißt du? Eine fast unberührbare Substanz... der leichteste Daunen leistet auf Erden einen weit größeren Widerstand. Die Teilchen sind so unwahrscheinlich winzig... Ich schaute hinein – er war aber nicht in der Rakete. Ich sagte, daß sie schrägstand; ich war dessen aber durchaus nicht sicher; ein Mensch konnte dort die senkrechte Lage nicht ohne Spezialapparate bestimmen, und das hätte dann sowieso ungefähr eine Stunde gedauert. Ein einfaches Gewicht, federleicht, würde am Ende einer Schnur wie eine Fliege herumsausen, statt diese redlich zu spannen... Also war ich auch nicht erstaunt, daß er keinen Start versucht hatte. Ich kroch hinein. Sofort sah ich, daß er eine präzise Senkrechte zusammenzubasteln versucht hatte, aus Dingen, die er unter den Händen fand, und daß es ihm nicht gelungen war. Eßvorräte gab es sogar noch genug, dafür aber keinen Sauerstoff mehr. Er mußte wohl alles, was er noch hatte, in die Flasche seines Raumanzugs gepumpt haben, und stieg dann aus.«

»Warum?«

»Ja, die Frage habe ich mir auch gestellt. Er war dort schon drei Tage lang. In so einer Rakete gibt es nur einen Sessel, einen Bildschirm, einige Hebel und eine Klappe hinter dem Rücken. Ich saß dort eine Weile. Ich begriff bereits, daß ich ihn nicht finden würde. Eine Sekunde lang dachte ich, er wäre gerade dann ausgestiegen, als ich angeflogen kam, hätte die Rückstoßpistole benutzt, um zum ›Prometheus‹ zurückzukehren, und säße schon dort, während ich in diesen trunkenen Trümmern herumkroch...

Ich sprang so energisch aus der Rakete, daß es mich wieder hochtrug und ich fliegen mußte. Gar kein Orientierungsgefühl, nichts. Weißt du, wie es ist, wenn man in der völligen Finsternis einen Funken sieht? Wie die Augen dann über ihn zu phantasieren anfangen? Was für Strahlen und Visionen sie darin erblicken – na also, mit dem Gleichgewichtssinn... das ist so ähnlich. Dort, wo es überhaupt keine Gravitation mehr gibt, ist es noch halb so schlimm, wenn sich der Mensch daran gewöhnt. Aber wenn die Gravitation nur äußerst schwach ist, wie eben auf diesem Scherbenhaufen da – wird der Gehörkanal gereizt und reagiert eben auf diese Art – fehlerhaft, um nicht zu sagen – verrückt. Einmal kommt dir vor, du fliegst hoch wie eine Kerze, dann fällst du wieder runter in einen Abgrund und so immerfort. Dazu gibt es noch das Herumwirbeln und die gegenseitige Verschiebung von Armen, Beinen, Rumpf – als ob die alle ihre Stellen vertauscht hätten, als ob der Kopf nicht mehr an dem richtigen Platz säße...

So flog ich denn, bis ich gegen irgendeine Wand schlug, mich abstieß, an etwas hängenblieb, zusammengerollt wurde. Ich hatte aber noch Zeit, mich an einem hervorstehenden Felsbrocken zu klammern. Jemand lag dort. Thomas.«

Sie schwieg. In der Dunkelheit rauschte der Stille Ozean.

»Nein. Nicht das, was du denkst. Er lebte. Setzte sich auch gleich auf. Ich schaltete das Radio ein. Bei einer so kleinen Entfernung konnten wir uns ausgezeichnet verständigen.

›Bist du das?‹ meldete er sich.

›Ja. Ich bin's‹, sagte ich. Eine Szene wie aus einer miesen Komödie, eigentlich unmöglich. Aber so war es. Wir standen beide auf.

›Wie fühlst du dich?‹ fragte ich.

›Ausgezeichnet. Und du?‹

Das machte mich etwas stutzig, doch sagte ich:

›Danke, sehr wohl. Und daheim sind alle auch gesund.‹

Idiotisch war das, aber ich dachte, er täte es absichtlich – um zu zeigen, daß er sich im Zaum hält, verstehst du?«

»Ja.«

»Als er schon ganz nahe bei mir stand, sah ich im Schein meiner am Arm montierten Lampe seine Umrisse, als eine Art von dichterer Finsternis. Ich tastete seinen Raumanzug ab – er war heil.

›Hast du Sauerstoff?‹ fragte ich. Das war ja das Wichtigste.

›Ach, das ist unwichtig.‹

Ich überlegte, was man nun tun sollte. Mit seiner Rakete starten? Wohl kaum, es war zu riskant. Um die Wahrheit zu sagen, war ich nicht einmal sehr erfreut. Ich hatte Angst – oder war vielmehr unsicher –, es läßt sich schwer erklären. Die Situation war irreal, ich spürte etwas Eigenartiges darin, ohne zu wissen, was es war, und ohne mir darüber ganz im klaren zu sein. Nur daß ich eben durch dieses wundersame Wiederfinden nicht erfreut war. Ich überlegte, wie man die Rakete retten könnte. Aber das, dachte ich, ist nicht das Wichtigste. Erst mußte ich erfahren, wie es um ihn stand. Inzwischen standen wir so da, in dieser schwarzen Nacht ohne Sterne.

›Was hast du die ganze Zeit hier gemacht?‹ erkundigte ich mich. Ich wollte es wissen, denn es war auch wichtig. Wenn er irgend etwas zu tun versucht hatte, und sei es nur, Mineralstücke abzuschlagen, so wäre das ein gutes Zeichen.

›Verschiedene Dinge‹, sagte er. ›Und du, Tom?‹

›Wieso Tom?‹ fragte ich. Mich überlief es kalt, denn Arder lebte schon seit einem Jahr nicht mehr, und er wußte es doch auch genau.

›Du bist doch Tom, nicht? Ich erkenne deine Stimme.‹

Ich sagte nichts, und er berührte mit seinem Handschuh meinen Raumanzug, der schepperte, und sagte dann: ›Eine verrückte Welt, nicht? Nichts zu sehen, und es gibt hier auch nichts Besonderes. Ich hatte es mir ganz anders vorgestellt. Und du?‹

Ich dachte, mit Arder wäre ihm wohl ein Irrtum unterlaufen, schließlich war so etwas schon... mehreren passiert.

›Ja‹, sagte ich. ›Uninteressante Gegend hier. Wollen wir losziehen, Thomas, wie?‹

›Losziehen?‹ staunte er. ›Ja, wie denn... Tom?‹

Ich achtete schon nicht mehr auf diesen Tom.

›Willst du denn hier bleiben?‹ fragte ich.

Er macht mich zum Narren, dachte ich, nun aber Schluß mit diesen Blödeleien.

›Nein‹, sagte ich. ›Wir müssen zurück. Wo ist deine Pistole?‹

›Die habe ich verloren, als ich gestorben bin.‹

›Was?!‹

›Aber ich nahm es mir nicht zu Herzen‹, sagte er. ›Ein Toter braucht keine Pistole.‹

›Na, na‹, meinte ich. ›Komm, ich lege dir den Gurt um, und dann fahren wir.‹

›Bist du denn verrückt, Tom? Wohin?‹

›Zum »Prometheus«.‹

›Der ist doch nicht hier...‹

›Er ist da ein bißchen weiter. Nun komm schon und laß mich dir den Gurt umlegen.‹

›Warte.‹ Er schob mich weg.

›Du redest ja so komisch. Du bist nicht Tom!‹

›Sicher nicht. Ich bin Hal.‹

›Also bist du auch gestorben? Wann?‹

Jetzt wußte ich schon ungefähr, wie und was, fing also an, mich ihm anzupassen.

›Na‹, meinte ich, ›schon vor einigen Tagen. Komm, laß mich dir den Gurt umlegen.‹

Er aber wollte es nicht zulassen. Und wir fingen an, uns zu zanken, am Anfang wie im Scherz, später schon mehr im Ernst, ich versuchte ihn zu fassen, konnte es aber nicht wegen des Raumanzugs. Was tun? Ich konnte ihn keinen Augenblick allein lassen; denn ein zweites Mal würde ich ihn nicht mehr finden. Ein Wunder geschieht nicht zweimal. Und er wollte dableiben als Toter. Und so – während unseres Wortwechsels – als mir schon schien, daß ich ihn überzeugt hätte und er mir zustimmte – ließ ich ihn meine Rückstoßpistole halten... Er brachte sein Gesicht ganz nah an meins, so daß ich fast durch die doppelten Gläser sah, dann rief er: ›Du Schweinehund! Betrogen hast du mich! Du lebst!‹ und schoß auf mich.«

Seit einer längeren Zeit spürte ich schon Eris Gesicht an meine Schulter gepreßt. Bei meinem letzten Wort zuckte sie zusammen, als ob sie einen Schlag erhalten hätte, und verdeckte meine Narbe mit ihrer Hand. Wir schwiegen eine Weile

»Es war ein sehr guter Raumanzug«, sagte ich. »Er zersprang nicht, weißt du? Er kam mir nun hierher ganz hinein, hat den Rippenansatz gebrochen, reingestopft, die Muskeln zermalmt, zersprang aber selber nicht. Ich hatte nicht mal das Bewußtsein verloren, nur konnte ich eine Weile den rechten Arm nicht bewegen und fühlte an der Hitze die innere Blutung.

Eine Zeitlang war ich wohl benommen, denn als ich aufstand, war Thomas nicht mehr da, und ich hatte keine Ahnung, wann und wo er verschwunden war. Ich suchte ihn blindlings auf allen vieren, statt seiner aber fand ich die Pistole. Er mußte sie gleich nach dem Schuß weggeworfen haben. Na, und mit ihrer Hilfe bin ich dann da rausgekommen.

Sie bemerkten mich gleich, als ich über die Wolke sprang. Olaf brachte das Schiff noch näher, und sie zogen mich hinein. Ich sagte, ich hätte ihn nicht gefunden. Ich hätte nur die leere Rakete entdeckt, und meine Pistole wäre mir aus der Hand gefallen und hätte geschossen, als ich stolperte. Der Raumanzug ist doppelwandig. Ein Stück Verkleidung im inneren Teil war abgesprungen. Das habe ich hier, unter der Rippe.«

Wieder Schweigen und das anwachsende, langgezogene Dröhnen der Welle, die sich anschickte, einen Sprung über sämtliche Strände zu tun, durch die Niederlagen einer unendlichen Reihe ihrer Vorgängerinnen nicht entmutigt. Flacher werdend, bäumte sie sich auf, zerbrach, man hörte ihr weiches Stampfen, immer näher und leiser, bis es zu der wiederaufkommenden Stille wurde.

»Seid ihr abgeflogen?«

»Nein. Wir warteten. Nach zwei weiteren Tagen setzte sich die Wolke, und ich flog dann ein zweites Mal hin. Allein. Du verstehst wohl – alle anderen Gründe ausgenommen – warum?«

»Ja, ich verstehe.«

»Ich fand ihn schnell, weil sein Anzug in der Finsternis leuchtete. Er lag unter einem Nadelfelsen. Sein Gesicht war nicht zu sehen, die Glasscheibe war von innen beschlagen. Als ich ihn hochhob, meinte ich, in den Händen nur eine leere Schale zu halten... er wog fast gar nichts. Er war es aber wirklich. Ich ließ ihn da und kam in seiner Rakete zurück. Später untersuchte ich sie dann genau und begriff, warum es passiert war. Seine Uhr – eine ganz ungewöhnliche Uhr – war stehengeblieben, er hatte die Zeitrechnung verloren. Diese Uhr zeigte nämlich sowohl die Stunden als auch die Tage an. Ich habe sie repariert und weitergestellt, so daß niemand dahinterkommen konnte.«

Ich umarmte Eri. Fühlte, wie mein Atem ganz leise ihr Haar zerteilte.

Sie berührte meine Narbe, und plötzlich wurde diese Liebkosung zu einer Frage: »Sie hat eine so sonderbare Form...«

»Ja, nicht wahr? Weil es zweimal genäht werden mußte, beim ersten Mal heilten die Nähte nicht... Thurber hat mich zusammengeflickt. Denn Venturi, unser Arzt, lebte nicht mehr.«

»Der, der dir ein rotes Buch gegeben hat?«

»Ja. Woher weißt du das, Eri? Hab' ich dir davon erzählt? Nein, unmöglich.«

»Das hast du Olaf gesagt – damals – weißt du noch...«

»Stimmt. Aber daß du das behalten hast! So eine Lappalie. Ach, eigentlich bin ich ein Schwein. Dieses Buch ist mit allen anderen Sachen auf dem ›Prometheus‹ geblieben.«

»Hast du dort deine Sachen? Auf Luna?«

»Ja. Aber eigentlich lohnt es sich nicht, sie herzuholen.«

»Doch, Hal.«

»Mein Liebes, gleich würde daraus ein Erinnerungsmuseum werden. Und so etwas finde ich gräßlich. Wenn ich sie hole, so nur, um sie zu verbrennen. Ich werde nur ein paar Kleinigkeiten behalten, die ich von den anderen geerbt habe. Dieses Steinchen...«

»Was für ein Steinchen?«

»Ich habe noch mehr davon. Einer ist von Kerenea, einer vom Thomas-Planetoiden – denk aber bloß nicht, daß ich mich da mit irgendwelchen Sammlungen beschäftigt hätte! Die kleinen Steinchen gelangten ganz einfach in die Rillen meiner Schuhsohlen, Olaf klaubte sie wieder heraus, versah sie mit entsprechenden Notizen und verwahrte sie. Diese Idee konnte ich ihm nicht ausreden. Unsinn, aber... das muß ich dir erzählen. Ja, ich soll es sogar tun, damit du nicht denkst, daß dort alles so schrecklich war und außer Todesfällen nichts anderes passierte. Also – stell dir ein Zusammensein der Welten vor. Zuerst rosa, eine Unendlichkeit aus einem ganz, ganz leichten und feinen Rosa, in ihr – und sie durchdringend – dann eine zweite, schon dunklere, und weiter dann ein Rot, fast schon bläulich, dieses aber ganz weit, und rundum die Phosphoreszenz, schwerelos, nicht wie eine Wolke und nicht wie Nebel – anders. Ich finde dafür keine Worte. Wir stiegen beide aus der Rakete aus und schauten. Eri, ich verstehe das nicht. Weißt du, ich spüre sogar jetzt noch ein Würgen in der Kehle, so schön ist das gewesen. Denk bloß: Dort gibt es kein Leben. Es gibt da weder Pflanzen noch Tiere, noch Vögel, nichts, keinerlei Augen, die das sehen könnten. Ich bin ganz sicher, daß es seit der Erschaffung der Welt niemand je gesehen hat und wir, mit Arder, die ersten waren. Und wäre unser Gravimeter nicht kaputtgegangen, weshalb wir dort landen mußten – um ihn herzurichten, denn der Quarz war zerschlagen und Quecksilber herausgeflossen –, dann wäre bis ans Ende der Welt kein Mensch dort angelangt, keiner hätte es je erblickt. Ist das nicht unheimlich! Man hat direkt Lust – ach, ich weiß nicht... Wir konnten da ganz einfach nicht mehr weg. Wir haben vergessen, weshalb wir gelandet sind, und standen nur so, standen und schauten.«

»Was war denn das, Hal?«

»Ich weiß nicht. Als wir wiederkamen und davon erzählten, wollte Biel unbedingt hinfliegen, aber es ging nicht. Wir hatten nicht allzuviel Reservekraft. Wir hatten eine Menge Fotos geknipst, aber aus ihnen ist nichts geworden. Auf den Bildern sah das Ganze wie rosa Milch mit lila Palisaden aus, und Biel faselte über die Phosphoreszenz silihydrogener Ausdünstungen, mir scheint, er glaubte selbst nicht daran, aber vor lauter Verzweiflung, daß er es nicht würde untersuchen können, versuchte er es irgendwie zu erklären. Das war wie... ja, wie nichts eben. Etwas Derartiges kennen wir nicht. Es war auch keinen bekannten Dingen ähnlich. Hatte eine riesige Tiefe, aber eine Landschaft war es nicht. Ich sagte dir doch schon von diesen Schattierungen, die immer ferner und dunkler wurden, bis die Augen flimmerten. Eine Bewegung... nein, eigentlich nicht. Es floß und stand zugleich. Veränderte sich, als atmete es, blieb aber stets gleich. Wer weiß, das Wichtigste daran war vielleicht doch diese Riesengröße. Als ob hinter der grausamen schwarzen eine zweite Ewigkeit, eine zweite Unendlichkeit existierte, so gesammelt und groß, so hell, daß der Mensch, indem er die Augen schloß, aufhörte, an sie zu glauben. Als wir uns dann ansahen... Du hättest Arder kennen müssen. Ich werde dir sein Bild zeigen. Das war ein Kerl, noch größer als ich, sah so aus, als ob er durch jede Mauer durchkönnte, ohne dabei auch nur bemerkt zu werden. Er sprach immer langsam. Hast du von... diesem Loch auf Kerenea gehört?«

»Ja.«

»Er steckte dort fest, im Felsen, unter ihm kochte so ein glutheißer Sumpf, der jede Minute den Siphon, in dem er steckenblieb, ausfüllen konnte, und er sprach dabei: ›Hal – warte mal. Ich will mich hier noch umsehen. Könnte vielleicht die Flasche abnehmen – nein. Nehme sie nicht ab, die Gurte haben sich verheddert. Aber warte du noch.‹ Und so weiter. Man könnte meinen, daß er per Telefon aus einem Hotelzimmer sprach. Er posierte durchaus nicht, er war eben so. Der Nüchternste von uns allen. Hat immer alles berechnet. Deshalb flog er dann später mit mir, nicht mit Olaf, der sein Freund war – aber davon hast du ja schon gehört...«

»Ja.«

»Also... Arder. Als ich ihn ansah, dort – da hatte er Tränen in den Augen. Tom Arder. Übrigens schämte er sich dessen überhaupt nicht, weder damals, noch später. Als wir nachher darüber sprachen, und das taten wir noch oft, häufig kamen wir darauf zurück –, wurden die anderen böse. Weil wir dann so – so... fromm wurden. Komisch, nicht wahr? Nun zur Sache. Wir sahen uns also an, und uns kam die gleiche Idee. Obwohl wir nicht wußten, ob wir die Skala dieses Gravimeters richtig hinkriegen würden. Anders konnten wir den ›Prometheus‹ nicht wiederfinden. Aber wir dachten, daß es sich gelohnt hatte. Nur deswegen, um dort so zu stehen und diese farbige Erhabenheit zu erblicken.«

»Habt ihr auf einem Berg gestanden?«

»Ich weiß nicht, Eri, dort gab es eine ganz andere Perspektive.

Wir schauten so von oben her, aber es war gar kein Abhang. Warte mal. Hast du den großen Colorado-Canon gesehen?«

»Ja.«

»Stell dir also diesen Canon tausendfach vergrößert vor. Oder millionenfach. Aus rotem und rosa Gold, fast völlig durchsichtig, sämtliche Schichten, Bergmulden, geologischen Sattel seiner Formation, und das alles schwerelos, fließend, und dich fast wie gesichtslos anlächelnd. Nein, nicht das. Mein Liebes, wir beide, Arder und ich gaben uns redlich Mühe, es irgendwie den anderen zu erzählen, aber daraus ist nichts geworden. Dieser kleine Stein stammt eben von dort... Arder nahm ihn als Glücksbringer mit. Trug ihn immer bei sich. Auch auf Kerenea hat er ihn gehabt. In einer kleinen Schachtel für die Vitamintabletten. Als er zu verwittern anfing, hat er ihn in Watte eingewickelt. Dann – als ich allein zurückkam, fand ich ihn, er lag unter der Koje in seiner Kabine. War ihm wohl herausgefallen. Olaf, scheint mir, dachte, es wäre aus diesem Grunde passiert, traute sich aber nicht, das laut zu sagen, es hätte zu dumm geklungen... Was konnte schon so ein kleiner Stein für einen Zusammenhang mit dem Drähtchen haben, das Arders Radio außer Betrieb setzte?...«

VIII

Inzwischen gab Olaf immer noch kein Lebenszeichen von sich. Meine Unruhe wurde zu Gewissensbissen. Ich befürchtete, er könnte etwas Verrücktes angestellt haben. Er war ja weiterhin allein und das noch mehr, als ich es vorher gewesen war. Ich wollte Eri nicht in unvorhersehbare Dinge hineinziehen, die eine Konsequenz meiner auf eigene Faust unternommenen Suchaktion sein konnten, deshalb entschloß ich mich, vorerst zu Thurber zu fahren. Ich war nicht sicher, ob ich ihn um einen Rat bitten sollte – ich wollte ihn nur sehen. Die Adresse hatte ich von Olaf; Thurber hielt sich im Universitätszentrum Malleolan auf.

Ich schickte ihm ein Telegramm über meine Ankunft und habe mich zum ersten Mal von Eri getrennt. In den letzten Tagen wurde sie schweigsam und unruhig; ich schrieb es ihrer Sorge um Olaf zu. Ich versprach ihr, nach Möglichkeit schnell wiederzukommen, wahrscheinlich schon in zwei Tagen, und nach dem Gespräch mit Thurber keinerlei weitere Schritte zu unternehmen, ehe ich mich mit ihr ausgesprochen haben würde.

Eri brachte mich bis Houl, wo ich einen direkten Ulder nahm. Die Pazifik-Strände waren schon leer, weil bald die Herbststürme kommen sollten, aus den Ferienorten verschwanden die Mengen buntgekleideter Jugend, und ich war kaum erstaunt, fast der einzige Passagier des Silbergeschosses zu sein. Der Flug in den Wolken, der die Gegend irreal machte, dauerte kaum eine Stunde und endete gegen Abend.

Die Stadt tauchte aus der aufkommenden Dunkelheit mit mehrfarbigen Feuern auf – die höchsten Bauten, Kelchhäuser, leuchteten im Nebel wie ganz dünne, reglose Flammen, ihre Silhouetten zwischen den weißen Nebelstreifen hatten die Gestalt von Riesenschmetterlingen, durch in der Luft hängende Bogen der höchsten Verkehrsebene verbunden. Die weiteren, niedrigen Straßenetagen bildeten gewundene, sich kreuzende, mehrfarbige Flüsse. Vielleicht lag es am Nebel, vielleicht war es der Einfluß der Glasbauten, jedenfalls schien das Zentrum von dieser Höhe aus eine Masse hochwertigen Schmelzes mit gemeinsamer Maserung, eine mit Juwelen bedeckte Glasinsel zu sein, errichtet in einem Ozean, dessen Spiegelfläche die immer schwächer leuchtenden Stockwerke wiederholte, bis auf die schon kaum sichtbaren, letzten. Als ob vom Untergrund der Stadt ein rubinrot glühendes

Gerippe durchschiene. Es war schwer zu glauben, daß diese ineinander fließende Palette der Flammen und Farben ganz einfach nur die Wohnstätte einiger Millionen von Menschen war.

Das Universitätszentrum befand sich außerhalb der Stadt. Erst dort, in einem großen Park auf einer Betonpiste, landete mein Ulder. Von der Stadtnähe zeugte nur ein schwacher Lichtschein, der am Himmel über der schwarzen Wand alter Bäume stand. Eine lange Allee führte mich zum Hauptgebäude, das dunkel, wie ausgestorben dalag.

Kaum öffnete ich die große Glastür, flammte im Inneren Licht auf. Ich befand mich in einer gewölbten Halle, die mit blaßblauen Intarsien ausgelegt war. Ein System von Durchgängen mit Schallisolierung brachte mich zu einem langen Gang, der gerade und irgendwie streng war – ich öffnete eine und noch eine andere Tür, aber sämtliche Räume waren leer und schienen längst verlassen zu sein. Über eine gewöhnliche Treppe stieg ich nach oben. Wahrscheinlich gab es irgendwo einen Fahrstuhl, aber ich hatte keine Lust, ihn zu suchen, außerdem war diese Treppe an sich schon eine Sehenswürdigkeit, da sie unbeweglich war. Oben ging nach beiden Seiten ein gleichartiger Gang aus. Es gab dort auch ähnliche menschenlose Zimmer; auf einer Tür sah ich dann einen kleinen Zettel mit den deutlich geschriebenen Worten: »Hier, Bregg!« Ich klopfte und hörte sofort die Stimme von Thurber.

Ich ging hinein. Er saß gebeugt gegen die Dunkelheit eines ganzwandigen Fensters, im Licht der niedrig herabgezogenen Lampe. Der Schreibtisch, an dem er arbeitete, war mit Papieren und Büchern – wirklichen Büchern – übersät und auf einem anderen, kleineren, daneben, lagen ganze Haufen von den Kristall-»körnern« und verschiedenartige Apparate. Er hatte einen Stoß Papier vor sich und notierte – mit einer in Tinte getauchten Feder! – verschiedene Bemerkungen an den Rand.

»Setz dich«, sagte er, ohne aufzublicken. »Bin gleich fertig.«

Ich setzte mich in einen niedrigen Sessel am Schreibtisch und schob ihn etwas zur Seite, weil Thurbers Gesicht im Licht nur ein einziger Flecken war und ich ihn doch gut sehen wollte.

Er arbeitete auf seine Weise, langsam, mit gebeugtem Kopf und durch gerunzelte Brauen sich gegen das Lampenlicht wehrend. Es war eins der bescheidensten Zimmer, die ich bisher sah, mit matten Wänden, grauen Türen, ohne eine einzige Verzierung, ohne eine Spur des widerwärtigen Goldes – beiderseits der Tür gab es viereckige, jetzt nur blinde Schirme, die Fensterwand war mit Metallschränkchen vollgestellt, an einem lehnte eine hohe Rolle von Landkarten oder technischen Zeichnungen – und das war eigentlich alles. Ich blickte nun auf Thurber selbst. Kahlköpfig, massiv, schwer – schrieb er und wischte von Zeit zu Zeit mit dem Handrücken eine Träne vom Auge. Seine Augen tränten immer, und Gimma – der die Geheimnisse anderer zu verraten liebte, vor allem solche, die jemand besonders geheimzuhalten versuchte – sagte mir einmal, daß Thurber sich um sein Augenlicht Sorge mache. Darum konnte ich verstehen, warum er sich als erster hinlegte, wenn wir die Beschleunigung veränderten, und warum – in den späteren Jahren – er sich von anderen vertreten ließ – bei Arbeiten, die er vorher immer selbst ausgeführt hatte.

Mit beiden Händen sammelte er seine Papiere, klopfte damit gegen den Schreibtisch, um die Ränder auszugleichen, steckte sie in eine Mappe, schloß sie und sagte erst dann, indem er seine großen Hände mit dicken, nur mühsam sich biegenden Fingern hängenließ: »Grüß dich, Hal. Wie geht es dir?«

»Kann mich nicht beklagen. Bist du... allein?«

»Das soll heißen: ob Gimma hier ist? Nein. Er ist nicht hier; ist gestern weggefahren. Nach Europa.«

»Arbeitest du?«

»Ja.«

Ein kurzes Schweigen folgte. Ich wußte nicht, wie er auf das, was ich ihm zu sagen hatte, reagieren würde – wollte erst erfahren, wie er die Dinge in der von uns vorgefundenen Welt betrachtete. Da ich ihn ja gut kannte, erwartete ich keine Gefühlsäußerungen. Er behielt den größten Teil seiner Meinungen immer für sich.

»Bist du schon lange hier?«

»Bregg«, sagte er, weiterhin so starr wie er dasaß, »ich bezweifle, daß dich das interessiert. Du redest um den Brei herum.«

»Schon möglich«, meinte ich. »Heißt das, daß ich sprechen soll?«

Wieder empfand ich dieselbe Zerrissenheit, etwas, was zwischen Gereiztheit und Schüchternheit lag, das mich stets ihm gegenüber befiel – die anderen wohl übrigens auch. Ich wußte nie, ob er scherzte, sich lustig machte oder aber im Ernst sprach; bei aller Ruhe und aller Aufmerksamkeit, die er dem Partner bewies, blieb er vollkommen undurchsichtig.

»Nein«, sagte er. »Vielleicht später. Wo kommst du her?«
»Aus Houl.«
»Direkt von dort?«
»Ja... und warum fragst du?«
»Gut«, sagte er, als ob er meine letzten Worte nicht gehört hätte. Er sah mich unbeweglich vielleicht fünf Sekunden lang an, als wollte er sich meiner Anwesenheit versichern, sein Blick war völlig ausdruckslos – aber nun ahnte ich schon, daß etwas vorgefallen war. Nur wußte ich nicht, ob er es mir sagen würde. Sein Benehmen war nie vorauszusehen. Ich überlegte, wie ich am besten anfangen sollte, und er betrachtete mich inzwischen mit steigender Aufmerksamkeit, geradezu so, als hätte ich mich ihm in einer ganz unbekannten Gestalt gezeigt.
»Was macht Vabach?« fragte ich, als sich diese stumme Betrachtung schon über Gebühr hinauszog.
»Er fuhr mit Gimma zusammen.«
Nicht das bedeutete meine Frage, und er wußte es, aber ich war nicht wegen Vabach hergekommen. Wieder ein Schweigen. Ich fing schon an, meinen Beschluß zu bereuen.
»Ich hörte, daß du dich verheiratet hast«, sagte er plötzlich, wie leichthin.
»Jawohl«, antwortete ich, vielleicht allzu trocken.
»Hat dir nur gutgetan.«
Um jeden Preis versuchte ich, ein anderes Thema zu finden. Außer Olaf kam mir aber nichts in den Kopf, und noch wollte ich ihn darüber nicht befragen. Ich hatte Angst vor Thurbers Lächeln – ich wußte noch, wie er damit Gimma – und nicht nur Gimma allein – zur Verzweiflung bringen konnte, aber er hob nur leicht die Augenbrauen und fragte:
»Und was hast du für Pläne?«
»Gar keine«, antwortete ich wahrheitsgemäß.
»Und möchtest du etwas tun?«
»Ja. Aber nicht irgend etwas.«
»Hast du bisher nichts getan?«
Jetzt wurde ich sicher schon rot. Ich war wütend. »So gut wie nichts. Thurber... ich... ich bin nicht in meinen eigenen Angelegenheiten hergekommen.«
»Das weiß ich«, sagte er ruhig. »Staave, wie?«
»Ja.«
»Da steckte ein gewisses Risiko drin«, sagte er und stieß sich

leicht vom Schreibtisch ab. Der Sessel drehte sich gehorsam in meine Richtung.

»Oswamm hat das Schlimmste erwartet, besonders als Staave seinen Hypnagog weggeworfen hat... du hast deinen übrigens auch nicht benutzt, wie?«

»Oswamm«, meinte ich, »was für ein Oswamm... ja, warte mal – der vom ADAPT?«

»Ja. Am meisten war er über Staave beunruhigt. Ich habe ihn dann über diesen Irrtum aufgeklärt.«

»Wie – aufgeklärt?«

»Aber Gimma bürgte für euch beide...«, beendete Thurber seinen Satz, so als hätte er mich die ganze Zeit über nicht gehört.

»Was?!« rief ich und erhob mich von meinem Sitz. »Gimma?!«

»Selbstverständlich wußte er selber nichts«, Thurber spann weiter seinen Faden. »Und sagte es mir auch.«

»Ja, warum bürgte er denn, zum Teufel!« schrie ich, durch seine Worte verwirrt.

»Er meinte, er müßte es«, erklärte Thurber kurz. »Der Expeditionsleiter müßte seine Leute kennen.«

»Unsinn.«

»Ich wiederhole nur, was er Oswamm gesagt hat.«

»So?« sagte ich. »Und dieser Oswamm – wovor hat er Angst? Daß wir rebellieren würden, oder was?«

»Und hattest du nie Lust dazu?« fragte Thurber ruhig.

Ich überlegte ehrlich. »Nein«, sagte ich endlich. »Im Ernst nie.«

»Und wirst du deine Kinder betrisieren lassen?«

»Und du?« fragte ich langsam.

Er lächelte zum ersten Mal mit einem Zucken seiner blutleeren Lippen, sagte aber kein Wort.

»Hör zu, Thurber... erinnerst du dich noch an den Abend nach dem letzten Erkundungsflug über Beta... als ich dir sagte...« Gleichgültig nickte er. Und plötzlich war meine Ruhe wie weggeblasen.

»Damals habe ich dir nicht alles gesagt, weißt du. Wir waren dort zusammen, hatten aber nicht die gleichen Rechte. Ich gehorchte euch, dir und Gimma, weil ich es selber wollte. Alle wollten es, Venturi, Thomas, Ennesson und Arder, dem Gimma keine Reserve gab, weil er sie für eine besondere, bessere Gelegenheit behielt. In Ordnung. Nur – mit welchem Recht redest du jetzt zu mir so, als ob du die ganze Zeit über hier auf diesem Stuhl gesessen hättest? Du warst es doch, der Arder im Namen der Wissenschaft da hinunter auf Kerenea geschickt hat, Thurber, und ich habe ihn da im Namen seiner unglückseligen Gedärme wieder herausgeholt, wonach wir zurückkehrten. Und nun stellt sich heraus, daß nur das Recht jener Gedärme geblieben ist. Nur dieses zählt jetzt noch: das andere nicht. Also sollte ich dich vielleicht nun fragen, wie es dir geht, und mich für dich verbürgen und nicht umgekehrt? Was meinst du? Ich weiß genau, was du meinst. Du hast einen ganzen Haufen von Material mitgebracht, kannst dich dahinter bis ans Ende deines Lebens verschanzen und weißt bestimmt, daß keiner von diesen Überhöflichen dich je fragen wird: ›Und wieviel hat diese Spektralanalyse denn gekostet? Einen Mann? Zwei Männer? Meinen Sie nicht, Herr Professor Thurber, daß es etwas zu kostspielig war?‹ Keiner wird dir das sagen, weil die mit uns nichts zu verrechnen haben. Aber Venturi hat da was. Und Arder und Ennesson. Und Thomas. Womit wirst du nun zahlen, Thurber? Mit der Aufklärung Oswamms – über mich? Und Gimma – mit seiner Bürgschaft für Olaf und mich? Als ich dich zum ersten Mal sah, machtest du genau dasselbe wie heute. Das war in Apprenous. Du hast bei deinen Papieren gesessen und so geglotzt wie jetzt eben: in der Pause zwischen wichtigeren Dingen – im Namen der Wissenschaft...«

Ich stand auf. »Danke Gimma, daß er sich so für uns einsetzte...«

Thurber stand ebenfalls auf. Wir maßen uns mit den Blicken, vielleicht eine Sekunde lang. Er war kleiner als ich, aber das war nicht spürbar. Seine körperliche Größe war gar nicht von Bedeutung. Sein Blick war die Ruhe selbst.

»Erteilst du mir nun das Wort, oder bin ich schon verurteilt?« fragte er.

Ich brummte irgend etwas Unverständliches.

»Dann setz dich«, sagte er, und ohne darauf zu warten, fiel er selbst schwer zurück in seinen Sessel. »Irgend etwas hast du also doch gemacht«, sagte er in einem Ton, als ob wir bisher nur über das Wetter gesprochen hätten. »Du hast Starck gelesen, ihm geglaubt, hältst dich nun für betrogen und suchst die Schuldigen. Sollte dir daran wirklich liegen, so bin ich bereit, die Schuld auf mich zu nehmen. Aber nicht darum geht es. Starck hat dich überzeugt – nach diesen ganzen zehn Jahren? Bregg – ich wußte wohl, daß du ein Hitzkopf bist, vermutete aber nie, daß du dumm wärest.« Er schwieg eine Weile. Und ich – komischerweise – fühlte zugleich Erleichterung wie ein Vorgefühl der Erlösung. Ich hatte keine Zeit mehr, über mich selbst nachzudenken, denn nun sprach er schon wieder:

»Ein Kontakt der galaktischen Zivilisationen? Wer hat dir davon erzählt? Keiner von uns und keiner der Klassiker, weder Merquier, noch Simoniadi, noch Rag Ngamieli – niemand, keine Expedition rechnete mit einem Kontakt, und daher ist dieses ganze Gequassel über Archäologen, die da in der Leere herumreisen, über jene ewig verspätete Post der Galaxis, eine Bekämpfung von Thesen, die niemand je aufgestellt hat. Was kann man denn von den Sternen haben? Und was war der Nutzen der Expedition von Amundsen? Von Andree? Der einzige konkrete Nutzen beruhte darin, daß eine – Möglichkeit bewiesen worden ist. Daß man so etwas tun kann. Und genauer gesprochen – daß dies, für die gegebene Zeit, das Schwierigste ist, was man erreichen kann. Ich weiß nicht, ob wir sogar das gemacht hatten, Bregg. Weiß es wirklich nicht. Aber wir sind dort gewesen.«

Ich schwieg. Thurber sah mich nicht mehr an. Er stützte die Fäuste auf den Schreibtischrand.

»Was hat dir denn Starck bewiesen – die Nutzlosigkeit der Kosmodromie? Als ob wir es selbst nicht wußten! Und die Pole? Was gab es an den Polen? Diejenigen, die sie eroberten, wußten genau, daß es dort nichts gibt. Und der Mond? Was suchte wohl die Ross-Gruppe in dem Erastrotenes-Krater? Brillanten? Und wozu sind Bant und Jegorin durch das Zentrum der Merkurscheibe gegangen? Um schön braun zu werden? Und Kellen und Offshag – das einzige, was sie wußten, als sie auf die kalte Zerberus-Wolke zuflogen, war, daß man dort umkommen kann. Bist du dir im klaren, was Starck wirklich sagt? Der Mensch muß essen, trinken und sich kleiden; alles andere ist Irrsinn. Jeder hat seinen eigenen Starck, Bregg. Jedes Zeitalter hatte ihn. Wozu hat denn Gimma euch beide mit Arder hinausgeschickt? Damit ihr Proben mit dem Koronasauggerät holt. Aber wer schickte Gimma? Die Wissenschaft. Wie sachlich das doch klingt – nicht? Die Erkundung der Sterne.

Bregg, glaubst du, daß wir geflogen wären, wenn es sie nicht gegeben hätte? Ich glaube, schon. Wir hätten dann die Leere kennenlernen wollen, um das Ganze irgendwie zu rechtfertigen. Geonides oder irgendein anderer würde uns sagen, was für wertvolle Messungen und Erkundungen man da unterwegs machen kann. Versteh mich richtig. Ich behaupte nicht, daß die Sterne nur ein Vorwand sind... Der Pol ist es ja auch nicht gewesen, Nansen und Andree brauchten ihn... Der Everest war für Mallory und Irving nötiger als die Luft selbst. Du sagst, ich hätte euch Befehle – im Namen der Wissenschaft – erteilt? Aber du weißt doch, daß das nicht stimmt. Du wolltest mein Gedächtnis auf die Probe stellen. Vielleicht probiere ich nun das deine aus? Erinnerst du dich an den Thomas-Planetoiden?«

Ich zuckte zusammen.

»Du hast uns damals belogen. Du bist ein zweites Mal hingeflogen, obwohl du wußtest, daß er nicht mehr lebte. Stimmt's?«

Ich schwieg.

»Hab es mir schon damals gedacht. Ich sprach mit Gimma nicht darüber, nehme aber an, er wußte es auch. Wozu bist du denn noch mal geflogen, Bregg? Das war doch nicht mehr Arkturus oder Kerenea, und es gab dort niemanden mehr zu retten. Wozu wolltest du also hin – Mensch?«

Ich schwieg. Thurber lächelte unmerklich.

»Weißt du, was unser Pech war, Bregg? Die Tatsache, daß wir Erfolg hatten und jetzt hier sitzen. Der Mensch kehrt immer mit leeren Händen zurück...«

Er verstummte. Sein Lächeln wurde zu einer Grimasse, fast gedankenlos. Eine Weile atmete er lauter, ballte beide Fäuste am Schreibtischrand. Ich schaute ihn an, als hätte ich ihn zum ersten Mal gesehen – denn nun dachte ich: ›Er ist schon alt.‹ Diese Entdeckung war ein Schock für mich. Nie kam mir vorher ein solcher Gedanke in Verbindung mit ihm – er war für mich stets alterslos gewesen...

»Thurber«, sagte ich leise, »hör mal... aber das... das ist ja eine Grabrede. Über dem Grab dieser... dieser Unersättlichen. Die gibt es nicht mehr. Und wird sie auch nicht geben. Also – trotz allem – gewinnt Starck hier die Oberhand...«

Er zeigte wohl die Spitzen seiner flachen, gelben Zähne, aber es war kein Lächeln.

»Bregg, gib mir dein Ehrenwort, daß du das, was ich dir jetzt sagen werde, niemandem weitererzählen wirst.«

Ich zögerte noch.

»Niemandem«, wiederholte er mit Nachdruck.

»Gut.«

Er stand auf, ging in die Ecke, holte eine Papierrolle und kam damit zum Schreibtisch zurück.

Das Papier raschelte in seinen Händen, als er es entrollte. Ich sah einen roten wie mit Blut gezeichneten aufgeschnittenen Fisch.

»Thurber!«

»Ja«, meinte er ruhig, indem er mit beiden Händen die Papiere wieder zusammenrollte.

»Eine neue Expedition?«

»Ja«, wiederholte er. Ging zur Ecke, stellte dort die Rolle auf, lehnte sie gegen die Wand, wie eine Waffe.

»Wann? Wohin?«

»Nicht so bald. Zum Zentrum.«

»Schützen-Wolke...«, flüsterte ich.

»Ja. Die Vorbereitungen werden etwas dauern. Aber dank der Anabiose...«

Er sprach weiter, aber mich erreichten nur einzelne Worte: »Flug in der Schlinge«, »gravitationsfreie Akzeleration« – und die Aufregung, die mich überkam, als ich die von den Konstrukteuren aufgezeichnete Gestalt des großen Geschosses sah, schlug in eine unerwartete Mattigkeit um, mit der ich – wie durch hereinbrechende Dunkelheit – meine eigenen Hände betrachtete, die auf meinen Knien lagen. Thurber hörte zu sprechen auf, schielte zu mir hin, ging an den Schreibtisch und fing an, seine Papiermappen zusammenzulegen, als ob er mir Zeit geben wollte, diese ungewöhnliche Nachricht zu verdauen. Ich hätte ihn mit Fragen überschütten sollen – wer von uns, von den Alten, wohl fliegen würde, wie viele Jahre diese Expedition verschlingen sollte, welches ihre Ziele waren. Aber ich stellte keine Fragen. Sogar weshalb das Ganze als Geheimnis betrachtet wurde, wollte ich nicht wissen.

Ich sah seine großen, vergröberten Hände an, auf denen sich sein vorgerücktes Alter deutlicher als auf seinem Gesicht abzeichnete, und meine Benommenheit vermischte sich mit einer Spur von Genugtuung, die ebenso unerwartet wie unschön war: – daß er ganz bestimmt nicht mehr mitfliegen würde. ›Ihre Rückkehr werde auch ich nicht mehr erleben, auch wenn ich das Alter von Methusalem erreichen sollte‹, dachte ich. Ach, egal. Das hatte alles schon keine Bedeutung mehr. Ich stand auf.

Thurber raschelte mit seinen Papieren.

»Bregg«, sagte er – ohne den Blick zu heben, »ich habe hier noch etwas zu tun, aber wenn du willst, können wir zusammen zu Abend essen. Übernachten kannst du im Dormitorium, es steht jetzt leer.«

Ich murmelte »gut« und ging zur Tür. Er arbeitete schon, als ob ich nicht mehr da wäre. Ich stand eine Weile an der Schwelle und ging dann hinaus. Eine Zeitlang wußte ich nicht so recht, wo ich war, bis ich ein deutliches rhythmisches Klopfen hörte – das Echo meiner eigenen Schritte. Ich blieb stehen.

Ich befand mich in der Mitte eines langen Ganges, zwischen einer Doppelreihe ganz gleicher Türen. Das Echo der Schritte war immer noch zu hören. Eine Illusion? Ging denn jemand hinter mir her? Ich drehte mich um und sah in einer entfernten Tür eine hohe Silhouette verschwinden. Es war so kurz, daß ich eigentlich nicht diesen Menschen, sondern lediglich die Bewegung sah, einen Teil seines schwindenden Rückens und die sich schließende Tür.

Ich hatte hier nichts zu tun. Weiterzugehen war sinnlos – der Gang endete blind. Ich kehrte um, ging an einem hohen Fenster vorbei. Über dem schwarzen Parkmassiv stand der silberne Lichtschein der Stadt. Wieder hielt ich bei der Tür mit dem Zettel »Hier, Bregg« an, hinter der Thurber arbeitete. Ich wollte ihn nicht mehr sehen. Hatte ihm nichts zu sagen – er mir ja auch nicht. Wozu war ich überhaupt hergekommen? Plötzlich, mit Staunen, erinnerte ich mich daran. Man sollte hineingehen und nach Olaf fragen.

Aber nicht jetzt. Nicht in diesem Moment. Ich ging auf die Treppe zu. Ihr gegenüber befand sich die letzte Tür in dieser Reihe, eben die, in der vor kurzem der unbekannte Mann verschwunden war. Ich konnte mich erinnern, daß ich gleich am Anfang, als ich in dieses Gebäude kam und Thurber suchte, in dieses Zimmer hineinsah: ich erkannte den schrägen Lackkratzer wieder. In diesem Zimmer war nichts. Was also suchte der Mensch, der da hineinging?

Ich war ganz sicher, daß er da nichts zu suchen hatte, sich aber vor mir verbergen wollte. Ich stand eine lange Zeit, unschlüssig, gegenüber der leeren, mit einem weißen, unbeweglichen Licht beleuchteten Treppe. Langsam, Zoll für Zoll, drehte ich mich um. Ich wurde vom einer eigenartigen Unruhe befallen, es war aber eigentlich keine Unruhe – ich fühlte mich ganz wie nach der Injektion eines Betäubungsmittels; gespannt, obwohl ruhig, machte ich noch zwei Schritte, schloß halb die Augen – und dann schien ich – von der anderen Türseite – jemanden atmen zu hören. Es war nicht möglich. ›Nun gehe ich‹, nahm ich mir vor, aber auch das war ebenfalls schon unmöglich: zuviel Aufmerksamkeit hatte ich dieser Tür gewidmet, um so ganz einfach fortzugehen. Ich schritt auf sie zu und sah hinein.

Unter einen kleinen Deckenlampe stand in der Mitte des leeren Zimmers Olaf. Er hatte seinen alten Anzug mit hochgekrempelten Ärmeln an, als hätte er erst vor kurzem die Werkzeuge hingeworfen.

Wir sahen uns an. Als er merkte, daß ich nicht die Absicht hatte, als erster zu sprechen, tat er es endlich selbst.

»Wie geht es dir, Hal...?« Seine Stimme klang nicht ganz sicher. Ich wollte ihm nichts vormachen, war ganz einfach von den Umständen dieses unerwarteten Zusammentreffens überrascht. Vielleicht war auch die betäubende Einwirkung von Thurbers Worten noch nicht vergangen. Jedenfalls gab ich keine Antwort. Ich ging zum Fenster, von dem aus die gleiche Sicht auf den schwarzen Park und den Lichtschein der Stadt möglich war, drehte mich dann um und setzte mich halb auf die Fensterbank.

Olaf rührte sich nicht. Er stand noch immer in der Mitte des Zimmers, aus dem Buch, das er in der Hand hielt, schob sich ein Stück Papier heraus und segelte auf den Boden herab. Wir bückten uns beide gleichzeitig danach, und ich sah die Entwurfszeichnung des gleichen Geschosses, das mir vor kurzem Thurber zeigte. Darunter standen Anmerkungen in Olafs Handschrift. ›Wahrscheinlich ging es darum‹, dachte ich. Er sprach nicht, weil er selber fliegen würde und mir diese Nachricht ersparen wollte. Ich muß ihm sagen, daß er sich irrt, weil mir an dieser Expedition überhaupt nichts liegt. Von den Sternen habe ich genug, und außerdem habe ich schon alles von Thurber erfahren, also kann er mit reinem Gewissen mit mir reden.

Mit der Zeichnung in der Hand sah ich aufmerksam ihre Linien an, als ob ich die Geschwindigkeit der Rakete erkennen wollte, sagte aber kein Wort, gab ihm nur das Papier zurück, das er mit einem gewissen Zögern entgegennahm, faltete und ins Buch steckte. All das geschah schweigend. Ich bin sicher, daß es nicht beabsichtigt war, aber diese Szene – vielleicht gerade weil sie sich schweigend abspielte – gewann eine symbolische Bedeutung. Ich mußte seine geplante Anteilnahme an der Expedition ohne Enthusiasmus, aber auch ohne Leid akzeptieren.

Als ich seine Augen suchte, sah er weg – um mich gleich darauf scheel anzuschauen – war es Unsicherheit oder Verwirrung? Sogar jetzt, als ich schon alles wußte? Die Stille in dem kleinen Raum wurde unerträglich. Ich hörte sein etwas beschleunigtes Atmen. Er hatte ein müdes Gesicht, und seine Augen waren nicht so lebhaft wie damals, als ich ihn zum letzten Mal sah. Als hätte er viel gearbeitet und nur wenig geschlafen, aber es stand darin auch ein anderer Ausdruck, den ich nicht kannte.

»Mir geht's gut«, sagte ich, »und dir?«

Sobald diese Worte fielen, merkte ich, daß es für sie schon zu spät war; richtig hätten sie gleich nach meinem Hereinkommen geklungen, jetzt aber klangen sie wie ein Vorwurf oder gar wie Spott.

»Warst du bei Thurber?« fragte er.

»Ja.«

»Die Studenten sind weggefahren... jetzt ist keiner mehr da, man hat uns das ganze Gebäude gegeben...«, fing er wie unter einem Zwang zu sprechen an.

»Damit ihr den Expeditionsplan ausarbeiten könnt?« fragte ich, worauf er prompt antwortete:

»Ja, Hal, ja. Na, du wirst doch wissen, was das für eine Arbeit ist. Vorerst sind wir nur wenige, aber wir haben großartige Maschinen, diese Automaten, weißt du...«

»Das ist schön.«

Nach diesen Worten entstand wieder Stille. Und – seltsam – je länger sie dauerte, desto deutlicher wurde Olafs Unruhe, seine übertriebene Unbeweglichkeit, denn er stand immer noch ganz starr in der Mitte des Zimmers, direkt unter der Lampe, wie auf das Schlimmste gefaßt. Ich wollte dem ein Ende setzen.

»Hör mal«, sagte ich ganz leise, »wie hast du dir das eigentlich vorgestellt?... Eine Vogel-Strauß-Politik zahlt sich doch nicht aus... Du hast wohl kaum angenommen, daß ich es ohne dich nie erfahren würde?«

Ich stockte, und er schwieg, den Kopf seitlich gesenkt. Ich hatte ganz entschieden übertrieben; denn er war keineswegs schuldig, und ich selbst hätte wahrscheinlich an seiner Stelle kaum anders gehandelt. Ich nahm ihm auch nicht im mindesten sein über einen Monat andauerndes Schweigen krumm. Es ging mir nur um seinen Fluchtversuch, darum, wie er sich vor mir in diesem leeren Zimmer versteckte, als er mich von Thurber kommen sah. Aber das traute ich mich nicht, ihm direkt zu sagen. Ich hob die Stimme, schimpfte ihn einen Dummkopf, aber sogar dann hat er sich nicht zu verteidigen versucht.

»Also meinst du, da wäre überhaupt nichts darüber zu sagen?!« warf ich gereizt ein.

»Das hängt von dir ab...«

»Wieso von mir?«

»Von dir«, wiederholte er hartnäckig. »Das Wichtigste war, von wem du es erfahren würdest...«

»Meinst du wirklich?«

»So schien es mir...«

»Ist doch egal...«, murmelte ich.

»Was... willst du tun?« fragte er leise.

»Nichts.«

Olaf sah mich mißtrauisch an. »Hal, ich will doch...«

Er beendete den Satz nicht. Ich fühlte, daß ich ihm durch meine Anwesenheit allein Folterqualen aufbürdete, konnte ihm aber immer noch nicht diese plötzliche Flucht verzeihen. Und weggehen, jetzt, wortlos, wäre noch schlimmer als die Unsicherheit, die mich hierherbrachte. Ich wußte ja nicht, was ich sagen sollte – alles, was uns miteinander verband, war verboten. Ich sah ihn an, gerade in einem Moment, wo auch er mich ansah – jeder von uns rechnete sogar jetzt noch auf die Hilfe des anderen...

Ich glitt von der Fensterbank herunter.

»Olaf... es ist schon spät. Ich gehe... denke bloß nicht, daß... ich dir irgendwas übelnehme, nichts dergleichen. Übrigens werden wir uns noch treffen, vielleicht besuchst du uns mal«, sagte ich mühevoll, denn jedes dieser Worte war unnatürlich, und er spürte es.

»Wie... willst du nicht mal über Nacht hierbleiben?«

»Ich kann nicht, weißt du, ich habe es versprochen...«

Ihren Namen sprach ich nicht aus.

Olaf brummte: »Wie du willst. Ich bringe dich noch zur Tür.«

Wir gingen zusammen aus dem Zimmer, dann die Treppe hinunter, draußen herrschte schon völlige Dunkelheit. Olaf ging schweigend neben mir. Plötzlich blieb er stehen. Auch ich hielt inne.

»Bleib hier«, flüsterte er verschämt. Ich sah nur den undeutlichen Flecken seines Gesichts.

»Gut«, stimmte ich unerwarteterweise zu und machte kehrt. Er war darauf nicht vorbereitet. Stand noch eine Weile da, faßte mich dann an der Schulter und führte mich zu einem anderen, niedrigen Gebäude: In einem leeren, nur mit ein paar noch brennenden Lampen beleuchteten Saal aßen wir am Büfett zu Abend, ohne uns zu setzen. Während dieser ganzen Zeit wechselten wir kaum zehn Worte. Dann gingen wir wieder in den ersten Stock.

Das Zimmer, in das er mich brachte, war fast genau quadratisch, mattweiß, mit einem breiten Fenster zum Park hinaus, aber von einer anderen Seite, das Leuchten der Stadtlichter über den Bäumen sah ich nicht mehr; es gab darin ein frischgemachtes Bett, zwei kleine Sessel, einen dritten, größeren, mit der Lehne dicht an der Fensterbank. Durch eine schmale, halboffene Tür glitzerten die Kacheln des Badezimmers. Olaf stand mit herabhängenden Armen an der Schwelle, als wartete er auf irgendein Wort von mir. Da ich schwieg, im Zimmer auf und ab ging und rein mechanisch die Möbel berührte, um sie dadurch zeitweilig in Besitz zu nehmen, fragte er leise:

»Kann... kann ich etwas für dich tun?«

»Ja«, sagte ich, »laß mich allein.«

Er stand weiter da, rührte sich nicht vom Fleck. Sein Gesicht überzog sich plötzlich mit flammendem Rot, nach dem gleich eine Blässe kam, dann ein Lächeln – mit dem er diese Schmach zu verdecken versuchte. Denn meine Worte klangen ja beleidigend. Dieses ratlose, klägliche Lächeln brach etwas in mir: bei dem Versuch, krampfhaft die Maske der Gleichgültigkeit, die ich annahm, weil ich nichts anderes mehr tun konnte, loszuwerden, sprang ich auf ihn zu, als er sich schon umgedreht hatte, um zu gehen. Ich faßte seine Hand und zerquetschte sie beinahe. Dieser heftige Druck war meine Entschuldigung. Olaf, ohne sich umzuwenden, antwortete mit dem gleichen Druck und ging. Ich spürte noch seinen harten Griff in meiner Hand, als er schon die Tür hinter sich so leise schloß, als verließe er ein Krankenzimmer. Ich blieb allein, wie ich es gewollt hatte.

Das Haus lag in völliger Stille. Ich hörte nicht einmal Olafs sich entfernende Schritte; in der Fensterscheibe zeichnete sich schwach meine eigene, schwere Gestalt ab, aus einer unbekannten Quelle floß warme Luft herbei, und über die Konturen meines Abbilds sah ich die dunkle Grenze der Bäume, die in der Finsternis verschwand – noch einmal umfaßte ich das ganze Zimmer mit dem Blick und setzte mich dann in den großen Sessel am Fenster.

Die Herbstnacht war eben erst gekommen. An Schlafen konnte ich nicht einmal denken. Ich stand wieder auf. Die hinter dem Fenster herrschende Dunkelheit mußte voller Kühle und dem Rauschen der blätterlosen, sich reibenden Zweige sein – urplötzlich wollte ich dorthin, in der Dunkelheit herumirren, in ihrem durch niemand vorgeplanten Chaos. Schnell verließ ich das Zimmer.

Der Gang war leer. Zur Treppe ging ich auf den Zehenspitzen, was wohl eine übertriebene Vorsicht war. Olaf war sicher schon zur Ruhe gegangen, und Thurber, falls er noch arbeitete, saß in einem anderen Stockwerk, in einem entfernten Flügel dieses Gebäudes. Ich lief hinunter, schon ohne auf meine lauten Schritte zu achten, dann hinaus und ging schnell vorwärts.

Ich wählte keine Richtung, ging nur so, daß die Stadtlichter nach Möglichkeit abseits blieben. Die Parkalleen brachten mich bald an seine Grenzen, die von einer Hecke eingefaßt waren. Ich fand mich auf der Straße, die ich noch eine Zeitlang weiterging, bis ich plötzlich stehenblieb. Ich wollte diese Straße verlassen, denn sie führte zu irgendeiner Siedlung, zu Menschen, und ich wollte allein sein.

Ich erinnerte mich an das, was mir Olaf noch in Klavestra über Malleolan, jene neue Stadt, nach unserem Abflug in den Bergen errichtet, erzählt hatte; einige Kilometer der Straße, die ich gegangen war, bestanden tatsächlich fast nur aus Serpentinen und Kurven, die wahrscheinlich die Hügelhänge mieden, aber bei der herrschenden Dunkelheit konnte ich mich auf die eigenen Augen nicht verlassen. Die Straße war – wie alle – nicht beleuchtet, da ihre Fahrbahn selbst zu matt phosphoreszierte, um die einige Schritte von ihr wachsenden Sträucher erkennen zu lassen. Ich wich also von ihr ab, blindlings gelangte ich in das Dickicht eines kleinen Wäldchens, das mich steil auf eine größere, baumlose Anhöhe führte – ich merkte es, weil der Wind hier ohne Hindernisse tobte. Einige Male sah ich aus der Ferne die blasse Schlange der verlassenen Straße tief unten, und dann schwand auch dieses letzte Licht; ich blieb zum zweiten Male stehen, versuchte – nicht so sehr mit meinen machtlosen Augen, wie mit dem ganzen Körper und dem Gesicht, das ich dem Wind zukehrte –, mich in dieser unbekannten Umgebung zurechtzufinden. Wie auf einem fremden Planeten. Ich wollte über den kürzesten Weg auf einen der Gipfel gelangen, die das Tal umstanden, wo die Stadt lag – in welcher Richtung aber? Plötzlich, als mir das Ganze hoffnungslos schien, hörte ich von rechts oben ein langanhaltendes, fernes Rauschen. Es erinnerte vage an die Stimme der Wellen... nein, es war das Rauschen des Waldes, des Windes, der hoch über dem Platz wehte, an dem ich nun stand. Das war meine Richtung.

Der Hang, mit altem, trockenem Gras bewachsen, führte mich zu den ersten Bäumen. Mit ausgestreckten Armen umging ich sie, mein Gesicht vor den dornigen Zweigen schützend. Bald war die Anhöhe nicht mehr so steil, die Bäume schwanden, wieder mußte ich meine Marschrichtung wählen. Ich horchte in die Dunkelheit, wartete geduldig auf einen weiteren, stärkeren Windstoß.

Da ließ sich eine Stimme aus dem Raum hören: von den fernen Höhen kam ein langes, pfeifendes Heulen. Ja, der Wind war mein Verbündeter in dieser Nacht; ich ging querfeldein, ohne zunächst darauf zu achten, daß ich an Höhe verlor, ziemlich steil wieder in die Tiefe einer schwarzen Schlucht gelangte. Rhythmisch fing ich dann wieder an, aufzusteigen, wobei mir ein plätscherndes Bächlein den Weg wies. Ich sah es nicht ein einziges Mal, es lief vielleicht unter einer Felsenschicht, und diese Stimme des fließenden Wassers wurde auch leiser, je höher ich stieg, endlich verstummte sie ganz, und nochmals umzingelte mich der Wald mit hohen Stämmen. Der Waldboden war fast ohne Moos und Gras, nur mit einer kissenweichen Schicht alter Nadeln bedeckt.

Diese Wanderung in der vollständigen Dunkelheit dauerte wohl drei Stunden: die Wurzeln, über die ich stolperte, wuchsen immer öfter um große, aus der seichten Bodenschicht ragende Felsbrokken. Ich begann zu fürchten, daß der Gipfel mit Wald bewachsen sein würde und in seinem Labyrinth die kaum angefangene Bergwanderung ein Ende finden müßte. Aber ich hatte Glück – durch einen kahlen kleinen Paß kam ich auf ein mit Steinen übersätes Feld. Immer spitzer wurden diese Steine, endlich konnte ich kaum noch stehen, da sie unter meinen Füßen geräuschvoll zu rollen anfingen. Von einem Bein aufs andere springend, oft auch hinfallend, gelangte ich auf die Nebenschwelle einer immer enger werdenden Felsrinne und dann schon schneller nach oben.

Von Zeit zu Zeit blieb ich stehen und versuchte herumzuschauen – aber die herrschende Dunkelheit ließ das überhaupt nicht zu. Ich sah weder die Stadt noch ihre Lichter, auch von der leuchtenden Straße, die ich gekommen war, keine Spur mehr – die Felsrinne führte mich auf eine kahle Stelle, die nur mit dürrem Gras bewachsen war; der sich stets vergrößernde Sternenhimmel verriet mir, daß ich jetzt ziemlich hoch war. Andere, ihn verdekkende Berggipfel fingen wohl an, sich dem anzugleichen, den ich erklommen hatte. Einige hundert Schritte weiter kam ich zwischen die ersten Gruppen der Zwergkiefern.

Hätte mich irgend jemand in dieser Dunkelheit angehalten und gefragt, wohin ich gehe, so wäre ich keiner Antwort fähig gewesen. Zum Glück war keiner da. Dunkelheit und Einsamkeit dieses Nachtmarsches wirkten erleichternd, wenn mir das auch nur halb bewußt wurde.

Der Hang schien immer steiler, zu klettern wurde es immer schwerer, aber ich achtete nur darauf, nicht vom Weg abzukommen, als hätte ich wirklich ein gestecktes Ziel vor mir. Mein Herz schlug stark, meine Lungen keuchten, und ich gelangte hoch und höher, wie benommen. Instinktiv spürte ich, daß eben eine solche Anstrengung für mich notwendig war. Ich riß die verworrenen Zweige der Zwergkiefern auseinander, blieb manchmal in ihrem Dickicht stecken, befreite mich mit Gewalt und ging weiter. Die Nadeln zerkratzten mein Gesicht, meine Brust, hakten sich in meine Kleider ein, meine Finger waren schon ganz verklebt von Harz. Auf einer freien Stelle traf mich unerwartet der Wind, griff mich in der Dunkelheit an, tobte ungehindert und pfiff irgendwo, hoch oben, wo ich mir einen Bergpaß vorstellen konnte. Inzwischen wurde ich von weiteren, dicken Zwergtannengruppen verschlungen. Wie Inseln ruhten darin unsichtbare Schichten einer gewärmten, reglosen Luft, stark mit ihrem Duft gesättigt. Auf meinem Weg wuchsen unsichtbare Hindernisse auf – Felsbrokken, Felder kleiner, unter den Füßen wegrollender Steine.

Ich mußte so wohl schon ein paar gute Stunden gegangen sein, spürte in mir aber immer noch genug Kräfte. Dabei war ich am Verzweifeln: die Felsrinne, die zu dem unbekannten Bergpaß oder vielleicht auch zum Gipfel führte, wurde jetzt so schmal, daß ich auf dem Hintergrund des Himmels zugleich ihre beiden Seiten sah – hochgereckt, löschte sie mit ihren dunklen Rändern die Sterne.

Längst hatte ich die Sphäre der Nebel unter mir gelassen, aber diese kühle Nacht war mondlos, die Sterne gaben nur wenig Licht. Um so mehr erstaunte ich, als über mir und um mich lange, weißliche Gestalten erschienen. Sie ruhten in der Dunkelheit, ohne sie zu erhellen, als ob sie nur das Tageslicht eingesogen hatten – erst das erste rauhe Knirschen unter den Sohlen machte mir klar, daß ich auf Schnee trat.

Er bedeckte mit einer dünnen Schicht fast den ganzen Rest des steilen Hangs. Ich war nur leicht bekleidet und wäre wohl bis auf die Knochen erfroren, aber unerwarteterweise legte sich der Wind. Um so deutlicher erklang in der Luft das Echo meiner Schritte – bei jedem durchbrach ich die Schale des alten Schnees und sank bis zur halben Wade ein.

Auf dem Bergpaß selbst war schon fast kein Schnee mehr. Ganz leergefegt standen über dem Steinfeld schwarze riesige Felsbrokken. Ich hielt mit klopfendem Herzen inne und schaute in Richtung Stadt. Sie war durch den Hang verdeckt, nur die rötlich durchlichtete Dunkelheit verriet ihre Lage im Tal. Ich ging noch ein paar Schritte und setzte mich dann auf einen sattelförmigen Brocken. Auf ihm lag etwas Schnee, der angeweht worden war. Jetzt sah ich nicht einmal die letzten Lichtspuren der Stadt. Vor mir stiegen in der Dunkelheit die Berge auf, gespenstisch, mit schneegekrönten Gipfeln.

Als ich aufmerksam den rechten Horizont betrachtete, sah ich einen Streifen ersten Tageslichts, der die Sterne verwischte – den Anfang eines neuen Morgens. Darin zeichnete sich der steile, in der Mitte geborstene Felsgrat ab. Und dann geschah plötzlich etwas mit meiner Reglosigkeit, die gestaltlose äußere Dunkelheit – oder die, die in mir war? – fing an, ihren Platz zu wechseln, hinabzugleiten, ihre Proportionen zu verändern. Ich war davon so benommen, daß ich einen Augenblick lang fast das Augenlicht verlor, und als ich es wiedererlangte, sah ich alles ganz anders.

Der Himmel graute im Osten schwach über dem völlig dunklen Tal, vertiefte auch das Schwarz des Felsenarms, ich konnte aber blindlings auf jede seiner Unebenheiten, jede Lücke weisen, wußte schon, was für ein Bild der Tag mir enthüllen würde, denn dieses Bild war für immer und nicht umsonst in mir selbst eingezeichnet. Das war der unveränderte Besitz, den ich so herbeigesehnt hatte, der unangetastet geblieben war, während meine ganze Welt in der anderthalb Jahrhunderte alten Zeitschlucht zerfallen und verschwunden war:

Hier, in diesem Tal, hatte ich meine Jugendjahre verbracht – in der alten, hölzernen Herberge auf dem gegenüberliegenden, grasbewachsenen Hang des Wolkenfängers. Von dem alten Bau war sicher nicht ein einziger Stein des Unterbaues mehr geblieben, die letzten Balken waren schon längst Staub geworden – und der Felsrücken stand trotzdem da, unverändert, als hätte er auf diese Begegnung gewartet. Hatte mich eine unklare, unbewußte Erinnerung in der Nacht gerade hierhergeführt?

Der Schock des Wiedererkennens setzte sofort meine ganze Schwäche frei, die ich so verzweifelt erst mit der vorgetäuschten Ruhe und dann mit der beabsichtigten zähen Klettertour maskiert hatte. Blindlings tastete ich zum Boden, schämte mich meiner zitternden Finger nicht und legte mir Schnee in den Mund, der auf der Zunge kalt auftaute, den Durst nicht löschte, nur meine Nüchternheit vergrößerte. So saß ich da, aß Schnee und traute der Sache immer noch nicht ganz, wartete noch auf die Bestätigung meiner Gedanken durch die ersten Sonnenstrahlen.

Lange vor dem Sonnenaufgang flog von der Höhe, von den langsam schwindenden Sternen ein Vogel herunter, legte seine Flügel zusammen, wurde kleiner, setzte sich auf einen vorhängenden Felsbrocken und fing dann an, mir näherzurücken. Er hüpfte um mich herum und entfernte sich wieder, und als ich schon dachte, daß er mich nicht bemerkt hätte, kam er von der anderen Seite wieder um den Felsen, auf dem ich saß, herumgehüpft. Und so sahen wir uns eine Zeitlang an, bis ich halblaut sagte: »Ja, wo kommst du denn her?«

Ich merkte, daß er vor mir keine Angst hatte, und fing wieder an, Schnee zu essen. Er senkte das Köpfchen, schaute mich mit den schwarzen Perlen seiner Augen an, plötzlich aber, als hätte er mich lange genug angesehen, breitete er seine Flügel aus und flog davon. Ich aber, an die rauhe Felswand gelehnt, geduckt, mit vom Schnee ganz kalten Händen, wartete auf das Morgengrauen, und diese ganze Nacht kehrte in heftigen, unvollendeten Kurzbildern wieder: Thurber, seine Worte, dieses Schweigen zwischen mir und Olaf, die Stadtansicht, der rote Nebel und Öffnungen in diesem Nebel, von Lichtkegeln gebildet, heiße Luftströmungen, das Ein- und Ausatmen eines Zersetzungsvorgangs von Millionen, die hängenden Alleen und Plätze, die Kelchbauten mit flammenden Flügeln, die Farben, die auf verschiedenen Ebenen dominierten... meine Frage an den Vogel auf dem Bergpaß, auch die Tatsache, wie gierig ich den Schnee verschlang – und alle diese Bilder waren sie selber und waren es zugleich auch wieder nicht, so wie es manchmal im Traum geschieht. Sie waren eine Erinnerung und eine Verfehlung der Dinge, die anzurühren ich mich nicht traute, weil ich die ganze Zeit hindurch versuchte, in mir selbst eine Zustimmung für das zu finden, dem ich nicht zustimmen konnte.

Alles das hatte es vorher gegeben wie einen langen Traum. Jetzt war ich wach und nüchtern, auf den Tag wartend, in einer Luft, die ganz silbern vor Grau wurde, vor den langsam hervortretenden strengen Felswänden, Felsgräten und Steinhalden, die als eine schweigende Bestätigung der Realität meiner Rückkehr aus der Nacht auftauchten. Zum ersten Mal allein, aber nicht fremd auf der Erde und schon ihren Gesetzen unterworfen, konnte ich – ohne Widerspruch und Reue – an die denken, die sich aufmachten, um das goldene Vlies der Sterne zu holen…

Der Gipfelschnee entbrannte in Gold und Weiß, stand über dem von violetten Schatten erfüllten Tal, mächtig und alterslos. Und ich, ohne die tränengefüllten Augen zu schließen, in denen sich dieses Licht brach, stand langsam auf und fing an, die Steinhalden hinabzusteigen, Richtung Süden, wo mein Haus war.